btb

Aus Freude am Lesen

Obwohl Felix Quinn mit der Liebe seines Lebens verheiratet ist, hat er eine große Obsession: die Eifersucht. Eines Tages lernt er zufällig Marius kennen – und plötzlich ist Felix wie besessen von diesem Mann und plant sein eigenes Betrogenwerden, das Fremdgehen seiner Frau mit Marius. Anfangs malt er ihn sich nur als Hauptfigur in einer Fiktion voller Wollust aus – Marius' Hände auf dem Körper seiner eigenen Frau Marisa –, doch dann wünscht er sich, dass die Fiktion Wirklichkeit wird. Über viele Monate hinweg studiert er den Auserwählten, seine Interessen, Gewohnheiten, Vorlieben. Bis der Tag kommt, an dem Felix die beiden einander endlich begegnen lässt.

Howard Jacobson, 1942 in Manchester geboren, ist Autor zahlreicher Romane und Sachbücher. Jacobson zählt zu den renommiertesten Schriftstellern Großbritanniens, er hat schon viele literarische Ehrungen für seine Romane erhalten. Für »Die Finkler-Frage« wurde er mit dem Booker-Preis ausgezeichnet, dem wichtigsten Literaturpreis der englischsprachigen Welt. »Liebesdienst« ist der zweite Roman, der von Howard Jacobson auf Deutsch erscheint.

Howard Jacobson bei btb

Die Finkler-Frage (74591)

Howard Jacobson

Liebesdienst

Roman

Aus dem Englischen
von Thomas Stegers

btb

Die Originalausgabe erschien unter dem Titel
»An Act of Love« bei Jonathan Cape, London.

MIX
Papier aus verantwortungsvollen Quellen
FSC® C083411
FSC
www.fsc.org

Verlagsgruppe Random House FSC® N001967
Das für dieses Buch verwendete FSC®-zertifizierte
Papier *Lux Cream* liefert Stora Enso, Finnland.

1. Auflage
Genehmigte Taschenbuchausgabe Juli 2014,
btb Verlag in der Verlagsgruppe Random House GmbH, München

Umschlaggestaltung: semper smile, München, nach einem
Entwurf von Lübbeke Naumann Thoben
Umschlagfoto: © plainpicture/Millennium
Druck und Einband: CPI – Clausen & Bosse, Leck
MK · Herstellung: sc
Printed in Germany
ISBN 978-3-442-74769-6

www.btb-verlag.de
www.facebook.com/btbverlag
Besuchen Sie auch unseren LiteraturBlog www.transatlantik.de

Für Jenny – mein Ein und Alles

»Das Sinnenfieber ist nicht das Verlangen zu sterben. Ebenso ist die Liebe nicht das Verlangen, das geliebte Wesen zu verlieren, sondern das Verlangen, in der Angst um seinen möglichen Verlust zu leben, am Rande der Ohnmacht, an dem es den Liebenden festhält: Allein um diesen Preis können wir angesichts des geliebten Wesens die Gewalt des Entzückens verspüren.«

Georges Bataille, *Die Erotik*

»Ich werde dir erklären ..., was wahre Liebe ist. Es ist blinde Ergebenheit, bedingungslose Selbsterniedrigung, völlige Unterordnung, Vertrauen und Glauben wider eigenes besseres Wissen und das der ganzen Welt, und es bedeutet, dass du Herz und Seele dem hingibst, der dich vernichtet – so wie ich es getan habe!«

Charles Dickens, *Große Erwartungen*

Prolog

Vier Uhr war allen recht – der Ehefrau, dem Ehemann, dem Liebhaber.

Vier Uhr: Wenn in der Stadt die Zeit auf ihrer Achse kippelt, der Tag noch nicht vorbei, die Triebwerke des Abends gerade erst angelaufen sind.

Die Übergabestunde, wie Marius sie gerne nannte.

Marius, der Zyniker. Marius, der die Ansicht vertrat, die natürliche Auslese strafe Gott, und die Menschheit strafe die natürliche Auslese Lügen. Marius, der keine großen Abenteuer mehr für sich erwartete, nicht einmal das letzte Abenteuer, das dem modernen Menschen noch blieb – die ekstatische, maßlose, ungehörige, alles verschlingende Liebe. Marius, der sich rühmte, über jede Enttäuschung oder Überraschung erhaben zu sein, da von keinem Menschen etwas zu erwarten war, am wenigsten von ihm selbst. Marius, der Mann mit dem gebrochenen Herzen.

Er war fünfunddreißig – obwohl er älter aussah und älter klang –, beängstigend lang und hager, mit einem Gesicht wie verwüstet von einer Umweltkatastrophe: Weltuntergangsaugen, erodierte Wangen, der Mund ein raues, vertrocknetes Flussbett. Frauen fanden ihn attraktiv, wobei sie irrtümlich die eigene Labilität auf ihn übertrugen. Genau wie ich, obwohl ich in jeder Hinsicht das Gegenteil von ihm war. Ich war der Ekstatiker, den die Welt, dachte er, abgeschrieben hatte. Ich bin derjenige, den die Liebe verzehrt.

Heute sind wir alle Fundamentalisten, ob Gläubige oder Atheisten. Inbrunst muss sein, wobei auch immer. Marius diente am Altar des Unglaubens, ich am Altar des Eros. Jedem seinen Gott.

Glaube, heißt es, macht stark. Mein Glaube war von anderer Art. Ich glaubte, um schwach gemacht zu werden. In der Schwäche fand ich, Flagellant der Liebe, meine Einmaligkeit.

Vier Uhr also. Die Übergabestunde. Ein Ausdruck von solcher Schamlosigkeit, dass es mir fast den Atem verschlug, mir auszumalen, was sich Marius darunter vorstellte.

Wer hier was übergab, ist keine Frage, die sich in einem Satz beantworten lässt, wenn überhaupt. Die Schönheit eines obszönen Kontraktes liegt darin, dass jeder etwas davon hat.

Die Ehefrau, der Liebhaber, der Ehemann.

Ich war der Ehemann.

1 Marius

»Da ist er. In seinem mit dunklem Zobel verschwenderisch ausgeschlagenen schwarzen Samtrock, ein schöner, übermütiger Despot, der mit Menschenleben und Menschenseelen spielt. Er steht im Vorsaal, sieht stolz umher und lässt seine Augen unheimlich lange auf mir ruhen.

Mich fasst unter seinem eisigen Blick wieder jene entsetzliche Todesangst, die Ahnung, dass dieser Mann sie fesseln, sie berücken, sie unterjochen kann, und ein Gefühl von Scham seiner wilden Männlichkeit gegenüber, von Neid, von Eifersucht.«

Leopold von Sacher-Masoch, *Venus im Pelz*

Zum ersten Mal erblickte ich Marius auf einer Beerdigung, lange bevor ich auch nur dunkel ahnte, dass ich Verwendung für ihn hätte, beziehungsweise er für mich. Ein Dorffriedhof in Shropshire und ein typischer Morgen am Wrekin, wie sie der Dichter Housman verewigt hat, strömender Regen auf Fels und Hügel, vom Sturmwind gekrümmte Schösslinge, ein trübsinniger, triefnasser Morgen, an dem man lieber tot als lebendig wäre. Mir machte es nichts aus, ich kam von woanders her. Ich konnte in Gummistiefel schlüpfen, bevor ich das Hotel verließ, einen Schirm aufspannen, ertragen, was ertragen werden musste, und wieder verschwinden. Andere am Grab Versammelte lebten freiwillig in dieser trostlosen Gegend. Fragen Sie mich nicht, warum. Um an ihrer eigenen vorzeitigen Grablegung mitzuwirken, vermute ich mal. Um mit dem Leben fertig zu sein, bevor das Leben mit ihnen fertig war.

Was für eine Lust auf Schmerz. Was für eine apokalyptische Ungeduld. Ich meine nicht nur in Shropshire, obwohl Shropshire vielleicht stärker damit geschlagen ist, ich meine, überall. Her mit der schmutzigen Bombe, rufen wir und veröffentlichen Bauanleitungen dafür im Internet. Blast, Winde, dass die Backen platzen! Wir verwüsten die Erde, errichten unser Zelt am Fuß eines schmelzenden Eisbergs oder eines brodelnden Vulkans, wir sonnen uns auf der Bahn eines Tsunamis. Wir können es nicht erwarten, dass alles vorbei ist. Masochisten, die wir sind.

Dabei hätten wir längst ein Mittel, exquisit zu leiden und dennoch am Leben zu bleiben, wenn wir nur wüssten, wo wir suchen sollen. In unseren Betten zum Beispiel, den geliebten Menschen neben uns.

Liebe hemmungslos, und aller Schmerz steht dir offen.

Ein Gedanke freilich, den ich seinerzeit in der Form noch nicht artikuliert hatte, da ich die Frau, die meine Peinigerin werden sollte, noch nicht kennengelernt, noch nicht geheiratet und noch nicht Herz und Verstand an sie verloren hatte. Marisa kam später, doch habe ich in dem vegetativen Dunkel, das ihr vorausging, nie gezweifelt, dass meine Haut in Vorbereitung auf eine wie sie dünner wurde. Im Nachhinein ist man immer klüger, und Marisa kann als die Erfüllung meiner Sehnsüchte gelten, als die Frau, für die ich mich aufgehoben habe. Trotzdem waren meine Liebesbeziehungen, bevor ich sie kennenlernte, selbstverständlich nie nur vorläufige. Jedes Mal, wenn ich Herz und Verstand verloren hatte, glaubte ich, es sei für immer. Kaum jedoch hatte ich mein Gleichgewicht wiedererlangt, wusste ich, dass die Frau, die mich wirklich fertigmachen, der ich mit Haut und Haaren verfallen würde, wie ich zuvor noch nie jemandem verfallen war, die Frau, die einen Besessenen aus mir machen würde, noch irgendwo auf der Welt herumlief und auf ihre Vollendung wartete, so wie ich auf meine. Daher rührte vermutlich mein Interesse an Marius, noch bevor ich die Rolle, die er bei diesem Prozess der Vollendung spielen sollte, voll erfasste. In ihm dürfte ich das pornografische Komplement meiner noch unausgegorenen Gelüste erkannt haben.

An seinem Verhalten während der Beerdigung ließ sich unmöglich ablesen, ob er zu den nächsten Angehörigen zählte oder nicht. Er hatte etwas traurig Schmollendes, mit einem Schal um den Hals und pechschwarz gewandet wie Hamlet; doch obwohl er der Witwe – einer mir Unbekannten, der wie einer gefallenen Frau aus einem viktorianischen Roman der Ruch eines uralten, schmählichen Skandals anhaftete – auffällig Beistand leistete, hatte ich nicht den Eindruck, dass er der Sohn des Verstorbenen war. Sein Kummer, so es denn Kummer war, war von anderer Art. Wenn ich es in ein Wort fassen müsste, würde ich sagen, es war Missgunst, als wäre er der Meinung, die Trauernden weinten um den

Falschen. Es gibt Männer, die sind eifersüchtig auf Beerdigungen und wünschen sich, sie stünden statt der Toten im Mittelpunkt; als solcher Typ Mann erschien mir Marius.

Ich kannte den Verstorbenen und hatte geschäftlich ein wenig mit ihm zu tun gehabt. Er war Literaturprofessor mit einer großen Bibliothek, und ich war aus London angereist, um ihren Wert zu schätzen. Unsere Verhandlungen führten zu keinem Ergebnis. Die Bibliothek war schlecht geführt, und die Bücher zerfielen zu Staub, noch ehe ich einen Preis ermittelt hatte. Es war ein eher zufälliges Ereignis, denn eigentlich wollte sich der Professor gar nicht von seinen Büchern trennen, ganz gleich in welchem Zustand sie sich befanden. Er war ein rührender Mensch, wie aus Zeit und Raum gefallen, der mit der Piepsstimme eines Mäuschens gegen die Grausamkeiten des Lebens protestierte. Ein vom Leben Enttäuschter, und nun auch vom Tod. Doch hatte ich ihn nicht so gut gekannt, dass ich mich bei Familie oder Freunden nach dem Schwarzen Prinzen hätte erkundigen können, und aus eigenem Antrieb seine persönliche Bekanntschaft zu suchen, stand außer Frage. Er war so hartnäckig gegen Augenkontakt und Annäherung durch andere Personen abgeschirmt wie die Leiche.

Als ich ihn später beobachtete, in dem kleinen geheizten Gemeindezentrum des Dorfes, in das wir nach dem Trauergottesdienst, windgeduckt wie die Schösslinge, marschiert waren, fragte ich mich, ob vielleicht das trübe Wetter schuld an seiner Erscheinung am Grab gewesen war – so wenig in sich gekehrt war er jetzt, seines Mantels, seines Schals und, wenn mich nicht alles täuschte, der Witwe entledigt. Heiter wäre zu viel gesagt, aber er war auf lebhafte Weise unnahbar und nicht mehr nur unnahbar. Von ihm schien ein kaltes Feuer auszugehen, wie Funken von einer Wunderkerze.

Er war hübsch, wenn man große, falkenartige Männer als hübsch bezeichnen kann. Als Mann, der selbst nichts Raubtierhaftes an sich hat, fühlte ich mich durch ihn eingeschüchtert.

Aber das gehört ja zum Hübschsein dazu: dass man anderen Furcht einflößt.

Er stand an einem Tisch mit Würstchen und Fleischpasteten, versperrte anderen den Weg und flirtete eisig mit zwei hündchenhaften Mädchen, die ich, einzig und allein aus dem Grund, weil er sie offenbar auseinanderbringen wollte, für Schwestern hielt. Er vermittelte den Eindruck, ob zutreffend oder nicht, als wäre er bereit, jede Grenze zu überschreiten, wenn er damit nur düsteres Unheil stiften konnte. Dieser Eindruck war es auch, der mich zu der Überlegung brachte, ob die Mädchen überhaupt schon so alt waren, dass man dermaßen freizügig mit ihnen sprechen durfte. Wie alt sie tatsächlich waren, wusste ich nicht – wenn man selbst keine Kinder hat, und mir liegt nicht an Fortpflanzung, verliert man die Fähigkeit, Zwölfjährige von Siebenundzwanzigjährigen zu unterscheiden –, aber sie trugen den unverhohlen ordinären Ausdruck von Mädchen zur Schau, die genau wissen, dass sie einen ins Gefängnis bringen können.

Obwohl Marius ihnen einerseits das Gefühl gab, er widme ihnen seine ganze Aufmerksamkeit, sie allein kämen in den Genuss seines funkelnden Geistes, gelang es ihm zugleich, sie der versammelten Gemeinde gegenüber als Last erscheinen zu lassen, so als wäre er durch ihre Langweiligkeit dazu verdonnert, seine Zeit mit diesen jungen Dingern, mit schwarzem Lippenstift und Nasenringen zu vergeuden. Kann sein, dass ich sein Verhalten missdeutete. Vielleicht hatte ihn die Beerdigung zutiefst erschüttert, vielleicht war er verzehrt von Trauer, und nur indiskreter Umgang mit dem Jungen und Provokativen konnte sie lindern.

Was sahen die beiden in ihm, fragte ich mich, das die übliche Gleichgültigkeit, die junge Mädchen gegenüber erdrückend geistreichen, doppelt so alten Männern sonst empfinden, außer Kraft setzte? Sie lachten mit einer Ergebenheit, die auf einem Debütantinnenball als schamlos gegolten hätte, von einem Leichenschmaus ganz zu schweigen. In der glühenden Gewissheit, seine großäugige Zuwendung sei von einer Unverfrorenheit, die eine entsprechend kühne Reaktion verlangte, streckten sie ihm ihre bloßen, erröteten, gefährlich buhlenden Koboldgesichter entgegen.

Urplötzlich, als befürchtete er eine Szene, beendete er das Spiel und rief sich in Erinnerung, was er dem lieben Verstorbenen und seiner Witwe schuldete, mochte die Konversation der übrigen Gesellschaft auch noch so langweilig sein. Kurz bevor er sich von den beiden Mädchen trennte, ertappte ich ihn allerdings noch dabei, wie er mit den Lippen ein paar Worte formte – halb verdeckt, halb offen. Ich jedenfalls hatte keine Schwierigkeit, das Gesagte zu verstehen, wobei ich mir zugegebenermaßen kaum eine Gelegenheit entgehen lasse, Unschicklichkeiten hineinzulesen, wo gar keine beabsichtigt waren. In diesem Fall war es jedoch eindeutig.

»Vier Uhr«, sagte er, ohne einen Ton von sich zu geben.

Was war das? Eine Verabredung nach der Schule?

Vier Uhr.

Die Zitterstunde.

Falls es wirklich ein heimliches Rendezvous war, würde er es nicht einhalten – so meine Vermutung. Die Minderjährige schon, wahrscheinlich sogar beide. Sie würden sich gegenseitig anstacheln, während sie an der Ecke standen, an die Marius sie bestellt hatte; alle zwei Minuten würden sie ihre Rüschenärmel hochschieben, um auf ihre Micky-Maus-Uhren zu schauen, und in ihre Taschentücher kichern, während unter ihren Blazern ihre breiweichen Herzen pochten. Aber Marius würde nicht kommen. Was er von den Mädchen wollte, hatte er sich bereits genommen.

Schwer zu sagen, nach so einer flüchtigen Begegnung, bei der ich ihn die meiste Zeit nur von hinten sah, woran man einen Libertin erkennt, der ein Feuer entfacht, ohne das Auflodern abzuwarten, der letztlich lieber einen sexuellen Gefallen verwehrt als gewährt. Vielleicht zeichnet sich diese besondere Form des Sadismus in der Krümmung der Wirbelsäule ab. Vielleicht sehe ich auch nur das, was ich sehen will. Wie auch immer, ich spürte im Voraus den »Stachel seiner Missachtung« – ich bediene mich einer Redewendung von Leopold Bloom, Bloomuponwhom, dem Schutzpatron der Unterworfenen und Betrogenen – so deutlich, wie ihn die Mädchen um vier Uhr an jenem Tag, an jenem Ort zu spüren bekommen haben werden, an dem Marius sie versetzte.

Sexuelle Erniedrigung – mein Terrain. Damit kenne ich mich aus. Ich bin Connaisseur. Über den Unterschied zwischen einem Stachel und einem Stich könnte ich eine ganze Abhandlung schreiben, tausend Seiten lang und in Dutzend Sprachen, davon einigen toten. Dies rührt, teilweise jedenfalls, von einer ausführlichen und möglicherweise allzu zweckbestimmten Lektüre einer besonderen Kategorie klassischer Romane her (englischen, französischen, russischen etc.), deren Thema die Demütigung ist. Ich wäre geneigt zu fragen, ob es überhaupt andere Kategorien des klassischen Romans gibt. Aber ich akzeptiere, wenn auch mit Verwunderung, dass manche Leser Bücher aufschlagen, um sich von außergewöhnlichen Ereignissen verzaubern oder von prosaischen Heldentaten anrühren zu lassen. Ich muss ohne ein Faible für Heldentum oder Krimis auf die Welt gekommen sein.

Mir ging es bei meiner Lektüre immer nur um eins: um Liebe und um Liebesleid.

*

Die Liebe quälte mich.

Ich mache keinen Unterschied zwischen Literatur und Leben. Bei den Geschichten, die ich als Frühreifer verschlang, fühlte ich mich unweigerlich zu den schmerzvollen hingezogen – zu den Nöten des jungen Werther und des älteren Alexej Alexandrowitsch Karenin, zur empfindsamen, jungenhaften Reizbarkeit eines Julien Sorel und zur zutiefst weiblichen, kontemplativen Traurigkeit einer Anne Elliot. Im Leben war es für mich nicht anders. Ich kam liebeskrank auf die Welt – voll unerwiderter Gefühle, hochsensibel, rasend eifersüchtig, mit einer morbiden Sehnsucht, mein Herz zu verschenken, lange bevor da jemand war, an den ich es hätte verschenken können.

Dass auch ich verschmäht, vor Gram vergehen würde wie die Heldinnen und Helden in meinen Büchern, daran zweifelte ich nie.

Das erste Mädchen, das ich mit Fug und Recht als meine Freundin bezeichnen konnte – das erste Mädchen, deren Finger ich zwischen meine flechten durfte –, betrog mich schon bei unserer zweiten Verabredung. Wir gingen zusammen ins Kino, und zweieinhalb Stunden später verließ sie es mit einem anderen. Wie und wo sie ihn aufgetrieben hatte, da scheinbar nur sie und ich in der Dunkelheit saßen und ich ihre Hand keine Sekunde losließ; was sie in ihm sah, als sie ihn ohne Licht wer weiß wo fand; warum sie ihn mir vorzog; was mir fehlte, oder was ich falsch gemacht hatte, das ihr Verhalten und die Grausamkeit, es mich so deutlich spüren zu lassen, hätte erklären können – ich wusste es nicht. Ich war fünfzehn, sie ebenfalls. Sie hatte welliges schwarzes Haar, Augen wie eine Wahrsagerin und lange schlanke, braune Arme, die sich in meiner Fantasie zweimal um mich schlangen. Sie hatte vorher schon geküsst, ich nicht. Aber sie stammte aus einer Lehrerfamilie – ihr Vater unterrichtete an der Royal Academy of Music –, und sie hatte gesagt, sie würde mir gerne das Küssen beibringen. Jetzt brachte sie es leider jemand anderem bei, das und noch mehr.

Wochenlang stellte ich mich nach der Schule vor ihr Haus, in der Hoffnung, sie würde sich umstimmen lassen, ihren Fehler erkennen, durch ein Gespräch oder schon durch meinen bloßen Anblick; aber sie zeigte sich nie, nicht mal am Fenster. Ich hoffte darauf, dass wenigstens ihr Vater mal herauskommen würde. Als

Cellolehrer hätte er bestimmt meine Verzweiflung verstanden, aber auch er kam nie. Schließlich erschien ein Mädchen, wahrscheinlich Faiths Schwester, vor dem Haus, um mir die Situation zu erklären. »Faith sagt, dass sie jetzt mit Martin zusammen ist. Du möchtest bitte nach Hause gehen und sie in Ruhe lassen.«

Ich stellte meine Schultasche ab, als wollte ich dort Wurzeln schlagen. Was erwartete ich? Dass sich die Erde auftat und mich verschlang? Dass Faith die Worte ihrer Schwester zurücknahm? Einen Blick auf Martin, der mir wenigstens vor Augen führte, was mir fehlte?

Die Schwester war vermutlich vom Anblick verschmähter Liebe gerührt, denn sie schlug einen versöhnlicheren Ton an. »So was passiert nun mal. Du wirst schon darüber hinwegkommen.«

Ich bin nie darüber hinweggekommen. Mein Leiden an dem Verlust von Faith stand in keinem Verhältnis zu dem, was ich bei unseren nur zwei Verabredungen und zwischendurch, wenn ich an sie dachte, für sie empfunden hatte. So sagte es mir die Vernunft. Aber die Vernunft war keine Hilfe. Gegen Eifersucht hilft überhaupt nichts. Ich fing an, ihre Schönheit zu idealisieren. Ihre Arme wurden noch länger und schlanker. Ihre Küsse, eigentlich nur zaghaft und zahnlos, waren jetzt tiefer und leidenschaftlicher, unergründlich wie das Meer und verzweifelt wie die einer Ertrinkenden, nur schwamm jetzt jemand anders in diesem Meer, und ich war derjenige, der ertrank. Ich konnte nicht mehr essen. Meine schulischen Leistungen ließen nach. Ich hatte Kopfschmerzen. Ich hegte Mordgedanken, die sich nicht gegen Faith oder Martin richteten, sondern gegen mich selbst. Hätte ich mehr von dem gehabt, was Mädchen von Jungen erwarten, wäre mir das nicht passiert. Jetzt war es zu spät, sich dieses geheimnisvolle Etwas anzueignen, denn es gab keine Zukunft, in der ich es praktisch hätte anwenden können.

Ich suhlte mich in meinem Schmerz. Ich erforschte ihn, schliff ihn immer feiner, bis zwischen meinem Herz und mir kein Fetzen Haut mehr übrig war. War es Faith, die mir fehlte, oder war ich es selbst, die Person, die ich war, als sie ihre wunderbaren Arme zweifach um mich schlang? Woher genau rührte der Schmerz – waren es die Küsse, die mir geraubt worden waren, noch ehe sie recht angefangen hatten, oder war es die Kränkung, dass sie Martin mir vorgezogen hatte? Was gefiel ihr an ihm? Was gefiel ihr nicht an mir? Was war es, was war es, was war es …?

Danach – in dem Danach, das ich nie für möglich gehalten hätte – wurde ich vorsichtig und achtete sorgsam darauf, niemals jemanden so zu verletzen, wie ich verletzt worden war, niemals ein Kino mit einer anderen zu verlassen als der, mit der ich es betreten hatte, und beim Küssen niemals durchblicken zu lassen, dass ich lieber eine andere geküsst hätte. Wie man Eifersucht überlebt, wurde zur Frage meines Lebens. Wie kann man akzeptieren, dass derjenige, den man liebt, die Liebe nicht erwidert? Wie kann man es aushalten, dass ein anderer die Küsse der Geliebten bekommt? Wie kann man damit fertig werden, wenn man verlassen wird? Wie findet man sich damit ab, dass man ungeliebt ist und ungeliebt bleiben wird, ausgestoßen, nicht, weil man selber nichts taugt, sondern weil man dem Glück zweier anderer im Wege steht; dass man bis in alle Ewigkeit einsam bleiben muss, damit die beiden anderen bis in alle Ewigkeit zusammenbleiben können?

»Du kennst ja mein Motto«, sagte mein Vater, eingehüllt in eine Wolke aus Zigarrenqualm. »Wenn du einen Bus verpasst, dann warte auf den nächsten.«

Er war von meinem Flennen angewidert, und ich fand ihn ganz und gar abscheulich.

»Was nützt mir der nächste Bus, wenn mich der erste überfahren hat?«, entgegnete ich.

Er zuckte die Achseln. »Die paar Knochenbrüche«, sagte er. »Was soll's.«

»Knochenbrüche!«

Meine Mutter war mitfühlender, wenn auch keine größere Hilfe. Ich suchte sie nie in ihrem Zimmer auf, Ort ihres persönlichen stillen Kummers, solange ich denken konnte, denn auch sie war eine Verlassene. Aber eines Morgens kam sie zu mir, als ich untröstlich und bewegungslos auf meinem Bett lag, an die Decke schaute, meine Traurigkeit pflegte, die sich mit jedem Tag häuslicher in meinem Körper einrichtete, ein Fluss aus geschmolzenem, saurem, glutheißem Honig, der mit träger, trügerischer Süße durch meine Adern strömte.

»Ist das immer so?«, fragte ich sie.

»Dass man betrogen wird?«

»Die Liebe.«

Sie überlegte einen Moment, schlang ihren Morgenrock aus Brokatstoff enger um sich. Meine Mutter war mir immer wie eine Frau aus einer anderen Zeit erschienen, in ein früheres Jahrhundert verbannt. »Wie gern würde ich dir sagen, dass es nicht so ist«, antwortete sie. »Aber du wirst eine andere finden, und dann wirst du vergessen, was diesmal passiert ist.«

»Und wenn es wieder passiert?«

Sie berührte meine Hand, eine ungewöhnlich warmherzige Geste für unsere Familie, in der Berührung für Unschicklichkeiten oder Zurückweisungen reserviert war. »Vielleicht hast du Glück«, sagte sie. »Vielleicht passiert es nicht wieder.«

»Was kann ich dafür tun, dass es nicht wieder passiert?«

»Lerne die Nächste etwas weniger zu lieben. Oder jedenfalls etwas weniger in sie zu investieren.«

»Aber wäre das dann noch Liebe?«

»Tja«, sagte sie und stand auf. »Das ist die große Frage.«

Ich mochte erst fünfzehn sein, aber die Antwort auf die große Frage kannte ich bereits. Wenn man lieben wollte – und nichts anderes wollte ich –, dann musste man willens sein, die Symptome und die Begleiterscheinungen der Liebe in seiner Seele freudig zu empfangen: Die Angst vor Betrogenwerden konnte genauso mächtig sein wie die Angst vor dem Tod; Eifersucht, die sich bis ins Knochenmark hineinfraß; eine panische Furcht vor Verlust, die kein noch so großes Maß an Vertrauen zu lindern vermochte. Verlust – Verlust, der so sicher auf Gewinn folgte wie der Tag auf die Nacht, so denn je wieder Tage auf Nächte folgen sollten. Man liebte nicht nur in der Erwartung, den anderen zu verlieren, sondern *um* zu verlieren – so hatte ich es aus meinen Lieblingsbüchern gelernt, und jetzt, da ich es an der Wirklichkeit erprobt hatte, wusste ich, dass sie recht hatten. Man liebte, um zu verlieren, und je mehr man liebte, umso mehr verlor man. Angst und Eifersucht waren keine Spaltprodukte der Liebe, sie waren die Liebe an sich.

Der Fluss aus geschmolzenem Honig strömte durch meinen Körper, als hätte er dort sein natürliches Bett gefunden und würde es niemals verlassen.

Wie gut, dass es wenigstens etwas gab, das mich niemals verlassen würde.

*

Nach der Beerdigung fuhr ich nicht wie geplant mit dem Zug zurück nach London. Aus einer Eingebung heraus blieb ich in Much Wenlock. Obwohl es Samstagabend war, verspürte ich keine Lust, in die Stadt zu fahren. Ich bestellte Sandwichs und aß sie im Hotelzimmer. Alles in dem Hotel war schief. Die Sandwichs rutschten vom Tablett. Meine Bierflasche rutschte vom Nachttisch. Und um zu verhindern, dass auch ich noch aus dem Bett rutschte, musste ich mich an der Matratze festhalten.

Aber die Schrägheit passte zu meiner Stimmung. Ich war ziemlich durcheinander.

Sonntägliche Kirchenglocken weckten mich. Höhnisches Sonnenlicht fiel durch die Gardinen ins Zimmer. Der alte Mann war unter der Erde, jetzt konnte das Leben wieder beginnen. Ich beschloss, den Sonnenschein auszunutzen, vermutlich den einzigen, den Shropshire in den nächsten tausend Jahre zu sehen bekam, und zog mich rasch an. Ich wollte frühstücken, aber nicht das Risiko eingehen, dass mir mein Spiegelei auf den Schoß rutschte, also begab ich mich auf die Suche nach einem Café.

Danach bummelte ich ein bisschen durch dic Stadt, sah mir das Kloster an, die Fachwerkhäuser und entdeckte schließlich ein paar Buchhandlungen, solche, wie ich sie gerne aufsuche, schon aus Prinzip, wenn ich mal außerhalb von London bin. Selten finde ich etwas Wertvolles, aber ich versäume es nie, ein, zwei Bücher zu kaufen, als Ausdruck meiner Empathie. Von allen erwähnten Formen vorzeitiger Grablegung ist der Buchhandel in der Provinz die erbärmlichste. Die Buchhändler sitzen hinter ihren Holztischen und tun, als würden sie lesen – obwohl sie ihren gesamten Bestand in- und auswendig kennen –, und tragen ihre seltenen Verkäufe mit einem stumpfen Bleistift in ein Hauptbuch ein. Wie leicht könnte ich so dasitzen, denke ich jedes Mal, hätten meine Vorfahren nicht kluge Weitsicht bewiesen und entschieden, dass unser Schicksal in Marylebone liegt, Londons Stadt in der Stadt. *Felix Quinn: Antiquarische Buchhandlung* – in der dezenten Anmaßung unseres Namens schwingt, wie ich meine, das Selbstbewusstsein einer Familie mit, die sich niemals vorstellen konnte, nicht in fußläufiger Reichweite zu haben, worauf Leib und Seele angewiesen sind: Kunstgalerien, Konzertsäle, gute Restaurants, Wein- und Käsehändler, Krankenhäuser und Bordelle.

Andere müssen reisen, um solche Bedürfnisse zu befriedigen, wir brauchen nur die Hand auszustrecken.

Ja, es war sogar einer der wiederkehrenden anrüchigen Scherze meines Vaters, das Glück seines Alters bestehe einzig darin, dass er nur die Hand auszustrecken brauche, um einer Frau unter den Rock zu greifen. Wohlgemerkt, nicht dem meiner Mutter.

Nachdem ich die Regale der Buchhandlungen abgesucht und tröstende, um nicht zu sagen herablassende Worte an die glücklosen Besitzer gerichtet hatte, brauchte ich erst mal ein Mittagessen. Es war nach drei Uhr, als ich vor der Shrewsbury Station dem Taxi entstieg. Alle Züge hatten Verspätung. Verärgert stapfte ich bis ans Ende des Bahnsteigs auf der Suche nach einer Sitzgelegenheit in der Sonne und überlegte, ob ich mich mit den Leuten anlegen sollte, die Plätze mit ihren Gepäckstücken okkupierten. Rucksackträger sind immer die Schlimmsten. Wanderer! Masochisten, die meinen, sie hätten einen gesunden Geist. Schließlich wurde ein Sitz frei, und ich schnappte ihn mir. Als ich mich umschaute, sah ich, dass ich neben Marius saß.

Er trug noch immer die Kleidung von der Beerdigung. Ich meinte sogar, Lehmspuren vom Friedhof an seinen Schuhen zu erkennen, selbst an seinem Jackett. Aber das war vermutlich Einbildung. Ich schielte ein paar Mal zu ihm hinüber und hoffte auf ein angedeutetes Lächeln, die Aufforderung zu einem Gespräch. Ich war neugierig, warum er auf der Beerdigung gewesen und welcher Art seine Beziehung zu dem armen Jim Hanley und seiner Witwe war. Wenn wir mit demselben Zug nach London fuhren, würde er mir vielleicht von seiner Neigung erzählen, minderjährige Mädchen aufzugabeln und dann fallen zu lassen. Mir den Reiz des Sadismus erläutern.

»Ein wunderschöner Nachmittag«, sagte ich schließlich in der Einsicht, dass ich ewig warten konnte, bis er den Anfang machte.

Er beehrte mich mit einem knappen Blick, so wie ein wildes Tier einen Menschen ansieht, vor dem es keine Angst hat, den es aber auch nicht fressen will. Es war offensichtlich, dass er mich sonst wohin wünschte, und ebenso offensichtlich, dass er mich nicht von der Trauerfeier wiedererkannte.

Ich warf den Kopf in den Nacken und blinzelte in die Sonne, um es Marius leicht zu machen, mir nicht zu antworten, wenn er nicht wollte. Soll mir keiner nachsagen, ich sei kein entgegenkommender Mensch.

Er wollte nicht unhöflich sein und sah auf die Uhr.

»Ach ja, die Zeit, mein Herr«, sagte er.

Ich wusste nicht, was er meinte. War es eine Frage? Überlegte er, ob seine Uhr nachging? »Was ist mit der Zeit?«, fragte ich.

»Sie ist der Grund, warum man lieber woanders wäre. Hat nix mit'm Wetter zu tun.« Wieder sah er auf die Uhr. »Man wittert die Ferne. Vier Uhr hat diese Wirkung.«

Der leichte Akzent erstaunte mich. Ich meine den Akzent unter dem aufgesetzten Cockney oder was er sonst imitieren wollte. Nicht reiner West Midlands, aber so ungefähr. Ich hätte nicht gedacht, dass er einen Akzent hat. Das enttäuschte mich. Ich hätte ihn mir unverdorbener gewünscht. Wie gesagt, ich betrachtete ihn aus pornografischer Sicht, und die Pornografie ist ein heikles Medium. Sie gestattet kein fremdes Beiwerk und keinen Blödsinn, sondern nur den klaren, kühlen, dunklen Strich sexueller Gewalt und die nachfolgende Stille.

»Und nach welchem fernen Ort riecht vier Uhr für Sie?«, fragte ich.

»Ach!«, sagte er, als zielte diese Frage auf den Grund seiner Seele. Er trommelte mit den Fingern auf den Aktenkoffer, der auf seinem Schoß lag, und machte ein Gesicht, als schweifte seine Fantasie durch wirkliche und unwirkliche Welten. Ich wartete und rechnete mit Namen wie Petra oder Heraclea, den Galapagosinseln oder Troja. Pedanten erkenne ich auf den ersten Blick. Überempfindliche kleine Tyrannen neigen zur Pedanterie. Sie lesen die Klassiker, um ihren Weltekel zu lindern.

»Thanatos«, brachte er schließlich hervor und bewies damit, dass ich recht hatte. Er war ein Tyrann.

Ich verzog das Gesicht. »Thanatos?«

»Wo das liegt, fragen Sie sich? Es ist das griechische Wort für Tod, Kumpel.«

Ich musste meine ganze Contenance aufbieten, um ihn nicht zu bitten, mich nicht wie eins seiner Schulmädchen zu behandeln. »Ich weiß, was Thanatos heißt«, sagte ich. »Es erstaunt mich nur, dass Sie den Tod als Ort bezeichnen.«

»Was würden Sie denn sagen?«

»Er ist das Ende aller Orte.«

Er fuhr sich mit der Hand über den Mund, als müsste er sich zwingen, mich nicht auszulachen oder mit den Zähnen zu zerfleischen. Jetzt verstand ich, wie sich die Mädchen gefühlt haben mussten. Es war aufregend, in seiner Nähe zu sein, irgendwie gefährlich, als wäre der Tod, von dem er sprach, eine Größe, über die er Macht besaß. Ich hatte das Gefühl, am Bahnhof von Shrewsbury neben einem Vampir zu sitzen. Es hätte mich nicht gewundert, wenn ich mir den Hals bedeckt hätte.

»Dann würden Sie wohl ebenso prosaisch behaupten«, sagte er mit unverhohlenem Spott, »dass der Tod auch keine Person ist. Aber da sind die Griechen anderer Meinung. Sie haben ihn zu einem schönen Jüngling gemacht, mit einem Schmetterling in der Hand. Und immer da, wo man sich um vier Uhr gerade befindet, hört man die Flügel des Schmetterlings zum letzten Mal schlagen. Das ist – da Sie das Thema nun schon mal angeschnitten haben – der Grund, warum einem das Herz wehtut, warum jedem auf diesem Planeten vor Mitleid mit dem dahinscheidenden Tag das Herz wehtut, wenn er in den Armen des Verlangens versinkt. Comprenez?«

Ich sagte ihm nicht, dass ich die Geschichte mit dem blöden Schmetterling in- und auswendig kannte, schönen Dank auch, dazu war ich viel zu sehr ergriffen von seiner Diktion. »Ihr Weltbild scheint das eines unverbesserlichen Romantikers zu sein«, entgegnete ich, um zu zeigen, dass ich selbst auch einen gewissen Stil pflegte. Doch da hatte er sich längst von der Bank erhoben. Es war kein Zug in Sicht, aber er wollte sicherstellen, dass er, wenn es so weit war, ihn nicht in meiner Gesellschaft bestieg.

*

Man mag es kaum glauben, aber Marius fuhr nach London, um mit einigen Leuten ein paar Dinge zu klären, und einer derjenigen, mit denen er etwas zu klären hatte, war ich. Nicht mit mir persönlich, sondern als Geschäftsinhaber.

Bedenkt man, dass sein Auftrag mit dem Tod im Zusammenhang stand, der uns bereits verband, war das schon weniger zufällig. Ich meine nicht sein Thanatos-Gefasel, ich meine den Todesfall, der mich nach Shropshire geführt hatte. Der Professor, so schien es, war schon einige Zeit krank gewesen und hatte im Verlauf dieser Krankheit zunehmend an geistiger Umnachtung gelitten. Er war der festen Überzeugung, jemand habe die kostbarsten Bücher aus seiner Bibliothek gestohlen. Er hatte ein Tagebuch geführt, das alle nötigen Informationen enthielt, um die Diebe, die nachts aus London angereist waren und alle Bücher, derer sie habhaft werden konnten, in einen Umzugswagen geschafft hatten, zu entlarven. Sie hatten ihn nicht gefesselt oder ihm etwas zuleide getan, aber ihn unter Drohungen davor gewarnt, ja nichts zu unternehmen, das ihre Flucht gefährden würde. Zum Glück hatte er immerhin die Geistesgegenwart besessen, den Namen des Mannes zu notieren, der den Wagen fuhr. »Felix Quinn: Antiquarische Buchhandlung.« Die Tatsache, dass der Eintrag in seinem Tagebuch auf einen Termin hinwies, den er persönlich mit Felix Quinn vereinbart hatte, und der nachfolgende Eintrag das Treffen als »in einer Hinsicht sehr zufriedenstellend« beschrieb, legte eine andere Deutung dieser Geschichte nahe. Doch diejenigen, die sich um ihn sorgten – im Nachhinein – und möglicherweise um ihr Erbe fürchteten, hielten es für das Beste, die Sache aufzuklären; ein bisschen zu früh, so kurz nach der Beerdigung, aber darüber wollte ich mir kein Urteil erlauben. Menschen vom Lande sind nun mal argwöhnischer als wir gemeinen Stadtbewohner.

Was nun diejenigen betraf, die sich um ihn sorgten, so waren das seine Frau, die einst mit einem sehr viel jüngeren Mann davongelaufen war – einem Lieblingsstudenten des Professors –, und ebendieser jüngere Mann, der niemand anderes war als Marius.

Nichts von alldem war, wie gesagt, ein Zufall, außer dass einer meiner Angestellten, Andrew – der mit Marius verhandelte, als dieser am Montagmorgen im Geschäft erschien –, ihn noch aus dem Studium kannte. Ich war gerade nicht da, als Andrew und Marius ihre Bekanntschaft erneuerten, aber man erzählte mir, das sei so freundschaftlich verlaufen wie eine Begegnung mit Marius nur sein konnte. Zerknirscht, aber überzeugt, dass man dem alten Herrn seine George Macdonalds und Christina Rossettis nicht abgeluchst hatte, zog Marius wieder ab. Danach ging Andrew – ein kurzatmiger Bücherwurm mit einem Pferdeschwanz, den endlich abzuschneiden ich ihm jedes Mal nahelegte, wenn er wieder so lang geworden war, dass ich um die Sicherheit meines Angestellten fürchtete, sobald er die Bibliotheksleiter betrat – in einem kürzlich eröffneten neuseeländischen Restaurant in der High Street mit mir essen und fand sich bereit, mir alles zu erzählen, was er über Marius wusste.

Marius war mit ihr, der Frau des Professors, durchgebrannt, das war noch das Pikanteste. Zwar sagt man durchgebrannt, man meint aber eigentlich nur, dass Paare anderswo eine gemeinsame Wohnung beziehen. Bei diesem Paar jedoch konnte man tatsächlich von Durchbrennen sprechen; er war zwanzig, sie fünfzig. Und die Geschichte, die ich durch eigene Nachforschungen noch mit der Farbe versehen habe, an der es Andrews notwendigerweise knapper Zusammenfassung mangelte, ging so:

Sie war die Frau eines emeritierten Professors, der halbtags arbeitete, und das nur auf halber Geistesflamme, und der sich Marius' in dessen zweitem Studienjahr annahm, weil er in dem jungen Mann ein frühreifes und möglicherweise unglückseliges Genie sah und weil er sich in ihm wiedererkannte. Bevor er sich in ein Leben akademischer Randständigkeit fügte und das, was von seiner Intelligenz übrig geblieben war, vor leeren Auditorien versprühte – leer bis auf Marius –, hatte sich der Professor Hoffnung gemacht, einst als scharfsinniger Essayist, Mythenschöpfer und Epigrammatiker in die Geschichte einzugehen. Jetzt, hinkend und schwerhörig, malte er sich die gleiche Zukunft für Marius aus, der häufiger Gast in seinem Haus wurde, wo er Elspeth kennenlernte, die alt genug war, um seine Mutter, aber nicht alt genug, um seine Großmutter zu sein. Sie war sehr schön, mit silberweißem Haar, in dem scheinbar alterslosen Stil englischer Mittelklassefrauen, die das Altaussehen hinter sich bringen, während sie noch jung sind. Mit fünfzehn sah sie aus wie hundert, die folgenden dreißig Jahre über sah sie aus wie fünfzehn. Jetzt schwebte sie, am Äquinoktialpunkt, zwischen Zuversicht und Verzweiflung, ihr Tag noch nicht vorbei, das Triebwerk ihres Abends eben erst angelaufen – und Marius, Vorsicht hin, Anstand her, war, wie ich später erfahren sollte, keineswegs immun gegen das Äquinoktium.

Er sprach freimütig mit ihr – gemessen an seiner Verschlossenheit – und in Hörweite des Professors über seine Liebe zu ihr. Seine Sprache stelle ich mir dabei irgendwo zwischen Gatsby und Schopenhauer vor, nach den Träumen greifend, immer wacker voran, wie Boote gegen den Strom, der garantierten Unzufriedenheit, dem garantierten Unglück entgegen.

»Was verstehen Sie schon von Liebe oder Liebeskummer?«, forderte sie ihn heraus, die Stimme wie Glocken in einem christlichen Dorf am Morgen einer Krönungsfeier.

Sie saßen im Garten und tranken Pimm's. Es war einer jener milden englischen Sommertage, an denen man meint, die Ewigkeit zu spüren.

»In Ihrem Alter ist Liebe nur ein Wort«, sagte der Professor. »Ihr Elend können Sie noch gar nicht ergründet haben.«

Wenn der Professor redete, hörte es sich an, als raschelte trockenes Papier in den Bäumen.

»Im Gegenteil«, widersprach Marius. »Ich habe nur ihr Elend ergründet. Ich gebe zu, einem verliebten Mann haftet immer eine gewisse Erbärmlichkeit an, wie Wittgenstein es nennt, ganz egal, ob die Liebe ihn glücklich oder unglücklich macht. Aber, so Wittgenstein weiter, es ist schwerer, gut unglücklich verliebt zu sein, als gut glücklich verliebt.«

Jetzt sangen die Bäume das Lied von der Ewigkeit.

Der Professor und seine Frau tauschten Blicke. Siehst du?, sprach es aus den Augen des alten Mannes. Was habe ich dir gesagt? Ist er nicht brillant?

Elspeth nickte. Ja, jetzt sah sie es auch.

Sie brannten durch, Marius und Elspeth. Gut möglich, dass sie die Letzten ihrer Gattung waren, die sich zu diesem Schritt entschlossen. Durchbrennen ist eigentlich ein Akt verzweifelter Verliebter in rigiden Gesellschaften. Heutzutage verkündet man einfach, dass man geht, und lässt den anderen sitzen. Den beiden hätte sich doch niemand in den Weg gestellt, weder der Professor, dessen Leben ohnehin so viele Enttäuschungen bereithielt, dass sich der Verlust seiner Frau – der auch als der Gewinn eines Sohnes angesehen werden konnte – kaum auf seine Schwermut auswirkte, noch Marius' Vater, der auf seinen Sohn herabsah und keinen weiteren Beweis dafür brauchte, dass er ein Narr war. Marius' Mutter, was zu erwähnen mir mit Rücksicht auf die menschliche Psychologie peinlich ist, war selbst ein Jahr nach der Geburt ihres Sohnes durchgebrannt, richtig durchgebrannt, verfolgt von einem bewaffneten Ehemann. Marius und Elspeth wurden von niemandem verfolgt, sie brannten durch, weil sie durchbrennen wollten.

Marius wartete in einem geliehenen Wagen vor ihrem Cottage in Quatford. Er war zwanzig, und sie war … aber es ist egal, wie alt sie in Wirklichkeit war, gefühlsmäßig war auch sie zwanzig. Es war vier Uhr nachmittags, die Stunde, in der ihr Mann, der Professor, entweder seine Vorlesungen oder sein Mittagsschläfchen hielt oder, wie Elspeth witzelte, ihre Stimme mädchenhaft jung, beides auf einmal. Lieber wäre sie nachts entführt worden, nur der Mond ihr Zeuge, aber so lange konnte Marius den Wagen nicht ausborgen.

Marius wollte sie küssen, als sie nur mit einer Reisetasche und einem Tuch um die Schultern erschien, doch Elspeth drängte zur Eile.

»Fahr«, sagte sie. »Fahr einfach.«

Er erkundigte sich nach dem übrigen Gepäck.

»Fahr einfach«, wies sie ihn an.

Niemand folgte ihnen, doch Marius tat wie ihm geheißen, er fuhr einfach.

Gelegentlich beugte sich Elspeth zur Seite und sah in den Rückspiegel, um sicherzugehen, dass sie nicht verfolgt wurden. An Ampeln wurde sie unruhig, und wenn jemand ihr Auto überholte, tat sie erschrocken. Aber es gab keinen Grund. Kein Alarm war ausgelöst worden, niemand hatte sich an ihre Fersen geheftet. Nachdem der Professor festgestellt hatte, dass seine Bibliothek noch vollständig war und sie mit keinem seiner Vortragsmanuskripte abgehauen waren, seufzte er und überließ die Geflohenen ihrem Schicksal. Das verzieh Elspeth ihm nie.

Sie hatten sich vorher nicht darüber verständigt, wohin die Reise gehen sollte. Elspeth wollte, dass es ein Geheimnis blieb. Marius nahm an, dass er sie auf seine Studentenbude in Sutton Coldfield bringen sollte, auch wenn er sich dort das Bad mit vier Kommilitonen teilte. Elspeth dagegen hoffte auf eine Art Übergangszeit an einem Ort, wo keiner von beiden zu Hause war. Als Marius ihr erklärte, er müsse den Wagen vor Einbruch der Dunkelheit zurückbringen, sagte sie, in dem Fall müsse er sie ebenfalls vor Einbruch der Dunkelheit zurückbringen.

»Wenn du deinem Professor und Gönner die Frau ausspannen kannst«, sagte sie, »kannst du einem Freund doch wohl auch das Auto klauen.«

In diesem Moment wurde Marius klar, auf was für ein dubioses Abenteuer er sich eingelassen hatte. Fortan verstand er sich als Immoralist.

Er fuhr ziellos umher, bis Elspeth ein Ortsschild nach Stratford Upon Avon entdeckte. »Bring mich dahin«, sagte sie.

Marius blickte auf die Benzinuhr, bis Stratford würde es gerade noch reichen.

Elspeth liebte Shakespeare, und seinetwegen liebte sie Stratford Upon Avon. Statt in der Bed-and-Breakfast-Unterkunft, die Marius für sie gefunden hatte, gleich auf ihr Zimmer zu gehen, führte sie ihn zum Royal Shakespeare Theatre, wo, wie es der Zufall wollte, gerade *Antonius und Kleopatra* gegeben wurde.

»Weißt du, was?«, flüsterte sie ihm, kurz bevor das Saallicht erlosch, ins Ohr. »Vor genau fünfundzwanzig Jahren habe ich hier an diesem Haus Peggy Ashcroft als Kleopatra und Michael Redgrave als Antonius gesehen.«

»Das war vor meiner Zeit«, antwortete Marius flüsternd.

Sie hielt sich an seinem Arm fest. »Keiner hätte gedacht, dass Peggy Ashcroft das Zeug zu einer Kleopatra hatte, aber sie war großartig.«

Mochte das alles auch vor seiner Zeit gewesen sein, dass Kenneth Tynan sich giftig über diese berühmte außergewöhnliche Besetzung geäußert hatte, war Marius bekannt. Durch seinen Essay, in dem er Tynan und George Bernard Shaw als Kritiker des englischen Theaters verglich, war Elspeths Mann ursprünglich auf ihn aufmerksam geworden. Der Professor war kein Freund des Theaters, wie auch Marius keiner war, und sie teilten eine Vorliebe für solche Momente in der Geschichte der Theaterkritik, in denen selbst große Kritiker nicht gut auf das Theater zu sprechen waren. Marius erinnerte sich an Tynans witzige Bemerkung, die einzige Rolle in *Antonius und Kleopatra,* zu der englische Schauspielerinnen das Zeug hätten, sei die der Octavia, Cäsars blasser Schwester. Etwas sadistisch, unter den gegebenen Umständen, zitierte er diese Worte vor Elspeth, ebenso Tynans bewusst ordinär formuliertes nachfolgendes Gespött: »Die großen Schlampen des Welttheaters haben unseren Mädchen schon immer zu schaffen gemacht.«

Unterstellen wir Marius ruhig die ärgsten Motive. Nicht nur brauchte er nach seiner armseligen Vorstellung beim Akt des Durchbrennens eine Selbstbestätigung, es musste auch etwas in seinem Wesen angesprochen haben – anzunehmen sind seine Gehässigkeit und sein Sadismus –, das Wort Schlampe in Gegenwart der Frau seines Professors auszusprechen, einer Frau, die alt genug war, ihn deswegen zu rügen, und die soeben seinetwegen die wohlanständige Sicherheit ihres früheren Lebens aufgegeben hatte.

Elspeth dagegen fand, dass Peggy Ashcroft durchaus genügend Schlampenhaftigkeit in sich entdeckt habe, um die Rolle der Kleopatra zu spielen. Innerlich zuckte sie vor der Brutalität des Wortes zusammen und hielt es im shakespeareschen Sinn nicht für angemessen. Aber sie stritt eher verträumt und ohne Überzeugung für ihre Sache, als reizte sie an diesem weihevollen Ort vielmehr die Frage, ob sie selbst genügend Schlampenhaftigkeit in sich zu entdecken fähig sei, um – diesmal mit Überzeugung – die Rolle von Marius' Mätresse zu spielen.

*

Eine Geschichte, die – ganz gleich, was man sonst von ihr halten mag – erklärt, warum Marius mich von dem Moment an, als ich ihn zum ersten Mal erblickte, in Aufregung versetzte. Nicht jedem Zwanzigjährigen ist es gegeben, eine Frau, die zweieinhalbmal so alt ist wie er, ihrem Mann abspenstig zu machen und mit ihr eine gemeinsame Wohnung zu beziehen. Marius war ein Grenzüberschreiter, einer, der Anstand nur mit Respektlosigkeit begegnete. Für solche Leute habe ich einen Riecher, auch wenn – oder sollte ich vielleicht eher sagen: gerade weil – er mir mit der gleichen Respektlosigkeit begegnete.

Dass ich einen Riecher für solche Leute habe, ist nur eine verharmlosende Umschreibung eines Instinkts, zu dem ich mich mutig bekennen sollte. Manche Männer, und Marius gehörte dazu, haben mir schon immer Angst gemacht, aus dem einen Grund, weil sie eine Eigenschaft zu besitzen scheinen, die ich nicht habe: die Fähigkeit, eine Frau, wider jede Vernunft und jedes Gewissen, dazu zu überreden, sich ungezügelter Lust hinzugeben. Das meinte ich damit, als ich sagte, ich betrachtete Marius aus pornografischer Sicht. Ganz abgesehen davon, wie er wirklich war, spielte er eine archetypische Rolle in dem aus Bücherwissen gespeisten Theater des Aufruhrs und des Melodramas, das meine sexuelle Fantasie ausmachte. Er lauerte in dunklen Kinosälen, für alle unsichtbar, außer der Frau, die er dir wegnehmen und in der Finsternis unbemerkt küssen würde, während du neben ihr saßest und ihre Hand hieltst. Er war der ewige Lebemann oder Lüstling, der jedem, der kein Lebemann oder Lüstling war, Angst um die eigene Potenz einflößte. Egal, ob man gerne selbst eine Frau dazu verführt hätte, sich wider jede Vernunft der ungezügelten Lust hinzugeben – das Wissen, dass man selbst dazu nicht fähig war, er dagegen wohl, lag zusammengerollt wie eine Giftschlange in dem hohen Gras der Selbsteinschätzung. Und das längst bevor man sich der heiklen Frage stellte, was geschehen würde, wenn man – quasi Kopf an Kopf – dieselbe Frau umwarb.

War das freudianisch? Sah ich meinen Vater in ihm, der mit mir um meine Mutter buhlte? Ich würde nicht dagegenhalten. Meinen Vater erkenne ich in den meisten Männern wieder, und zweifellos meine Mutter in den meisten Frauen. Sie war ständig in Sorge, er war ein Schwein – wie das bei Archetypen so ist, mit diesen beiden konnte man im Leben nicht allzu schiefliegen.

Das Rätsel, warum Marius mich so beschäftigte, wäre damit jedenfalls gelöst. Er war einer von *denen*. Er hatte das, was Sacher-Masoch in jenem mit schwarzem Samt behangenen, Schauder auslösenden Griechen sah – die Macht zu »unterwerfen«. Nicht, weil ich selbst eines der beiden minderjährigen Mädchen begehrt hätte, war es mir zuwider, wie er auf dem feuchtkalten Gräberfeld von Wooton-Under-Wasweißich mit ihnen spielte, noch weil ich ihn um die Professorenwitwe beneidete, litt ich mit ihr, als er sie mit seiner Distanziertheit quälte. Letzteres war ohnehin nur Teil ihres durch den Altersunterschied bedingten Rituals aus Grausamkeit und Sichabfinden. Nein, was mir wirklich naheging, war, dass er nur deswegen so handelte, weil er es sich leisten konnte. Sie genießen Vorrechte, diese sich nichts vergebenden Lüstlinge mit den traurigen Gesichtern. Jedenfalls in meinen Ängsten. Was vielleicht nur besagt, dass ich derjenige bin, der ihnen Vorrechte einräumt.

Erst unterstelle ich ihnen nahezu unmögliche Kräfte. Dann gebe ich sie frei. Frei wozu?

Frei, um das zu tun, was sich die rasende Fantasie eines Perversen von ihnen erwünscht. Frei, um Schaden anzurichten. Frei, um sich das zu nehmen, was dir gehört. Frei, um dir deine Frau abzulisten. Frei, um eine Schlampe aus ihr zu machen. Frei, um aus dir ein Nichts zu machen.

Man könnte gewiss noch viel zu diesem Thema sagen, aber damit endete mein Interesse an Marius. Er war eine Figur in einer obszönen Fiktion, die ich nach dem Muster sämtlicher obszönen Romane, die ich je gelesen hatte, entworfen hatte – und welcher Roman ist nicht obszön, aber das nur, wenn ich sein Bild vor Augen hatte. Sobald er aus meinem Blickfeld verschwand, blieb der Roman ungeschrieben. Und er wäre auch weiterhin ungeschrieben geblieben, wenn Marius nicht fünf oder sechs Jahre später – in der Zeit, in der ich Marisa völlig verfallen war – gänzlich unerwartet, aber doch passenderweise, mit einem Herzenswunsch wieder aufgetaucht wäre, wenn auch nicht gerade dort, wohin Herzenswünsche normale Menschen normalerweise führen, sondern bei *Felix Quinn: Antiquarische Buchhandlung*. Marius war eben genauso wenig normal wie ich.

Er bat uns, einige Bücher wiederzubeschaffen, die ihm persönlich viel bedeuteten und die wir vor einigen Jahren weiterverkauft hatten. So ungefähr. Nicht etwa jene Bücher, die uns an seinem Totenbett abgeschwatzt zu haben der Professor vorgeworfen hatte, sondern andere, die sich im Besitz der Witwe des Professors befunden hatten und die mitzunehmen, als sie mit ihrem Lover durchbrannte, sie keine Zeit gefunden hatte. Den Termin hatte er nicht mit mir gemacht, ja, es gab für ihn überhaupt keinen Grund, mich irgendwie mit der Buchhandlung in Verbindung zu bringen, doch Andrew, der um mein Interesse wusste – der alles im Gedächtnis behielt, sich an jedes Buch erinnerte, nach dem je gefragt worden war; jedes Buch, das wir je verkauft hatten; jedes Buch, das je geschrieben worden war –, teilte mir mit, dass Marius vorbeikommen wolle. Ich war in meinem Büro, als Marius den Laden betrat, und obwohl eine schwere Glasscheibe uns trennte und er sich sehr verändert hatte, erkannte ich ihn auf Anhieb. Er hielt sich anders, seine Körpergröße wirkte weniger herrisch, eher als ein Vorwand für Absonderung. Er hatte sich einen Schnurrbart stehen lassen, seelöwenhafte Auswüchse, die er wie ein schwedischer Abenteurer trug, als wollte er sich damit das Äußere eines Menschen geben, der etwas zu verbergen hatte. In meinen Augen glich er nur noch mehr einem kleiderzerfetzenden Sadisten. Aus der Häufigkeit, mit der Andrew sich zu ihm vorbeugte, manchmal sogar so weit ging, seinen Pferdeschwanz zurückzustreichen und die Hand an die Ohrmuschel zu legen, schloss ich, dass Marius außerdem angefangen hatte zu nuscheln.

Er sah mich nicht, und wenn doch, hätte er sich nicht an mich erinnert. Ich war seiner Wahrnehmung nicht würdig, in keiner Hinsicht.

Obwohl er uns seinen Auftrag bereits schriftlich zugesandt hatte, galt es, ein Prozedere einzuhalten, bevor wir mit der Suche nach dem Gewünschten beginnen konnten. *Felix Quinn: Antiquarische Buchhandlung* drängt seine Kunden nicht, und wir werden auch nicht gerne von unseren Kunden gedrängt. Man kommt in die Buchhandlung, man sagt, was man will, man geht, und irgendwann bekommt man ein Päckchen von uns, oder man bekommt keins. Selbst wenn die gesuchten Bücher für alle sichtbar im Regal stehen, füllen wir einen Bestellschein aus und leiten eine offizielle Suche ein. Im Zeitalter von Amazon wissen unsere Kunden diese Tugenden zu schätzen. Marius hinterließ seine Adresse. Aus purer Neugier – eine andere Interpretation würde sagen, aus selbstmörderischer Neugier – prüfte ich nach, wo er jetzt wohnte. Ganz sicher nicht mehr im feuchten Shropshire. Und auch damit hatte ich recht. Auf dem Land war kein Platz für so eine Blume des Bösen wie Marius. Allerdings hatte ich auch nicht damit gerechnet, dass er praktisch nach nebenan gezogen war, in das Umfeld meiner Ehe.

Im ersten Moment wurde mir ganz still ums Herz. Frieden? Der Frieden, den einem die Götter am Vorabend der sicheren Vernichtung schicken? Nur um mich zu beruhigen, dass ich noch nicht vernichtet war, trat ich auf die Straße hinaus und schaute in die Gesichter der Menschen, die ihren Geschäften nachgingen. Ausdruckslos, die meisten. Ohne solche Geheimnisse, wie ich sie in mir trug. Aber vielleicht dachten sie das Gleiche über mich. Man weiß nie, was einem anderen still ums Herz weht.

Nach Ansicht der Elisabethaner ist das Schicksal eine Hure. Das ist mit Vorsicht zu genießen. Die Elisabethaner sahen in allem und jedem eine Hure. Sie begeisterten sich an dem heiseren, verworfenen Klang des Wortes und waren berauscht von der Entzauberung der Frauen – der Entzauberung des Sexuellen im Allgemeinen –, die in der Bedeutung des Wortes liegt. Rasend und wie von Hurerei besessen, trieben sie Unzucht, fingen sich Syphilis ein, vermuteten hinter jedem Lächeln eine versteckte Lüge und hielten keine Frau für unschuldig. Für mich dagegen, der ich keineswegs weniger zügellos bin, doch die Falschheit der Frauen als etwas anderes betrachte – sagen wir mal, als Chance und nicht als Fluch, und sicher mit mehr Verständnis –, ist das Schicksal eher ein Zuhälter als eine Hure. Wie ließe sich sonst erklären, dass Marius, dem die ganze Welt offen stand, ausgerechnet zu einem Zeitpunkt, als ich seines besonderen Talents dringend bedurfte, darauf verfiel, sich in meiner unmittelbaren Nachbarschaft niederzulassen, sodass sich unsere Wege, das gemeinsame Interesse an antiquarischen Büchern einmal beiseitegelassen, irgendwann unweigerlich kreuzten und ich ihn mir irgendwann unweigerlich ins Haus holen musste.

Er wohnte, wie ich herausfand, über einem Knopfgeschäft, in einer kleinen Seitenstraße mit romantischen Restaurants und schicken Boutiquen inmitten des Trubels, als wollte er sich jeden Tag vorführen lassen, was er versäumte. Auf der einen Seite ein Gardinengeschäft, auf der anderen eins für Fleckentferner. Nach links gelangte er in die Wigmore Street, nach rechts in die Harley Street. Nichts, kein Bedürfnis, was sich nicht unmittelbar und jederzeit befriedigen ließ – Kunst, Musik, Käse, Schuhe, Würstchen, Spezialisten für Wirbelsäule, Gehirn, Herz-Kreislauf, neue Bücher, antiquarische Bücher, gelangweilte Frauen pensionierter Professoren –, nur meinte er, nichts von alldem noch zu brauchen. Außer vielleicht den Fleckentferner.

Sexuell war er, auf seine Art, genauso gestört wie ich, mit dem Unterschied, dass er morgens nicht mehr aus dem Bett kam, um sich daran zu erfreuen. Nicht aus Faulheit, sondern Apathie. Er hatte etwas Schreckliches getan und wollte mit der Welt, in der er es getan hatte, nichts mehr zu schaffen haben.

Er wachte früh auf, oft noch vor Tagesanbruch, mit einem galligen, sich windenden Wurm in den Eingeweiden. Manchmal fragte er sich, ob nicht vielleicht die Eingeweide selbst der Wurm waren. Er überlegte, ob er sich an den Schreibtisch setzen und etwas schreiben sollte, etwas Episches, Epigrammatisches, doch immer streckte er automatisch die Hand nach der Nachttischlampe aus und las in deren Lichtschein weiter, was ihn bereits in der zurückliegenden Nacht beschäftigt hatte, bis er, weder willens noch unwillens, in den Schlaf geglitten war. Gewöhnlich las er moderne ausländische Literatur in Übersetzungen – er vertrug nur die in plattem Englisch wiedergegebene kühle Erotik der Tschechen und Italiener, wic kalten schwachen Tee.

Das ist der Prosastil, übrigens, dessen ich mich eigentlich bedienen müsste, wenn ich Marius beschreibe, um ihn so als den herzlosen englischen Libertin darzustellen, an dem die Franzosen so gerne ihre Fantasie auslassen, wie Sir Stephen etwa, einer Figur aus der *Geschichte der O*, dem O einen Willen aus »Eis und Eisen« attestiert. Doch ist das eine Falschheit der Pornografie, die ich nicht leiden kann: die schlichte Ausdrucksweise. Meine Angst vor Marius – meine Gier nach Marius – lief förmlich über vor Worten.

Aus Angst vor der eigenen Courage jedoch war Marius nur wenig produktiv. Auf seinem Schreibtisch lag ein Notizbuch, das er als Student vor beinahe zwanzig Jahren erworben hatte, in der Absicht, darin eine englische Version von Baudelaires spleenigen Streifzügen durch das nächtliche Paris niederzuschreiben. Den Titel hatte er bereits: *Vier Uhr*. Die Stunde, die Marius erregte. Mitternacht? Ach was. Mitternacht war das Klischee. Wenn die vierundzwanzig Stunden des Tages nur die Schwankungen unserer Begierden markierten, dann war vier Uhr für Marius die Stunde, in der seine Feder aufs Äußerste gespannt war. Früher einmal hatte sie wie ein Lebenselixier auf ihn gewirkt. Er ging durch die Straßen und nahm das Oszillieren zwischen Tag und Abend als eine Veränderung der eigenen Körpertemperatur wahr. Er hörte, wie sein Blut heiß wurde. Jetzt schaute er nur aus dem Fenster über dem Knopfgeschäft. Vier Uhr in der Stadt – die Verkäufer, die auf ihre Armbanduhren sahen; die Kellner, die mit kellnertypischer aggressiver Geste ihre Zigarettenstummel auf die Straße schnippten und frische Tischdecken auslegten; Barkeeper, die Gläser polierten und in den Kelchen ihr Spiegelbild betrachteten; Männer und Frauen auf den Straßen, die ihre Schritte beschleunigten, mit den Gedanken woanders, auf dem Weg nach Hause, um sich umzuziehen, und unterwegs nur stehen blieben, um Blumen zu kaufen, Schokolade, Wein oder Dessous – als wäre die ganze Stadt ein Liebhaber, der nur an die nächste Verabredung dachte, eine Verabredung, die, um den Zyklus aus Erwartung und Enttäuschung wieder neu in Gang zu setzen, unbefriedigend enden musste.

Sein Bett war schmal und unbequem, wie das eines Mönchs. In seinem früheren Leben war es ein drittklassiges Gästebett gewesen. Aber was brauchte er jetzt schon? Niemals hätte er zugegeben, dass es ein Büßerbett war. Es war schmal, weil nicht mehr Platz zur Verfügung stand. Die Unbequemlichkeit jedoch diente einem Zweck. Sein Bett nutzte er nur zum Lesen, nie hätte er eine Frau mitgebracht und dieses Bett mit ihr geteilt.

Mehr als die Währungsschwankungen im Wirtschaftsteil zu verfolgen – kein anderes Thema in den Zeitungen weckte sein Interesse, alles war vorhersehbar –, wusste er mit der Zeit, die ihm zur Verfügung stand, nichts anzufangen. Er hatte keine Arbeit, übte keine Funktion aus. An guten Tagen war das wenige Geld, das er mit dem Verkauf eines geerbten Hauses verdient hatte, ein klein wenig mehr wert. An schlechten Tagen sah er sich wieder zu der Entscheidung genötigt, ob er es in Dollar oder Yen anlegen sollte.

Ab und an, wenn der Geldmarkt sich gegen ihn wendete und er genug Willenskraft aufbringen konnte, aus dem Bett zu steigen, verkaufte er am Zaun des Hyde Park Kopien alter Meister, made in Taiwan. Der Bekannte eines Bekannten eines Bekannten wusste, wie man sich einen Platz ergatterte und wie man an die Bilder kam. Ein Pastiche von Michelangelo oder Gainsborough, in Minuten hingeschmiert, auf irgendeiner Insel vor der Küste Chinas, das kam Marius' Geschmack für das Abgeschmackte entgegen. Es machte den Tiefsinn zur Farce. Nichts hatte Bestand, nichts hatte Wert.

Ansonsten war er ohne Beschäftigung. Seinen Beruf – was auch immer, Lehrer, Kritiker, Privatdozent, Chronist der taghellen Stadt, die sich der Nacht zuwendet – hatte er genauso vernachlässigt wie die Frau, die er einst geliebt hatte. Weil das Aufgeben zur Gewohnheit wird, hatte er auch ihn sterben lassen.

*

Wodurch es zu dieser Veränderung in Marius' Leben gekommen war, ist schnell erzählt. Elspeth war gestorben, und er war nicht bei ihr gewesen. Man ist entweder aus Zufall oder aus Absicht nicht dabei, wenn ein Mensch stirbt. Marius war aus Absicht nicht bei Elspeth gewesen.

Auf der Beerdigung des Professors war es offenkundig gewesen, dass die Beziehung zwischen den beiden nicht so war, wie man es von einem Paar, das aus Liebe durchgebrannt war, erwartet hätte – dass Elspeth jede ihr von Gott vergönnte Stunde mit Marius verbrachte, keine Sekunde vergehen ließ, ohne sein Antlitz zu betrachten oder neben ihm zu liegen, und Marius, davon überzeugt, ihre Schönheit werde ihn auch weiterhin hinreißen, stürmisch seine Ergebenheit zeigte und ihr beteuerte, er werde ihr ewig zu Füßen liegen. Möglich, dass Marius der Anblick der Tränen missfiel, die Elspeth über ihren Exgatten vergoss. Manche Menschen sind auf Tote eifersüchtig. Auch möglich, dass ihn nachträglich Zweifel plagten, entweder von der Sorte: »Was war ich für ein Schwein«, oder »Was war ich für ein Dummkopf«. Wie auch immer, ich jedenfalls hatte mit eigenen Augen gesehen, wie widerwärtig er sich gegenüber der armen Frau verhielt, sie mit seinem Flirten und seiner Kühle quälte, wo es seine Pflicht und Schuldigkeit gewesen wäre, sie in Frieden trauern und sich ihren Selbstvorwürfen hingeben zu lassen.

Stand es schon vor der Beerdigung nicht gut um die beiden, dann verschlechterte sich die Beziehung danach dramatisch. Vielleicht büßte Elspeth durch den Tod des Professors an Ausstrahlung ein, wer weiß? Es ist schwer vorstellbar, dass sie Marius im Laufe der gemeinsamen Jahre nicht vorgeworfen hätte, sich nur in sie verliebt zu haben, weil sie einem anderen, älteren, klügeren Mann gehörte. Und jetzt, entsetzt und wie erstarrt, musste Marius sich fragen, ob sie recht hatte.

Obwohl ihn der Altersunterschied anfangs gerührt und gereizt hatte, so wie der Raub einer Frau, verlor dieser nach und nach an Faszination, bis sich Marius am Ende eingestehen musste, dass er es um ihrer wie seiner selbst willen nicht ertragen konnte, Elspeth altern zu sehen. Dementsprechend, wenn auch erst nach langen Leibes- und Seelenqualen, ersparte er ihr das Elend seines Leidens und verließ sie, damit sie, in Würde, auf sich allein gestellt, sterben konnte.

Finis.

Das war drei Jahre her. Wie lange er schon in Marylebone wohnte, ließ sich nur vermuten. Er machte gerne ein Geheimnis um Veränderungen in seinem Leben. Es passte zu dem kultivierten Anschein der Zufälligkeit. Ein Joseph Conrad des Archipel Marylebone. Lange konnte er sich dort noch nicht herumgetrieben haben, andernfalls hätte ich, als jemand, der gewissenhaft, um nicht zu sagen zwanghaft, Ausschau nach erotischen Gelegenheiten hält – ich spreche hier als Ehemann, nicht für mich selber –, ihn sicher schon früher gesehen und erkannt.

Ganz gleich, wohin es ihn nach Elspeths Tod verschlagen hatte, er hatte wie ein Toter gelebt, sich einen Schnurrbart wachsen lassen, um die Welt auf Abstand zu halten, und von seiner lichten Höhe aus mit fast niemandem gesprochen. Die wenigen Worte, die er noch wechselte – mit dem Angestellten des Knopfgeschäfts unter ihm, mit dem Zeitungsverkäufer, mit Leuten, die ihn im Straßencafé ansprachen, wie ich es mir zur Gewohnheit machte, bis ich mir seiner sicher war –, waren hinter seinem Bart fast unhörbar.

»Kaum ein Wort«, lautete Andrews Antwort, als ich mich erkundigte, ob er Marius' Fragen habe hören können. »Aber er war ja auf der Universität schon schlecht zu verstehen.«

Ein unzugänglicher Mensch, noch ehe er einen Grund hatte, dem Leben nicht offen zu begegnen, war Marius in Gefahr, sich einer Sprache zu bedienen, die nur er alleine sprach.

Das geht mir nicht anders. Auch wenn ich den Anspruch erhebe, dass meine Verfassung eine allgemein menschliche sei, kann ich nicht gerade behaupten, viele Leute zu kennen, die dafür die gleichen Worte finden wie ich. Ausgenommen in den Randgebieten der Pornografie, den phantasmagorischen Chatrooms, wo die Gestörten den Gestörten zuraunen, redet man nicht über das, was ich tue. So sprachen wir also beide eine Sprache, die nur uns allein vorbehalten war. Eine Basis, auf der wir uns unterhalten konnten, meinte ich, oder jedenfalls verbal ins Geschäft kamen.

Meine Sprache würde ihn entsetzen, da war ich mir sicher. Dagegen hatte ich nichts. Ich wollte ihn entsetzen.

Kein Mann, der je eine Frau geliebt, hat sie sich nie in den Armen eines anderen vorgestellt – in dem Stil. *Kein Ehemann ist je glücklich – wirklich glücklich, genital, in seinem Innersten glücklich, als Ehemann –, bis er nicht den eindeutigen Beweis hat, dass ein anderer sie fickt.*

*

Zu behaupten, ich hätte Marius überwacht, um mich mit seinen Lebensmustern vertraut zu machen, wäre übertrieben. Da gab es gar nicht viel zu überwachen. Meistens hielt er sich zu Hause auf und versuchte, das Buch zu Ende zu schreiben, das er eigentlich nie angefangen hatte. Dank gewissenhafter Angestellter und häuslicher Arrangements, die am treffendsten als flexibel zu bezeichnen wären, hatte ich Zeit und erwischte ihn manchmal, wenn er dennoch vor die Tür ging. Ein paar Mal sah ich, wie er den Manchester Square umrundete, als könnte er sich nicht entscheiden, ob er sich die Wallace Collection vornehmen sollte oder lieber nicht. Was ihn schließlich davon abhielt, weiß ich nicht. Später fand ich es heraus:

Gemälde. Gemälde erinnerten ihn an Elspeth. Elspeth liebte Gemälde sehr, für Marius' Geschmack zu sehr. Er trat Gemälden gewissermaßen auf Augenhöhe gegenüber, stritt mit ihnen, spürte ihre Macht und rang mit ihnen – aber er liebte sie nicht. Mit Musik war es ebenso. Er hörte Musik, grübelte und gab sich ihr erst nach einem Kampf hin – aber er liebte sie nicht. Wahrscheinlich sah ich ihn deswegen wenig später auch vor der Wigmore Hall herumlungern. Elspeth hatte auch für Musik geschwärmt.

Kunst umgab sie wie ein Glorienschein. Sie wurde verklärt durch sie. Das Leuchten, wenn sie nach einem Konzert oder einem Galeriebesuch nach Hause kam, tat Marius in den Augen weh. Kunst war nicht der Grund, warum er sie verließ. Der Verfall ihres Körpers war der Grund, warum er sie verließ. Aber wer vermag zu sagen, ob nicht die Vorliebe, sich mit Kunst zu umgeben, vor allem Kunst der übermäßig imaginativen Art – ihre absolute Lieblingsausstellung war die Schau der präraffaelitischen *Fairy Paintings* im Victoria and Albert Museum, und sie besaß, oder hatte besessen, signierte Erstausgaben aller Werke von Tolkien, einem ehemaligen Bekannten ihres Vaters und ihres Mannes –, wer also vermag zu sagen, ob nicht rauschhafte Kunst, in welcher Form auch immer, nicht mit dazu beigetragen hatte, ihr Fleisch von den Knochen zu lösen?

Im Übrigen erwies sich Marius als schwierig, es war nicht leicht, ihm auf den Fersen zu bleiben. Die einzige Regelmäßigkeit abzupassen, auf die ich zählen konnte – sein Vier-Uhr-Kaffee an irgendeinem Kaffeehaustischchen in der High Street, vorzugsweise vor dem griechischen Café, gegenüber der Reisebuchhandlung –, war zu riskant. Ich möchte bezweifeln, dass er mich von der Beerdigung in Shropshire wiedererkannt hätte, aber das Wagnis wollte ich nicht eingehen. Für mein Anliegen war es wichtig, dass er von meiner Existenz nichts wusste.

Ich fing an, mich häufig im Knopfgeschäft aufzuhalten, bloß um unter ihm zu sein. Wenn der Laden leer war und ich angestrengt lauschte, bildete ich mir ein, ihn auf und ab gehen zu hören. Noch immer suchte ich nach einem Eröffnungssatz für ein Gespräch. Im Verlauf dessen kaufte ich mehr Knöpfe, als ich brauchte, aber hatte den Eindruck, dass ich auf diese Weise gleichsam Witterung aufnahm und folglich, sollten wir im selben Supermarkt einkaufen oder denselben Arzt aufsuchen, seine Nähe spüren würde.

Vielleicht war es purer Zufall, vielleicht die Witterung, die mich eines Mittags in die Fromagerie des Viertels lockte, wo Marius gerade über Käse sinnierte. Dass er sich fast ausschließlich von Brot und Käse ernährte, hatte ich bereits herausgefunden. Ich war mir sicher, dass es keinen Tisch in seiner Wohnung gab. Seine Mahlzeiten, stellte ich mir vor, nahm er auf der Bettkante sitzend ein, schnitt den Käse mit einem scharfen Obstmesser und riss das Baguette mit den Händen auseinander. Es war die gehemmte Explosivität, die dem Bild etwas Satanisches verlieh. Kein Mensch von seiner Größe und seinem Temperament konnte lange so weiterleben.

In der Fromagerie spürte man die Spannung, die von ihm ausging. Alle um ihn herum verfielen in Schweigen, während er in den Käse murmelte und ein rattenfallengroßes Stück nach dem anderen aussuchte, wobei die Pausen nach jeder Wahl länger wurden.

»Kann es noch etwas für Sie sein?«, fragte die junge Frau hinter der Theke, durchaus begründet, da Marius inzwischen so zerstreut war, dass er wie abwesend wirkte.

Die Frage löste eine schnaufende, verzweifelte Belustigung in den Tiefen seines Schnurrbartes aus. »Ob es noch etwas *sein* kann? Ich hoffe doch sehr. Aber was es sein kann, und wann es sein kann – davon habe ich keinen Dunst. Die Zeit ist unwiderrufbar. Das, was sein wird, so wie das, was hätte sein können, ist ein abstrakter Begriff und bleibt als Möglichkeit bestehen nur in der Welt des spekulativen Denkens – das hat schon ein Dichter richtig bemerkt.«

»Das macht dann siebzehn Pfund und dreißig Pence«, sagte die junge Frau. Ich nahm an, dass sie sein Geschwafel gewohnt war.

Ein letztes tragisches proteisches Schnaufen, dann pellte er, wie ein Oxford-Don, der sich einer Schutzgelderpressung fügte, einen Zwanzigpfundschein von einem Geldbündel, das er in der Gesäßtasche seiner Cordhose aufbewahrte.

»Danke auch, Puppe«, sagte er und strahlte sie mit seinen eisigen kummervollen opalblauen Augen an, während sie ihm das Wechselgeld herausgab. Er wollte sich nicht über sie lustig machen. Im Gegenteil. Die Elenden werden das Land erben, nachdem die Hochmütigen es zugrunde gerichtet haben, daran glaubte Marius. Und dann werden die Elenden es ihnen nachtun.

Puppe. Du lieber Himmel! Wer sagt denn heute noch Puppe zu einer Frau?

Ich weiß nicht, wie es ihr dabei ging, aber mir wurde ein wenig schlecht, als ich das hörte.

Puppe!

War es überhaupt noch erlaubt, eine Frau so anzureden? Es hätte von Anfang an verboten gehört.

*

Er kaufte nicht täglich zur Mittagszeit Brot und Käse in der Fromagerie, doch oft genug, dass ich hoffen durfte, eines Tages würden sie sich dort treffen – er und Marisa –, da auch sie gerne Käse aß und die Fromagerie das Geschäft war, wo man ihn kaufte, jedenfalls an den Wochentagen, wenn kein Markt war.

Schließlich – auch wenn ich meinen ganzen Scharfsinn darauf verwenden musste, damit es zustande kam – trafen sie tatsächlich aufeinander.

Als Experte für beide Personen sah ich sie jeweils mit ihren Augen. Er, angestaubt wie eine Schlange, ungeachtet des warmen Wetters mit Halstuch, der ewige Student, gerade aus Wittenberg angereist, ohne besonderes Ziel, in Gedanken bei seinem satanischen Mittagessen. Sie, in einem Bleistiftrock mit sehr hoher Taille, der so eng war, dass er sich gefragt haben wird, ob ihre Haut noch Luft bekam, die Sonnenbrille ins Haar gesteckt, Ohrringe, die klapperten, als sie das Geschäft auf ihren Stilettos im Stechschritt durchmaß. Ein Alien im Bioladen. Meiner sensibilisierten Wahrnehmung nach war sie stärker abgelenkt als sonst, der hübsche Jagdgöttin-Diana-Kopf leicht zur Seite geneigt, als dächte sie über einen Vorschlag nach. Ich wusste genau, wann Marisa einen Mann registrierte. Das zu beobachten, hatte ich ausreichend Gelegenheit gehabt. Sie räusperte sich. Marius hatte ich bisher nur mit Beute gesehen, die zu jung war, und einer Mätresse, die zu alt war, deswegen wusste ich nicht, auf welche Veränderungen ich bei ihm achten musste. Aber ich sah, wie er die Enden seines Schnurrbarts zwischen die Finger nahm und sie zu Stacheln zwirbelte. Ziegenhörner gelangen ihm nicht gerade, aber deutlicher hätte er sein Interesse nicht signalisieren können.

In einer Sekunde war alles vorbei – nur ein registrierendes Zucken der Augenlider, nach Art hochgezüchteter Katzen, die auf der Straße aneinander vorbeilaufen.

Wären sie Katzen gewesen, ich hätte die beiden sich selbst überlassen. Sie hätten gewusst, wie der nächste Schritt auszusehen hätte. Aber Marisa und Marius waren ein überkultiviertes Paar. Auf sich allein gestellt, wären sie nicht weiter vorangekommen, und wenn sie sich noch so oft im Käsegeschäft getroffen hätten. Dazu waren sie sich viel zu ähnlich, sie weckten ineinander nur die Romantik des Unmöglichen.

Ich hingegen drängte weiter, schneller, als es sich gehört, von der subtilen Andeutung von Erotik hin zur plumpen Vereinigung. Eifersucht wirkt mit größerer Geschwindigkeit als selbst der kühnste Ehebruch – von einem fallen gelassenen Taschentuch bis zum Akt der Schande, tausendmal begangen, braucht es bloß einen Augenaufschlag. Und von Begierde genährte Eifersucht wirkt noch schneller. Kaum war mir der katzenhafte Hochmut in dem Blickwechsel der beiden aufgefallen, standen mir schlagartig alle weiteren Phasen vor Augen; Marisa, bebend, den Kopf gesenkt, das Hinterteil hochgereckt; Marius, mit ausgefahrenen Klauen, ihr Fell zur Seite streichend, scharlachrot, obszön wie eine Blutspur …

Ich war nicht verrückt. Bis es so weit war, musste ich mich noch eine Weile gedulden.

Aber wenigstens war etwas ins Rollen gekommen. Und für die Zwischenzeit mangelte es mir nicht an Einfallsreichtum. Ich kannte die Schwächen der beiden. Bei Marisa Gespräche. Bei Marius Frauen, die schon einen Mann hatten, und – vorausgesetzt, sie war nicht esoterisch, vorausgesetzt, sie war verdorben – Kunst. Ich brauchte die beiden nur noch in ein Museum und miteinander ins Gespräch zu bringen.

2 Marisa

»Er tanzte nicht gern. Er spielte nicht gern. Er trank nicht einmal gern. Eifersucht war seine einzige Leidenschaft. Er freute sich an ihr, er lebte von ihr.«

Joseph Roth, *Geschichte von der 1002. Nacht*

»Obwohl in Ostindien die Sittenreinheit besondre Achtung genoss, hat es einer verheirateten Frau der Brauch erlaubt, sich jedem hinzugeben, der ihr einen Elefanten schenkte …«

Michel de Montaigne, *Essays*

Kein Mann, der je eine Frau geliebt, hat sie sich nie in den Armen eines anderen vorgestellt.

Ich wiederhole diesen Satz nicht nur, weil es mir Freude macht, mir Marius' entsetztes Gesicht vorzustellen. Ich wiederhole ihn, weil es eine kategorische, unerschütterliche Wahrheit ist, auch wenn ich fest damit rechne, auf Widerspruch zu stoßen. Eher gibt ein Mann sein Vermögen hin, als sich den Wunsch einzugestehen, seine Frau hinzugeben. Oder, noch besser – denn wenn wir ehrlich sind, geht es hier nur um Abstufungen von Gut und Böse –, seine Frau möge sich aus freien Stücken einem anderen hingeben.

Selbstverständlich ist eine Fantasievorstellung nicht dasselbe wie ein Verlangen. Was man vor seinem gestörten geistigen Auge sieht, muss man nicht gutheißen mit dem Herzen. Oder vielleicht doch. Wozu ist die Fantasie sonst da, wenn sie unser Herz nicht aus seiner Gewissheit locken darf?

Hier ein einfacher Test für Ehemänner. Würden Sie eher sagen: Ich habe die Befürchtung, dass ein anderer Mann mit meiner Frau schläft? Oder: Ich habe die Hoffnung, dass ein anderer Mann mit meiner Frau schläft? Was von beiden wäre Ihnen lieber?

Nehmen Sie sich Zeit zum Nachdenken. Schließen Sie die Augen. Malen Sie sich die Szene ruhig ein bisschen aus. Natürlich haben Sie Angst. Aber könnte es sein, dass Sie sich das, was Sie abschreckt, in gleichem Maße herbeiwünschen? Erregt Sie die Fantasievorstellung nicht ebenso sehr, wie sie Sie abschreckt?

Je mehr man eine Frau liebt, desto mehr befürchtet man, sie zu verlieren. Wäre es da nicht eine vernünftige Strategie – der Fantasie und des Herzens –, diesen Verlust einzuüben?

Nennen Sie es von mir aus Selbstschutz: In allen anderen Bereichen praktizieren wir ihn, wir wappnen uns gegen Tragik und Zerstörung, wir schließen Versicherungen ab, wir treffen Vorkehrungen. Wenn Sie wissen, dass Sie nicht ertragen werden, was die Zukunft bringt, wenn Ihr Herz wachsweich ist – und wessen Herz ist nicht wachsweich? –, dann überraschen Sie es, bevor es Sie überrascht.

Gegen die rasenden Fluten der Eifersucht gib es, soweit ich weiß, keinen besseren Schutz. Springen Sie ins kalte Wasser. Auf diese Weise bestimmen Sie wenigstens selbst über Ihr Schicksal. Und ob Sie untergehen oder oben bleiben, die Wirkung könnte belebend sein.

»Mich lockt eine größere Aufgabe …« – das sind nicht meine Worte, sondern die eines anderen Devianten mit moralischer Mission: Pervert Pervert, wie ein verklemmter Englischlehrer ihn naserümpfend nannte, als ich erwähnte, ich hätte in den Ferien *Lolita* gelesen. Er solle sich an die eigene Nase fassen, hätte ich ihm antworten sollen, aber ich wollte ihn zu nichts verleiten. In meiner Schule brauchte man einen Lehrer nur anzugucken, und schon steckte er einem Liebesbriefe in den Ranzen. Die von Pervert Pervert gemeinte Aufgabe bezog sich auf Mädchen, die noch minderjährig waren, sodass selbst Marius sich mit ihnen abgegeben hätte, wobei zudem in seinem Fall der Abscheu vor alterndem Fleisch die Freude an jungem überwog. Meine Aufgabe hingegen ist eindeutig legal und nicht so bedrohlich für die Gesellschaft. Ich möchte mich für gehörnte Ehemänner starkmachen, den Hahnrei, den Cuckold, obwohl ich sagen muss, dass mir die Komik des Wortes missfällt. Mit starkmachen meine ich nicht, die Öffentlichkeit für unsere Sache zu gewinnen. Ich will keinen Verein gründen. Mein Anliegen ist eher seelsorgerischer Natur – ich möchte die langen Arme der Brüderlichkeit um die Abermillionen Ehemänner schließen, die ihre Frauen auffordern würden, sie zu hintergehen, wenn sie nur den Mut dazu fänden. Gehörnte aller Länder, vereinigt euch! Ihr habt nichts zu verlieren als eure Ketten!

Die andere Person, die ihre Arme um unsere Frau legt, ist natürlich ein Mann. Die Fantasie, der manche Männer gerne nachhängen – ihre Frauen in sinnlicher Umarmung mit einer anderen Frau –, ist etwas vollkommen anderes. Ich bin nicht so puritanisch, dem Kitzel seinen Platz in der Erotik verweigern zu wollen oder so zu tun, als hätte der Anblick zweier sich küssender Frauen nicht auch etwas Anziehendes – mein Vater hat mehr als einmal verkündet, dass er Geschmack daran fände –, doch der Kitzel ist nicht etwas, worum es mir geht. Die weich gespülten Experimentierfreuden eines Zeitalters, das alles einmal ausprobiert und dem Sex fein säuberlich alle Gefahr raubt – außer Geschlechtskrankheiten –, führen nicht in die Hölle. Die Nymphen klettern aus dem Bett, verbeugen sich anmutig vor ihrem Publikum, kleiden sich an und gehen wieder zum Alltag über, es sei denn, sie hätten zu viel Gefallen gefunden an der Welt, der sie soeben entstiegen sind – doch auch das ist ein anderes Thema.

Nein, die Liebe, von der ich spreche, die verzweifelte, die blutige Liebe, die einzige Liebe, die den Namen verdient, das letzte erotische Abenteuer, das uns vor der Auslöschung noch bleibt – diese Liebe erfordert einen zweiten Mann. Einen Rivalen. Keinen Mitgenießer der Liebesdienste Ihrer Angetrauten, keinen Jim für Ihren Jules und keinen Jules für Ihren Jim. Keinen Ersatz für Sie, keine jüngere Ausgabe von Ihnen, keinen Ihresgleichen, keinen Fels-in-der-Brandung-Heathcliff, sondern die wahre, gefürchtete, wetterfeste und für alle Lebenslagen taugliche Alternative zu Ihnen. Einen Mann, wie er zu sein Ihnen nicht gegeben ist. Einen, der Sie ausradieren kann, als wären Sie nie gewesen.

Solche Fantasiegebilde kommen und gehen, manchmal handelt man daraufhin, meistens jedoch nicht, bis die Fantasie vergeht und andere Bestimmungen sucht, jenseits der Obsession.

Für die Glücklichen, oder auch Mutigen, werden aus Fantasien Fakten. Sie lassen ihrem Wesen freien Lauf. Sie gewähren den Dämonen Zutritt zu ihrem Herz. Sie müssen sich keine Fragen stellen. Sie wissen, sie brauchen nicht wie Othello um einen sichtbaren Beweis zu bitten. Sie haben den Beweis. Und ihre Liebe zu der Frau, die sie betrügt – wobei eher von Vollzug als Betrug die Rede sein müsste –, erblüht zu rückhaltloser Bewunderung.

Kein Mann hat je eine Frau angebetet, der sie nicht in den Armen eines anderen weiß.

Kein Mann hat je seine Frau so angebetet wie ich, Felix Quinn, Marisa Quinn angebetet habe, schon jetzt die Geliebte anderer Männer und bald – sehr bald, so Wünsche Flügel haben – die Mätresse von Marius.

*

Das Erstaunliche ist, dass ich diese Rolle bereits gespielt habe, der andere Mann, der Rivale, die gefürchtete Alternative zu dem Mann, den sie schon hatte, bevor ich ihr Ehemann wurde. Die besten Gehörnten sind immer die, die zuvor anderen Hörner aufgesetzt haben. Sie kennen die Ungeheuerlichkeit des Betrugs, der kein Betrug ist, aus der Binnenperspektive. In unserem Fall allerdings war es tatsächlich ein Betrug, weil der Kontrahent außerstande war, Gefallen daran zu finden, dass ich ihn verdrängt hatte. In der Psychopathologie des Alltags gibt es häufig solche Opfer: Männer, die sich die exquisitesten Empfindungen, die die Liebe zu bieten hat, entgehen lassen, weil sie es nicht vermögen, der Eifersucht einen Platz in ihrem Herzen einzuräumen.

Er sammelte antiquarische Bücher, und ich verkaufe antiquarische Bücher. Ich besorgte ihm, wonach er suchte, und wir wurden Freunde. Lassen Sie sich das eine Warnung sein: Freunden Sie sich nicht mit dem Buchhändler an, der Ihre Bibliomanie befriedigt, sonst befriedigt er als Nächstes noch Ihre Frau.

Mir ist bewusst, dass sich mein Ton verändert, wenn ich mich an meine Rolle als Liebhaber erinnere. Mich überkommt eine etwas grobe Leichtigkeit, die mir, ehrlich gesagt, nicht sehr behagt. Das zeigt – hätte es noch eines Beweises bedurft –, dass mir die Rolle des Verführers, oder wie immer man die Rolle des Täters umschreiben will, nicht liegt. Ich bin mir selbst nur treu, wenn ich der Leidtragende bin. In diesem einen Fall jedoch – vielleicht weil ich voraussah, wohin es mich letztlich führen würde – war ich derjenige, der dem anderen die Hörner aufsetzte.

Aus ihrem Verhalten bei unserer ersten Begegnung ließ sich unmöglich ablesen, ob die Ehe, die Marisa führte, glücklich war oder nicht. Sie wirkte unbeständig, das war mein stärkster Eindruck von ihr. Sie war jemand, der sich noch nicht niedergelassen hatte, so wie ein Schmetterling, der sich auch nie dauerhaft niederlässt. Wenn mir jemand gesagt hätte, dass sie, wie der Schmetterling, der Thanatos begleitete, sterben würde, ehe der Nachmittag vorüber war, ich hätte es geglaubt – obwohl sie aussah wie das blühende Leben. Von ihrer Kleidung her vollkommen im Hier und Jetzt, stets elegant, urban, modern, in Pumps mit Metallabsätzen, eine Frau voller Energie, die jeden Mann mit seinen eigenen Waffen zu schlagen vermochte, war sie doch irgendwie nicht ganz bei uns. Wenn sie über etwas lachte, das jemand gesagt hatte – wir waren nur zu dritt, Marisa, ihr Mann und ich, und tranken Tee im Claridge's, das Vier-Uhr-Ritual –, dann war es, als wollte sie etwas nachholen, als lachte sie über etwas, das beim letzten Mal hier geäußert worden war. Sie war alles andere als langsam, sie funktionierte nur einfach in einer anderen Dimension, machte sich ihre Gedanken und hob sich das, was um sie herum gesagt wurde, für eine Stunde auf, in der sie empfänglicher dafür war.

Frauen, die auf diese Weise der Zeit entwischen, finden geradewegs in mein Herz. Ihr Nicht-ganz-da-Sein kommt meinem Wunsch entgegen, von ihnen begehrt zu werden, bevor sie mich kennen, und wenn sie mich dann kennen, von ihnen hintangesetzt zu werden. Sie verweigern mir eine irdische Wirklichkeit auf eine Weise, die mich erregt und energetisiert. Sie verheißen mir die Möglichkeit, mich irgendwann ganz in ihnen zu verlieren.

Um es deutlicher zu sagen: Sie appellieren an mein Mitleid. In der Zehntelsekunde, bevor ich mir ausmale, mich in ihnen zu verlieren, stelle ich mir vor, dass ich ihnen etwas Gutes tue, sie vor etwas beschütze, was weiß ich, vor Terroristen, den schmelzenden Eispolen, Zynismus, Marius, mir selbst.

Ich rede, als hätte es solche Frauen scharenweise in meinem Leben gegeben. Dem ist nicht so. Wenn ich von Marisa auf die Allgemeinheit schließe, dann deswegen, weil ich in ihr gleich im allerersten Augenblick erkannte, was ich in einer Frau schon immer gesucht hatte. Anders ausgedrückt, ich sah in ihr mein Schicksal.

Was genau sah ich? Ein graues Licht in ihren Augen. Nicht unbedingt Skrupellosigkeit, aber eine aus Ernst erwachsene Gewissheit. Sie schmunzelte, sie lachte, sie sah woandershin und war nicht ganz bei uns, aber es hätte wohl niemand weniger frivol erscheinen können. War sie sittenstreng? Ich glaubte, ja; und Sex lohnt sich nur mit sittenstrengen Menschen, denn Erotik stellt sich nur dort ein, wo ernsthaft die Folgen abgewogen werden.

Als ich ihr die Hand gab, nahm sie sie, als hätte sie ein Recht auf deren Besitz. Das hatte nichts Kesses oder Kokettes an sich, nicht im Entferntesten, hatte nichts mit dem zu tun, was mein Vater früher »Nuttenkrallen« genannt hätte. Es schien ihr einfach natürlich, sich etwas zu nehmen, das sich ihr bot, und es so lange, wie es ihr beliebte, festzuhalten. Was immer sie fortan von mir berührte, gehörte ihr. Ich saß nur da, sah zu und zählte meine Verluste.

»Die Art und Weise, wie ein Mann seine Jacke auszieht, besagt alles über ihn«, behauptete meine Großmutter immer.

»Wenn es nicht mit Selbstbewusstsein geschieht, sollte man sie lieber anlassen.« Wie Marisa ihre Jacke auszog – wunderbar geschnitten, ein Einreiher mit breitem Revers und ausgestelltem Schoß, der ihre Hüften betonte –, sagte mir alles über *mich*. Ich war hin und weg. Dabei half ihr ein Kellner aus der Jacke, eine Bewährungsprobe für das Selbstbewusstsein, doch sie reagierte auf seine Bewegungen – lehnte sich ihm entgegen, um dann die Jacke abzuschütteln –, als hätten Männer ihr schon das ganze Leben lang aus Jacken geholfen. Unter der Jacke trug sie eine hauchdünne liebeskranke Seidenbluse, die ihren Körper eher umgeisterte, als ihn bedeckte. Kein tiefer Ausschnitt. Sie war, wie ich entdeckte, nicht der Typ für tiefe Ausschnitte. Sie besaß kein einziges Kleidungsstück mit Dekolleté. Frauen, die fremde Blicke auf ihren Busen lenken wollen, haben immer etwas Bedürftiges. Marisa trug ihre Brüste mit einer schonungslosen Selbstsicherheit, in dem Wissen, dass die Vorderseite den schöneren Anblick bot, nicht der Abgrund zwischen ihnen; eine Frage der harmonischen Wechselbeziehung von Thorax und Abdomen, von Armen, Rücken und Schultern, nicht allein dem Umriss und der Schwellung geschuldet. Ich betone das, weil mich Brüste für sich genommen als Objekte der Lust, unabhängig von der Frau, nie sonderlich gereizt haben. Berührt hat mich viel mehr, wie Marisa ihre Brüste trug, als eine Art Prolog oder Frontispiz zu ihrer Person, weich und wohlgeformt zugleich, nicht groß und dennoch üppig in der Wirkung. Jedenfalls musste ich, als sie sich setzte, den Blick abwenden. Entweder weggucken oder erblinden. Ob das der Grund war, warum sie lachte, konnte ich nicht erkennen; aber sie gehörte zu den Frauen, die wissen, dass sie über die Aufregung lachen müssen, die durch ihre Sinnlichkeit verursacht wird. Und sie lachte mit einer klangvollen Altstimme, die, wie alles an ihr, gleichermaßen substanziell und flüchtig war und das Lachen von längst vergangenen und noch zukünftigen Sommern heraufbeschwor.

Ihrem Mann Freddy gegenüber – einem erfolgreichen Musikmoderator, der im Radio Plattensammlern Ratschläge gab und wegen der Leichtigkeit, mit der er sein Wissen zu verbrämen verstand, und seiner frenetischen Gestik gelegentlich auch im Fernsehen auftrat, einem Mann, der gewandt Small Talk machte und sein Essen zerfetzte, bevor er es in den Mund steckte – verhielt sie sich auf zerstreute Weise nachsichtig, fegte ihm gelegentlich Krümel vom Schoß oder wischte ihm Sahne vom Mund ab, aber immer mit dem Handrücken und ohne ihn dabei anzusehen, wie eine Mutter, die sich um zu viele Kinder kümmern muss. Von mir, dem Buchhändler ihres Mannes, nahm sie scheinbar keine Notiz, was immer ihre Reaktion auf meine dargebotene Hand (als sei es an ihr, sie zu schütteln oder abzuschlagen) versprochen hatte … Mich hob sie sich für später auf.

Ob sie sich zu der heimlichen Verabredung mit mir einige Monate später tatsächlich nur erkühnte, weil sie ein Geburtstagsgeschenk für ihren Mann kaufen wollte, Berlioz' *Instrumentationslehre,* in der schönsten Ausgabe, die ich auftreiben könne, oder ob sie mich einfach nur wiedersehen wollte, habe ich sie nie gefragt, auch nicht als wir längst verheiratet waren. Wir sollten viele Vertraulichkeiten austauschen, die nach den üblichen ehelichen Maßstäben obszön waren, und es ist wahr, ich habe sie Befragungen unterzogen, für die ich nach Ansicht vieler ewig in der Hölle schmoren müsste, aber wir waren nie auf obszöne Weise übergriffig. Besser gesagt, sie war es, die mich davon abhielt, wenn Übergriffigkeit die für eine erfolgreiche Bindung nötige Verschwiegenheit gefährdet hätte.

Ich missgönnte Freddy den Berlioz, egal aus welchem Motiv Marisa das Buch für ihren Mann gekauft hatte. Nicht das Geschenk an sich, sondern die Umstände der Übergabe – die Tatsache, dass sie sich den Kopf darüber zerbrach, was ihm gefallen könnte; ihre Dreistigkeit, mich deswegen um Rat zu fragen; ihre Bereitschaft, jeden Preis zu zahlen, und ihre Absicht, ihm das Buch in seinem Lieblingsrestaurant in Rom zu überreichen, wozu sie heimlich alle ihre engsten Freunde einfliegen wollte. Eine Frau mit ausgeprägtem Sinn für eheliche Zeremonien, eine Frau, die es gut mit ihrem Mann meinte, die sich seinen Leidenschaften anpasste, die um sein Glück besorgt war, selbst wenn sie mit einem Auge nach einem anderen Mann schielte. Eine Frau mit Prinzipien, würde ich sagen, und angezogen haben mich immer nur Frauen mit Prinzipien.

*

Im Vergleich Mann gegen Mann gab es, von seiner bescheidenen Medienberühmtheit abgesehen, zwischen Marisas damaligem Gatten und mir keine großen Unterschiede, die ihr die Entscheidung erleichtert hätten. Ich hatte mehr Geld, er hatte eine überzeugendere Präsenz; ich sah besser aus, er war kräftiger gebaut; aber keiner von uns beiden war ein Lord Byron. Den Ausschlag für mich gab vermutlich meine Gesprächsbereitschaft. Ich sagte bereits, dass Freddy ein gewandter Unterhalter war, aber bei solchen Gesprächspartnern stehen die Frauen häufig auf einsamem Posten. Marisa wollte sich unterhalten, nicht nur zuhören müssen. Und bei mir fand sie das Gespräch, das sie suchte – dramatisch, voller Beobachtungen und auf den Augenblick abgestimmt, das vergnügliche Gespräch, das, wichtiger noch, auf Vergnügen aus war; das Gespräch, das sich vom Reden und vom Hinhören nährte. In dieser Hinsicht, sagt man mir nach, sei ich wie eine Frau, wobei ich gestehen muss, dass ich nicht recht weiß, was das heißen soll. Ozeanisch vielleicht. Nicht streng strukturiert. Amniotisch. Ich fing gerne zu reden an, ohne zu wissen, wohin es mich führte; ich ließ mich gerne vom Gesprächsfluss leiten; wollte einer Frau, die das Glück hatte, sich mit mir einzulassen, keine Predigt halten, so wie Freddy, noch sie in ihrem eigenen Redefluss unterbrechen, nur weil ich vielleicht Dringenderes vorhatte, so wie Freddy. Ich entwickelte mich zu einem angenehmen, mehr noch, einem stets verfügbaren Gefährten. An den

Tagen, an denen wir uns nicht verabredet hatten, konnte Marisa mich jederzeit anrufen und bitten, sie zu einer Vernissage zu begleiten, ins Theater, zu einem Konzert oder mit ihr essen zu gehen. Es war ganz praktisch, dass wir quasi Nachbarn waren, beide in Marylebone wohnten. Alles, was man für ein Leben in einem beginnenden, zivilisierten ehebrecherischen Verhältnis brauchte, war in Reichweite, wir brauchten nur unsere zarten Hände danach auszustrecken, ohne durchsichtig oder gierig zu erscheinen. Wir sahen uns viel Kunst an, noch häufiger gingen wir essen. Essen war unser Terrain, Restaurants die Bühne unserer Balz, häufiger als Hotelzimmer. Marisas Lieblingsrestaurant – in das sie auszuführen Marius eines Tages das Recht zuerkannt bekam und der Ort ihres ersten Kusses (achten Sie mal auf die störenden Zischlaute) – war zuerst mein Lieblingsrestaurant. Es machte einen Teil meiner Anziehungskraft aus, dass ich viel mehr Restaurants kannte als sie und Freddy, und dass noch mehr Restaurants mich kannten. Ich muss ihr als ein Genussmensch erschienen sein: ein Mann, der sich ganz den drei großen »sitzenden« Vergnügungen hingibt – Lesen, Essen, Reden. Und Frauen mögen Männer, die für sie still sitzen.

Marisa mochte aber auch Männer, die, bei anderen Gelegenheiten, mit ihr tanzten. Ich sträubte mich zunächst. Nicht, weil ich nicht tanzen konnte, sondern weil ich Tanzen mit meiner Mutter und meinen Tanten in Verbindung brachte und weil ich glaubte, es würde mir keinen Spaß machen – bis ich es tat. Erst ihre Klage, dass Freddy nie mit ihr tanzte, stimmte mich um. So wie Freddy wollte ich nicht sein. Was Freddy nicht machte, machte ich. Und umgekehrt. Die Tanzschule, untergebracht in den Gewölben einer grauen viktorianischen Kirche, lag praktisch vor meiner Tür. Wenn Marisa mich aus heiterem Himmel anrief, gerne auch während der Arbeit, und fragte, ob ich Zeit hätte zu tanzen, konnte ich binnen zwanzig Minuten einen Quickstepp mit ihr aufs Parkett legen. Manchmal war sie bereits da, wenn ich kam, in den Armen eines der Eintänzer, die sie aus einem

Nebenraum voll scharf rasierter Bankangestellter herbeizitieren konnte. Dann setzte ich mich, ein williges Mauerblümchen, zwischen abgelegten Regenjacken und Arbeitsschuhen auf einen der am Rand der Tanzfläche aufgereihten Plastikstühle und überließ Marisa dem Mann und der Bewegung.

Wenn sie sich dem Tanzen hingab und ihren Körper vergaß, konnte ich meinen allein vom Zuschauen vergessen. Weder war sie wie die sorgenschweren Japanerinnen in der Tanzschule, die sich mit den Schrittfolgen mühten, als wäre Tanzen eine reine Sache des Verstands, das dem Körper von Grund auf beigebracht werden musste und sich nur zwischen Fußknöchel und Zehen abspielte, noch wie die orgiastisch Tanzenden, die ihre Mähne im Rhythmus schwangen und mit den Armen fuchtelten. Ihre Ekstase war weitaus maßvoller – konzentriert, niemals selbstvergessen, als bliebe der Verstand, dem sie entfloh, immer im Raum anwesend und wartete darauf, sie nach Hause zu begleiten –, sodass dieser Zustand des Besessenseins eine Art Trotz war, nicht zuletzt ihr selbst zum Trotz und mir, wie ich gerne geglaubt hätte. Sie schloss die Augen und warf den Kopf in den Nacken, und ich war daraus verschwunden.

An Sommerabenden gestattete ich ihr, mich zu sanfteren Tätigkeiten zu verführen. Wir gingen im Regent's Park spazieren – für uns beide ein zweites Zuhause –, nicht Hand in Hand, nicht wie Verliebte, sondern wie alte Freunde, die sich gegenseitig auf dem Laufenden hielten. Wir setzten uns auf eine Bank und schauten den Enten zu, wir bestimmten Blumen, wir lernten die Männer kennen, die die Vögel fütterten, den Sikh mit seinem schwarzen Müllbeutel voller Brotkrümel, den Eichhörnchenmann, der seine Hand ausstreckte wie eine Vogelscheuche und den Eichhörnchen die mitgebrachten Nüsse zeigte, die sie sich nach einem hastigen vergewissernden Blick von ihm holten, als wäre er ein Baum. Mit zärtlichem Wohlwollen beobachteten wir andere Pärchen, als wären wir selbst über all das hinaus und erkennten uns in ihnen wieder. Manchmal richtete ich es so ein, dass ich hinter Marisa ging – blieb stehen, um einen Schnürsenkel zu binden oder Papier in einen Abfalleimer zu werfen –, damit ich ihre kraftvollen Beine bewundern und mich einen Moment lang allein meiner Verzückung hingeben konnte. Offen zeigte ich dagegen meine Gefühle nicht und drängte mich ihr auch nicht auf.

Diese Rolle des Freundes von Marisa sagte mir zu, lange vor unserem ersten Kuss und ganz unabhängig davon, was daraus werden sollte, denn hatte sich erst mal ihre Zunge gelöst, war sie eine lebhafte Gesprächspartnerin. Ja, hätte Marisa den beiden Männern in ihrem Leben den Kompromiss angeboten, weiter mit dem einen das Bett zu teilen, wenn ihr gestattet wurde, mit dem anderen Gespräche zu führen – ich für meinen Teil hätte eingewilligt. War mir nicht sogar beschieden, künftig ein weitaus schlechteres Geschäft einzugehen, wenn es um Marius ging, einen Mann, mit dem Marisa sowohl das Bett teilte als auch Gespräche?

Aber Freddy tickte nicht so wie ich. Machte ihn der bloße Gedanke wahnsinnig, allein mit seiner Frau auswärts essen zu gehen, um ihr wenig ausgeprägtes Familienleben zu besprechen (zudem ohne Anwesenheit eines Dritten, der seine geistreiche Rede goutierte), trieb ihn der Gedanke, ein anderer Mann bespreche überhaupt etwas mit ihr, zur Weißglut. Anscheinend kann man manche Männer damit kränken, dass man ihnen etwas nimmt, von dem sie gar nicht wussten, dass sie es haben wollten.

*

Als er dahinterkam, dass wir uns häufiger trafen, suchte er mich im Geschäft auf und rief, noch ehe ich aus meinem Büro gekommen war: »Das ist nun der Dank dafür.« Die meisten Männer hätten in ihrer Wut den Satz verkürzt. Das ist nun der Dank, ist der übliche Ausdruck. Doch Freddy war in dieser Hinsicht so peinlich genau wie ich, und so wie auch Marius später, was wiederum etwas über Marisas Vorliebe für korrekte Männer aussagt.

»Ich wüsste nicht«, sagte ich, »wofür ich Ihnen Dank schulde.«

»Zum einen für meine Frau.«

»Sie haben mir Ihre Frau nicht geschenkt.«

»Allerdings.«

»Welchen Dank wollen Sie sich also bei mir abholen?«

»Gar nichts will ich mir bei Ihnen abholen. Ich will Ihnen nur eins auf die Nase geben.«

Meine Angestellten kamen, nicht gerade eilfertig, aus ihren Kämmerchen hervor, als sie die Unruhe vernahmen. Hätte Freddy es auf einen Kampf mit mir angelegt, hätte er sich auch mit ihnen anlegen müssen. Kein abschreckender Anblick, vier antiquarische Buchhändler in abgenutzter Bücherwürmerkleidung, Andrew mit seinem Pferdeschwanz noch der Männlichste der Truppe, und eine leicht aus der Fassung zu bringende Sekretärin mit Fußkettchen – zu dem Fußkettchen später mehr –, aber auch Freddy bot keinen abschreckenden Anblick. Außerdem wusste ich, dass er seine Drohung, mir eins auf die Nase zu geben, niemals wahr machen würde, dazu waren ihm seine Hände zu kostbar. Nicht weil er um sein Klavierspiel fürchtete, das sogar er als erbärmlich empfand, sondern weil er in seiner Profession als ausdrucksstarker »TV-Experte« auf sie angewiesen war.

»Ist schon gut. Gehen Sie wieder an die Arbeit«, sagte ich zu meinen Angestellten und zu Freddy gewandt: »Wir treffen uns nur manchmal nachmittags in Restaurants.«

Nicht die ganze Wahrheit, aber die halbe.

Er atmete durch die Nase, schnaubte mich an wie ein Pferd. Wenn ich ihm gesagt hätte, wir würden uns nur manchmal abends im Savoy treffen und hätten außerehelichen Geschlechtsverkehr, hätte es ihn weniger entsetzt.

»Ich habe Sie nicht gebeten, sich manchmal nachmittags mit meiner Frau zu treffen«, gab er zur Antwort.

»Nein, das nicht«, räumte ich ein.

»Und kein Richter wird Ihnen diese Geschichte glauben.«

»Welcher Richter?«

»Ja – haben Sie etwa gedacht, ich würde Ihren Namen verschweigen? Haben Sie etwa gedacht, ich würde unvereinbare Gegensätze geltend machen – oder wie das heute heißt, wenn der Beweis des Ehebruchs augenfällig ist?«

»Wir unterhalten uns nur, Freddy.«

Nicht die ganze Wahrheit, aber die halbe.

»*Unterhalten?* Ich habe gesehen, wie Sie sich unterhalten. Ich habe Fotos von Ihren Unterhaltungen.«

»Ich bezweifle, dass Fotos von Unterhaltungen Eindruck auf einen Richter machen«, erwiderte ich.

Eine Schnoddrigkeit, die ich sofort bereute. Aber ich sagte ja bereits, die Rolle des Liebhabers passte nicht zu mir. Sie machte mich zu einem Menschen, in dem ich mich nicht erkannte und der mir nicht gefiel. Ein Spötter. Ich fühlte mich fremd in meiner eigenen Haut, als bewegte ich mich leicht in ihr, ich, ein Mann, der immer schwer an sich trug.

Freddys lodernde Augen durchbohrten mich. Vielleicht spielte ja auch er eine für ihn ungewohnte Rolle. Er zündete sich eine Zigarette an und warf das erloschene Streichholz auf den Teppich. Ich bückte mich und hob es auf.

»Wir werden ja sehen«, sagte er. »Wir werden sehen, was Eindruck macht, wie Sie es so elegant formuliert haben. Ganz sicher kennen Sie sich mit Scheidungsgerichten besser aus als ich. Aber meiner unmaßgeblichen Ansicht nach würde Ihnen das, was Sie unter Unterhaltung verstehen, in einigen Regionen der Erde lebenslänglich einbringen.«

Welche Regionen der Erde konnte er meinen? Saudi-Arabien? Den Jemen?

»Tut mir leid«, sagte ich. »Ich hätte nicht gedacht, dass das ein Scheidungsgrund wäre.«

»Wie nett von Ihnen. Was hätten Sie denn gemacht, *wenn* Sie gedacht hätten, es wäre einer? Kürzere Sätze?«

Er fuchtelte so lebhaft mit den Armen, dass ich damit rechnen musste, unfreiwillig doch noch eins auf die Nase zu bekommen.

»Tut mir leid«, wiederholte ich.

»Ihnen wird noch was ganz anderes leidtun. Ich werde Sie um jeden Penny bringen, den Sie haben, Quinn, darauf können Sie sich verlassen.«

Seine Hand vollführte eine opernhafte Geste, die wahrscheinlich bedeuten sollte: Nimm Abschied von all diesen schönen Dingen, deinen Regalen mit Erstausgaben moderner Klassiker, deinen Mahagonibücherborden, deinen illuminierten Bibeln, deinen Berlioz-Bänden, deinem aufgeblasenen Lebensstil, der es dir erlaubt, nachmittags die Frauen anderer Männer in Restaurants auszuführen. Ich glaube, ich kannte sogar die passende Arie. *Non più andrai, farfallone amoroso …*

Ich zuckte die Achseln. Was hätte ich sonst tun sollen? Ich besaß keine Begabung für die Rolle des anderen Mannes.

»Und ich schicke Ihnen jedes Buch zurück, das ich hier gekauft habe, zusammen mit den Büchern, die Sie meiner Frau für mich aufgeschwatzt haben. Für *mich*. Ha, was für ein Witz! Zum Glück war ich nicht eingeweiht. Ich warne Sie im Guten, Quinn, ich verlange Erstattung für jedes Buch, mit Zins und Zinseszins.«

Ich neigte den Kopf. Eine innere Stimme sagte mir, dass jetzt nicht der Moment war, ihn an die strengen Geschäftsbedingungen von *Felix Quinn: Antiquarische Buchhandlung* zu erinnern: Kein Rückkauf. Kein Rückgaberecht.

Er war fertig mit mir. Keuchend stieg er die Treppe hinauf, drehte sich jedoch, bevor er oben auf dem Bürgersteig angekommen war, noch einmal zu mir um. Genau den gleichen pantomimischen Schwenk hatte ich ihn schon im Fernsehen vollführen sehen, bevor er eine seiner berühmten wirren Schaunummern vor der Kamera hinlegte. Er warf die angerauchte Zigarette zu Boden. Mit der einen Hand machte er eine Geste großmütigster Freigebigkeit, indem er die fünf Finger in den Wind spreizte, mit der anderen mimte er ein saugendes Meeresungeheuer mit spinnenartigen Tentakeln, das auf obszöne Weise um die Aufmerksamkeit der Zuschauer buhlte.

»Eins noch, Quinn«, verkündete er. »Eine Frau, die einen Mann betrügt, wird auch den nächsten betrügen. Das ist das unumstößliche Gesetz der Frau. Bitte sehr, ich trete sie Ihnen ab. Viel Freude mit ihr. Gehen Sie mit ihr ins Bett. Schlingen Sie Ihre Arme um sie und unterhalten Sie sich mit ihr, soviel Sie wollen. Aber vergessen Sie nicht: Morgen liegt sie in den Armen eines anderen, saugt seine Worte ein, hängt an seinen Lippen, so wie sie jetzt an Ihren hängt. Worte sind billig, Quinn. Das müssten Sie eigentlich wissen. So billig wie die Liebe einer Frau, auch das müssten Sie wissen. Das ist mein Geschenk an Sie, und nein, ich erwarte ich keinen Dank: eine Frau, deren Treue man sich nie sicher sein kann, keine einzige Stunde, keine einzige Minute, keine Scheißsekunde lang …«

*

Er kam darüber hinweg. Das ist das unumstößliche Gesetz des Mannes, jedenfalls dieser Sorte Mann. Er und Marisa wurden geschieden, ohne dass sich ein Richter Fotos von dem Mitbeklagten im Gespräch mit der Ehefrau angucken musste. Kurz darauf heiratete Freddy seine Assistentin, eine Frau, deren Treue, wenn er mit seiner Einschätzung richtiglag, er sich nie gewiss sein würde.

Ich beneidete ihn um diese Ungewissheit. Nicht weil es mir selbst an Ungewissheiten mangelte, sondern weil man nie genug davon haben konnte.

In der Zeit, als Marisa und ich ihm das Leben zur Hölle machten, beneidete ich ihn sogar noch mehr. Marisa ihrerseits nahm ihm seinen Minuten-und-Scheißsekunden-Sermon nicht ab. Aber das hatte, glaube ich, einen anderen Grund. Ihr war nicht klar, wie eifersüchtig selbst gleichgültige Männer sein können, jede Minute, jede Scheißsekunde. Ich habe daran nie gezweifelt.

Wenn ich Marisa ins Theater oder die Oper begleitete, überlegte ich, wie Freddy sich uns in der Dunkelheit vorstellte. Wenn wir durch den Park spazierten, überlegte ich, ob Freddy sich wohl fragte, wie viele seiner Freunde uns sahen, was sie sich dabei dachten, welche Rückschlüsse sie aus unserem intimen Umgang zogen, und wie sich unser Zusammensein, auf einer Bank sitzend, den Enten Brotkrumen zuwerfend, auf ihn auswirkte. Im Gespräch mit Marisa in einem Restaurant stellte ich ihn mir verkleidet am Nebentisch sitzend vor, still wie ein Hase, beobachtend, zuhörend, alles in sich aufnehmend, auf dass kein Wörtchen der Untreue seinen Sinnen entging; oder wie er draußen Fotos für den Richter machte, zum handfesten Beweis des Treuebruchs, den ein Gespräch theoretisch für ihn darstellte.

Nicht vergessen, er hatte keinen Sinn für Humor. Humorlose Männer, die sich vor der Intimität, die Lachen mit sich bringt, fürchten und sie hassen, weil sie ihnen fremd ist, entwickeln eine Eifersucht, die weit über das hinausgeht, was andere, mit dem üblichen Maß an Humor ausgestattete Männer empfinden. Oder wenigstens sind sie außerstande, sie in ein Gefühl umzuwandeln, aus dem sie Trost, ja sogar Lust schöpfen können. Dies nur, weil ich keinen Konkurrenten in Sachen Eifersucht dulde und hoffe, trotzdem Humor zu haben. Die Rolle des Gehörnten verlangt Esprit. Für Freddy muss der Gedanke, schlimmer noch, der Anblick von Marisa und mir, wie wir lachten und unseren Spaß hatten, wie eine Marter für sein Gehirn gewesen sein.

Der Glückspilz! Wenn er nur verstanden hätte, es zu genießen.

Es mag seltsam erscheinen, dass ich einen Mann um das beneidete, was ich ihm zugemutet hatte, doch in Bezug auf Sex sollte uns Menschen nichts überraschen. Was ist denn Neid, so wie ich ihn beschrieben habe, anderes als Fantasie im Dienst der Menschheit? Ich versetzte mich an Freddys Stelle, weil es mir Lust machte, nicht um über ihn zu triumphieren, sondern aus Sympathie. Ist das nicht genau die Art von praktischer Mitmenschlichkeit, die alle Religionen dieser Welt von uns verlangen? Und ebenso die Kunst. Wir versetzen uns in die Gedankenwelt eines anderen Menschen. Mozart versetzte sich in die ungehobelte Eifersucht von Masetto, Shakespeare in die geistreiche Eifersucht von Leontes und Tolstoi in die wahnsinnige, von Beethoven angefeuerte Eifersucht von Posdnyschow. Wenn die Künstler im Moment der Erschaffung dieser gequälten Figuren nicht bereit gewesen wären, das zu erleiden, was sie ihnen an Leid andichteten, hätten sie diese Meisterwerke der Kunst nie hervorgebracht. Natürlich ist in der Kunst Neid nicht das richtige Wort. So wie Kunst kaum das richtige Wort ist für das, was wir empfinden, wenn wir neidisch sind. Aber es hatte etwas von Kunst an sich, als ich mit Daumen und Zeigefinger endlich Marisas Handgelenk umfasste und in dem armen Freddy diesen Gefühlsaufruhr auslöste.

Bald nach der Scheidung heirateten wir. Die Trennung fiel Freddy und Marisa leicht. So leicht, dass nur schwer auszumachen war, was die beiden eigentlich zusammengehalten hatte. »Ich fühlte mich wohl in seiner Gesellschaft, als ich ihn kennenlernte«, sagte Marisa. »Und er kannte die Texte von allen Songs, die ich gerne hörte.«

Still saß sie am Morgen vor unserer Hochzeit in einem Café neben mir, fuhr sich mit der Hand durch das kupferfarbene Haar und zählte Freddys Qualitäten auf. »Eigentlich bewundere ich ihn. Was er gut beherrscht, daran hat er immer festgehalten. Und er hat alles selbst geschafft. Ich war privilegiert, durch mein Elternhaus, er nicht. Er musste sich alles allein erkämpfen.« Sie hob den Blick und sah mich an, ernst wie immer. »Ich möchte kein schlechtes Wort über ihn hören«, sagte sie.

Ich nickte. Ich hatte nicht das Gefühl, mich gegen einen ungerechtfertigten Vorwurf zur Wehr setzen zu müssen. Es war klar, was sie machte. Sie brachte ihr Haus in Ordnung, bevor sie in ein anderes zog. Sie könne mehr als einem Mann die Treue halten, wollte sie mir zu verstehen geben. Ein Keil treibt nicht unbedingt den anderen aus.

Mit Fragen hielt ich mich zurück. Ich hatte Marisa einigermaßen mühelos von ihrem Mann losgelöst, mochte sie ihn auch immer noch bewundern, aber ich war nicht so eitel, den Erfolg allein meiner grandiosen Unwiderstehlichkeit zuzuschreiben. Entweder hatte sie sich unerträglich einsam mit ihm gefühlt, in dem Fall würde ich für Ausgleich sorgen; oder sie hatte sich angewöhnt, woanders Trost zu suchen, in dem Fall wollte ich lieber noch nicht erfahren, mit wem. Das heißt, mit wem außer mir.

Ich war vorher noch nie verheiratet gewesen. Faith war nicht das letzte Mädchen oder die letzte Frau, um die ich heiße Tränen vergossen hatte. Die Erinnerung an die Abfuhren blieb im Gedächtnis, die Erinnerung an die Frauen nicht. Was das zu bedeuten hatte, weiß ich nicht. Entweder war ich doch nur ein lauwarmer Liebhaber, den allein der Schmerz, den die Frauen ihm bereiteten, heiß machte, oder aber ich hatte mich die ganze Zeit für Marisa frei gehalten. Wenigstens galt es keine Gefühle ehemaliger Angetrauter oder Kinder aus früheren Verbindungen zu berücksichtigen. Das Haus in Marylebone, seit Generationen in Familienbesitz, Zeuge der gescheiterten Ehen, die mein Vater und vor ihm sein Vater und vor diesem dessen Vater eingegangen waren – gescheitert deswegen, weil sie nicht die Frauen gefunden hatten, die entspannt damit umgehen konnten, wenn ihre Männer einen Tripper ins Haus einschleppten –, gehörte jetzt mir und wartete darauf, von der neuen Mrs Quinn mit Leben erfüllt zu werden. »Wenn du einen Tripper ins Haus einschleppst, bleibt von dir und dem Haus nichts mehr übrig«, sagte Marisa lachend, als ich sie in die Geschichte unseres Stammsitzes einweihte. Sonst hatte sie nichts dagegen, bei mir einzuziehen.

Marylebone war schon immer ihr Heimatviertel gewesen, insofern war der Umzug nur ein Katzensprung für sie, Einpacken auf der einen Straßenseite, Auspacken auf der anderen. Alles Gewohnte, Annehmlichkeiten wie Pflichten, war hier versammelt. Ihr Friseur *und* der Oxfam-Buchladen, in dem sie arbeitete, aus Gewissensgründen. Ihr Akupunkteur *und* die Telefonseelsorge, für die sie den Freitagabend opferte. Das Nagelstudio *und* die Wallace Collection, der sie sich ehrenamtlich als Kunstführerin zur Verfügung stellte, wenn andere krankheitsbedingt ausfielen. Auch ohne mich hatte sie die Mittel, sich zu verwöhnen, doch stets hatte sie das Gefühl, Wiedergutmachung leisten zu müssen. Mit der Wohltätigkeitsorganisation für den Friseur, mit dem Bettler für die Maniküre. So hielt sie die Waage der sozialen Gerechtigkeit im Gleichgewicht. Der Verkäufer der Obdachlosenzeitung *Big Issue* konnte sich freuen, wenn er Marisa beim Verlassen ihres Lieblingsschuhgeschäfts erwischte. Ich kann dazu nur sagen, dass sich jeder Mensch freuen konnte, wenn er Marisa erwischte, ganz egal wo oder bei was.

Unsere Trauung vollzogen wir in aller Stille im nächsten Standesamt – die Reste unserer beider Familien hatten für uns keine Bedeutung – und begaben uns auf Hochzeitsreise nach Florida. Warum Florida? Weil wir das Gefühl hatten, dass wir uns nach über einem Jahr nahezu keuscher Gespräche die Sümpfe der Sinnlichkeit schuldeten. Wir wollten die Everglades riechen, wollten uns schweißüberströmt in den Armen liegen.

Fünf Tage nach Antritt unserer Hochzeitsreise in die Feuchtgebiete wurde Marisa krank. Wir hatten uns angewöhnt, jeden Nachmittag ins Hotel zurückzukehren, wo ich zuerst Marisas verschwitzten Körper aus den Kleidern schälte. Dann duschten wir uns gegenseitig den nach faulen Eiern riechenden Gestank der Mangroven ab, gingen ins Bett und blieben so lange dort, bis es Zeit wurde für Marisa, sich für das Abendessen in eine noch transparentere Hülle zu werfen. Ich kenne keine Frau, der tropische Textilien besser stehen als Marisa, an manchen Frauen wirken sie bauschig, manche verschwinden unter den Falten, Marisa trug sie wie eine zweite Haut. Sie daraus hervorzuschälen war daher eine langwierige und mühevolle Prozedur, in deren Verlauf ich mich manchmal auf die Bettkante setzen musste, um mich auszuruhen. Dabei musterte ich Marisa, das Kleid über dem Kopf, noch verheddert in den Ärmeln, die glänzenden Waden und den Bauch ungeschützt meinem Blick ausgeliefert. Am Abend des fünften Tages war sie fiebrig und zu müde für dieses eheliche Treiben. Zuerst dachte ich, es wäre nur ein Schub der Schmetterlingskrankheit, für die sie anfällig war. Mattigkeit, Verlust der zeitlichen Orientierung; dabei wirkte sie nicht unbedingt unglücklich, sondern als hätte sie das Glück irgendwo verlegt, könnte sich aber nicht daran erinnern, wo. Das Fieber allerdings war akut. Und sie schwitzte auch nicht mir zu Gefallen. Der Hoteldirektor rief einen Arzt, der sie auf unserem Zimmer untersuchte. Der Arzt war Kubaner mit einem gierigen Mund und Pferdegebiss und mit übertrieben guten Manieren. Ich fragte ihn, ob ich den Raum verlassen solle. Als er meine Besorgnis sah, legte er einen Arm um meine Schulter. »Bleiben Sie«, sagte er. »Holen Sie sich einen Drink. Und schenken Sie mir auch einen ein, während ich mich um Ihre Frau kümmere.«

Er hatte schöne schmale Hände, wie mir aufgefallen war, mit einem zotteligen seidigen Fellbesatz auf jedem Knöchel und Eheringen an beiden kleinen Fingern. Ich goss uns ein Glas ein, ließ mich in einem Lehnstuhl nieder und beobachtete ihn, wie er bei Marisa Fieber maß, mit einer kleinen Lampe in ihr Ohr leuchtete, ihr in den geöffneten Mund schaute, unter ihre Armbeugen fasste und ihre Brust untersuchte. Es war ein entscheidender Moment. Nicht der Auftakt einer neuen Sinneswahrnehmung, sondern eine wahrhaftige Offenbarung, so als käme man aus einem dunklen Raum und träfe auf die gleißende Sonnenkugel. Wer immer ich vorher gewesen war – welche eigentümlichen Schwelgereien mich in puncto Liebe und Verlust unter anderen Männern auch immer ausgezeichnet hatten (wobei ich mich eigentlich nie als etwas Besonderes betrachtet hatte, höchstens dazu neigend, allzu rasch mein Herz zu vergeben und zum Schluss von der Leidenschaft nur das Leid abzubekommen) –, jetzt hatte alle Ungewissheit ein Ende: Ab jetzt war ich ein Mann, der durch den Anblick der Hand eines anderen Mannes an der Brust der Frau, die er liebte, erregt wurde. Wenn ich fortan die Wahl hätte, würde es mir lieber sein, Marisa überließe ihre Brüste einem anderen Mann als mir. Das sollte in Zukunft die Kondition, das Maß meiner Liebe für sie sein. Mit einem Schlag war ich von der Faszination, die Freddys Eifersucht auf mich ausübte, geheilt. Ich war befreit, entlassen in meine eigene.

Man spürt es, wenn man den Foltergarten der eigenen gestörten Wesensart betritt. Man erkennt das prächtige Blätterwerk, fantastisch und wuchernd. Man kennt den Geruch. Den heimatlichen Geruch.

»Zu viel Sonne«, erklärte der Arzt, sah sich zu mir um und ließ seine Hand dabei länger als nötig auf der Brust meiner Frau ruhen, sodass sich unsichtbar unter dem Handteller ihre Brustwarze versteifte.

Warf er mir einen Blick zu, in dem das Eigentumsrecht an diesen Brüsten für kurze Zeit von mir auf ihn überging, oder bildete ich mir das nur ein? Ich bin nicht blind für die Machenschaften weiblicher Brüste; ich wusste nicht erst seit gestern, dass Marisas Brüste ganz allein Marisas Eigentum waren und niemandem sonst gehörten. Doch Vertrautheit nährt die Illusion, und sei sie noch so unangebracht, man hätte Besitzanspruch auf den vertrauten Gegenstand, und vielleicht war es nur das Recht auf diese Vertrautheit, das auf den Arzt überging. Der Anblick seiner seidenfellbesetzten Finger auf ihrer Brust löste in mir jedenfalls den Wunsch aus, er möge sie noch auf andere Stellen ihres Körpers legen, ja, sie in den Körper einführen. Ein noch ungerichtetes Verlangen, das mit der Zeit eine situationsunabhängige, kultiviertere Ausprägung annahm. Marisa brauchte nicht im Fieber oder anderweitig einem fremden Mann ausgeliefert zu sein. Wir brauchten nicht in Florida zu sein und den Geruch der Everglades in der Nase zu haben. Und am Ende brauchte ich auch nicht mit meinen eigenen Augen zu sehen. Davon zu hören, davon zu erfahren, und zu guter Letzt war, nur davon zu wissen, genug.

Außer den beiden Nachmittagen in der Woche, die sie der Auspreisung von Kunstbänden in der Oxfam-Buchhandlung opferte, den vier von fünf Freitagabenden, an denen sie den hektischen Dienst bei der Telefonseelsorge versah, den gelegentlichen Führungen durch die Wallace Collection, bei denen sie weiblichen Besuchern aus der Provinz gegenüber verschwieg, was Fragonard ihrer Meinung nach tatsächlich auf seinen Bildern zeigte, las sie alle zwei Wochen einem blinden Mann vor und sortierte viermal im Jahr die Kleidung aus, die sie nicht mehr tragen wollte, und schenkte sie einem Hospiz. Obwohl ich durchaus davon überzeugt war, dass sie ihre Arbeit gut machte – zweimal zum Beispiel hatte sie Bücher entdeckt, die auf einer Auktion bei Christie's zusammengenommen über eintausend Pfund einbrachten; der blinde Mann war hingerissen von ihren Lesungen; Kunstliebhaber dankten ihr, weil sie ihnen die Augen öffnete für Dinge, die sie ohne sie nie gesehen hätten; und nur Gott allein weiß, wie viel Depressive sie freitagabends davon abhielt, sich die Pulsadern aufzuschneiden –, fand sie sich in den diversen Aktivitäten nicht wieder. Es tat ihr nicht leid um die Zeit (wie denn auch, angesichts der Menge an Zeit, die ihr insgesamt zur Verfügung stand), und sie nahm den Menschen, denen sie half, auch nicht die Bedürftigkeit übel (darin sah sie ihren eigenen Sinn und Zweck). Doch war sie bei alledem nicht persönlich beteiligt. Nur beim Tanzen, meinte sie, sei sie ganz bei sich. »Du sagst immer, beim Tanzen kämst du zu dir selbst«, sagte ich mal, »aber für mich sieht es eher so aus, als würdest du dich verlieren.« Sie lachte über das Paradox. Sie lebte nur außerhalb ihrer selbst. Wenn sie nicht tanzte, war sie in der Fremde, sprach mit einer Stimme, die nicht die ihre war, doch wo diese Fremde war und wessen Stimme sie sich ausborgte, hätte sie nicht zu sagen vermocht.

»Marisa, wo bist du?«, hatte ihre Mutter früher gerufen.

»Ich verstecke mich.«

»Dauernd versteckst du dich, Marisa.«

Sie hatte sich gehütet, altklug zu antworten: »Weil ich nicht will, dass du mich findest, Mummy.«

Von ihrer ehrenamtlichen Arbeit abgesehen – das heißt, wenn wirklich sie diejenige war, die sie verrichtete – und dem vielen Tanzen, das sie in ihrer Freizeit unterbrachte, ließ sich nicht behaupten, dass sie eine viel beschäftigte Frau war. Nach ihrem Studium – das sie eher pro forma abgeleistet hatte, würde ich sagen, aber ich bin ein Snob, was Bildung betrifft – hatte sie, wie sie sich selbst ausdrückte, »nichts erreicht«. Das brauchte sie auch nicht. Es wurde immer gut für sie gesorgt. Ihr Vater, dem alle Bettengeschäfte in der Tottenham Court Road gehörten, ließ ihre Mutter sitzen, als Marisa fünf Jahre alt war. Das Kind verstand sehr genau, warum. Ihrer Mutter fehlte es an Urteilsvermögen. Schuld hatte zwar der Vater, weil er seine Frau viel zu oft allein ließ, doch gab das der Mutter keinen Freibrief, sich in jeden dahergelaufenen Mann zu verlieben und ihn Marisa jeweils als ihren neuen Daddy vorzustellen.

»Warum liebt Mummy alle Leute?«, wollte sie von ihrem Vater wissen.

»Mich liebt sie nicht.«

»Aber früher doch, oder nicht?«

»Ja, und dafür habe ich sie geliebt. Aber dann habe ich gemerkt, dass sie mich genauso geliebt hätte, wenn ich ein Beutel Murmeln gewesen wäre oder ein mit Bohnen gefüllter Sack, so wie dein Frosch Frenchie.«

Hätte ihre Mummy sie wohl auch genauso gerngehabt, wenn *sie* mit Bohnen ausgestopft gewesen wäre wie ihr Frosch Frenchie?, fragte sich Marisa, während sie in ihrem Versteck im Kleiderschrank saß.

Verstecken wurde schließlich ihre einzige Art der Verständigung. Um Marisa aus ihrem Kleiderschrank zu locken, musste ihre Mutter Geschenke für sie verstecken, musste ihre Kleider verstecken, ihr Abendessen. »Mal sehen, ob du findest, was ich für dich gekocht habe, Marisa.«

»Was hast du denn für mich gekocht?«

»Du musst es suchen, um es herauszufinden.«

»Mal sehen, ob du mich findest, Mummy«, sagte Marisa darauf, mit dem Unterschied, dass sie ihr Abendessen finden wollte, aber nicht wollte, dass ihre Mutter sie fand.

»Wenn sie doch nur meine neuen Daddys verstecken würde«, sagte sie zu ihrem alten Daddy, »da, wo man sie nicht findet.«

An den Tag, an dem ihr Vater sie verließ, erinnerte sie sich gut. Sie erinnerte sich, wie er sie auf seine Schultern hob, wie sie auf seinen kräftigen kahlen kastanienbraunen polierten Kopf blickte und darin ihr Spiegelbild sah, ihre Einsamkeit, und sie erinnerte sich an seine Worte. »Egal, was sie zu dir sagt – Daddy verlässt Mummy, die er nicht liebt. Er sieht keinen Sinn mehr darin, bei ihr zu bleiben. Aber dich verlässt er nicht. Dich liebt er.« Zum Beweis dafür, obwohl sie ihn nur noch selten sah (es musste heimlich geschehen, alles immer nur heimlich, weil seine neue Frau nicht ständig darauf gestoßen werden wollte, dass es vor ihr schon mal eine Frau in seinem Leben gegeben hatte), zahlte er dafür, dass sie eine gute Schule besuchen konnte, dass sie Gesangs- und Ballettunterricht nehmen konnte, dass sie vor ihrer Mummy und der Armee neuer Daddys so weit fliehen konnte wie eben möglich, dass sie sich während ihres Studiums ein eigenes Auto leisten konnte, dass sie nach ihrem Abschluss ein Jahr lang eine Wohnung in Venedig mieten konnte, dass sie sich für jeden Kunstkurs in Florenz, Spoleto oder Siena einschreiben konnte, den sie sich ausgeguckt hatte, wenn sie nur den Wunsch äußerte – kurzum dafür, dass sie das Leben führen konnte, das ihr behagte.

Verschwiegen und wohlbehütet wuchs sie auf. Sie sah gut aus, trug immer teure Kleidung, die erwachsene Variante des

Versteckspiels, hielt sich fern von anderen – manchmal von sich selbst – und hatte alle Zeit der Welt.

Schon ihr Aussehen verhinderte, dass sie uneingeschränkt und in alle Ewigkeit sich selbst gehörte. Freunde drängten sich ihr auf, und jeden neuen versteckte sie vor den anderen; dann folgte der erste Ehemann und anschließend – wiederum zunächst heimlich – der zweite. Sie betrachtete sich nicht als unzüchtig, nur als schweigsam. Was sie tat, ging niemanden außer ihr etwas an. Die Privilegien jedoch, an die ihr Vater sie gewöhnt hatte, blieben auf die eine oder andere Art bestehen. Aus dem einfachen Grund, weil sie bereits verwöhnt aussah, konnte man Marisa nicht in die Augen schauen, ohne den Wunsch zu verspüren, sie noch mehr zu verwöhnen. Ebenso konnte man nicht mit ihr zusammen sein, ohne das Gefühl zu haben, dass man sie jemand anderem wegnahm, selbst wenn man alles Recht der Welt hatte, mit ihr zusammen zu sein. Manchmal konnte ich mich in Marisas Gesellschaft nicht einmal des Eindrucks erwehren, dass ich sie mir selbst wegnahm.

Zur Feier dieses Diebstahls überschüttete ich sie, so wie jeder andere auch, mit Geschenken – Parfüm, Schmuck, Unterwäsche, was immer man kauft, um das Verbotene aufrechtzuerhalten.

Doch jedes Mal litt ich unter dem Gefühl, wieder nicht das ihrem Temperament angemessene Geschenk gefunden zu haben. Mit den grauen Ringen unter den Augen, dem nachdenklichen Gesichtsausdruck und der römischen Nase, wie man sie an Statuen von Göttinnen in italienischen Gärten findet, wirkte Marisa, mochten ihre Röcke noch so eng sein, für Parfüm oder Dessous zu ernst. Wären Platons Dialoge nicht vielleicht ein besseres Geschenk?, fragte ich sie mal. Natürlich sagte sie, sie wolle eigentlich gar nichts geschenkt haben, aber ich gewann den Eindruck, das ideale Geschenk wären Platons gesammelte Dialoge *und* feine Damenunterwäsche gewesen.

Sie hatte es nie nötig gehabt, für sich selbst zu sorgen, woraus sich ein Problem ergab, das auch durch noch so viel ehrenamtliches Engagement nicht zu lösen war. Mühelos hätte sie die Tage der Woche mit den guten Taten, die ihre Moral ihr abverlangten, ausfüllen können, doch dann hätte sie nicht genügend Zeit gehabt, an sich selbst zu arbeiten. Und wenn sie schon nicht gut zu sich selbst war, wie sollte sie dann anderen Menschen Gutes tun?

Sie beklagte sich nicht, murrte nicht, haderte nicht, sie grübelte nur viel. Für Männer eine Provokation. Frauen, die noch anderes im Sinn haben als Männer, sind eine Kränkung der männlichen Eigenliebe. Das gilt besonders für die Raubtiere unter den Männern, die selbst viel grübeln, die Zeit haben, sich in Kunstgalerien und Museen herumzutreiben und Löcher in die Luft zu gucken. Sie warten nur darauf, dass ihnen so eine Frau über den Weg läuft, damit sie ihre konzentrierte Miene erschüttern können. Aber das hieße, Marius vorzugreifen.

Wo es nicht um Männer geht, zahlen diese Frauen, für die persönliche Weiterentwicklung eine Notwendigkeit und Erfolg ein Ansporn ist, einen hohen Preis für ihre Schönheit und ihre Fortüne. Hätte Marisas Kleidung nicht so ausgesehen, wie von einem Handschuhmacher für sie angefertigt, und hätte sie nicht in jedem Mann dem abwesenden Daddy zu gefallen gesucht, sie hätte es in jedem Beruf weit gebracht. Ich sage das ohne Bitterkeit. Wenn überhaupt, dann bewunderte Marisa Männer dafür, dass sie geschickt lügen und sich aus dem Staub machen konnten, wann es ihnen passte, oder eine Frau wie sie in einem feinen Haus in Marylebone unterbringen konnten, mit der Gewissheit, dass sie die Rolle der Hausdame bis zur Vollendung spielen würde. Vom Kopf her lebte sie so, als wäre sie selbst als Mann auf die Welt gekommen. Rief eine ihrer Halbschwestern an und bat sie um Rat – sie hatte ebenso viele neue Schwestern wie neue Daddys –, waren ihre Tipps immer praktisch, vorausschauend und hartherzig. »Verlass ihn, Darling«, sagte sie, oder: »Nimm ihn dir, wenn dir danach ist, erzähl es nur nicht deinem Mann«, ganz so wie es ihrer Meinung nach ein Kerl getan hätte. Ihre Kleider, vor allem ihre Kostüme, waren wie ironische Anspielungen auf das, was Männer in der City trugen. Selbst wenn sie ihre Beine zeigte, die, ehrlich gesagt, viel zu schön waren, um sie zu verhüllen, zeigte sie sie so, wie ein Mann sie vorzeigen würde – ein Fechtmeister oder ein Danseur noble –, um ihre Geschmeidigkeit und Kraft zu demonstrieren. Sie war launisch, trank wie ein Loch, lehnte Mutterschaft energisch ab, schwärmte für keinen Mann und hatte nichts dagegen, auf offener Straße gemustert zu werden. Doch in Wirklichkeit wurde sie ausgehalten, so wie femininere, weniger ehrgeizige Frauen seit Jahrhunderten ausgehalten wurden. Obwohl selbst »in Wirklichkeit« nicht alles so war, wie es schien. Im Gegensatz zu dem, was der große Dichter gesagt hat, sind glückliche Familien keineswegs alle einander ähnlich.

Obschon ich von einer Offenbarung gesprochen habe, war mir das Gefühl, das mich in dem Hotelzimmer in Florida überkam, doch nicht völlig fremd, zumindest was seine Existenz im menschlichen Herzen betraf.

Als ich sechzehn war, nahm sich ein Kollege meines Vaters meiner an, Victor Gowan, ehemals erfolgreicher Verleger, der in der kurzen Zeit, in der ich ihn kannte, aus einem düsteren, lauten, baufälligen Bürogebäude gegenüber dem British Museum in ein Haus in Cookham zog, mit einem großen Panoramafenster und Blick über die Themse – Stanley-Spencer-Land. Mir erschien der Umzug wie ein Rückzug; ob Victor das auch so sah, weiß ich nicht. Zum Zeitpunkt seiner Übersiedlung kann er höchstens fünfzig gewesen sein. Bei meinen Besuchen in seinem Büro zeigte er sich redselig und heiter, in Cookham introvertiert und traurig.

Den ganzen Tag auf einen Fluss zu gucken kann diese Wirkung haben, dennoch glaube ich nicht, dass der Fluss der Grund war. Irgendein Unglück, über das nicht gesprochen wurde, musste ihm widerfahren sein, denn die Bekanntschaft mit meinem Vater nahm ihren Anfang mit dem Verkauf seiner Bibliothek, Buch für Buch. Nicht der Bücher, die er verlegt hatte – daran hatten wir kein Interesse –, sondern seiner erlesenen Sammlung klassischer Texte, sowohl auf Griechisch und Latein als auch in Übersetzungen. Wie schon gesagt, ein Büchernarr, der seine Bücher veräußern muss, hat etwas Melancholisches. Jedes Buch, von dem man sich trennt, ist wie ein kleiner Tod. Deswegen hat so ein Geschäft wie das unsrige zwangsläufig etwas von einem Friedhof. Wir sind Bestattungsunternehmer, in jeder Hinsicht.

Wir tragen schwarze Anzüge, treten leise auf und geben uns Mühe, die Auslöschung einer lebenslangen Leidenschaft, das Dahinschwinden eines alten Freundes so angenehm und würdig wie möglich zu gestalten.

In Victors Fall sah mein Vater ein, dass feierliche Riten hier nicht angebracht waren. Victor machte tapfere Miene zum bösen Spiel und baute darauf, dass es nur eine Frage der Zeit war, bis er in der Lage sein würde, wieder zurückzukaufen, was er an uns veräußert hatte, eine Selbsttäuschung, die mein Vater in unserem eigenen Interesse zu nähren gedachte. Zu diesem Zweck – ich sollte nicht so zynisch sein, denn ich glaube, es war auch echte Freundschaft im Spiel – traf sich mein Vater häufig mit Victor, suchte ihn manchmal in seinem knarzenden dickensschen Büro auf, mit mir im Schlepptau, und lud ihn später, nach Victors schmerzlichem Umzug, zu uns zum Essen ein, wenn er mal wieder in der Stadt weilte. Im Verlauf eines solchen Abends machte Victor den Vorschlag, dass ich ihn in Cookham besuchen solle.

Die Klassiker waren nur ein Vorwand. In seiner Jugend hatte Victor klassische Literatur am Balliol College studiert, und es war die Rede davon, dass auch ich das tun würde. Es wurde mir als für meine Zukunft zuträglich hingestellt, ein Wochenende mit ihm auf dem Land zu verbringen, mir seine Bibliothek anzusehen, von der noch viel übrig geblieben war, abends mit ihm zu speisen, mich mit ihm über Literatur zu unterhalten, vielleicht zu rudern und seine Frau kennenzulernen, eine ehemalige Schönheit und Biografin der Fitzrovia-Clique, Gerüchten zufolge die ehemalige Mätresse so einiger Fitzrovia-Schurken, heute jedoch, leider, ans Bett gefesselt. Joyce Gowan war zu gebrechlich, um am gesellschaftlichen Leben teilzunehmen oder die für ihren Beruf nötigen Recherchen durchzuführen, empfing jedoch immer noch gerne Gäste in ihrem Haus.

Ich will nicht so tun, als wäre mir die Aussicht auf ein Wochenende mit dem freudlosen Bekannten meines Vaters und seiner kranken Frau sonderlich verlockend erschienen. Mit sechzehn will man sich nicht in die Nähe von Menschen begeben, die fast alle Hoffnung aufgegeben haben. Aber obwohl ich mir dort kein Ereignis vorstellen konnte, das nicht von Trostlosigkeit gekennzeichnet wäre, kam mir der Ausflug wie ein Abenteuer vor. Ich packte meine Tasche, dachte daran, für das Abendessen Jackett und Krawatte und für das Rudern Sommerkleidung einzupacken, bestieg den Zug von Paddington nach Maidenhead und streckte Victor, als er mich am Bahnsteig abholte, wie ein erfahrener Reisender die Hand entgegen. Schlagartig sah ich meine Zukunft vor mir: mit dem Zug von einem Ende des Landes ans andere fahren, an ländlichen Bahnstationen aussteigen, meine Hand deprimierten Büchersammlern entgegenstrecken, die in die Jahre gekommen und gezwungen waren zu verkaufen, was ihnen lieb und teuer war. Schon fühlte ich mich ihnen verbunden, auch ohne sie alle zu kennen. Männer, denen das Leid um ihre Verluste ins Gesicht gemeißelt war.

Während der Autofahrt nach Cookham sprach Victor über Stanley Spencer, das beherrschende Genie dieser Landschaft. Er war berühmt für einige, in seinen Augen wunderbare Wandbilder, auf denen Bewohner des Ortes zu sehen waren, von den Toten auferstanden, und für einige unerhört sinnliche Gemälde von sich und einer gewissen Patricia Preece, in die er rasend verliebt war. Allerdings werde allgemein angenommen, eine Vereinigung sei nie vollzogen worden, falls ich verstünde, was er meinte. Ich wollte ihm zeigen, dass ich sehr wohl verstanden hatte, was er meinte, und stellte die Vermutung an, ob es nicht vielleicht gerade die Tatsache sei, dass sie nicht vollzogen worden war, die seine Bilder so unerhört sinnlich machte. »Enttäuschung ist die Geburtshilfe der Fantasie«, sagte ich, »und dem Ausdruck zu geben, was einem verwehrt wird, ist ein starker Anreiz für die Entstehung von Kunst.« Vielleicht habe ich nicht genau diese Worte gebraucht, und selbst wenn, hätte ich ihren Sinn wohl kaum erfasst. Von der Welt der Leidenschaften hatte ich nicht die geringste Ahnung. Ich hatte nur viel gelesen, das war alles. Und ich war mit der Tochter eines Cellolehrers ausgegangen, die mich fallen gelassen, weil sie jemanden kennengelernt hatte, während ich mit ihr im Kino Händchen hielt. Aber wie viele Jungen meines Alters konnte ich gut bluffen.

Victor lobte mich, soweit ich mich erinnere, für meinen frühreifen Scharfsinn und meinte, er könne sich nicht vorstellen, dass man mich nicht mit Handkuss in Balliol aufnehmen würde. (Was, auch wenn es für diese Geschichte unerheblich ist, tatsächlich der Fall war.)

Danach ertappte ich ihn mehrmals dabei, wie er mich von der Seite musterte, als wäre er sich unsicher, ob es richtig gewesen war, mich einzuladen. Dann wiederum dachte er, dass es genau das Richtige war.

Wenn er mich nicht von der Seite ansah, sah ich ihn von der Seite an. Er besaß ein imposantes Profil, das scheinbar in keiner Beziehung zu seinem Körper stand, der geradezu zierlich war. Allein auf seinen Kopf kam es an, und der war auf grandiose Weise verwahrlost, mit Tränensäcken unter den Augen, Haarbüscheln, die aus Ohren und Naselöchern wucherten, mäandernden Äderchen auf roten Wangen, als hätte er sich dem Landleben ausgesetzt, und mit Falten im Nacken, die anfingen, sich über den Hemdkragen zu wölben. Aus mir schon damals und bis heute unerfindlichen Gründen wünschte ich mir, im Alter auch so auszusehen wie er: der Welt etwas überdrüssig. Der Mühsal etwas überdrüssig, so einen großen Kopf mit sich herumtragen zu müssen. Und behaftet mit einem geheimen Kummer, der auch Quelle unerklärlicher Befriedigung war.

Mrs Gowan lernte ich an meinem ersten Abend in Cookham nicht kennen. Eigentlich habe sie uns begrüßen wollen, erklärte Victor, aber sie sei nicht wohlauf genug, mich zu sprechen. Das Haus war still, erfüllt von der Stille einer Frau, die nicht in der Lage war, Besuch zu empfangen. Alles war aufgeräumt und ordentlich, die Vorhänge stramm zugezogen, was die Vermutung nahelegte, dass sie schon seit Langem nicht mehr geöffnet worden waren. Auf den Möbeln lag eine zarte Staubschicht, in den Vasen standen nicht mehr ganz taufrische Blumen, alles verströmte den Ruch einer bedrückenden Unbenutztheit.

In anderer Hinsicht jedoch war Joyce Gowan allgegenwärtig. Überall standen Fotos von ihr, Joyce als kleines Mädchen, lachend, zusammen mit anderen kleinen Mädchen, schon damals ein entzückender Anblick, dunkel, ernst und gescheit; Joyce, meisterlich ihr Pony ausreitend; Joyce als junge Frau in einem Londoner Pub, umringt von Dichtern, mit verschmiertem Lippenstift; Joyce als frischgebackene Mrs Gowan wie eine Statue im Hochzeitskleid, den Kopf nach hinten geworfen, auf einem langen Schwanenhals; Joyce, die Biografin der wilden Zeiten, die bei Foyles eines ihrer Bücher signiert, den Leser, dem die Widmung gilt, mit ihrem strahlenden Lächeln bezaubert – Joyce, Joyce, Joyce. Im Wohnzimmer ein ausladendes Salongemälde, Joyce auf dem Höhepunkt ihres Lebens, die Hände, ein schwarzer Fächer in der einen, im Schoß gefaltet; in den Augen ein verträumter Ausdruck. Im Treppenhaus ein etwas plumperer Ölschinken, der sie in einem tief ausgeschnittenen Abendkleid zeigte, die Brüste stärker aufgerötet, als jeder seriöse Künstler sie gemalt hätte, zu ihren Füßen ein Hund, der überdeutlich für männliche Betörung stand. In dem Badezimmer schließlich, das mir zugeteilt wurde, eine frivole Sepiazeichnung von Russell Flint, eine nackte Frau, mit dem Vorhangstoff tanzend; sie entsprach nicht in allen Zügen genau Joyce Gowan, dazu war das Pin-up zu stilisiert und ihr zu wenig ähnlich, wenn man bedenkt, wie sie sich sonst von Künstlern darstellen ließ – aber wenn es sich nicht um Joyce handelte, warum hing das Bild dann hier? Und wenn es Joyce sein sollte, warum durfte ich es dann sehen?

Vielleicht wegen ihrer Schönheit, weswegen sonst? Wegen der Schönheit, die sie einmal gewesen war.

Victor lud mich in einen Pub ein, wir aßen Brathähnchen, und er stellte mir Fragen über meine Person, meinen Vater, wie nah ich ihm stünde, und meine Lektüre, welche Bücher ich gerne läse. Er selbst las *Don Quichotte* zum x-ten Mal und fragte mich, ob ich es kennen würde. Ich sagte, ich hätte es x-mal angefangen, aber sei nie weit gekommen. Immer an der Stelle, wo der Roman von seiner eigenen Erzählung abweicht und Geschichten einflicht, die streng genommen nicht dazugehörten, hätte ich das Interesse verloren. »Zum Beispiel die Geschichte von Anselmo und Lotario«, sagte er. Ich glaube, bis zu Anselmo und Lotario sei ich gar nicht gekommen, sagte ich. »Ach so«, sagte er. »Sollten Sie aber.«

Am nächsten Morgen machten wir uns auf zum Rudern, wie er versprochen hatte, entfernten uns aber kaum vom Ufer. Danach gingen wir Mittag essen, diesmal in einem anderen Pub, sahen uns in dem kleinen Dorfmuseum, das Stanley Spencers Werk gewidmet war, einige seiner Bilder an – nichts, was ich als unerhört oder gar sinnlich empfunden hätte – und fuhren zum Tee wieder nach Hause. Das Wetter war schön, und so konnten wir draußen auf dem Rasen sitzen und anderen Ruderern, die kräftiger waren als wir, dabei zuschauen, wie sie sich die Themse auf und ab in die Riemen legten. Durch die Bäume wehte ein sanfter Wind. Am Himmel zogen in stiller Folge cremefarbene Wolken dahin. Und Mrs Gowan war wieder unpässlich.

Gegen vier Uhr nickte mein Gastgeber in seinem Sessel ein. Im Gras neben ihm lag der *Don Quichotte,* den er vermutlich mit nach draußen genommen hatte, um mir einen Auszug aus der Geschichte von Anselmo und Lotario vorzulesen. Während er schlief, blätterte ich in dem Roman und suchte nach den beiden Namen, was sich als wenig schwierig erwies, da viele Stellen, an denen sie auftauchten, angestrichen waren. Ihr Abenteuer, wenn man es so nennen kann, schien mir lediglich die Variante eines Handlungsstrangs aus einem Shakespeare-Stück zu sein, das wir in der Schule gelesen hatten – ein Mann fordert einen anderen Mann auf, die Treue der Frau, die er liebt, auf die Probe zu stellen, mit tragischem oder beinahe tragischem Ausgang.

Nach den Fußnoten in meiner Arden-Ausgabe der Shakespeare-Werke war der »Treuetest« ein beliebtes Motiv in italienischen Novellen des Mittelalters, bei denen sich auch Cervantes bedient hatte. Ich war noch zu jung für jedes gesicherte Wissen, doch irgendetwas sagte mir, dass ein Treuetest wohl eher ein literarisches Mittel war und keine Strategie, auf die man im wirklichen Leben zurückgriff. Allerdings konnte es nur deswegen so häufig auftauchen, weil es etwas im wirklichen Leben thematisierte, das vielen Männern tatsächlich ein Grund zur Sorge war: der Charakter ihrer Frauen, wenn sie einer überwältigenden Versuchung unterworfen waren. Denn worin besteht der Verdienst, gibt sie sich tugendhaft, wie Anselmo zu Lotario sagt, »wenn niemand sie dazu verführt, die Tugend aufzugeben? Ist es nicht einerlei, ob sie verhalten ist und vorsichtig, gibt man ihr keine Gelegenheit, fremdzugehen?« Eine Befürchtung, schien mir, die, gibt man ihr einmal nach, unweigerlich eine Neugier provoziert, die nie wieder zu stillen ist. Warum sollte Anselmo bei Lotario aufhören, mochte sich Anselmos Frau als noch so treu erweisen? Es wäre unlogisch. Träfe man nicht immer wieder auf Lotarios, die noch verführerischer wären als die vorangegangenen? Gäbe es nicht immer eine noch bessere Gelegenheit zur Untreue als die erste?

Victor wachte auf, als ich eine Seite umblätterte. »Ah«, sagte er, denn er hatte gesehen, um welche Seite es sich handelte.

*

Joyce Gowan kam während der ganzen Zeit nicht aus ihrem Zimmer hervor. Am letzten Abend, nachdem Victor und ich allein in der Küche ein kaltes Abendessen zu uns genommen hatten, machte er den Vorschlag, ich sollte ihn nach oben begleiten, wenn er seiner Frau einen Schlummertrunk brachte. Umgehend ergriff mich panische Angst. Sollte ich die Rolle des Lotario übernehmen, mit ihm als Anselmo? War das Sinn und Zweck des ganzen Wochenendes gewesen? Mich darauf einzustimmen, die Tugend einer alten kranken Frau auf die Probe zu stellen, indem ich mit ihr schlief? Hatte vielleicht sogar mein Vater an diesem Komplott mitgewirkt? Zugetraut hätte ich es ihm. Er gehörte zu der Sorte Männer, die meinten, die weltliche Erziehung ihrer Söhne zu fördern, indem sie sie mit in ein Bordell nahmen, um sich ihre erste Syphilis einzufangen. Selbstverständlich ein Bordell in London, wo sie von einem örtlichen Arzt behandelt werden konnten, statt in Abu Dhabi, wo die medizinische Versorgung lückenhaft war. So weit allerdings war mein Vater bisher nicht gegangen. Vielleicht war meine Person sogar Bestandteil einer geschäftlichen Vereinbarung zwischen den beiden Männern, nach der Victor als Gegenleistung für die Dienste seiner Gattin einige seiner Bücher zurückverlangen durfte, oder mein Vater als Gegenleistung für meine Dienste auch noch die Restbestände von Victors Bibliothek in seinen Besitz bringen konnte. Es hing ganz davon ab, wie man den Gefallen kalkulierte.

Ich sagte, dass mich panische Angst ergriff, doch war sie nicht ganz frei von Verlangen. Beides ist bei mir kaum voneinander zu trennen. Wenn ich an die Kranke in ihrem Bett dachte, wenn ich daran dachte, was sie oder ihr Mann oder sogar mein Vater möglicherweise von mir erwarteten, wurde mir schwindlig vor Widerwillen und Vorahnungen; doch wenn ich an den Russell-Flint-Akt dachte, den Striptease hinterm Vorhangstoff, die geröteten Brüste auf dem Salongemälde, den verschmierten Lippenstift auf dem Foto von Joyce, in trinkfreudiger Runde von Dichtern und Malern mit lockerer Moral in Fitzrovia, wurde mir schwindlig vor Verlangen. Ich war noch Jungfrau. Was immer mir widerfahren würde, es wäre zum ersten Mal. Was immer ich zu tun hatte, ich wusste nicht, ob ich es können würde.

Ich folgte Victor die Treppe hinauf nach oben. Er trug ein Tablett mit einer Flasche Portwein und drei Gläsern. Joyce Gowans Schlafzimmertür war geschlossen. Ihr Mann hielt inne, legte ein Ohr an die Tür und stieß sie dann auf. Der Raum lag im Halbdunkel, nur eine kleine Glühbirne brannte, nicht an ihrem Bett, sondern in einem entlegenen Winkel des Raums. Ich meinte den Geruch von Medikamenten wahrzunehmen, aber gut möglich, dass ich ihn von unten mitgebracht hatte, als Anhaftung meiner Vorahnung.

»Ich weiß nicht, ob sie noch wach ist«, flüsterte Victor.

Ich stand mit einem Fuß im Schafzimmer, mit dem anderen auf der Türschwelle. In der Dunkelheit konnte ich nur Schatten ausmachen, die Silhouette eines Fensters, durch die einige schmale, diagonal verlaufende zitrusgelbe Lichtbalken aus dem Garten fielen, den Umriss eines Stuhls, ein Bett, aber nicht die darin liegende Person.

»Sie können hereinkommen«, sagte Victor, wieder im Flüsterton.

Mir fehlte der Mut einzutreten. Ich war dazu erzogen, die Intimsphäre des Zimmers einer Frau zu respektieren. Als kleines Kind muss ich meine Mutter wohl in ihrem Bett liegen gesehen haben, später jedoch habe ich sie nie in ihrem Zimmer aufgesucht, und im Bett liegen sah ich sie nie wieder, außer als sie starb. Mein Vater wurde vermutlich auch nicht in ihr Zimmer gelassen. Das Schlafzimmer einer Frau war ein ehrfurchtgebietender und gefürchteter Ort. Ich wusste nicht, was darin geschah, nur, dass Frauen dort weinten. Dies jedoch war kein Boudoir, das einer gesunden, wenn auch verbitterten Frau geweiht war, es war ein Gemach der Gebrechlichkeit und des Verfalls. Weiß Gott, gegen was ich stoßen würde und was ich in meiner Angst umwerfen würde, wenn ich Victors Vorschlag folgte. Ich verharrte im Türrahmen.

Plötzlich brannte Licht. »Da«, sagte Victor.

Es war kein strahlendes Licht, aber hell genug, um mehr zu erkennen als nur die gefüllten Umrisse eines Bettes, und dann, ja, dann die Gestalt von Joyce Gowan darauf auszumachen, die noch schlief oder scheinbar noch schlief, nicht verdeckt durch Betttücher, ja, überhaupt nicht zugedeckt, sondern drapiert, wie ein Maler vom Schlage eines Russell Flint sie drapiert hätte, als Anreiz für den Käufer, nicht auf dem Rücken, aber auch nicht auf der Seite liegend, das Nachthemd gerafft, wie durch eine unabsichtliche Bewegung im Schlaf die Kurven von Schenkel und Gesäß freigebend – schlank und silbrig glänzend im Halblicht –, und mit der gleichen arrangierten Unordnung der Zufälligkeit auch von der Schulter gefallen, ihre hervorquellenden Brüste präsentierend, nur im Profil, nicht in der erstaunlichen Fülle und Frontalansicht wie auf dem Ölgemälde im Treppenhaus und nicht mit dem gleichen Augenmerk auf das Rouge (es sei denn, die Blässe wäre nur der Beleuchtung geschuldet), sondern, so schien mir, als zarte Andeutung statt dreister Zurschaustellung und daher umso begehrenswerter.

Mochte ihre Pose kunstvoll oder geschmacklos sein, Mrs Gowan hätte einen Weg in das Herz eines jeden Mannes gefunden, erst recht in das eines verschreckten Knaben. Unmöglich, sich nicht vorzustellen, wie es wäre, wenn man sie umdrehte und in seine Arme schlösse. Lag es daran, dass ihre Gliedmaßen wirklich schlank waren, oder waren sie hinfällig? Lag es daran, dass sie sich trotz Krankheit ihre Schönheit bewahrt hatte, oder hatte die Krankheit, dank ausgeklügelter Beleuchtung, etwas Schönes an sich? Ich wusste es nicht. Woher auch? Dazu war ich viel zu jung.

»Treten Sie doch näher«, sagte Victor, aber ich konnte es nicht.

Ich wollte hinschauen, aber ich konnte nicht. Alle Gedanken daran, was folgen würde oder was folgen sollte, verflüchtigten sich. Es gab kein Richtig und kein Falsch bei dem, was als Nächstes kam, weil es kein Nächstes geben konnte. Schon das hier war verkehrt. Wer immer der Anstifter war – ich selbst schloss mich von keiner Schuld aus, denn auch Begehren stiftet an –, hier handelte es sich um die unentschuldbare Ausnutzung der Hilflosigkeit einer Frau. Sie war krank. Der habgierige Blick eines Mannes auf den weiblichen Körper nimmt sich jede Freiheit heraus und duldet kein tatsächliches oder moralisches Hindernis. Joyce Gowans Krankheit allerdings war ein Hindernis, das ich nicht überwinden konnte. Auch wenn man ihrer wundervollen Figur überhaupt nicht ansah, dass sie krank war. Auch wenn sie trotz ihrer Krankheit begehrenswert war, was sie nur noch begehrenswerter machte. Und auch wenn sie eine Frau war, die ihr Leben lang wegen ihrer Schönheit bewundert worden war und vielleicht auch weiterhin bewundert werden wollte, ganz gleich wie alt oder krank sie war. Ich war mir auch sicher, dazu hatte ich genug Zeit mit Victor verbracht, dass es seine Idee gewesen war und nicht die seiner Frau, mich hier herzubringen; dass er es war, der in einem Akt verzweifelter Liebe sie noch einmal zur Schau stellen wollte, einem jungen Mann, der solche Schönheit niemals zuvor erblickt haben konnte; und dass, ganz egal, ob sie bereitwillig mitgespielt hatte oder nicht, *sein* Wille – besser gesagt, sein Bedürfnis – sich durchgesetzt hatte. Doch es spielte keine Rolle, für wen ich hier hergebracht worden war. Ich wollte auch selbst hinschauen, aber ich tat es nicht. Das Verlangen löste sich in Traurigkeit auf.

»Ich gehe jetzt nach unten«, teilte ich Victor mit.

*

Wenige Tage nach meiner Rückkehr nach London erhielt ich ein Paket von Victor mit einem erklärenden und entschuldigenden Begleitbrief. »Was müssen Sie von mir denken? Ich kann es mir kaum vorstellen«, schrieb er, obwohl die Entschuldigung nur bewies, dass er es sich sehr wohl vorstellen konnte. »Ich bitte Sie inständig – doch welches Recht habe ich, überhaupt um etwas zu bitten? Ich hatte nichts Böses mit Ihnen im Sinn. Mir ist jetzt klar, wie sehr die Geschichte von Cervantes Sie hellhörig gemacht haben muss. Glauben Sie mir, ich habe nie daran gedacht, Sie mit einem solchen Auftrag wie den an Lotario zu betrauen. Ihre Jugend hätte mich von einem solchen Vorhaben abgehalten, aber ich habe nie an Joyce gezweifelt und habe natürlich jetzt, tragischerweise, allen Grund, nicht an ihr zu zweifeln. Ich habe keine Erklärung, was mich dazu gebracht hat, diese Geschichte hervorzukramen. Wenn Ihre Antwort lautet, ich hätte sie aus dem Unterbewusstsein hervorgekramt, kann ich dazu nichts sagen, denn mein Unterbewusstsein ist mir notgedrungen nicht bekannt. Doch ich bitte Sie, meine Situation – denn ich gestehe, ja, es ist eine ›Situation‹ – nicht in diesem finsteren Licht zu betrachten. Nicht um Vergebung, nur um Verständnis werbend, füge ich, als eine Art Korrektiv, ein Päckchen bei. Ich glaube, es ist ein wahrhaftigerer Ausdruck der Hochachtung, die ich Ihnen entgegenbringe, und der Liebe, die ich für meine Frau empfinde.«

In dem beigefügten Päckchen befand sich ein in Kalbsleder gebundener Faksimiledruck der ersten Ausgabe von Herodots *Historien* von 1502, in der original griechischen Fassung. Das Lesezeichen lag an dem Abschnitt, in dem Kandaules, König von Lydien, von der Liebe zu seiner eigenen Frau ganz verwirrt, mit einem anderen Mann, Gyges – einem geachteten Untergebenen, dennoch einem Untergebenen –, vereinbart, er solle sie heimlich beobachten, wenn sie nackt wäre. Die Königin, der Herodot keinen Namen gegeben hat, entdeckt den Voyeur und ist außer sich über die Freiheit, die er sich ihr gegenüber herausnimmt. Sie stellt Gyges vor eine grausame Wahl: Entweder bezahlt er für den verbotenen Anblick mit dem Leben, oder er bringt ihren Gatten um und folgt ihm als König von Lydien auf den Thron.

Da er nicht wusste, wie es um meine Griechischkenntnisse stand, hatte Victor eine Übersetzung der berühmten Erzählung beigelegt, obwohl er sich in Anbetracht meiner für mein Alter erstaunlichen Belesenheit sicher sei, dass ich sie nicht brauchte. Ich sage berühmt, aber eigentlich sind Gyges und Kandaules und ihre gemeinsame Geschichte nur klassisch Gebildeten bekannt und solchen Menschen meiner Provenienz, für die sie, trotz des traurigen Ausgangs, den Status eines Gründungsmythos besitzt.

So kann ich heute darüber reden, damals jedoch überstieg es meinen Horizont. Ich konnte altklug daherreden, aber ich hatte erst ein einziges Mal ein Mädchen geküsst; die feinen Unterschiede zu erkennen in der Kunst, wie man seine Gattin an den Mann bringt, war zu viel verlangt. Heute, nachdem viel Wasser die Themse hinuntergeflossen ist, weiß ich, was Victor mir begreiflich machen wollte: Es gibt eine tiefe Kluft zwischen den alltäglichen Qualen, die ein eifersüchtiger Ehemann erleidet, und jenem Verlangen, das so überwältigend ist, dass man es mit anderen teilen möchte. Liebe ist der Nährboden für beides, doch während Anselmo gemäß der Alchemie der Liebe sich in sein eigenes Entsetzen zurückzieht, vermag Kandaules das drängende Verlangen nicht mehr zurückzuhalten, sodass es überfließt und zu etwas wird, das Philanthropie zu nennen nicht zu weit hergeholt scheint.

Vom ersten Satz der herodotschen Erzählung an erscheint Kandaules als seiner Frau treu ergeben, weit über das übliche Maß bei Männern hinaus.

Dieser Kandaules war nun ungemein in sein eigenes Weib verliebt, und weil er so verliebt war, glaubte er auch, das schönste Weib unter allen zu besitzen; in diesem Glauben nun …

… in diesem Glauben nun verfiel er auf den Plan, Gyges solle von einem Versteck aus heimlich der Königin beim Entkleiden für die Nacht zuschauen.

Ist nicht allein die Vorstellung, dass sich ein Mann leidenschaftlich in seine eigene Frau verliebt, faszinierend? Wir müssen davon ausgehen, dass Männer im Königreich Lydien weder ihre Frauen aus Liebe heirateten, noch dass sich nach der Heirat Liebe einstellte – warum würde sonst das Gegenteil besonders betont? Die Geschichte ist also in erster Linie eine Liebesgeschichte. Zunächst die seltene und unerwartete Liebe, die König Kandaules seiner Frau entgegenbringt, dann die Überzeugung, ihre

Schönheit sei überragend, und schließlich der Wunsch, diese Schönheit möge auch von anderen wahrgenommen werden. Meiner Meinung nach eine unüberbietbare Steigerung.

Erst wenn man sich fragt, warum König Kandaules sich nicht damit zufriedengibt, Gyges die Königin im bekleideten Zustand sehen zu lassen, bekommt man eine Ahnung von der Unbedingtheit seiner Passion.

»Es war die Vollkommenheit ihrer Schönheit, die mich an meiner Frau so angezogen hat«, hätte er, in welchem Kreis der Hölle für Liebhaber er auch schmorte, geantwortet. »Nicht die Farbe ihrer Augen, nicht die Kurven ihres Halses, sondern die Gesamtheit aller Teile, ihre Harmonie. Und an dieser Harmonie, wie unschwer zu erkennen ist, kann man nur seine Freude haben, wenn sie sich *nackt* darbietet.«

Erst wenn man sich fragt, warum er sich nicht damit zufriedengibt, das Allumfassende dieser Schönheit allein zu genießen, berührt man das Wesen nicht nur der romantischen Liebe in einer ihrer extremen Ausprägungen, sondern von Kunst überhaupt.

»Der Instinkt, das, was wir schön finden, mit anderen zu teilen«, würde er fortfahren, »ist tief in uns verhaftet. Bilder, an denen uns gelegen ist, hängen wir an die Wände, damit nicht nur wir alleine, sondern auch andere sie betrachten. Der Künstler, der seine Werke in einer Gruft versteckt, enthält der Welt ein Vergnügen vor, manche würden so weit gehen und sagen, einen Anspruch. Ich kann der Welt diesen Anspruch nicht versagen, auch wenn ich mein Königreich und mein Leben dabei verliere.«

Bevor Gyges Kandaules' hitziger Überzeugungskraft erliegt, bringt er die üblichen Einwände vor: »Wenn eine Frau ihre Tunika ablegt, Herr, entledigt sie sich damit auch ihrer Keuschheit.«

Eine Feststellung, die Herodot persönlich untermauert: »Unter den Lydiern, wie auch unter den meisten anderen Bar-

baren, gilt es nämlich selbst für einen Mann als Schmach, nackt gesehen zu werden.«

Ein Mann jedoch, der vor Liebe so verrückt ist wie Kandaules, und der die Torheit besessen hat, sich in seine eigene Frau zu verlieben, ein Mann, der ihren nackten Körper viel zu schön findet, um ihn sich ganz allein anzuschauen, ein solcher Mann kann Schmach nur herausfordern. Je größer die Kränkung für eine Lydierin, nackt gesehen zu werden, umso größer für Kandaules die Notwendigkeit, die Kränkung herbeizuführen.

Ich billige das nicht. Ich erzittere nur vor dem, was es einem abverlangt, das ist alles.

Eigentlich ist die Geschichte erst vorbei, wenn die Königin entdeckt, was passiert ist, und Gyges vor das schreckliche Ultimatum stellt – Kandaules zu töten oder selbst zu Tode zu kommen. Für mich jedoch ist sie in dem Moment vorbei, in dem Gyges erkennt, wie recht Kandaules darin tat, die Schönheit seiner Gattin so hoch zu schätzen. Für diejenigen, die eine Moral brauchen: Die Moral steht auf der Seite der Schamhaftigkeit. Für mich jedoch ist es keine warnende Fabel über Schamlosigkeit. Für mich ist es eine Tragödie. Was soll ein Mann denn anderes tun, wenn die Schönheit seiner Frau so groß ist, dass er nicht genug Mittel und Wege findet, sie zu würdigen?

Wie gesagt, mir als Sechzehnjährigem bedeutete all das nichts. Faith hatte die Küsse eines anderen Jungen geraubt, und wenn ich daran zurückdachte, stieg mir aus dem Magen noch immer ein Geschmack von glutheißer Süße auf, aber ich stellte keinen Zusammenhang her. Ich las die Geschichte, die Victor für mich mit einem Lesezeichen markiert hatte, wertete es als Versuch, obszönes und ehrenrühriges Verhalten mit dem Glanz der Klassik zu verbrämen, schämte mich noch mal dafür, der Schmach nur so knapp entronnen zu sein, und dachte nicht mehr an den Vorfall. Aber das heißt nicht, dass sie nicht trotzdem weiter an meiner Seele nagte und mich ohne mein Wissen auf Marisa vorbereitete.

Hätte ich um die Wirkung gewusst, ich hätte mich persönlich bei Victor bedankt.

Gleichwohl, der Dank hätte ihn nicht mehr erreicht. Zwei Monate nach meinem Besuch wurde das Haus in Cookham ein Raub der Flammen. Weder Victor noch Joyce Gowan überlebten. Das Feuer vernichtete alles – die Menschen, die Fotografien, die Gemälde und das, was von Victors Bibliothek übrig geblieben war.

Dies ist nicht im konventionellen Sinne eine Familiengeschichte. Wenn überhaupt, dann ist es eine Antifamiliengeschichte, in dem ich nämlich, wie ich heute begreife, als Beispiel dafür diene, wie sich ein Mann vom evolutionären Imperativ befreien kann. Es ist egal, was mit deinem Samen geschieht. Sollen andere mit ihrem Samen mehr anstellen als du, wenn ihre Biologie ihnen das diktiert. Mein Samen bleibt ohne Folgen. Das ist meine Antwort auf Marius, der die Ansicht vertrat, das Menschheitsgeschlecht sei am Ende. Sehen Sie her, ich bin der Vorbote einer schönen neuen Menschheit, die sich heldenhaft über den darwinschen Sumpf erhebt und sich keinen Deut um Selektion oder Aussterben schert.

Wie aber setzt sich diese heldenhafte neue Menschheit fort?

Fragen über Fragen. Nicht allein der Cuckold verlangt immerfort eine Antwort auf die Frage, was als Nächstes geschieht.

Wir stehen auf den Schultern von Zwergen, so wachsen und gedeihen wir. Wir dauern fort, weil wir bei den gemeinen Samenträgern des Lebens schmarotzen. »Dein Schmarotzer«, wie Mosca, Volpones Schmarotzer frohlockt, »ist ein edel Ding, vom Himmel gefallen, nicht von Tölpeln und Tollpatschen hier auf Erden gezeugt.«

Ebenso der Cuckold: abgebrüht, eitel, schlüpfrig wie ein Aal, aber doch ein edel Ding. Ein Vorbild für zukünftige Männer, aus dem einfachen Grund, weil von uns keine Zukunft ausgehen kann. Wir verbrennen wie der Phönix. Das Schlechte in uns stirbt mit uns. Wir haben keine Jünger und gehören keiner Sekte an. Und wir hängen nicht wie Narren einem Glauben an, es sei denn, eine Frau ist ein solcher.

Dennoch, ich entstamme einer Familie, auch wenn ich selbst keine haben werde, und ich glaube, es ist kein Widerspruch zu meiner beispielhaften Ablehnung der Evolution, wenn ich etwas zu dem Familienunternehmen sage, dessen einziger Direktor ich bin. Mein Vater war dagegen, dass ich den Betrieb übernahm, er sprach mir jede Befähigung zu einer ordentlichen Arbeit ab, außer »ins Kissen zu heulen«. Meine Onkel dagegen ehrten mich mit einem Vertrauen, das zu rechtfertigen ich mir redlich Mühe gab, sogar noch lange über ihren Tod hinaus, als sich auch das Leben meines Vaters dem Ende zuneigte und er im Altersheim jetzt selbst ins Kissen heulte, sich auch auf andere Weise einnässte und von morgens bis abends mit ältlichen Frauen Canasta spielte, die breitbeinig dasaßen und ihn so zu Versprechungen reizten, die er nicht halten konnte.

Wir verkaufen antiquarische und seltene Bücher seit über hundertfünfzig Jahren, ohne dass wir je unseren verschwiegenen Standort, für das bloße Auge kaum sichtbar und jedem versperrt, der keinen Termin hat, an einem ruhigen Platz im Nordwesten der Wigmore Street verlassen hätten. Kunden mit einem Termin schauen nach rechts und links, bevor sie eintreten, und sehen sich noch mal um, wenn sie wieder gehen, wie Männer, die befürchten, in der Nähe eines Bordells erwischt zu werden – so sollen sich unsere Kunden fühlen. Wir schaffen eine Atmosphäre der Heimlichkeit, als hegten wir fragwürdige Absichten, dabei sind die meisten der Tausenden von Büchern, die durch unsere Hände gehen, durch und durch seriös.

Ich bin mit alten Büchern aufgewachsen, und ich fühle mich ihnen verbunden. Besonders gerne kaufe ich Bücher, eine Tätigkeit, die mich – ganz so wie ich es an dem Tag, als Victor mich in Maidenhead abholte, vorausgesehen hatte – bis in die malerischsten Winkel des Landes führt und mit der menschlichen Natur in ihren reizendsten und melancholischsten Ausformungen bekannt macht.

Den Verkauf überlasse ich weitgehend meinen Angestellten. Heutzutage ist das hauptsächlich eine Frage der Technik. Aber der Kauf einer ganzen Bibliothek ist eine sinnliche Angelegenheit und eine Sache der Intelligenz. Die Qualität einer Sammlung kann man vor der ersten Sichtung förmlich riechen, so wie man riecht, was man von einer Geliebten erwarten kann, bevor das Küssen losgeht. Sex durchdringt alles, Bücher und ihre Geschichte nicht weniger als Menschen, manchmal sogar mehr als Menschen. Wie oft sehen wir Leute im Bus oder im Zug ein Buch lesen und mit einer sinnlichen Spannung die Seiten umblättern, als wollten sie einen geliebten Menschen entkleiden. Hat das Buch durch Alter und Reife höhere Weihen erfahren, und denkt man an die vielen Finger, die vorher an denselben Stellen gelegen haben, erhöht sich der Reiz des Anblicks noch. Zugegeben, das ist nicht jedermanns Geschmack. Manche ziehen den Geruch von druckfrischen Buchumschlägen vor, so wie andere eine Vorliebe für intakte Jungfernhäutchen haben. Wir haben alle unsere Macken.

Kein Zweifel, diese Vorliebe für alles, was häufig den Besitzer gewechselt hat, habe ich von meinem verrufenen Vater und seinen nicht minder verrufenen Brüdern geerbt. Vor mir jedoch hatte noch kein Mitglied der Familie diesen Begriff des Eros bis zu seinem logischen Schluss geführt. Erst ich habe mich zu einem wahren Genießer des Gebrauchten entwickelt.

Es bedeutet unter anderem, dass ich für diese besondere Form der Genusssucht bei anderen Menschen sehr empfänglich bin. Ich dränge niemanden dazu zu verkaufen, selbst wenn ich eine weite Anreise habe. Nur wenige, die sich dazu durchgerungen haben, sich von ihren Büchern zu trennen, tun das aus freien Stücken. Sich von ihren Frauen zu trennen würde ihnen leichter fallen. Der schon etwas ältere und seit Langem emeritierte Professor, auf dessen Beerdigung ich Marius kennenlernte, war so ein Fall. Als ich auf seine Einladung hin bei ihm eintraf, ging er nervös die Einfahrt auf und ab, weil er ganz besorgt war, ich würde zu der verabredeten Stunde mit einem Möbelwagen anrücken und gleich mit dem Einladen beginnen. Meine Ankunft in einem zerbeulten Taxi von der Bahnstation und die Feststellung, dass ich erst mal nur in Augenschein nehmen wolle, was er anzubieten habe, beruhigten sein Gemüt beträchtlich.

»Oh«, sagte er mit einem Piepsstimmchen wie von einer Maus, auf die man versehentlich tritt. »Dann muss ich ja doch nichts vor Ihnen verstecken.«

Mit zittrigen Händen kochte er mir Tee, dieser belesene alte Umstandskrämer, den die Frau mit seinen Büchern und seinem Bücherwissen allein gelassen hatte. Sie habe den muffigen Geruch nicht ertragen können, erklärte er mir. »Und vielleicht auch meinen nicht«, sagte er lachend, wozu es in seiner Brust rasselte.

Ich mochte ihn. Ich mochte die Silhouette seiner langen, gebückten Gestalt, seine Vierschrötigkeit, und mir gefiel, wie er seine Krawatte trug, als wäre es ihm egal, wo der Knoten saß und ob das schmale Ende doppelt so lang war wie das breite. In meinem Gewerbe treffe ich häufig auf Männer, die ihre Krawatten auf diese Weise binden, ich schreibe es der Einsamkeit des Büchersammelns zu.

Ich habe eine Schwäche für Männer, die verlassen wurden. Ich trete in ihre Gefühlswelt ein. Vielleicht kommt es daher, weil ich immer befürchtete, eines Tages selbst ein Mann zu sein, der verlassen wurde. Und – da wir uns nun schon mal dem Vielleicht hingeben – vielleicht auch, weil ich hoffe, irgendwann einer zu sein. Verlassen, den Rest meines Lebens vor mich hin schluchzend, während die Frau, die ich liebe …

Es gibt abgründigere Wünsche.

Nach dem Tee folgte ein schrecklicher Moment. Ermutigt durch die Entdeckung, dass mir jede Habgier fern war, fing er an, aus einem Kabuff unter der Treppe kostbare Ausgaben hervorzuholen, George MacDonald, Christina Rossetti, »Monk« Lewis, jede in ihr Totenhemdchen aus alten Zeitungen gehüllt – und stellte fest, dass das feuchte Klima von Shropshire, so wie es dem Professor zusetzte, den Büchern schon lange zugesetzt und ihre illustren Seiten in Kompost verwandelt hatte.

»Oh«, sagte er, die Stimme noch mäuschenhafter als zuvor, als hätte ihm wieder jemand auf den Schwanz getreten. »Die werden Sie dann wohl nicht haben wollen.«

Doch selbst in einer so schlimmen Enttäuschung wie dieser lag für ihn eine Erleichterung. Er lachte das trockene, knöcherne Lachen eines alten Mannes. Ganz einfach, ich würde seine Bücher nicht mitnehmen, weil es sich nicht lohnte.

Ich fasste ihn zum Trost am Arm. Ich war froh, mit leeren Händen zurück nach London zu fahren.

Danach schickte er mir gelegentlich noch Grußkarten, äußerte Schuldgefühle und Dankbarkeit, ausreichende Motive für ihn, neue Bücher aus unserem Katalog zu bestellen – einen seltenen George MacDonald, Christina Rossetti oder »Monk« Lewis. Nach seinem Tod sorgte der Nachlassverwalter dafür, dass wir den kleinen Bestand seiner Bibliothek, der von Wert war, erwerben konnten, und zufällig waren es genau die Bücher, die er kurz zuvor bei uns gekauft hatte. So schließen sich die Kreise. Aber ich nahm nicht aus geschäftlichen Gründen an seiner Beerdigung teil, manchmal muss man sich von der Stimme seines Herzens leiten lassen. Und meine führte mich zu Marius. Man könnte also sagen, dass ich doch nicht mit leeren Händen nach London zurückfuhr.

*

Während Marisa sich erholte, vermied ich es bewusst, mit ihr über den kubanischen Arzt zu sprechen. Womöglich hätte sie sich gar nicht an ihre Krankheit oder an den Arztbesuch erinnert und gar nicht gewusst, wovon ich sprach. Wir flogen zurück nach England, und sobald Marisa zu Hause wieder bei Kräften war, brachen wir erneut zu einer Hochzeitsreise auf, diesmal nach Suffolk. Nach den Sümpfen von Florida stand uns der Sinn nach Kühlerem und Erfrischenderem. Ich bin kein Anhänger der Theorie, die Ehe sei wie ein Wechselbad, aber wir mussten erst wieder einen klaren Kopf bekommen.

Was mich betrifft, gelang mir das nicht. Heute habe ich meinen Frieden damit gemacht, dass ich nie einen klaren Kopf haben werde, dass dort oben nie mehr Ruhe und Ordnung herrschen werden. Damals jedoch hat mich die mentale Bedrängnis, in die ich geriet, immer wenn ich meine Frau umarmte, beunruhigt. Beim Thema Geschlechtsverkehr bin ich Moralist. Man schläft mit dem, mit dem man schläft, das war immer mein Credo. Es ist nicht unbedingt nötig, dass man jede Frau, die man in sein Bett einlädt, auch liebt, doch sollte man ihr die Ehre erweisen, jedenfalls solange man mit ihr schläft, nicht an eine andere Frau zu denken. Taucht das Bild einer anderen Frau vor einem auf, sollte man sich zurückziehen und entschuldigen. Meine Moralvorstellungen jedoch gerieten ins Wanken, als nicht das Gesicht einer anderen Frau vor mir auftauchte, sondern das eines anderen Mannes – nicht eines Mannes, den ich lieber geküsst hätte als Marisa, sondern von dem ich wollte, dass Marisa ihn lieber geküsst hätte als mich.

Mit großer Willensanstrengung kämpfte ich gegen dieses Phantombild an. Gleich zu Anfang unserer zweiten Hochzeitsreise gab es sich mir zu erkennen, eigentlich schon, als wir das erste Mal in Suffolk miteinander schliefen, in einem Bett aus Eisen, von dem aus wir das unendliche graue Meer sehen konnten oder vielmehr hätten sehen können, wenn nicht ein anderer zwischen uns getreten wäre. Morgens, manchmal schon bevor Marisa sich auch nur im Bett gerührt hatte, machte ich lange Spaziergänge. Ich war davon überzeugt, dass der Wind, der am Himmel von Suffolk so erstaunliche Veränderungen auszulösen vermochte, auch meinen unerwünschten Gast wegfegen würde. Doch sobald ich wiederkam, mich zu Marisa legte und mit meinem Gesicht nahe an sie heranrückte, war er wieder da, der kubanische Arzt mit seinem Pferdegebiss. Sosehr ich Marisa auch an mich drückte, stets gelang es ihm, seine seidigen Pfoten zwischen uns zu schieben und sich zu ihren Brüsten vorzutasten.

Es war nicht das Vorgehen eines Mannes, der mich ersetzen wollte, das möchte ich hier betonen. Die Rolle, die er spielte, war eher die eines Assistenten, so wie große Zauberkünstler Assistenten haben. Aber will nicht jeder Assistent eines Zauberkünstlers am Ende auch Magier werden?

*

Da ich mein persönliches Erlebnis mit dem kubanischen Arzt Marisa gegenüber nie erwähnt hatte, sah ich jetzt keinen Grund, seinen Geist heraufzubeschwören. Obwohl ich sie praktisch dazu überredet hatte, aus ihrer Ehe auszubrechen, und obwohl das Gespräch unser Medium war, Worte unsere Streicheleinheiten, gab es manche Dinge, die anzusprechen wir zu diskret waren. Es war nicht unsere Art, sich unmittelbar verbal über unsere Gefühle auseinanderzusetzen. Unsere Beziehung war deswegen nicht kühl, ganz und gar nicht. Im Unausgesprochenen liegt eine Leidenschaft, von der Paare, zwischen denen in erotischen Dingen große gegenseitige Aufrichtigkeit herrscht, keine Ahnung haben. Unsere Blicke trafen sich verstohlen, auf Zeichen hin, nur angedeutet, kaum wahrgenommen, und im Austausch von Vermutungen und Intuition eroberten wir uns unseren Raum.

Wenn ich über die »Anwesenheit« des kubanischen Arztes in unserem Bett gesprochen hätte, wenn ich Marisa vorgeschlagen hätte, einen anderen Mann zu suchen, der das mit ihr machen würde, was der Arzt bei der Untersuchung mit ihr gemacht hatte, oder wenn ich ihr gesagt hätte, sie solle sich auf eigene Faust einen anderen Mann suchen – ich glaube, dann hätte ich sie verloren. Marisa hatte einen Zug ins Strenge, vor dem ich mich fürchtete. Nicht, dass hier Missverständnisse aufkommen: Ich liebte sie deswegen. Es erregte mich, mit einer schönen Frau verheiratet zu sein, die auch Moralphilosophin war. Nicht jedem ist es beschieden, gleichzeitig neben Salome und Sokrates zu liegen. Der Nachteil, wenn man es so nennen kann, war, dass ich es mir gründlich überlegte, ob ich ihr die Kloake meines Gehirns öffnen sollte.

Es galt, sich auch vor mir selbst zu schützen und vorsichtig mit der Erinnerung an den kubanischen Arzt umzugehen. Ich wollte das schwache Verlangen in mir, das sich erst noch entfalten musste, um zu einem alles verschlingenden Appetit anzuwachsen, nicht gleich abtöten.

Manche Wünsche sind zu flüchtig und unbestimmt, um sie befriedigend in Worte kleiden zu können. Spricht man sie aus, verlieren sie das Beklemmende; nennt man sie beim Namen – falls man ihn kennt –, verzichtet man auf die Schwingungen zwischen dem Möglichen und dem Undenkbaren, zwischen dem, was man in seiner Fantasie streift, und dem, was man befürchtet, dass es sich in Wirklichkeit ereignen könnte, oder, schlimmer noch, nicht ereignen könnte. Wenn diese Schwingungen Marisa und mich leichtsinnig gemacht haben, dann auch umso verliebter. Aber vielleicht sollte ich hier nicht für Marisa sprechen. Es gehörte zu unserer Verschwiegenheit, nie genau zu wissen, wie verliebt der andere war. Mich jedoch warf diese Unwissenheit darüber, was erlaubt war und was nicht, was Marisa von meinem seltsamen Wesen hielt, welche meiner Ängste und Einbildungen ihr bewusst waren und welche auszuleben sie billigen würde, in einen Wahnsinn aus Warten und Wundern, den normale Menschen als Knechtschaft und nicht als Liebe empfunden hätten, der aber für mich das Idealbild der Liebe war, Liebe ohne Netz und doppelten Boden, Liebe in ewiger Spannung.

Es gibt Männer, in denen der masochistische Impuls die primitivsten Formen annimmt. Sie wünschen sich, von der Frau geschlagen und misshandelt, ins Gesicht gespuckt oder wie ein Kind verprügelt zu werden. Mir erging es anders. Auf Marisas Schoß hätte ich jede Bestrafung gerne entgegengenommen, doch ich wollte mich ja in ihrem Verstand einnisten und dort, in der wortlosen Stille, ihrer schlimmsten Gedanken harren.

Ich glühte vor Spannung. Meine Mitmenschen, denen ich in der unpersönlichen Atmosphäre der Arbeit über den Weg lief, bemerkten meine veränderte Erscheinung. Plötzlich suchten die Angestellten meine Gesellschaft und unterhielten sich morgens lieber mit mir, als gleich in ihre Bürobuchten zu huschen. Es war vermutlich die Wehrlosigkeit, die sie in mir sahen, die Aura des Ungeschützten und Hilflosen, die wir bei Kindern so lieben und bei Verliebten, als steckten sie noch in ihrer Babyhaut und warteten darauf, dass ihnen die nächste Schicht wächst. Ist nicht genau das gemeint, wenn wir von Schönheit reden? Eine Lichtdurchlässigkeit des Fleisches, die den Blick auf die bibbernde Nacktheit unserer Seele freigibt.

Meinen Vater besuchte ich selten, wir mochten uns nicht. Ich hatte ihn in ein Altersheim in Hertfordshire gesteckt, wo er – wie ich schon sagte und gerne wiederhole, weil es mir Freude macht, die Worte auszusprechen – mit älteren Damen, die krank im Kopf waren, Canasta spielte und ihnen Versprechungen machte, die er nicht halten konnte. Mit meiner Mutter hatte er dasselbe gemacht. Mit mir im Grunde auch. Er hatte versprochen, mir niemals das Geschäft zu überantworten, und jetzt war ich Geschäftsführer. Was er mir niemals zu verzeihen versprach. Aber selbst er staunte an dem einen Mal, als ich ihn besuchte, darüber, wie gut ich aussah.

»Man könnte glauben«, sagte er und spuckte in eine Schale, »dass du doch noch jemanden zum Vögeln gefunden hast. Doch wohl hoffentlich keinen Mann, oder? Deine Mutter hatte einen Bruder, der von dieser Fraktion war. Würde mich nicht wundern, wenn es in deinen Genen steckt.«

»Nein«, sagte ich. »Es ist kein Mann.«

Obwohl, streng genommen …

Mein Arzt ließ sich sogar zu der Behauptung hinreißen, die Ehe täte mir so gut, dass sie mein Leben um mindestens zehn

Jahre verlängern würde. Meine schlechten Cholesterinwerte waren gesunken, meine guten gestiegen, mein Blutdruck war auf dem niedrigsten Stand, seit der Arzt mich als Patient führte, ich hatte abgenommen, und wenn er meine Größe gemessen hätte, hätten wir wahrscheinlich festgestellt, dass ich um ein paar Zentimeter gewachsen war.

»Ich weiß nicht, was Ihre Frau Ihnen gibt, Mr Quinn«, sagte er, »aber wenn es etwas zum Einnehmen wäre, könnte der Nationale Gesundheitsdienst Millionen einsparen.«

»Ich bin Privatpatient«, erinnerte ich ihn.

»Denken Sie altruistisch«, sagte er.

Ich fürchte, ich bin rot geworden, so altruistisch war mein Denken.

*

Ich sagte, Marisa sei streng gewesen, aber es soll nicht der Eindruck entstehen, dass sie spröde war. Ich war eindeutig der Verrücktere von uns beiden, aber auch der Kritischere. Pervers und puritanisch zugleich zu sein ist nicht ungewöhnlich. Nur der Perverse weiß, wie schmutzig es in seinem Kopf aussieht. Wäre ich der Richter in einem Prozess, der mich des Verbrechens gegen das häusliche Glück anklagte, hätte ich mich zum Tod durch Erhängen verurteilt, in der Morgendämmerung, den Vögeln ausgesetzt, die mich bis auf die Knochen abnagen sollten.

Marisa dagegen konnte man mit sexuellen Dingen nicht schockieren, sie verurteilte niemanden, schon gar nicht sich selbst. Schon vor mir hatte sie sich hemmungslos ihre Liebhaber ausgewählt, ob sie verheiratet waren oder nicht. Nicht immer ging es nach ihrem Wunsch, denn es gab die Wünsche anderer zu berücksichtigen; mal musste sie zurückstecken, mal konnte sie vorpreschen, nicht immer im Einklang mit ihren Begierden. Als Frau jedoch, die die Freiheiten schätzte, die sonst den Männern zustanden, und die, psychologisch gesehen, das Produkt dieser Freiheiten war, blieb ihr gar keine andere Wahl, als sich Liebhaber zu nehmen, solange es keine zwingenden Gründe dagegen gab. Männer nahmen sich, was sich ihnen bot, sie tat das Gleiche. Die Erfahrungen, die sie sammelte, spornten sie weder an, noch deprimierten sie sie. Gut möglich, dass der Sex gar nicht im Vordergrund stand. Ein Rendezvous zu verabreden und es dann einzuhalten, das war es, wofür sie entflammte: in ein Restaurant ausgeführt zu werden, das sie nicht kannte, zu überlegen, was sie anziehen sollte, sich zu fragen, was als Nächstes passieren würde, wo und wie, ob Heimlichkeit und Gefahr damit verbunden war. Gerne traf sie sich in Hotels, vorausgesetzt, sie boten Komfort, die Betten waren groß und bequem, es gab reichlich warmes Wasser und der Zimmerservice war effizient. Unter vier Sterne tat sie es nicht, dann verzichtete sie lieber ganz auf den Sex. War sie scharf auf die Bettwäsche? Diese Frage stellte sie sich manchmal. Am besten lief es, wenn sie alles selbst in die Hand nahm: Wer sich als Erster an der Rezeption anmeldete; woran man erkannte, ob der andere bereits im Zimmer war oder nicht; wie und in welcher Kleidung man die Tür öffnete und anklopfte oder auch nicht. Die sozialorganisatorischen Aspekte des Ehebruchs – das Wohltätige, das Geben statt Nehmen, mehr für den anderen da zu sein als für sich – fesselten sie; alles Anschließende – das Küssen, das Öffnen der Knöpfe, die Penetration, die Entschuldigungen, das Dankeschön, die Ausreden und die Lügengeschichten – hätte sie ebenso gut lassen können.

Einmal wurde sie von einem Kollegen bei Oxfam zum Frauentausch in einen Swinger-Club eingeladen, den er »in einem anderen Zusammenhang schon mal aufgesucht hatte«, wie er sich ausdrückte.

»Aber ich bin doch gar nicht deine Frau«, hatte sie sanft erwidert. Sie wollte nicht prüde, sondern nur präzise sein.

»Frauentausch ist auch gar nicht richtig«, erklärte er. »Eher Fetisch.«

»Fetisch? Wie im Voodoo?« Sie konnte nichts dafür; sie dachte, er wollte sie nach Westafrika oder Haiti entführen.

»Nein, halt Ketten und Leder.«

Sie besitze keine Lederkleidung, hatte sie geantwortet, außer Schuhen und Gürteln aus Leder und einer Jacke, die aber fürs Clubbing in Haiti noch zu gut sei. Und ihre Ketten – die einzigen Ketten, die sie hatte – waren achtzehnkarätige Halsbänder aus Weißgold, die Liebhaber für sie gekauft hatten, bei Asprey und Garrard.

Er bot ihr an, etwas Passendes für sie auf einem der Kleiderständer bei Oxfam auszusuchen. Sie trage aber nie gebrauchte Kleidung, wandte sie ein. »Dann nimm einfach irgendeinen Rock und eine Jacke aus deinem Kleiderschrank«, schlug er vor. »Und vergiss den Rock.«

»In Röcken sehe ich am besten aus«, sagte sie, aber kam ihm entgegen, indem sie die Jacke wegließ.

Von Stöckelschuhen hatte er nichts gesagt, auf die kam sie von allein. Stöckelschuhe standen ihr. Sie trug sie gerne. In Stöckelschuhen war sie größer als die meisten Männer.

Der Swinger-Club entpuppte sich als Wohnzimmer und Küche einer viktorianischen Doppelhaushälfte in Walthamstow. Einige Männer hatten nur Shorts mit ledernen Hosenträgern an, die ein bisschen wie Lederhosen aussahen, andere trugen Hero-Shirts und Breecheshosen, einige wenige hatten Hundehalsbänder umgebunden. Ein Mann war als Druide aufgemacht. Die Frauen trugen das, was, in Marisas Fantasie jedenfalls, Prostituierte sonst unter ihren Mänteln verbargen. Eine große Blonde mit einer diamantenbesetzten Augenklappe und Vatermörder tanzte für sich allein. Ihr rosaviolettes Gummi-Cocktailkleid hätte Marisa auch gerne gehabt, wenn sie öfter hergekommen wäre, aber so weit würde es wohl nicht kommen. Nach der Atmosphäre zu urteilen, hätte es auch eine Weihnachtsparty für Taxifahrer sein können, obwohl sie noch nie auf einer gewesen war.

Sie tanzte mit einem jungen Schwarzen, der ohne Anhang da war. Er trug Latexhosen und legte ihre Hand in seinen Schritt.

Er wollte gleich zur Sache kommen, Geschlechtsverkehr hier auf der Tanzfläche oder auf der Toilette. Was er mit ihrer Hand anstellte, dagegen hatte sie nichts einzuwenden. Sie tanzte, und was beim Tanzen passierte, unterlag nicht den gängigen Geboten des Anstands. Außerdem war er kein schlechter Tänzer. Aber Geschlechtsverkehr, ob auf der Tanzfläche oder der Toilette, dem sah sie sich nicht gewachsen. Ein Blick ins Badezimmer hatte ihr gereicht, nicht mal die Nase hätte sie sich darin geputzt. Der Raum, in dem getanzt wurde, erinnerte sie an eine Pension in Bournemouth, in die ihre Mutter und einer ihrer neuen falschen Daddys sie mal mitgenommen hatten, kurz nachdem ihr richtiger Vater sie verlassen hatte. Die Teppiche waren grün, und auf dem Kaminsims standen Schälchen mit Plätzchen und Nüssen. »Niemals Gebäck und Nüsse aus einer Schale nehmen«, hatte ihre Mutter sie damals ermahnt und sie an den Handgelenken gepackt, »Wer weiß, wer alles seine Pfoten da reingesteckt hat.« Marisa, die sich wünschte, ihre Mutter wäre selbst nur halb so wählerisch, was Männer betraf, weinte die ganze Zeit über. Die Teppiche in Walthamstow waren grün, und auf dem Kaminsims standen Schälchen mit Plätzchen und Nüssen. Marisa ließ ihre Hand da, wo der Schwarze sie hingelegt hatte, aber schüttelte den Kopf. »Ich möchte lieber nur tanzen«, sagte sie.

Er schüttelte ebenfalls den Kopf. Wenn er nur hätte tanzen wollen, wäre er in den Hammersmith Palais gegangen.

»Dann kann ich Ihnen auch nicht helfen«, entschuldigte sie sich. »Ist nicht persönlich gemeint. Ich lasse mich gerne verführen, nur Plätzchen und Nüsse sind nicht mein Ding.«

Sie sah sich nach ihrem Kollegen von Oxfam um, der sie hierhergebracht hatte. Eine sehr dicke Frau in einem Reitkostüm hockte mit gespreizten Beinen auf seinem Gesicht und las die Reitsportnachrichten in einer Zeitung.

»Kommst du mit nach Hause?«, rief Marisa zu ihm hinunter.

Er konnte nicht antworten.

»Macht nichts«, sagte sie. »Ich kann auch alleine gehen, wenn dir das lieber ist. Klopf einmal auf den Boden, wenn du noch bleiben willst, zweimal, wenn ich warten soll.«

Der Mann klopfte einmal. »Gut«, sagte Marisa. »Dann sehen wir uns nächste Woche im Geschäft.«

Sie war nicht im Geringsten schockiert. Keine Spielart der Sexualität wurde von ihr belächelt oder abgelehnt. Die Menschen machten das, was sie machen wollten. Sie selbst dagegen, wie sie ihrem Tagebuch anvertraute, konnte ihren Körper ebenso wenig ungehemmt hingeben, wie sie sich ungehemmt bei den pikanten Snacks bedienen konnte.

Sie war weder frigide noch zurückhaltend oder gar unfähig zum Orgasmus. Sie dachte nicht groß darüber nach, ob es eine sinnliche Erfahrung gab, auf die sie verzichten oder die sie weiter vertiefen sollte. Was Frauen fühlen sollten, fühlte sie. Was *sie* fühlen sollte – möglicherweise etwas ganz anderes –, fühlte sie. Das alles jedoch beschäftigte sie nicht über den Moment hinaus, in dem sie das Gefühl hatte, etwas zu fühlen. Jedes war ein Ereignis für sich, sie freute sich weder darauf, es mit anderen zu vergleichen, noch betrieb sie Rückschau.

Insofern war der einzige Bereich, in dem sie sich überhaupt innerlich mit Aspekten dieser Niederungen ihrer Existenz beschäftigte, die Konversation. Sie schätzte Eloquenz bei Männern und hätte mit einem, dessen Geist in ihr keine Neugier oder Amüsement weckte, egal, welche Reize er sonst zu bieten hatte, niemals körperliche Intimität gesucht, es sei denn, er wäre der beste Tänzer der Welt. Sie musste einen Mann wirklich mögen, um körperliche Flüssigkeiten mit ihm auszutauschen, doch bevor sie ihn mögen konnte, musste sie sich geistig mit ihm austauschen.

Manchmal dachte sie abends an den Mann, neben dem sie tagsüber gelegen hatte, manchmal nicht. Dieses An-ihn-Denken stand in keinem direkten Zusammenhang mit einer sexuellen Erregung, die sie erfahren hatte. Vielleicht hatte etwas, was sie sich aus ihrem Leben erzählt hatten, sie fasziniert, eine Idee, ein Satz. Gerne hörte sie auch zu, wenn die Männer von ihrer Arbeit berichteten. Oder wo auf der Welt sie schon überall gewesen waren. Auch hatte sie überhaupt nichts dagegen, wenn die Männer von ihren Ehefrauen erzählten, solange Letztere nicht verteufelt oder aus Rücksicht auf sie, Marisa, abgetan wurden. Sie konnte mit einem Mann schlafen, auch wenn der Mann seine Ehefrau liebte. Notfalls hätte sie vermutlich sogar zugestimmt, dass ein Mann, der seine Frau liebte, immer die bessere Wahl war. Bei ihm bestand nicht die Gefahr, dass er eines Tages mit feuchten Augen und Fluchtgepäck vor ihrer Haustür stand.

In dieser Hinsicht könnte man sie als konservativ bezeichnen, wenn nicht sogar reaktionär, was die Institution Familie anging. Sie wollte immer, dass alle zusammenblieben. Es war ihr keineswegs fremd, auch an die Kinder ihrer Liebhaber zu denken, falls sie mal Fotos von ihnen gesehen hatte oder sie ihr auf andere Art und Weise nahegebracht worden waren. Mehr als einmal überlegte sie, »etwas für sie zu tun« – steuerte etwas zu ihrer Ausbildung bei oder richtete ein Treuhandkonto für sie ein. Vielleicht war das für sie eine Möglichkeit, das Fehlen jeglichen eigenen mütterlichen Instinkts in ihr zu kompensieren, was sie natürlich der schlechten Elternschaft zuschrieb, der sie selbst ausgesetzt gewesen war.

Die Männer, denen sie heimlich ihre Mußestunden widmete, waren nur im wörtlichen Sinn heimlich und bedienten kein unbewusstes Bedürfnis oder unerwidertes Begehren – außer der Freude, die sie an Geheimnissen fand. Sie ließen sich mit ihrem sonstigen Leben vereinbaren. Sie hätte sie nach Hause zum Essen eingeladen, allein die Konvention, dass sich so etwas nicht gehörte, hielt sie davon ab. Für ihre Männer galt: Aus den Augen, aus dem Sinn. Sie mochte sich mit ihren Ehen auseinandersetzen, mit ihren Kindern, selbst mit ihren beruflichen Aussichten – keinesfalls jedoch wälzte sie, wenn sie abends mal nicht einschlafen konnte, solche Fragen wie: Liebte sie ihre Männer, oder liebte sie sie nicht? Und liebten die Männer sie, oder liebten sie sie nicht? Sie liebte ihren Ehemann. Dann lernte sie mich kennen. Den nächsten Ehemann. Und liebte mich. Fertig. Ende der Geschichte.

Jedenfalls hätte es das Ende sein können.

Ob es das Ende war oder nicht, mit der Frage konnte ich gut leben. Wie gesagt, die Ungewissheit kam mir entgegen.

Aber nur einerseits.

Meine Haut strahlte, aber in dem straff gespannten Kokon stiller Erwartung, der für Zufriedenheit gehalten wurde, lechzte ich nach einer Wiederholung oder einer gleichwertigen Szene, wie ich sie zitternd neben Marisas Bett erlebt hatte. Wenn sie schon nicht von anderen Händen berührt werden durfte, konnte sie dann nicht wenigstens von anderen Augen betrachtet werden? Ich war zwar noch nicht in Victor Gowans Alter, aber ich verstand seine Verzweiflung. Marisa lief nicht die Zeit davon, auch mir nicht – im Gegenteil, man hatte mir gerade gesagt, dass ich Zeit gewonnen hätte –, aber man weiß nie, was kommt. Ich befürchtete, die bequeme makellose Konventionalität unseres gemeinsamen Lebens, mit vielen Verheißungen, aber ohne Wagnisse, würde uns auffressen, wenn wir nicht aufpassten. Eine Frau kann sich daran gewöhnen, dass ihr Mann sie nicht für einen anderen auszieht.

*

Wie also sind wir schließlich doch dahin gekommen, wo wir am Ende gelandet sind? Wie haben wir es geschafft, unser Schweigen in Handlung umzumünzen, deutlich und unübersehbar wie Marius?

Es wäre unmöglich, eine so unendlich raffinierte Entwicklung wie die unsrige – manche würden es gewiss einen Abstieg nennen, zu Unrecht allerdings – zurückzuverfolgen. Ebenso gut könnte man versuchen, die von Sekunde zu Sekunde sich verändernden Lichtverhältnisse zu malen, die den Übergang vom Tag zur Nacht markieren.

Jeder Tag hat seine Schlüsselstunde, vier Uhr, und in einer Ehe ist es nicht anders. Unmerklich, aber entschieden gaben wir uns jenen äquinoktialen Stunden hin, wenn die Beziehung zwischen Liebenden auf ihrer Achse kippelt. Und wenn wir nicht so gefährlich kippelten wie gewünscht, brachte ich mein Gewicht ein. Dann kam etwa ein alter Bekannter von mir zu Besuch, und ich täuschte im Verlauf des Abends Unwohlsein vor und überließ es Marisa, den Gast zu unterhalten. Auf Marisas Partys, bei Oxfam oder im Büro der Telefonseelsorge machte ich mich rar und beobachtete sie aus dem Hintergrund, während sie sich unterhielt und lachte, mit wem sie wollte; in jeder Hinsicht eine Frau, die nur ihrem eigenen Willen folgte. Ich tanzte nicht mehr so oft mit ihr wie zur Zeit unserer jungen Liebe, ließ die geselligen Abendrunden der Tanzschule ausfallen, sodass sie ungehindert mit den Leuten verkehren konnte, an die sie schon früher ihren Körper gepresst hatte, oder kam auch schon mal zu spät zu den gelegentlichen Tanzstunden, in der Hoffnung, sie würde wie eine heiße Stute mit dem neuen Lehrer tanzen, einem Argentinier mit Knopfaugen und Pferdeschwanz.

Wir verloren kein Wort darüber, während und nach diesen Vorkommnissen – wenn man sie so nennen will –, jedoch wurde stumm eine Veränderung konstatiert, meine schrittweise Entfernung, wie ein sich auflösender Geist, von der abenteuerlichen Bühne, die Marisas Leben war.

So gespenstisch diese Entwicklung auch war und sein musste, ließ sich ein Gespräch über sexuelle Turbulenzen doch nicht gänzlich vermeiden. Wir gingen ins Theater, in die Oper, ins Ballett, wir kauften Karten, um Sänger singen und Schriftsteller aus ihren Werken lesen zu hören. Es lässt sich kein zivilisiertes

Leben führen, ohne nicht unter die Nase gerieben zu bekommen, wovon alle Kunst immer und ewig spricht, Unbeständigkeit und Leid. Dennoch übertrugen wir das Gesehene nicht eins zu eins auf unser Leben. Nur in den diskursiven und rein intellektuellen Nachwehen eines Meisterwerks der erotischen Verzweiflung wie *Dido und Aeneas* oder *Winterreise,* nur in einer Sprache, die so unpersönlich wie gesittet war, legten wir dar, was wir zum gegenseitigen Verständnis brauchten.

Insbesondere eine Gelegenheit kommt mir dabei in den Sinn. Wir waren mit Marisas jüngster und mir unangenehmster Halbschwester Flops und ihrem Mann Rowlie im National Theatre und hatten *Othello* gesehen, eine emotional aufgeladene, aber abstoßende Produktion, weil der Schauspieler, der den Othello gab, eine solche Energie in seine Eifersucht legte, dass schwer vorstellbar war, wie man als Mann überhaupt leben kann, ohne solche Qualen zu erleiden wie er. Zugegeben, das war auch meine Auffassung, doch wenn ich mich im Theater zurückhalten musste, ebenso wie im Bett, wie sollte Marisa dann je erfahren, was für ein Mensch ich in Wirklichkeit war? Aber ich war mit meiner Auffassung nicht allein, und deswegen kam es anschließend im Restaurant Mezzanine zu einer hitzigen Diskussion. »Nach der Vorstellung, die wir gerade gesehen haben, könnte man meinen«, protestierte der Mann von Marisas Halbschwester, »Othello forderte es geradezu heraus, dass Desdemona ihm untreu wird. So verstehe ich das Stück nicht, muss ich sagen.«

Ich mochte Rowlie ganz gern, schon weil seine Frau ihn nicht mochte, und sie mochte ich nicht, weil es an ihm nichts gab, was nicht liebenswert war. Ich wusste nicht genau, was er beruflich machte. Ich glaube, irgendwas mit Immobilien. Sein Beruf war allerdings auch unerheblich, viel erheblicher war, welche Schule er besucht hatte, das sagte alles über ihn, wie bei so vielen englischen Männern. Auch für mich galt das zu einem gewissen Grad, nur war ich um einige Tausend Pfund Schulgeld unbedeutender. Außerdem hing mir nicht mehr an, was Rowlie noch anhing, in seiner Kleidung, seiner Frisur, in seinem ganzen Wesen – nicht nur die guten Manieren und die Gewissheit, jemand Besonderes zu sein, sondern auch der Mief, der mit Internatserziehung einherging, Strebertum und Schulhymne, Kirchgang und Sportplatz, Mutproben und Stockschläge.

Flops hob eine Augenbraue – auch etwas, das ich an ihr nicht mochte, diese ätzende Aggressivität –, als wollte sie sagen: »Seit wann, mein Lieber, verstehst *du* was von Theater?« Ich schloss daraus, dass Eifersucht in irgendeiner Form Thema zwischen ihnen war, wobei sie auf ihn eifersüchtig war, nahm ich an, aber sicher war ich mir nicht.

»Ist das nicht gerade ein Charakteristikum der Narben, die Eifersucht bei uns hinterlässt«, wagte ich mich vor, »dass man sich nicht mal mehr daran erinnern kann, wie es ohne sie war?«

»Was aber nicht heißt«, sagte Flops und klimperte mit den Wimpern – sie war auch noch eine Wimpernklimperin –, »dass man sich nicht zurücksehnt nach der Zeit, bevor die Eifersucht begann. Othellos Tragödie, so wie ich sie verstehe, liegt darin, dass er nie wieder zu dem inneren Frieden von früher finden wird.«

»Mohnsaft nicht noch Mandragora«, sagte Marisa verträumt, »noch alle Schlummerkräfte der Natur verhelfen dir zu dem süßen Schlaf, den du noch gestern hattest.«

Eine Vorahnung, wie von einer kommenden Freude oder einem Schmerz, brachte mein Blut in Wallung und versetzte mir einen Stich ins Herz.

»Ja, schon, aber das ist Jago«, gab Rowlie zu bedenken. »Der Othello, den wir gerade gesehen haben, wollte keinen süßen Schlaf.«

»Wer will den schon?«, verkniff ich mir mit großer Anstrengung.

»Trotzdem komisch, findest du nicht«, sagte Marisa, »dass Jago der Architekt und der Dichter von Othellos Untergang ist. Ich bin immer überrascht, wie eindringlich er über sein Opfer spricht und welches Mitleid er für ihn empfindet.«

»Spricht er dabei nicht viel mehr von sich selbst?«, erwiderte Flops. »Er ist es, dem der süße Schlaf fehlt.«

»Meinst du, weil er auch eifersüchtig ist?«

»Ja, darauf, was Othello mit *seiner* Frau anstellte.«

»Das glaube ich nicht«, sagte Rowlie. »Das klingt mir zu sehr nach einer rationalen Erklärung.«

»Allerdings«, sagte seine Frau.

»Aber ich gebe dir recht«, sagte ich. »Es ist fast so, als müsste Jago praktisch erproben, was ihn zu dem gemacht hat, der er ist. Seine Eifersucht, wenn man sie so nennen will, ist halbherzig. Konfrontiert mit Othello, wird ihm klar, dass es zu dem echten Gefühl nicht reicht. Er weiß, was Neid ist, was Unmut ist, was Bosheit ist, aber für Eifersucht im großen Stil ist seine Fantasie nicht schmutzig oder raffiniert genug.«

»Was ist denn so toll an Eifersucht?«, wollte Rowlie wissen.

Marisa beschäftigte etwas anderes, was ich gesagt hatte. »Hat Othello eine schmutzige Fantasie?«, fragte sie nach, und es klang, als säße sie in einem anderen Raum.

»Der von heute Abend hatte eine«, sagte Rowlie. Er schien verärgert, als wäre das ein Thema, über das er unbedingt mit Othello sprechen müsste.

»Alle Othellos haben eine«, sagte ich »Die besten Shakespeare-Helden haben alle eine schmutzige Fantasie.«

Flops verdrehte die Augen zur Decke des Restaurants, wo sie anscheinend etwas für uns Irdische Unsichtbares entdeckt hatte. »Weißt du, was, Marisa? Ich glaube, unsere Männer wollen uns sagen, was es bedeutet, ein Mann zu sein.«

Ihr Gatte schnaubte. »Othello hat es das Herz gebrochen. Deswegen ist das Stück eine Tragödie. Aber was wir gerade gesehen haben, war eher eine schwarze Komödie – wenn ihr das Wortspiel entschuldigt. Ein Othello, der rasend scharf darauf ist, als gehörnter Ehemann dazustehen.«

»Ich verstehe nicht, was du dagegen einzuwenden hast«, antwortete ich ruhig. »Es sei denn, innerhalb der Logik des Stückes. ›Noch wär ich glücklich, wenn das ganze Lager, Trossbub und alles, ihren süßen Leib genoss‹, sagt Othello. ›Ihren süßen Leib!‹ Ich bitte dich! Zugegeben, er sagt es im Konditional, aber trotzdem lässt sich nicht leugnen, dass er sich die Szene lebhaft vorstellt. Als würde er Desdemona nicht nur vor den Augen des ganzen Lagers, sondern auch für Jago entkleiden.«

»Warum sollte er den Wunsch haben, dass Jago ihren süßen Leib genießt?«

Es war unklug von mir, aber ich lachte. »Jago, Cassio, Rodrigo – ganz egal. Für Othello wäre es das Paradies, wenn so viele Menschen wie möglich ihre Freude an Desdemona hätten, und er von einem Versteck aus zusehen könnte. Es könnte auch die Hölle sein, das will ich nicht abstreiten. Es gibt keinen süßen Schlaf für einen Mann, der eine Frau mit einem süßen Leib hat. Aber wenn schon die Hölle, dann hat er sie selbst heraufbeschworen.«

»Jetzt hör aber auf!«, ließen sich Flops und Rowlie in seltener ehelicher Eintracht vernehmen. Wenn sie sich bedroht fühlen, rücken sie zusammen, die Ehefrauen und Ehemänner Mittelenglands.

Das Gespräch ging daraufhin zu anderen Themen über.

Erst später, als wir ins Bett schlüpften, sagte Marisa: »Du hast ein bisschen geschummelt. Wenn ich mich richtig erinnere, heißt es bei Othello, dass er glücklich wäre, wenn das ganze Lager, Trossbub und alles, Desdemonas Leib genießen würden, *vorausgesetzt,* er erfährt es nicht.«

»Desdemonas *süßen* Leib«, korrigierte ich sie, wenn wir schon dabei waren, uns die Betonungen in Zitaten an den Kopf zu werfen.

»Aber er erfährt es nicht.«

»Ja. Das sind seine Worte.«

Marisa schien darüber nachzudenken. »Du würdest also behaupten, nehme ich an, dass er sich nicht mit geringerem Genuss in der Vorstellung von Desdemonas Schändung suhlen würde, wenn er sich unwissend wähnte.«

Ich nickte.

»Ich würde noch einen Schritt weitergehen«, sagte sie und kniff plötzlich die Augen zusammen. »Ich glaube, die Unwissenheit zieht die Schrauben der Eifersucht noch einmal empfindlich an.«

»Solange man weiß, dass man nichts weiß – in dem Sinn?«

»Solange man nicht weiß, ob es überhaupt etwas gibt, das man wissen sollte.«

Müdigkeit vorschützend wünschte ich ihr Gute Nacht. Ich wollte ihre Worte mit in den Schlaf nehmen. Obwohl ich natürlich kein Auge zugemacht habe.

Von seiner Fischsuppe am Mittagstisch im Zunfthaus zur Zimmerleuten, seinem Lieblingsrestaurant am rechten Ufer der Limmat, aufschauend, trifft Felix Quinn – nicht ich, sondern ein junger Mann, der eine erstaunliche Ähnlichkeit mit mir besitzt (der gleiche weiche Mund, die gleichen schüchternen, schmalen Augen), und nach dem ich wie zuvor schon mein Vater benannt wurde – auf den kecken Blick einer attraktiven, nicht uneleganten, aber untrüglich gewöhnlichen Frau (unsere Familie, wie ich nicht zu verbergen gesucht habe, ist eine Familie unverhohlener Snobs), die schätzungsweise doppelt so alt ist wie er und sich in Begleitung eines hühnerbrüstigen, halb blinden Mannes befindet, der vermutlich ihr Gatte ist. Felix hatte das Paar zuvor schon mal gesehen, einmal in einer Aufführung von *Troilus und Cressida* in der Pfauenbühne, ein anderes Mal bei einem Spaziergang am See. Auch bei diesen beiden Begegnungen hatte er geschaut und war angeschaut worden. Die Vorstellung, sie könnten glauben, er verfolge sie, beschämt ihn. Die Alternative – die Vorstellung, sie hätten ihn verfolgt – ist ihm auf andere Art peinlich.

Wir schreiben das Jahr 1919, und mein Großvater, ebenjener Felix Quinn, hält sich aus geschäftlichen Gründen in Zürich auf, um die Bibliothek eines Industriellen zu inspizieren, der jetzt, da Europa wieder sicher ist, nach Paris ziehen, aber seine Bibliothek nicht mitnehmen will. Felix wird rot bis über beide Ohren – das würde ich an seiner Stelle auch –, da fällt ihm auf, dass sein unangemessenes Interesse an der Frau am Tisch gegenüber – die laszive Verfügbarkeit und zugleich Nichtverfügbarkeit, die sie ausstrahlt, fasziniert ihn – von dem Mann, den er für ihren Ehemann hält, nicht unbemerkt bleibt.

Felix senkt den Kopf und versucht, sich auf seine Fischsuppe vor ihm zu konzentrieren. Aber es ist ihm unmöglich, nicht doch ab und zu die Augen zu heben, und jedes Mal trifft er auf den Blick der Frau und ihres vogelartigen Begleiters, die ihn mit Mienen anstarren, die zu beschreiben ihm die Worte fehlen.

Zu seiner Erleichterung – so jedenfalls hat er sich später immer ausgedrückt, *Erleichterung* – verlässt schließlich die Frau den Tisch. Felix hört nur, wie sie sich erhebt und geht, er sieht es nicht. Kurz darauf steht der Mann vor ihm, beherrscht, aber äußerst erregt, und fragt, ob er sich zu ihm setzen und mit ihm besprechen dürfe, wie es zwischen ihnen stehe, da sie sich in letzter Zeit des Öfteren gesehen, aber noch kein Wort miteinander gewechselt hätten.

»Bitte«, sagt mein Großvater und deutet mit der Hand auf einen Stuhl.

»Ich würde«, antwortet der Gentleman, wobei er mit der Zigarette in der Hand einen galanten Kreis in der Luft beschreibt, »die Einladung gern ebenso aussprechen.« Dann setzt er sich hin, hustet ein paar Mal und fixiert Felix mit einem Blick von so schrankenloser Entschlossenheit, dass er fürchten muss, darunter zu verbrennen.

Als Felix den Mann im Park gesehen hatte, in einen grauen Mantel gehüllt, hatte er ihn für einen Revolutionär gehalten. Im Theater, in seinen glänzenden Herrenpumps, erinnerte er eher an einen Tanzlehrer. Und heute sieht er aus wie einer aus dem Varieté. In Wahrheit ist er ein Exilant aus Irland, Sprachenlehrer in Zürich und ein Schriftsteller, der dabei ist, sich einen Namen zu machen, und von dem Felix beschämenderweise gestehen muss, noch nie gehört zu haben. »Ich bin erst seit knapp einer Woche hier«, erklärt er.

Felix liebt das Theater und das Lesen von Romanen, und eine Zeit lang unterhalten sie sich über Literatur – Ibsen, Flaubert, George Bernard Shaw. Sobald der Mann spitzbekommen hat, dass Felix, wie alle Felixe in unserer Familie, humanistisch gebildet ist, fängt er an, seine Beiträge mit lateinischen Einsprengseln zu würzen, die meinem Großvater mal jesuitisch, mal pennälerhaft klingen. Er versteht nicht alles, was gesagt wird, aber er begreift, dass der Mann intime, um nicht zu sagen obszöne Details über seine Frau preisgibt. Weil es ihm an der Selbstsicherheit fehlt, einem Älteren zu widersprechen oder ihn aufzufordern, sich als Ehemann auf den Anstand zu besinnen, weil er es nicht schafft, sich auf das eigene Zartgefühl oder die eigene Schüchternheit zu berufen, lächelt er nur weiter schwach, während ihm der lebendige Körper der abwesenden Frau in einer toten Sprache gepriesen und aufgetan wird.

»Dann werden Sie also mit ihr schlafen?«, fragt der Mann schließlich, als hätte das ganze Gespräch bis hierhin nur dieses eine Ziel gehabt.

Felix weiß nicht, was er sagen soll. Nach dem, was er bis jetzt zugelassen hat, kann er an dem Angebot keinen Anstoß nehmen. Auch kann er, ohne selbst Anstoß zu erregen, die Frau schlecht ablehnen. Und die Frage, ob sie in der Sache überhaupt um ihre Meinung gebeten wurde, wie es sich nur gehört hätte, war, wenn sie eingewilligt hätte, gleichbedeutend mit einer Einwilligung. Schließlich bleibt ihm nur eins übrig. »Ich überlege es mir«, sagt er. »Ganz bestimmt. Ihr großmütiges Angebot ehrt mich.«

»Vielibus Dankibus«, sagt der Schriftsteller und zündet sich eine Zigarette an. »Es wäre von unschätzbarem Wert für meine Recherchen.«

Am Tag darauf, nachdem er entschieden hat, dass die Bibliothek des Industriellen, ohne sie inspiziert zu haben, für uns nicht infrage kommt, packt mein Großvater seinen Koffer und kehrt nach London zurück.

So hätte denn, wenn auch nur ein Funken Wahrheit in alldem steckt, ein Mitglied unserer Familie dem Schöpfer des Leopold Bloom um ein Haar den sehnlichen Wunsch erfüllt, ein anderer Mann möge seiner Frau beiwohnen.

Ob Joyce es daraufhin bei anderen Männern noch mal versucht hat, oder ob er das schlicht erfinden musste, bleibt eines der literarischen Geheimnisse, die auch durch noch so aufmerksames Lesen und Wiederlesen des *Ulysses* nicht gelüftet werden.

*

Schwer zu sagen, ob mein Großvater es nicht noch in die Literatur geschafft hätte, wenn er die Nerven behalten und es nur ein wenig länger in der Schweiz ausgehalten hätte. Vielleicht hat er wenigstens eine Aufführung von Joyces *Verbannten* gesehen, einem Stück, in dem der Autor die »gebremste Lust« untersucht, die einen Ehemann zum Akteur seiner eigenen Schande werden lässt.

Wer weiß – vielleicht hätte Joyce ihm einen Platz neben Nora im Parkett zugewiesen.

Marisa und ich sahen eine Produktion des Stücks in Dublin, wohin wir wegen eines Dinners der Vereinigung der antiquarischen Buchhändler gefahren waren – zufälligerweise kurz nach unserem *Othello*-Abend, eine Koinzidenz auch deswegen, weil der *Othello* für Joyce eine Anregung gewesen war und er dem Stück offenbar einiges verdankt.

Meine Frau in Theaterstücke über freiwillig eifersüchtige Ehemänner zu führen, war keineswegs Bestandteil einer Kampagne, mit der ich ihr zeigen wollte, wie es um mich stand. Die offensichtliche Themenkontinuität ist leicht zu erklären: Eifersucht ist ein zentrales Thema der Literatur. Mehr noch, sie bewirkt die Entstehung von Literatur schlechthin. Vielleicht nicht aller Literatur, aber der besten. Jedenfalls der besten von Männern geschriebenen Literatur. Der Schriftsteller (nach Henry James ein Mensch, »dem nichts entgeht« und dem daher, wenn er wirklich gut ist, alles widerfährt) versetzt sich in die Lage eines Beobachters, so wie Gott, der unsterbliche Gehörnte, seit dem Moment, da ER das Licht von der Finsternis schied, den dauernden Verrat seiner Geschöpfe beobachtet. In Kenntnis unserer Natur, nicht minder unserer Neigung, niedrigeren Göttern hinterherzulaufen, entpuppt sich Jehovas kreativer Gründungsakt im Wesentlichen als ein masochistischer. Die Kreativität des Schriftstellers wirkt ganz ähnlich, liebevoll und detailliert arbeitet er die Züge der Treulosigkeit in den Figuren, die ihm ans Herz gewachsen sind, heraus. Anna Karenina, Madame Bovary, Tess of the D'Urbervilles, Molly Bloom – was haben alle gemein? Schlicht dies: Jede fügt sich der penibel registrierten Verführung seitens unwürdiger Männer und unterwirft im Verlauf ihren Schöpfer, der sie mehr liebt, als je ein Mann sie lieben könnte, den Qualen der Verdammnis.

Schweigend verfolgten wir die Aufführung der *Verbannten,* tauschten zwischendurch keine Blicke, obwohl die Komik des lüsternen Frage-und-Antwort-Spiels des Ehemanns sehr viel hergab (»Auf deinen Mund?«, »Lange Küsse?«, »Und dann?«), das, hätte Marisa schon ein wenig mehr von mir gewusst, einiger Blicke würdig gewesen wäre. Die Schlusszeilen des Stückes führten uns jedoch wieder an den Punkt, wo wir zuvor aufgehört hatten. »Ich habe meine Seele für dich verwundet – eine tiefe Wunde des Zweifels, die nie geheilt werden kann. Ich kann's niemals wissen, niemals auf dieser Welt. Ich will auch nicht wissen noch glauben. Es ist mir gleich. Nicht im Dunkel des Glaubens begehre ich dich. Sondern in rastlosem ständigem verwundendem Zweifel.«

Wir sprachen kein Wort, aber unsere Blicke trafen sich in einer Nacktheit des Erkennens, die zwischen uns selten war. *Ein verwundender Zweifel.*

Marisa fragte mich nicht, ob es dieser Zustand des verwundenden Zweifels sei, nach dem mich zu sehnen mein Schicksal war. Und ich fragte sie nicht – wie konnte ich? –, ob sie die Umstände, die mir mit dieser Wunde zu leben erlaubten, herstellen oder zulassen würde wie die Frau in Joyces Stück. Sie hätte es mir sowieso nicht verraten. Wie gesagt, sie behielt viel für sich. Sie war nicht unehrlich, nur den Begleiterscheinungen ihres verschwiegenen Wesens verschrieben. Dennoch meinte ich, so etwas wie einen Entschluss in ihren Augen zu lesen – ein Entschluss, der mir jetzt, in der Rückschau, finster, bis ans Tragische grenzend, scheint –, nämlich zu akzeptieren, dass ich nun mal so war, wie ich war, und sie nicht danach trachten würde, mich zu ändern; dass mich die Logik meines Begehrens in Fesseln schlagen würde. Wenn es nicht meine Sache war, sie im Dunkel des Glaubens zu begehren, so wie Männer gewöhnlich Frauen begehren, wenn ich stattdessen in rastlosem ständigem verwundendem Zweifel leben wollte, dann würde ich fortan in dem Zweifel leben müssen, ob sie mich verwundete oder nicht.

*

Die ersten Jahre unserer Ehe verliefen in einer Art gespannter Harmonie, wobei jedes Gespräch, auch die angedeuteten und verweigerten, an unserer Unsicherheit rüttelte, aber letzten Endes folgenlos blieb. Ich verfolgte nicht weiter die anstößige Idee einer Dreierkonstellation, und Marisa gab mir keinen Grund zur Eifersucht: eine Freiheit von Pein, die mir, bis ich mich daran gewöhnt hatte, Pein genug war. Es gibt jedoch einen Hunger danach zu wissen, wovon man nichts weiß, den kein noch so stetiges Stochern in der Wunde des Zweifels stillen kann.

Und so sorgte ich schließlich für eine Gelegenheit der höheren Lust, oder, besser gesagt, sie kam mir entgegen, und ich griff willig zu.

Ein Verwandter von mir, ein Quinn, jedoch um zu viele Ecken, als dass ich ausklamüsern könnte, wie wir genau verwandt waren, schrieb mir und fragte mich, ob er eine Zeit lang in unserem Geschäft arbeiten könne, um Berufserfahrung zu sammeln. Mir blieb nichts anderes übrig, als einzuwilligen, obwohl mich seine Handschrift und seine Ausdrucksweise wenig beeindruckten. In geschäftlichen Dingen lässt ein Quinn den anderen nicht hängen. Eine sonderbare Treue, wenn man bedenkt, wie scheußlich sich die Männer in unserer Familie ihren Frauen gegenüber verhielten, doch andererseits waren die Frauen auch keine geborenen Quinns.

Sein Name war Quirin. Quirin Quinn. Die Initialen QQ waren nicht selten in unserer Familie, vermutlich schon deshalb, weil sie sich als Monogramm in Gold auf Ledertaschen und -koffern elegant ausmachten. Ich hatte von mindestens drei Quentins unter uns gehört, einem Quinton, einem Quintus, noch einem weiteren, früheren Quirin und, kaum zu glauben, einem Quilp. Dieser Quirin entpuppte sich als dem Familienzweig der Hochgewachsenen zugehörig. Bei den Quinns gibt es keine halben Sachen – man ist entweder groß oder klein. Und man versprüht Geistesblitze, oder man versprüht keine. Quirin blinkte wie ein Leuchtturm, was ihn als Angehörigen des Familienzweigs der Großen und Faulen auswies. Ein Knabe, goldig wie sein Monogramm, sympathisch, hübsch, auf eine träge, bübchenhafte Art, mit zarter Haut und blonden Locken, einer Vorliebe für Westernkrawatten und blumengemusterte Jacken, und mit einer wenig vertrauenswürdigen Ausstrahlung. Er war kein Student, wie ich nach seinem Hinweis auf »Berufserfahrung« befürchtet hatte, und nach einem Ausflug in die Werbe- und Public-Relations-Branche noch immer unentschlossen, was er mit sich anfangen sollte. Irgendeine Lügengeschichte über einen Rauswurf aus einer Wohnung, die er sich mit einer alten Freundin geteilt hatte, war der Auftakt zu seiner Frage, ob er für ein paar Tage bei uns unterschlüpfen könne, bis er alles geregelt habe. Nein, war meine spontane Reaktion, doch dann sagte ich aus irgendeinem Grund Ja.

Unser Haus war groß, erbaut um 1770, von einem Architekten namens Johnson, im Adam-Stil. Viele hatten sich seitdem jedoch daran vergriffen, in erster Linie mein Großvater, der von einer Kreuzfahrt auf der *Queen Mary* nach New York – ich glaube, es war die Jungfernfahrt 1936, und mein Großvater zu dem Zeitpunkt noch genussfreudiger als 1919 – mit der Überzeugung heimgekehrt war, ein Haus müsse wie ein Schiff aussehen. Daher die aufdringlich ausladende, bogenförmige Empfangstreppe, die er einbauen ließ, das stark nachgedunkelte Messinggeländer, der riesige, klimpernde Kronleuchter, welches alles wieder abzureißen bisher kein Familienmitglied das Geld noch den Willen aufgebracht hatte. Obwohl das Haus aus diesem Grund sehr viel größer wirkte, als es tatsächlich war, gab es durchaus genügend Zimmer, um eine ganze Schar junger schnöseliger Verwandter mit QQ-Monogramm auf ihren Gepäckstücken unterzubringen, ohne dass sie weiter auffielen. Ich konnte Quirin also unmöglich absagen.

Selbstverständlich fragte ich zuerst bei Marisa nach. Sie zuckte die Achseln. Sie rechnete nicht damit, dass er sie irgendwie störte. Sie hatte in der Woche viel vor: ein Friseurtermin, Essen mit einer Freundin, ihr allmonatlicher Nachtdienst bei der Telefonseelsorge, ein Empfang in der Kunstgalerie, noch ein Empfang in ihrem Lieblingsschuhgeschäft – so verkauften sie ihr dort Schuhe, bei Martinis und Cocktailhäppchen – und ein ganztägiger Fortbildungskurs, der sich bis in den Abend hinzog und irgendwie mit ihrer Arbeit bei der Telefonseelsorge zusammenhing und aus diesem Grund nicht abzusagen war. Sie wäre kaum zur Ruhe gekommen, da wäre Quirin auch schon wieder verschwunden, oder?

Sie sagte nicht, dass es ganz schön wäre, mal die Gesellschaft eines jungen Menschen um sich zu haben, wenn sie nach Hause käme. Aber Marisa sagte vieles nicht.

Wann ich tatsächlich entschied, dass Quirin meiner Frau Marisa ein bisschen Abwechslung und meiner Fantasie reichlich Anregung verschaffen sollte, weiß ich nicht mehr. Vielleicht in dem Moment, als er bei uns einzog. Der Anblick eines flachsblonden Jünglings, der sich aus einem Taxi hebt, eine Umhängetasche aus Leder über die Schulter gehängt, auf der Suche nach einem Unterschlupf, mit dem Wunsch, es allen recht zu machen, so ein Anblick kann einen Mann wie mich schon rühren, ich meine, seiner Frau wegen rühren.

Die ersten Abende ging er eigene Wege – behauptete, er würde mit Leuten reden, wegen einer Unterkunft –, und darauf ging Marisa für einige Abende eigene Wege. Er musste bereits eine ganze Woche bei uns gewohnt haben, bevor wir das erste Mal gemeinsam zu Tisch saßen. Infolge der Umbauten meines Großvaters, der den Wunsch gehabt hatte, sich zu Hause wie auf See zu fühlen, mussten wir zum Aperitif die Treppe hinaufsteigen, woraus sich Quirin einen Spaß machte, indem er Marisas Arm nahm (sie in einem gegürteten, kurzärmligen Leinenkleid, pflaumenmusfarben), bevor sie die Stufen erklommen.

»Der Captain erwartet uns«, sagte er lachend, und Marisa, die das unmöglich witzig finden konnte, stimmte in das Lachen ein.

Ich fühlte mich so, wie sich die Jagdmeute vor dem tödlichen Zugriff fühlen musste. Aber auch wie der Fuchs.

Als wir oben ankamen, tat ich so, als wäre mir plötzlich eingefallen, dass ich bis morgen einen Katalog Korrektur lesen musste. Anstandshalber trank ich ein Glas Rotwein mit den beiden, entschuldigte mich und ging wieder nach unten.

Die Tür zu meinem Arbeitszimmer ließ ich offen stehen, sodass ich das Auf und Ab ihrer Unterhaltung gerade noch mitbekam, nicht den Sinn ihrer Worte, sondern nur die Musik ihrer Zweisamkeit. Momente der Stille wurden von mir natürlich als Umarmungen gedeutet. Wenn man so gestrickt ist wie ich, gesteht man seinen Mitmenschen nicht den üblichen Vorlauf zu Verfehlungen zu: Sie reden. Sie hören auf zu reden. Sie küssen sich. Für alles, was länger dauert, fehlt einem die Geduld. Ja, warten ist von entscheidender Bedeutung. Aber man hat schon eine Ewigkeit gewartet, um bis an diesen Punkt zu kommen. Jetzt sind die Akteure versammelt, dann also bitte: Action.

Es gab nur wenige Phasen des Schweigens, mit großen Abständen dazwischen. Wenn sie sich nicht beim Reden küssten, küssten sie sich überhaupt nicht. Ein paar Mal trat ich hinaus in den Flur und lauschte angestrengt. Ich glaube, Quirin erkundigte sich gerade nach Marisas Arbeit bei der Telefonseelsorge, und Marisa, wie üblich, vergab sich nichts. Verschwiegenheit war eine Bedingung ihrer Tätigkeit dort, und die beherrschte Marisa gut. Wenn mich nicht alles täuschte, fragte Quirin sie auch noch, wie viele Menschen sie glaubte während der Zeit ihres Dienstes an den Tod verloren zu haben. Marisas Antwort bekam ich nicht mit, nur Quirins Reaktion: »Mein Gott!«

Nach ungefähr zwei Stunden ging ich nach oben. Das Gespräch war verstummt. Ich hätte das Zimmer, in dem ich sie allein gelassen hatte, nicht betreten, falls die Tür geschlossen gewesen wäre, aber sie stand offen. Marisa hatte sich zurückgezogen, und Quirin hatte es sich auf einer Chaiselongue bequem gemacht, auf der meine Mutter früher gerne gelegen hatte, und las in einer Zeitschrift. Er lachte, als er mich sah, ein Lachen wie überfließendes Wasser. »Klasse Weib, deine Frau«, sagte er.

Der saloppe Ton ging mir durch und durch, als hätte er mir den Bauch aufgeschlitzt. Gleichzeitig wollte ich Quirin dazu bringen, einen noch salopperen Ton anzuschlagen. Warum klasse Weib? Warum nicht schön? Warum nicht verführerisch? Auch wenn mir das Wort sexy zuwider ist, aus seinem Mund hätte ich es glatt akzeptiert. »Sexy Weib, deine Frau« – wie behaarte Finger hätte sich der kleine gemeine Neologismus auf Marisas Ehre gelegt.

Drei Tage später überließ ich die beiden abends erneut sich selbst. Diesmal erzählte Quirin mehr aus seinem Leben und stellte sich ohne jede Scham, soweit ich das mitbekam, in den freundlichsten Farben dar. Gelegentlich schwappte ein weiblicher Name zu mir herunter, gefolgt von einem verächtlichen Schnauben der Unverbesserlichkeit, das klang, als wäre die Frau noch so eine, die er entweder entkommen oder fallen gelassen hätte. Wie diese Namensliste wohl auf Marisa wirkte?, fragte ich mich. Machte sie sie eifersüchtig? Fühlte sie sich nachträglich gekränkt?

Wieder fand ich Quirin alleine vor, als ich mich nach oben begab. Er trank meinen Brandy und hatte »wie verrückt« nach einem Radio oder CD-Player gesucht. »Ich habe noch nie in so einem stillen Haus gewohnt«, stellte er fest. »Was hörst du denn sonst so den ganzen Tag?«

»Tagsüber bin ich nicht da«, sagte ich.

»Und Marisa?«

»Frag sie selbst.«

»Hörst du keine Musik, wenn du nach Hause kommst?«

»Manchmal. Aber ich bezweifle, dass meine Musik etwas für dich wäre.«

Er konnte sich nicht dazu aufraffen, sich gegen den Affront zu verwahren. Vielleicht fasste er meine Antwort auch nicht so auf. »Ich könnte ohne Musik nicht leben«, sagte er.

»Ich schon«, sagte ich, was unaufrichtig war, denn ich ließ unerwähnt, dass mir die Musik in meinem Kopf reichte.

Ein paar Tage nach diesem Gespräch passte er mich eines Morgens ab, als ich gerade aus dem Haus gehen wollte – er im Jutebademantel, ich im Straßenanzug –, um mich zu fragen, ob ich am Abend zu Hause sein würde.

»Eigentlich müsste ich dich fragen«, sagte ich, »ob du vorhast, heute mal zu arbeiten? Du bist doch hier, um praktische Berufserfahrung zu sammeln, oder?«

Er lachte sein unwiderstehliches Jünglingslachen. »Ich mache heute meine neue Unterkunft klar«, sagte er. »Heute Abend hätten wir alle einen Grund zu feiern. Ich wollte was Teures köpfen.«

Was Teures köpfen? Eine Flasche aus meinem Keller?

Er schlang einen Arm um meine Schulter. Der Ruch übermütiger Jugendlichkeit ging von ihm aus – Parfüm, Haargel, frische Haut, Marihuana, Zuversicht, Musik, Sex. »Marisa hat mir verraten, was sie gerne trinkt«, sagte er. »Ich gehe nachher los, eine Flasche besorgen.«

»Hast du sie gefragt, ob sie überhaupt da ist?«

»Ja. Sie ist heute Abend da.«

Ich konnte mich nur wundern. Es war halb neun. Wann hatte er sie gefragt?

Als Marisa und ich uns an dem Tag zum Mittagessen trafen, wozu wir uns wenigstens zweimal die Woche verabredeten, erwähnte ich beiläufig, dass ich am Abend noch arbeiten müsse, wieder mal, und wahrscheinlich erst sehr spät loskommen würde und sie daher, so leid es mir täte, ohne mich mit Quirin auf die gute Nachricht anstoßen müsse. Sie kniff die Augen zusammen. »Man könnte meinen …«, fing sie an, doch hielt dann inne. Wir ließen uns normalerweise nicht von Gereiztheit verleiten. Doch auch ohne den Rest des Satzes war Marisa schon weiter gegangen als üblich.

»Was könnte man meinen?«, fragte ich nach.

Sie ließ sich Zeit. »Man könnte meinen, du versuchst, ihm auszuweichen.«

»Stimmt.«

»Warum? Er ist doch ganz nett.«

»Was meinst du damit?«

Sie ließ nicht erkennen, ob die Frage sie ärgerte oder nicht. Sie war es gewohnt, mit Leuten umzugehen, die sich aus dem Fenster stürzen wollten. »So nett, wie es Jungs in dem Alter möglich ist«, sagte sie.

»Kann schon sein – wenn du damit meinst: hübsch und mit einem Blick für ältere Frauen.«

»Er hat kein Auge auf mich geworfen, Felix.«

»Aber auf deinen Ausschnitt«, sagte ich und bat den Kellner um die Rechnung.

Ich blieb bis neun im Geschäft und schlenderte dann gemächlich nach Hause. Es war eine mondhelle Nacht, der Himmel wolkenfrei. Wenn man jung ist, stellt man sich in solchen Nächten vor, das eigene Leben wäre unermesslich. Auch ich stellte mir wieder vor, mein Leben wäre unermesslich, reich, unendlich. Doch reich, woran, das hätte ich nicht sagen können.

Da unser Haus wehrhaft an der Ecke eines Platzes, am Ende einer Häuserzeile, steht, hat man aus allen Vorderfenstern einen strategisch günstigen Blick; umgekehrt genießt man schon von Weitem, lange bevor man die Tür erreicht, strategisch günstige Blicke auf das Haus. Ich näherte mich ihm von der gegenüberliegenden Ecke des Platzes mit der Beklommenheit eines Reisenden, der nach Jahren im Ausland nach Hause zurückkehrt, unsicher, was er vorfinden wird, aber in der Hoffnung, aus der Anzahl der erleuchteten Fenster auf das schließen zu können, was innen vor sich geht und wie der Empfang ausfallen wird. Eine unsinnige Überlegung. Sie hätten nicht gleich das ganze Haus verdunkelt, wenn sie ihr Tun verdunkeln wollten; genauso wenig hätten sie jede Lampe eingeschaltet, um mir zu signalisieren, dass ich beruhigt heimkehren könne. Aber ging es hier überhaupt um Sinn oder Unsinn? Ich wollte einen Beweis, dass etwas stattgefunden hatte, und dann wiederum wollte ich ihn nicht. Ich wollte mit eigenen Augen sehen und wusste zugleich nicht, ob ich das Gesehene verkraften würde. Unsinn? Sinn? Das Wort Sinn war an dem Tag aus meinem Sprachschatz verschwunden, als der kubanische Arzt seine Hände auf Marisas fiebrige Brüste legte und sie für sich beanspruchte.

Wenn nicht schon vorher, als Victor mich in seinem Haus nach oben geführt hatte, damit ich mir seine kränkelnde Frau ansah.

Wenn nicht schon vorher, als ich zum ersten Mal einen Roman gelesen hatte.

Wenn nicht schon in der Nacht, als mich ein Weib geboren hatte.

Die Vorhänge in dem Zimmer im ersten Stock waren zugezogen, und ich erkannte Schattenrisse dahinter, die sich jedoch in keiner Weise ungebührlich verhielten. Ich weiß nicht, wie lange ich nach oben schaute und darauf wartete, dass sich das Bild änderte; schließlich überquerte ich den Platz und holte meine Schlüssel aus der Tasche. Ich inspizierte sie mit einer Intensität, aus der etwas Nostalgisches sprach. Schlüssel? Besaß ich noch einen Schlüssel zu diesem Haus? Ich probierte an dem Schloss herum, aber rechnete nicht damit, dass es funktionierte. Ehe ich die Tür aufbekam, vernahm ich Gesang. Was immer ich heute Abend erwartet hatte – vieles wollte ich nicht einmal vor mir selbst eingestehen –, Marisa und QQ als Gesangsduett, das hätte ich mir nicht träumen lassen.

Ich spürte eine Eifersucht, die sich von der, auf die ich mich im Geist vorbereitet hatte, erheblich unterschied. Um besser hören zu können, trat ich ein paar Schritte zurück. »My luv is like a red red rose«, zirpte Quirin. Wenn er gedacht hatte, Marisas Herz auf diese Weise zu erobern, dann hatte er sich getäuscht. Wie oft hatte Marisa mir in den Pausen von Opern oder Liederabenden gesagt, sie könne Tenöre nicht leiden, besonders keine, die im Falsett unsicher waren. Zugegeben, das war Marisa in nüchternem Zustand, doch auch als sie jetzt an der Reihe war, hörte sie sich keineswegs betrunken an. Wie alle Frauen ihrer sozialen Herkunft und mit ihrer Bildung verfügte sie über ein großes Repertoire gefühlvoller schottischer und irischer Balladen von der Barbara-Allen-Sorte, die sie – nach dem Motto: Armes Mädchen, von den Inseln seiner Kindheit vertrieben – mit herzzerreißendem Tremolo in der Stimme und verklärtem Ausdruck in den Augen vorzutragen verstand. Daran durfte sich Quirin gerne beteiligen. Erst als sie Didos Klage anstimmte, nahm mich das mit. Als Marisa für mich zum ersten Mal die Dido gab, hatte ich weinen müssen. »When I am laid, am laid in earth, May my wrongs create / No trouble, no trouble in thy breast.« Allein das Bild: eine Frau, die in die Erde gebettet wird. Gegen solche Worte war ich wehrlos, ganz egal, wer sie mir vorsang. Aber wenn sie aus Marisas Kehle strömten, berührten sie Gefühle in mir, die ich nicht für möglich gehalten hätte. Seitdem hatte ich häufig abends danach verlangt, und Marisa war darauf eingegangen, hatte beim Anblick meiner Tränen künstlerische Genugtuung verspürt und mich wie eine Mutter in den Armen gewiegt, bis ich mich leer geweint hatte. War dieses Lied nicht unserer Ehe geweiht?

Nach dem Lied wurde es im Haus sehr still. Sollte ich nun hineingehen oder nicht? Ich beschloss, einmal den Platz zu umrunden und meinen widerstreitenden Eifersüchten Gelegenheit zu geben, wieder ins Lot zu finden. Als ich zurückkehrte, war ich mir sicher, dass sie sich jetzt in den Armen lagen. Was sonst konnte auf Didos Klage folgen?

Ich schaute zum Fenster hinauf, sah aber kein Anzeichen von den beiden. Das Licht brannte noch, doch nichts, niemand, nicht ein Schatten bewegte sich. Hatten sie den Raum verlassen? Wenn ja, in welches Zimmer hatten sie sich zurückgezogen?

Aus dem Haus drang kein Laut. Ich drehte den Schlüssel im Schloss herum und trat ein. Es war nicht meine Absicht zu lauschen, zu spionieren, nur unter demselben Dach wie sie wollte ich sein. Drinnen war es so still, wie es mir schon von außen vorgekommen war. Ich trat leise auf, aber nicht so leise, dass sie meine Rückkehr nicht hätten bemerken müssen. Ich werde euch nicht stören, sollte ihnen mein Schritt sagen, hoffentlich. Ihr braucht euch meinetwegen nicht zurückzuhalten.

Ich ging in mein Büro, ließ mich auf meinem Ledersessel nieder, einem Sessel, der seit Generationen Autorität ausstrahlt. Ich war unsicher, was ich als Nächstes tun sollte. Man kann nie im Voraus absehen, wie man sich in einer Situation wie dieser fühlt. Ich war euphorisch, wie erwartet, aber ich wusste nicht, wohin mit meiner Euphorie. Euphorie hält nicht an, wenn man in einer Stille dasitzt und wartet, die vielleicht etwas bedeutet oder auch nicht. Ausgeschlossensein war die ganze Zeit mein Ziel gewesen, doch jetzt, da ich mein Ziel erreicht hatte, fühlte ich mich von dem angestrebten Ausgeschlossensein ausgeschlossen.

Der Frauennarr und Künstler Pierre Klossowski – von dem ein Foto, seine Narrheit demonstrierend, auf meinem Schreibtisch steht – hat über dieses Thema ein Buch geschrieben, *Heute Abend, Roberte*. Wegen der erogenen Feinheiten seines Themas ist es wenig bekannt geworden. Wie, fragt sich Klossowski, nimmt man eine Frau in den Arm, wenn man viel lieber möchte, dass ein anderer sie in den Arm nimmt, und man die Absicht verfolgt, diesen anderen in dem Moment zu erblicken, da er einen selbst erblickt? Ein Rätsel, das auch Kandaules und Anselmo quälte: Wie kann man gleichzeitig Akteur und Voyeur sein, Exhibitionist und Inspizient, Ehemann und Liebhaber? »Denn schließlich kann man nicht zugleich nehmen und nicht nehmen«, schreibt Klossowski, »da sein und nicht da sein, in ein Zimmer eintreten, wenn man bereits drin ist.« Oder umgekehrt, einen Raum verlassen, wenn man längst draußen ist.

Ein paar Mal wagte ich mich hinaus in die Diele, ohne jedoch etwas zu hören. Alle Lichter brannten, als hätte der Abend gerade erst begonnen, sonst war das Haus zugesperrt für die Nacht und nirgends das leiseste Geräusch. Wie lange ich Wache hielt, auf und ab ging, mal lauschte, mal nicht lauschte – ich weiß es nicht; irgendwann muss ich schließlich doch im Sessel eingeschlafen sein, denn ein Schrei und darauf ein dumpfer Laut, als wäre etwas von der Wand gefallen, weckten mich auf, gefolgt von einem neuerlichen durchdringenden Schrei wie aus einer anderen Dimension. Als ich mich von meinem Sessel erhoben hatte, war draußen noch mehr Unruhe. Ich lief in die Diele, und am Fuß der Treppe lag Quirin, bewusstlos, wenn nicht sogar tot; oben, im Nachthemd, außer sich, stand Marisa.

*

Quirin war nicht tot, er war nicht einmal richtig bewusstlos, wenn man von seinem Weinkonsum absah. Aus einer kleinen Schnittwunde über der Nase tröpfelte Blut. Er stöhnte, als ich mich neben ihn kniete und an der Schulter berührte. »Verdammt«, sagte er, »was ist passiert?«

»Ein verdammtes Wunder«, antwortete ich.

Er schaute sich mit großen Augen um, als sähe er den Ort zum ersten Mal. Damit waren wir schon zwei.

Über ihm, von Marisa eingeschaltet, fingen tausend Bordlampen wie Sterne an zu funkeln. Mit einem einfältigen Grinsen blickte Quirin zur Decke, als erwartete er dort das Antlitz Gottes, der sein Grinsen erwiderte. »Toller Kronleuchter, Onkel Felix«, sagte er.

»Ich bin nicht dein Onkel«, erwiderte ich.

Marisa rief einen Krankenwagen. »Sag ihm, er soll still liegen und nicht sprechen«, rief sie vom Telefon herüber.

Worüber durfte er nicht sprechen? Den Kronleuchter? Wohl kaum, aber was dann? Den Kuss oben auf der Treppe, von dem ihm so geschwindelt hatte, dass er das Gleichgewicht verlor? Das erotische Geplänkel, das sie beide hatte leichtsinnig werden lassen? Hatte sie ihn von sich gestoßen, um ihn abzuwehren? War er gestürzt, als er ihr entkommen wollte?

Meine Fragen waren nicht die typischen Maigret-Fragen. Ich wollte wissen, was vorgefallen war, aber kein Verbrechen aufklären.

Wie weit waren sie gegangen? Ich stelle die Frage mit der Direktheit, in der sie sich mir seinerzeit stellte, obwohl es Dinge gab, die dringender hätten angepackt werden müssen. Aber so ist es nun mal: Für mich gab es nichts Dringenderes als das. Ja oder nein? Angenommen, Quirin hätte mit dem Tod gerungen – was dank junger Knochen, weicher Teppiche und einer generellen Unempfindlichkeit nicht der Fall war –, es hätte mich nicht daran gehindert, meine Gedanken auch dann in dieser Reihenfolge zu fassen: War zwischen ihnen etwas gelaufen? Und wenn nicht: Welche Aussicht bestand, dass es doch noch passierte?

Angeblich soll man zur Besinnung kommen, wenn sich ein Unfall ereignet. Dafür sind Unfälle da. Der Wahn geht, und der gesunde Verstand macht sich wieder geltend. Meine Euphorie war durch die Ereignisse jedoch nicht gedämpft. Blockiert, das ja, aber nicht erloschen. Die Nacht war noch nicht vorüber.

Es klingelte an der Haustür. Von draußen schimmerte Blaulicht herein. »Ich glaube«, sagte ich, Marisa beiseitenehmend, »es ist besser für ihn, wenn du im Krankenwagen mitfährst.«

Sie sah mich ungläubig an. »Das ist keine Spazierfahrt, Felix. Der Junge ist die Treppe hinuntergefallen. Wer weiß, am Ende hat er sich alle Knochen gebrochen.«

»Deswegen finde ich, dass du mitfahren solltest.«

»Du bist mit ihm verwandt.«

»Ja, aber nur entfernt. Du stehst ihm viel näher.«

»Ich?«

»Ja, du.«

Sie wich vor mir zurück, etwas, das sie noch nie getan hatte. »Du bist ja verrückt«, sagte sie. »Bist du die Treppe hinuntergefallen oder er?«

Ich hätte gar keinen Grund gehabt, eine Treppe hinunterzufallen, da nicht ich derjenige war, der in inniger Umarmung an ihrem Kopf gestanden hatte. Aber das sagte ich ihr nicht, sondern fragte, um meine stabile geistige Verfassung hervorzuheben, stattdessen: »Was soll an meinem Vorschlag verrückt sein? Wenn du nicht mitfahren willst, werde ich es machen, aber ich wüsste nicht, dass ich etwas gesagt hätte, das verrückt ist.«

Sie schüttelte den Kopf. »Hört das denn bei dir nie auf?«

War die Frage schon ihres Inhalts wegen unerhört, so fand ich es noch unerhörter, dass sie überhaupt gestellt wurde. Direkter hatte mich Marisa noch nie auf das Thema angesprochen, das zwischen uns loderte und das wir stillschweigend übereingekommen waren, niemals in Worte zu fassen.

»Ich weiß nicht, was du meinst«, sagte ich, ohne Marisa anzusehen. Hätte ich ihren Blick erwidert, er hätte mich bei lebendigem Leib durchbohrt.

»Doch, Felix. Hört es nie auf? Kann dich denn gar nichts davon abbringen, und wenn es noch so wichtig ist?«

Es war eine große Versuchung, die Gelegenheit zu nutzen und zu gestehen: »Nein, Marisa, es wird mich nie etwas davon abbringen können, weil es nichts Wichtigeres gibt.« Aber das hätte das Ende bedeutet. Sie hielt mich schon jetzt für verrückt, dabei wusste sie höchstens die Hälfte. Ein Masochist wagt nicht, eine sich bietende Gelegenheit zu ergreifen, es sei denn, er will die Welt um sich herum zum Einsturz bringen. Er mag meinen, er täte es, er mag damit prahlen, aber mehr noch als der Sadist sehnt sich der Masochist nach ständiger Wiederholung.

Ich trat einen Schritt zurück vom Rand des Abgrunds, auf dass ich mich später wieder dorthin begeben könne.

Danach, wie konnte es anders sein, veränderte sich einiges zwischen uns.

Nicht an der Oberfläche und auch nicht sofort.

Ich war mit Quirin zur Notaufnahme gefahren und konnte mich davon überzeugen, dass ihm eigentlich nichts fehlte, jedenfalls nicht körperlich. Man behielt ihn einige Tage zur Beobachtung da, dann entließ man ihn; daraufhin wurde er, wie ich hörte, in der Stadt, an einer Krücke mit Silberknauf humpelnd, gesichtet. Bei uns tauchte er nicht wieder auf, um sein Praktikum fortzusetzen. Er schrieb uns eine Karte, dankte für die Gastfreundschaft und die Gespräche – das Wort Gespräche unterstrichen, aus einem Grund, den wohl nur Marisa verstand – und schickte einen Freund vorbei, der noch weit weniger vertrauenswürdig wirkte als er, mit dem Auftrag, was von seinen Siebensachen im Haus noch herumlag, Toys, vermute ich mal, abzuholen und den Schlüssel zurückzugeben. Ende der Geschichte. Marisa erwähnte ihn nicht mehr, ich ebenfalls nicht. Unsere Gespräche schlossen ihn aus, und genauso schlossen sie den gefährlichen Ausbruch von Offenheit aus, den er ausgelöst hatte. Seinen verdächtigen Sturz unsere grandiose Treppe hinunter hatte es nicht gegeben; ich hatte Marisa nicht gebeten, ihn im Krankenwagen zu begleiten und seine Hand zu halten, und Marisa hatte zu mir nicht gesagt, was sie gesagt hatte.

Wir hielten uns gut. Wir leugneten einfach alles voreinander, und deswegen war nichts davon passiert.

Doch was immer wir uns vormachten, unser kostbarer Pakt stillschweigender Übereinkunft war gebrochen.

Und mit ihm zerbrach der noch kostbarere Schein, der verwundende Zweifel, in dem ich lebte, wäre kein Fantasiegebilde meines gestörten Hirns, sondern eine Reaktion auf etwas Tatsächliches – Marisas verwundende, verheimlichte Seitensprünge.

Wenn meine Liebste mir schwor, sie sei untreu, glaubte ich ihr, obwohl ich wusste, dass sie log.

Damit war es jetzt vorbei.

Jetzt musste Marisa mir wirklich untreu werden.

Die moralische Logik dahinter ist nicht einfach zu erklären, aber wir hatten beide das Gefühl, dass es so sein musste. Es war, als akzeptierten wir die Notwendigkeit, uns eine philosophische Ebene tiefer zu begeben, von der Schönheit der Abstraktion hin zur Hässlichkeit der Tat, und würden uns von jetzt an weniger zart anfassen. Nicht, weil Marisa mich bestrafen musste, sie war vom Wesen her weder strafend noch rachsüchtig, sondern weil es für uns keinen anderen Weg gab.

So wie sie sich fortan verhielt, hätte sie sich zweifellos nicht verhalten, wenn nicht auch eine Abenteurerin in ihr gesteckt hätte, mit einem ausgeprägten Hang, Dinge zu verschleiern. Aber es war nicht allein die Abenteurerin in ihr. Was sie tat, machte sie, weil sie mich liebte. Ihre Vorläuferin ist in meinen Augen nicht Guinevere, Messalina oder Moll Flanders, weder Sacher-Masochs pelzumschlungene Wanda noch eine der freizügigen Frauen in de Sades *120 Tagen von Sodom,* sondern die äußerst schickliche Mrs Bulstrode aus *Middlemarch,* die treu zu ihrem entehrten Ehemann steht. Gute Ehefrauen tun das. Sie schultern unsere Last, sie nehmen sich unserer Kümmernisse an. Ich hatte meine Ehre nicht verloren, aber ich trug auch nicht schwer an moralischen Meriten. Mrs Bulstrode legte ihren Schmuck ab und zog ein schlichtes schwarzes Kleid an, Marisa zog sich die Lippen nach – im Übrigen handelten beide aus dem gleichen Pflichtgefühl heraus. Dass Marisa mir nie den Weg der Trennung nahelegte, ich ihr nie damit drohte und dass Scheidung uns nie in den Sinn kam – all das beweist nur, wie treu ergeben wir einander blieben.

Wie zur Würdigung dieses Umstands, und wiederum ohne Worte, stürzten wir uns in eine Phase intensiver, schwärmerischer Liebe. Es war wie Flitterwochen, die uns nie richtig vergönnt gewesen waren. Wir wachten auf und sahen uns lachend in die Augen. Ich wollte nicht, dass sie ohne mich aus dem Bett stieg, um in die Küche oder ins Bad zu gehen. Ich schaute ihr zu, wenn sie sich anzog. Ich schaute ihr zu, wenn sie ihr Make-up auftrug, den Kopf leicht nach hinten gebeugt für die letzte Korrektur, als würde sie Tropfen in ihre Augen träufeln und sorgsam darauf achten, nur ja keinen zu vergeuden. Ihre Nasenlöcher verengten sich dabei, und die Halsmuskeln spannten sich. Aus diesem Blickwinkel schimmerten selbst ihre grauen Augenringe silbern. Bezaubernd. Keine Sekunde dieser Szene wollte ich verpassen. Natürlich machte sie das befangen, aber auch das wollte ich nicht versäumen. Beim Ankleiden normalerweise brüsk wie ein Mann, schlüpfte sie jetzt, da mein Auge auf ihr ruhte, geschmeidiger in ihre Kleider, bis ihr das lächerlich wurde und sie eilig letzte Hand anlegte, ohne in den Spiegel zu blicken. Ein Wunder für mich, wie sie es schaffte, ohne Aufheben so farbenfroh und so lebendig auszusehen. Selbst in jungen Jahren war meine Mutter selten vor Mittag aus ihrem Zimmer hervorgekommen, so viel musste sie mit sich anstellen, bevor sie bereit war, der Welt gegenüberzutreten. Marisa sprang in den Tag, noch bettwarm, als könnte sie es kaum erwarten, sich dem Leben zu stellen.

An den beiden Tagen, an denen sie nachmittags bei Oxfam arbeitete, besuchte ich sie im Laden und tat so, als würde ich in den Bücherregalen stöbern. Ich kam nur, um sie zu sehen, um sie im Gespräch mit anderen Leuten zu beobachten, um ihre Stimme zu hören und sie zum Lachen zu bringen, wenn ich hinter einem Stapel auftauchte. Sie tat es mir gleich. Sie begleitete mich zu unseren Geschäftsräumen, und wenn ich sechs Stunden später aus dem Kellergeschoss hervorkam, war sie wieder da, als wäre sie nie fort gewesen, mit leuchtendem Antlitz. Unterwegs machten wir irgendwo Pause und tranken Tee. Dann machten wir wieder irgendwo Pause und tranken ein Glas wie Verliebte, die nicht auseinandergehen wollen, obwohl uns nichts davon abhielt, auf kürzestem Weg nach Hause zu gehen und uns dort durch die Zimmer zu folgen. Wir lachten ständig ohne Grund, und jetzt lachte Marisa im Präsens, außer sich vor Freude über unseren Zustand. Wir unternahmen lange Spaziergänge quer durch London, unsere Hände wie miteinander verschmolzen. Die Leute lächelten, wenn sie uns sahen. Ich bin sonst kein Mensch, den Fremde ansprechen würden. Ich will nicht behaupten, dass meine Miene sie abstößt, aber ich mache es anderen nicht leicht, mich von meiner Konzentration abzulenken. Auch Marisa kann sehr abweisend sein. Während sich mein Gesicht verschließt, spricht aus ihrem eine wache Intelligenz, die einen zögern lässt, es mit ihr aufzunehmen. Doch in dieser Stimmung war es, als würden wir jeden, der in unsere Nähe kam, mit in unser Glück hineinziehen. Ältere Damen setzten sich auf Parkbänken neben uns. Kinder ebenfalls. Hunde spielten zu unseren Füßen. Wir waren nicht nur fröhlich unschuldig verliebt, wir waren der Auslöser für fröhliche unschuldige Liebe bei anderen.

Mit jedem Tag wurde Marisa für mich bezaubernder. Die Schatten unter ihren Augen verblassten. Die Spitze ihrer strengen Römernase hob sich leicht. Ihre Lippen entspannten sich und wurden weicher. Ein Licht schien in ihrem Inneren angeschaltet worden zu sein. An einem besonders belebenden Frühlingsmorgen gingen wir bei Tagesanbruch im St. James's Park spazieren, die Bäume waren noch feucht von der Nacht. Auf einer Bank saß ein Pelikan, schwerfällig und wundersam wie ein Engel, und klapperte mit seinem Salatbesteck-Schnabel. Marisa bat mich, zu ihm zu gehen und einen Arm um seine Schulter zu legen. »Lachen«, bat sie mich und machte ein Foto mit ihrem Handy.

Und ich schwöre, der Pelikan hat in dem Moment gelacht.

»Schwer zu sagen, wer von euch beiden weniger flugunfähig aussieht«, stellte Marisa fest.

»Er natürlich«, antwortete ich.

Es war die Wahrheit. An diesem Morgen fühlte ich mich unbeschwerter als alle anderen Lebewesen im Park, ausgenommen Marisa.

Eine Elster kreuzte unseren Weg. »Guten Tag, Herr Elster«, sagte Marisa. »Wie geht es Frau Elster?«

Ich fragte sie, was das bedeuten solle. Sie staunte, dass ich den Aberglauben nicht kannte. Eine einzelne Elster brachte Unglück. Man musste sich das Paar vergegenwärtigen.

Beinahe wäre ich in Tränen ausgebrochen. Der Aberglaube anderer Menschen hat immer diese Wirkung auf mich. Mir ist, als sähe ich in diesem Moment der Offenbarung ihre ganze einstige kindliche Zerbrechlichkeit vor mir. Ich liebe es, das Mädchen in der Frau zu sehen. Es bricht mir das Herz. Und so sah ich plötzlich auch Marisa – als kleines Mädchen, das durch den Park hüpft und von ihrer kapriziösen Mutter zu sagen lernt: »Guten Morgen, Herr Elster. Wie geht es Frau Elster?«

Wir küssten uns unter den jungfräulichen, taufrischen Zweigen eines Weidenbaums, saugten das neu erblühte Grün in uns auf wie verzückte Eltern, die zum ersten Mal das duftende Haar ihres Kindes riechen.

Als wir den schützenden Baumunterstand verließen, sah ich, dass winzig kleine Diamanten aus Wasser wie Zuchtperlen an Marisas Wimpern hingen. Das Bild stammt von Thomas Hardy: Tess, in einem seltenen Augenblick des Glücks. Denn so sah ich Marisa, in all ihrer verletzten Unschuld. Eine, der eine Gnadenfrist gewährt wurde.

Und dann, so plötzlich, wie es begonnen hatte, hörte es wieder auf. Es war, als hätten wir uns zum letzten Mal am Schafott umarmt, und jetzt musste es einer von uns besteigen.

Noch ehe der Weidenbaum in voller Blüte stand, hatte Marisa einen Liebhaber.

Woher ich das wusste? So etwas weiß man eben. Man kann nicht ein und alles füreinander sein, so wie wir, und dann noch einen Dritten hinzulassen, ohne dass der andere es merkt.

In den Augen eines Außenstehenden dürften wir immer noch dieselben gewesen sein: ein heftig verliebtes Paar, ohne Platz zwischen sich, der einzige Fehler – wenn man es einen Fehler nennen kann – unsere Nähe zueinander. Nichts an Marisas Erscheinung, ihrer Kleidung und ihrem Auftreten deutete darauf hin, dass sich ihr Leben auch nur minimal verändert haben könnte. Ich habe Männer erlebt, die blind gegenüber der Untreue ihrer Frau waren, während alle Welt mit grausamer Belustigung beobachtete, dass ihre Röcke kürzer wurden, ihre Absätze gewagter, ihr Dekolleté tiefer, ihre Fingernägel länger, ihre Lippen voller und durchbluteter. Zu dieser Sorte Frauen gehörte Marisa nicht. Weder war sie in der Zeit, als sie Freddy betrog, von irgendeiner ihrer Gewohnheiten oder gar ihrem Selbstbild abgerückt, noch war sie jetzt, da sie mich betrog, ein anderer Mensch als vorher.

Was also sah ich, was andere nicht sahen?

Den Anfang machte ein neues Mitgefühl für mich. Eine bedauernde Miene, die auf ihr Gesicht trat, als fürchtete sie sich vor dem, was die Zukunft für mich bereithielt – eine Vorahnung meiner Einsamkeit. Sie trat nicht auf, wenn wir alleine waren, sondern in Menschenansammlungen jeglicher Art, immer wenn sich unsere Blicke trafen, von den zwei entlegensten Punkten eines Raums, gegenübersitzend bei Tischgesellschaften oder wenn wir uns in einer belebten Straße zum zweiten Mal zum Abschied zuwinkten. An einem sonnigen Nachmittag im Garten ihrer Halbschwester Flops in Richmond, während Flops' unerträgliche rotblonde Kinder um uns herumtollten – keine Züge von Rowlie in ihrer Nachkommenschaft, Rowlies Gene durch Flops' bittere Schärfe ausgelöscht –, fixierte Marisa mich durch die Grillschwaden hindurch mit einem langen Blick dermaßen melancholischen

Bedauerns, dass ich an mich halten musste, um nicht in Tränen auszubrechen. Auch ihr Ton mir gegenüber veränderte sich mit jedem Tag. Niemandem wäre es aufgefallen, aber ich ging ganz in Marisas Stimme auf, so wie ein Kind in der Stimme seiner Mutter. Die Veränderung, die ich ausmachte, war die: Ihr Ton wurde bedauernd, passend zu ihrer bedauernden Miene, aus der ich die Herabsetzung meines Status als geliebte Person von vollwertigem Ehemann zum Nur-Kind herauslas. Alles in allem schuldete sie mir als Ehefrau keine Erklärung; als Ehemann war ich selbst Gestalter meines Schicksals. Doch im Rahmen ihrer Fürsorge, ihrer sozusagen elterlichen Fürsorge, war sie bereit, Pflichtvergessenheit einzuräumen. Eine Bereitschaft, die einen, wenn auch noch leisen Gegenvorwurf beinhaltete: Wenn sie nicht für mich zu sorgen vermochte, wer sorgte dann für sie?

Das hörte ich aus der neuen Musik ihrer Zärtlichkeit mir gegenüber vor allem heraus: die traurige und unerwartete Schlussfolgerung aus unserer Vereinbarung, dass, wenn der Ehemann seine Verantwortung für den Schutz der Frau aufgibt, jemand anders seinen Platz einnehmen muss.

Und so war es geschehen.

Trotz aller ausgeklügelter Vorsichtsmaßnahmen seitens Marisas wurde ich schließlich doch der Existenz ihres Liebhabers gewärtig: ein unsichtbarer, aber spürbarer Ersatz am anderen Ende von Marisas ständig besetzter Leitung, am Ziel von Marisas allzu häufigen Taxifahrten. Eines Abends, als wir ins Theater wollten, die Zeit knapp und sie nervös war, weil sie die Karten verlegt hatte, benutzte sie einen Kosenamen, den ich noch nie gehört hatte. Als wir das Haus verließen, beruhigte sie mich, es sei ein Name, den sie Freddy gegeben habe. Ohne ihn anzurufen, was nicht infrage kam, besaß ich keine Möglichkeit, die Wahrheit zu überprüfen. Ihr schien es allerdings egal zu sein, ob ich ihr glaubte oder nicht. Immer wenn früher eine Unstimmigkeit zwischen uns geherrscht hatte, bevor wir unsere Plätze einnahmen, hatte Marisa mir während der Vorstellung kurz, mit leichtem Druck, die Hand aufs Knie gelegt. An diesem Abend ließ sie die Hände fest gefaltet auf ihrem Schoß.

Hätte mich jemand gefragt, noch in der Pause, wovon das Stück handelte, ich hätte es ihm nicht beantworten können. Perfidie, hätte ich geraten. Wovon handeln Theaterstücke sonst?

Drei, vier Wochen nach diesem Kälteschock im Theater fand ich auf dem Sofatisch in unserem Wohnzimmer einen teuren Füllfederhalter, den ich nicht kannte. »Hast du Gäste gehabt?«, fragte ich Marisa. »Nein. Wieso?«, erwiderte sie, ohne von ihrem Buch aufzusehen. An diesem Abend wandte sie den Kopf zur Seite, als ich sie auf den Mund küssen wollte.

Bis dahin hatte es Raum für Zweifel gegeben, doch jetzt schrillte mir die Gewissheit in den Ohren. Ein Liebhaber. Marisa hat sich einen Liebhaber zugelegt.

Der Ausdruck war mir wichtig. Marisa hatte keinen Lover, Marisa hatte sich einen Liebhaber zugelegt.

Hatte ich mir vorgestellt, ich würde in orgiastische Raserei verfallen, wenn es so weit wäre? Nein. Ich hatte es, richtigerweise, als einen Eventualfall des Schreckens antizipiert, ähnlich dem Fall, dass man mitten in der Nacht Lärm im Haus hört, nach unten geht und tatsächlich entdeckt, dass ein Fremder die Wohnung plündert. Ich hatte nur nicht geahnt, wie verheerend das Eintreten des Befürchteten sein würde. Als Marisa mir ihre Lippen versagte, zitterte ich vor Angst. Ein Balken schien sich über meine Brust zu legen. Mein verschmähter Mund wurde trocken. Hätte mir jemand die Kehle durchtrennt, oder hätte ich mir – was passender gewesen wäre – die Pulsadern aufgeschnitten, statt Blut wäre Eiswasser ausgetreten.

Ein Liebhaber. Ein Liebhaber, so wie ich einst ihr Liebhaber gewesen war – und derjenige, der seiner späteren Ehefrau zunächst als Liebhaber gedient hat, weiß am besten, zu welch trügerischer Übertragung der Gefühle diese Frau fähig ist, ohne sich auch nur mit der geringsten Bewegung eines Muskels oder einem einzelnen abstehenden Haar zu verraten.

Ich hatte es so gewollt, und jetzt war er da, der verwundende Zweifel, der kein Zweifel mehr war, sondern die Wunde selbst, das Loch im Herzen; und ich war verzweifelt.

Dennoch, im Zentrum meiner Verzweiflung, geballt wie eine Babyfaust, lag das Versprechen ungeheurer, grausiger, künftiger Wonnen, nicht wenn ich ruhig blieb, denn ruhig würde ich nie sein können, sondern wenn ich endlich gelernt haben würde, alle meine Ängste als mein Schicksal anzunehmen.

Also gut, ich würde lernen, ich würde annehmen. Ein Liebhaber. Ein Liebhaber. Wie ein Zelebrant einer grausamen Religion der Selbstquälerei inhalierte ich den Weihrauch der Täuschung und psalmodierte die ruchlosen Worte: *Sie hat einen Liebhaber. Sie hat einen Liebhaber. Meine Frau Marisa hat sich einen Liebhaber zugelegt.*

Ein Liebhaber – jetzt sprich es schon aus, Felix –, für den sie ihre Lippen rein hält.

Als ich, viele Monate nach diesem Vorfall, durch einen, wie mir schien, Anstieg unseres ehelichen Stimmungsbarometers ermutigt – nicht zu vergessen, ich nahm mit einer Skala höchster Genauigkeit Maß, die anderen Männern unbekannt war –, meine Lippen spitzte, um Marisa zu küssen, und nicht abgewiesen wurde, zog ich die einzig rationale Schlussfolgerung: Liebhaber. Liebhaber im Plural. Zu viele mittlerweile, um sich zu merken, für wen sie ihre Lippen rein hielt. So wie Zelda Fitzgerald, die mit ihrer Prahlerei, sie hätte Tausende Männer geküsst und beabsichtige, noch mal Tausende zu küssen, ihren Mann zur Raserei gebracht hatte. Nur war es bei Zelda das Draufgängertum der Verwöhnten, der Südstaaten, des Jazz-Zeitalters, wohingegen bei Marisa … Marisa war ein reflektierter Mensch, kein sprunghaftes Wesen, weder körperlich noch geistig, eine Frau, die die Bedeutung ihrer Handlungen abwog, die nichts leichtfertig anstellte, weswegen die Folgen ihrer Küsse nur furchtbar sein konnten.

*

Die interessante und zweifellos geschmacklose Frage lautet nun: Stimulierte mich die Kränkung, dass Marisa sich mehrere Liebhaber zulegte, noch stärker, als wenn es nur einer gewesen wäre?

Ja und nein. Ich will nicht ausweichen. Mit jedem Tag, an dem ich mit der Frage aufwachte, fiel die Antwort anders aus, und seit Marisas Untreue das Muster unseres Lebens geworden war, wachte ich nie mehr ohne diese Frage auf. Beides provozierte mich auf seine Art, *der* Liebhaber und *die* Liebhaber, oder wie immer der Sammelbegriff lautet. Wenn wir nur von Eifersucht sprechen, hatte mich natürlich der Liebhaber, Singular, fester im Griff, als es ein ganzer Schwarm Liebhaber je vermocht hätte. Er allein genoss Marisas ganze Aufmerksamkeit, daher besaß nur er allein, was eigentlich mir zustand. Zudem war er der Erste. Mit ihm nahm alles seinen Anfang. Mit ihm – der kubanische Arzt konnte ebenso wenig als Anfang gelten wie Quirin – musste ich lernen, wie ich aushalten sollte, was auszuhalten ich keine andere Wahl hatte. Wer immer er war, er nahm mir meine Jungfräulichkeit.

Schlichte Eifersucht jedoch war nur ein geringer Aspekt des Ganzen, wie ich lernen musste, und ich lernte Schritt für Schritt. Ich war geistiger Voyeur der Erlebnisse meiner Frau, lag allein in unserem verlassenen Bett, stellte mir in allen gnadenlosen und unvergesslichen Einzelheiten vor, wie sich die Finger meines Rivalen den gestohlenen Besitz, Marisas Körper, ertasteten und erkundeten. Pore für Pore berührte ich, was er berührte, lebte in seinen Händen, schlüpfte in seinen Mund und folgte seiner Zunge überall dahin, wo Marisa ihm Zugang bot. Wo er hinging, da ging auch ich hin. Muss ich deutlicher werden? Ich war er, mehr als er selbst. Vielleicht war ich sogar mehr ich selbst als je zuvor. War ich solo je so stürmisch in Marisa eingedrungen, wie wir beide jetzt gemeinsam in sie eindrangen? Trotzdem wollte ich zu keinem Zeitpunkt dieser Phase intensiver Vertrautheit, die ich mit ihm teilte, in Erfahrung bringen, wer er war. Ich wollte ihn nicht sehen, wollte seinen Namen nicht wissen, wollte nicht herausfinden, wie er aussah oder womit er seinen Lebensunterhalt verdiente. Ich nahm an, dass wir nicht miteinander bekannt waren; Marisa wäre nicht so ordinär, sich ihren ersten Liebhaber – ihren ersten Liebhaber, seitdem ich ihr Liebhaber gewesen war – aus unserem Freundeskreis auszuwählen. Selbst für den Fall, dass wir uns kannten, war es mir lieber, ich erfuhr nichts davon, und ich hätte Marisa die Wahl auch nicht zum Vorwurf gemacht. Es ging mir um sie, nicht um ihn. Die Geschichte, die mich faszinierte, war, dass Marisa losgezogen war und sich erst einen Liebhaber zugelegt hatte, und danach andere, ganz gleich, wer sie alle waren. Eine Geschichte, die ich in allen wesentlichen Punkten eher einer Jane Austen als de Sade oder Sacher-Masoch zugeschrieben hätte. Wie hatte Marisa dieses Verlangen in ihrem Herzen gespürt? Welche Beflügelung der Emotion, welche Verwirrung des Geistes brachten sie dazu, den geraden Weg unserer Ehe zu verlassen und sich in diesen ersten Akt der Untreue zu stürzen? Und mit welchem Gefühlschaos, mit welchen Erwartungen an Glückseligkeit oder Enttäuschung, welcher Steigerung oder Minderung der Selbstachtung tat sie Liebhaber Nummer eins – der ihr bestimmt besonders viel bedeutet hatte – genau das Gleiche an, was sie mir angetan hatte, und verriet ihn mit der gedankenlosen Gewährung ihrer Gunst jetzt an Liebhaber Nummer zwei, dann an Liebhaber Nummer drei und an wer weiß wie viele, die noch folgten? Was war die größere Ungehörigkeit? Wofür, wenn überhaupt, schämte sie sich mehr, vorausgesetzt, sie hatte jemals Scham empfunden? Und wenn nicht Scham – denn wie gesagt, sie war ein ernsthafter und reflektierter Mensch –, was war es dann? Liebe? Gott behüte, aber konnte sie ihr Herz an Liebhaber Nummer eins verloren haben? Wenigstens ein bisschen? Vielleicht sogar in Gänze? Rief die Verschwendung ihrer Gefühle an ihn – während sie ihr Netz weiterspannte – Reue in ihr hervor? Bedauerte sie die Treulosigkeit ihm gegenüber? Oder war Geschmeidigkeit das Element, in dem sie sich nun bewegte?

All diese Fragen schleuderte ich ihr nicht ins Gesicht, sondern befragte in ihrer Abwesenheit ihre Seele. Ich habe keine Skrupel, dieses strenge, ausdauernde Verhör als Liebe zu bezeichnen. Nicht Verknalltheit, nicht vorübergehende Verliebtheit, nicht der schwache Liebeskitzel, den Marisa für den Mann empfunden haben könnte, mit dem sie mich zuerst als Ehemann verstieß, sondern echte, tief wurzelnde Liebe – meine Art Liebe, bedingungslos, bewährt, krankhaft unerschütterlich und unterwürfig, mit jeder Faser gelebt.

Bis wir wahrhaft verliebt sind – auf meine Art –, gehen wir aneinander vorbei. Wir schenken uns mit Blicken Beachtung, wenn unser Interesse geweckt ist, wir nehmen uns flüchtig wahr oder staunen unbekümmert, aber wir beobachten nicht genau und befragen uns nicht – bis wir lieben. Daran erkennen wir Liebe, darin unterscheidet sie sich von ihrem armen Verwandten: der Gier, mit der wir das Objekt verschlingen und nicht ruhen, bis wir den Geliebten vollkommen in uns aufgenommen haben. Nur Künstler haben noch diesen gefräßigen Blick, diese verschlingende Neugier. Und natürlich die Religiösen, die sich ihren Gott einverleiben, um ihn ganz zu begreifen.

Kunst, Religion, Liebe – wie ähnlich sich diese drei schon immer in ihrer verwirrten Sinnlichkeit gewesen waren. Ich war Liebhaber, Künstler und fanatisch Ergebener Marisas. Umso mehr, da sie – wie jene im Verschwinden begriffenen Musen, denen Dichter und Maler so gerne nachstellen und dabei ihr Leben verschleißen, wie die grausame, unsichtbare Gottheit, zu der die Frommen unaufhörlich, doch vergeblich beten – jeden meiner Versuche abwehrte, ihre Fantasie zu besetzen, so wie andere jetzt ihren Körper besetzen durften.

Diese etwas altmodische Ausdrucksweise habe ich mir bei Marisa ausgeborgt. So beschrieb sie und so – Verzeihung – vollzog sie den Liebesakt, jedenfalls in meiner Gesellschaft, als überraschendes, vielleicht sogar unangemessenes Aufdrängen. Damit ist nicht gesagt, dass sie ihn deswegen ablehnte. Im Gegenteil.

Ich glaube, je unbegreiflicher ihr die Erfahrung der Penetration war, desto stärker fühlte sie sich erregt. In dem Moment, wenn andere Frauen die Augen schließen und versuchen, dem Bewusstsein, das nur ablenkt, zu entwischen, wurde Marisa noch aufmerksamer und neugieriger, richtete sich auf, stützte sich auf die Ellbogen und sah an sich herab, weil sie die Mechanik miterleben wollte – den Moment der Penetration –, als könnte sie nur dann, wenn sie ihn in seiner ganzen unerklärlichen Obszönität von Augenschein erlebte, zugeben, dass sie, obwohl sie nie verstanden hatte, warum es Leuten, sie selbst eingeschlossen, so erging, Freude daran fand.

Und drängte es mich schon, sie zu verstehen, wenn ich mit ihr zusammen war – dann wie viel mehr noch, wenn ich sie mir in der Gesellschaft eines anderen vorstellte.

An den Abenden, an denen Marisa mich allein ließ, mir auch nicht sagte, ob sie vor dem Morgen zurückkäme oder nicht (ich wusste immer, wann sie nach Hause kam), verwandelte ich unser Schlafzimmer in eine Kathedrale. Wenn ich Musik spielte, dann Schubert, den großen Seelenpeiniger,

Ich frage keine Blume,
Ich frage keinen Stern,
Sie können mir alle nicht sagen,
Was ich erführ so gern.

der das, was er so gern erführe, genauso gern nicht erführe. Meist jedoch brauchte meine Marter keine Begleitmusik.

Gegen neun verschloss ich das Haus, nicht um Marisa auszusperren, sondern damit ich drinblieb. Denn meine Kathedrale war auch ein Gefängnis. Danach verließ ich das Zimmer nicht mehr, tat alles Weitere nur im Schein von zwei Altarkerzen, die ich links und rechts des Bettes aufstellte. Auch Räucherkerzen zündete ich an. Opium war der Duft, der mir am meisten zusagte. Gegen zehn hatte ich meinen Straßenanzug, oder was immer ich gerade an Kleidung trug, die anderen Zwecken diente, die nicht mit Marisa in Verbindung standen, abgelegt. Bevor sie in Florida erkrankt war, hatte Marisa mir in einem Geschäft in Key West, das nur Kleidungsstücke im Angebot hatte, die Hemingway getragen haben könnte, noch einen weißen Pyjama gekauft. Hemingways Vorliebe für weiße Pyjamas war uns ein Rätsel, aber in dem feuchten, heißen Klima waren sie bestimmt angenehmer als die, die ich mitgebracht hatte. Marisa hatte gelacht, als sie sah, dass ich überhaupt Schlafanzüge für die Reise nach Florida eingepackt hatte. Wozu Schlafanzüge auf eine Hochzeitsreise mitnehmen? »Damit du über mich lachen kannst«, hatte ich geantwortet. Jetzt hatte mein weißer Pyjama nichts Lachhaftes an sich. Er war Opferkleidung, ein Gewand, das den Verzicht auf meine Virilität und Unabhängigkeit zum Ausdruck brachte. Ich war Marisa zu Willen; sollte mein Eisblut das Gewand beflecken, das ich ihr zu Diensten trug, bis jede Masche die Farbe des Fleisches angenommen hatte. In diesem Festkleid, meines inneren Wesens beraubt, legte ich mich nieder und hielt die Nacht hindurch Wache.

Subspace – oder auch Fliegen – ist unter denen, die solche Art der Anspannung für sich als Berufung betrachten, die gebräuchliche Bezeichnung: das rituelle Aufgeben des eigenen Willens, die Hingabe an die sexuellen Launen des Partners, die nirwanagleiche Stille der vollständigen Unterwerfung. Im Subspace empfängt man mit Freude und Dankbarkeit die Strafe, die einem zugemessen wird – eine intime Beleidigung, eine öffentliche Erniedrigung, eine Tracht Prügel, eine Quälerei mit Klinge oder Flamme oder die Folter, die man sich selbst oder der eigene Peiniger für einen ausgesucht hat.

Der Subspace, den ich betrat, wurde durch Marisas Abwesenheit beherrscht. Mit Freude und Dankbarkeit gab ich mich meinem Leid darüber hin, dass sie woanders war, und das verletzte mich tiefer, als jede Klinge schneiden konnte.

Manchmal fand ich doch etwas Schlaf, kurze Ausfälle meiner moralischen Verpflichtung, in den meisten Nächten jedoch nicht. Wenn ich eingeschlafen war und wieder aufwachte, hatte ich Schuldgefühle, weil ich es unhöflich und undankbar Marisa gegenüber fand, dass ich nicht wach geblieben war, schließlich rackerte sie sich für mich ab, wenn man so will. Aber ich versagte mir den Schlaf noch aus einem anderen Grund: Subspace vergeudet man nicht an Bewusstlosigkeit. Man ist wach, wenn man sich einmal entschieden hat, die Unterwerfung an die sexuellen Launen seiner Frau als die eigene Berufung anzunehmen. So wie Henry James' Romanschriftsteller, »dem nichts entgeht«. Und jede Sekunde Schlaf war eine verlorene Sekunde für die Folter des Wachseins. Die Nächte zu verschlafen, in denen die untreue Frau abwesend war – da konnte man gleich auf die Tröstungen des gemeinen Mannes zurückgreifen: Trinken, Spielen, Sport, Selbstmord.

Außerdem konnte ich nie sicher sein, welche Nacht verwundender Wachsamkeit meine letzte sein würde. Nicht in dem Sinn, dass ich Selbstmord begehen wollte, sondern weil man die Flatterhaftigkeit menschlicher Leidenschaft bedenken musste. Marisa war zu allem fähig. Sie konnte es sich in den Kopf setzen, zu unserem früheren gemeinsamen Leben zurückzukehren, sodass ich womöglich keine ungesunden Nachtwachen mehr einzuhalten brauchte. Oder sie machte das genaue Gegenteil und verließ mich für immer, auch in dem Fall wäre meine Aufopferung vorbei. Denn eins muss klar sein: Dieses Ritual feierte unsere einzigartige Form der Zusammengehörigkeit, ein Ehesakrament, das jeden Sinn und Reiz verlieren würde, falls wir uns trennten. Der exquisite Friede des Subspace – der Friede, welcher höher ist als alle Vernunft – setzte eine glückliche Vereinigung voraus.

Was die andere Entsagung betrifft, die ich Marisa im Verlauf dieser nächtlichen Liturgien verdankte, darüber will ich hier nicht sprechen. Was immer sie sonst sein mag, das hier soll keine klebrige Geschichte werden. Aber die Antwort lautet

Nein, ich habe es nicht getan. Es hätte bedeutet, Marisa wegzunehmen, was ihr nach unserem Ehevertrag zustand, ob sie davon Gebrauch machen wollte oder nicht – ihr umso mehr zustand, paradoxerweise, je weniger Gebrauch sie davon machte, sei es sogar, dass sie es als überflüssige Ausscheidung deklarierte.

In den schwärzesten Winkeln meiner Seele wünschte ich mir, sie hätte mich, bevor sie das Haus verließ, vor allen Versuchungen, die ein Verrat an der Sache gewesen wären, beschützt, indem sie mir zum Beispiel die Hände auf den Rücken gefesselt hätte. Oder sie mir – in meinem Fieber zog ich alles Mögliche in Erwägung – abgehackt hätte. Und dabei sollte es nicht bleiben. Hat man erst mal Amputationen als erotische Komponente seines Lebens akzeptiert, bleibt nur ein einziger denkbarer Schluss. Der Mann muss eingesperrt, der Mann muss entmannt werden, der Mann muss sterben, ohne dass noch eine Spur seiner Männlichkeit übrig ist. Doch falls Marisa diese Sehnsucht bekannt war, dann befriedigte sie sie jedenfalls nie. Vielleicht aus dem Grund, weil sie ohnehin schon genug für mich tat.

So lag ich da, wie auf einem Sockel aus Stein, um mich herum gedehnte Stille, und ich stellte mir vor, wie es sein würde, wenn Marisa eines Tages einwilligte, mich zu zerstückeln, als Geschenk an mich, obwohl sie mir dieses Geschenk der Zerstückelung praktisch schon jetzt gewährte, indem sie abwesend war. Ich blieb ruhig liegen, unduldsam gegenüber allem Lärm, allen Bewegungen außer Marisas. Als wäre ich durch feine Liebesfäden mit ihr verbunden, wie eine in ihrem Netz aus Begehren gefangene Fliege, bebte ich bei jedem Geräusch, das sie machte, jedem Gedanken, den sie hatte. Marisa, die flüsterte, die lachte, die sich jemandem anvertraute, die keuchte. Marisa, die ihren Leib öffnete – egal wem, darauf kam es nicht an, nur, dass sie dabei den Schock spürte, die Scham, den Stoß, was auch immer, darauf kam es an, und dass sie mir die Botschaft schickte, und sei es von noch so weit her.

*

Der Zustand wäre nicht zutreffend beschrieben – es wäre unehrlich mir selbst und auch der Liebe gegenüber, die ich für Marisa empfand –, wenn ich nicht zugäbe, dass selbst eine so vollständige Trance wie diese Launen unterworfen war. Ich erlebte seltsame Anfälle von Leidenschaft …

Was war, wenn Marisa bei ihren Ausflügen etwas Schlimmes zustieß? Was war das für ein Ehemann, der seiner Frau gestattete, ungeschützt durch eine barbarische Stadt zu stromern? Erotische Verzückung, selbst so ausufernde wie meine, pflegt enge Beziehungen zum Aberglauben in moralischer Gestalt. Jahrhunderte des Puritanismus lassen sich nicht in einer einzigen Nacht abschütteln. Warum sollte ich mich unter dem Druck dieses Puritanismus also nicht fragen dürfen, ob Marisa nicht mit der Gefahr spielte? Hatte sie es nicht verdient, zu Schaden zu kommen? Und hatte ich es nicht verdient, sie zu verlieren, ob durch ein Unglück oder an einen anderen Mann? Man treibt nicht Schindluder mit den Konventionen einer abweisenden und rachsüchtigen Welt, ohne damit rechnen zu müssen, dass sie es einem mit gleicher Münze heimzahlt. Der Lohn tumber irdischer Sünden ist der Tod. Wie hoch ist der Preis für eine verrückte Verruchtheit wie die unsrige?

Meine Bedenken waren moralischer, ahnungsbanger Natur, niemals sexuell, aus dem Bauch heraus. Ich hatte Tremor cordis, litt aber nie unter Nausea. Natürlich erhob ich mich manchmal morgens nach schlafloser Nacht von meinem Opferbett mit einem scharfen britischen Gefühl der Lächerlichkeit. Dann warf ich mein weißes Ornat ab und betrachtete irritiert mein Spiegelbild – ein Mann, der Lebensmitte näher als den Jugendjahren, mit müden Augen und dennoch einem Ausdruck fast seliger Unschuld im Gesicht, frischer jungenhafter Dankbarkeit, die mich wütend machte, wütend auf mich selbst. Das war für mich der nötige Abscheu, wenn ich mit den anderen unbedeutenderen Aufgaben meines Lebens vorankommen wollte. Außerdem hielt er nie länger als ein, zwei Tage an oder schwappte über in einen Abscheu vor Marisa und dem Hundeleben, das sie mir aufzwang.

Welch große Wahrheit steckt in den berühmten Worten aus Dostojewskis Roman über moralische Inversion, *Die Brüder Karamasow:* »Was der Verstand als Schmach ansieht, erscheint dem Herzen oft als Schönheit.« Doch kann man ihre Stoßrichtung auch ändern: »Was dem Herzen als Schönheit erscheint, muss der Verstand nicht als Schmach ansehen.« Ich habe es mir stets zum Prinzip gemacht, den Verstand zu ermutigen, den Wegen zu folgen, auf die sich das Herz vorwagt. Was man als schön empfindet, darf auch dem Denken nicht verschlossen bleiben. Soll sich die Vernunft, ohnehin oft nichts als Verlegenheit über die Exzesse des Herzens, zum Teufel scheren. So hielt, auch wenn ich mich gelegentlich kurz voll Entsetzen von dem Bild abwandte, das ich abgab, mein Abscheu vor dem, was aus meinem Leben mit Marisa geworden war, nicht lange an.

Die Liebe, die ich für sie empfand, wuchs mit jedem Grund, den sie mir lieferte, ihre Verwegenheit zu bewundern. Mit jedem Akt der Untreue – tatsächlich oder nur eingebildet; denn die Einbildung setzt nicht einfach aus, nur weil die Wirklichkeit sich plötzlich mit ihr messen kann – wurde meine Ergebenheit tiefer. Kein Mann, der seine Frau wahrhaft liebt und sie nie in den Armen eines anderen wähnt. Das sind meine Worte. Davon möchte ich keines zurücknehmen. Wenn Marisa nicht bei mir war, stellte ich sie mir in allen, was nicht unbedingt heißen soll anstößigen Einzelheiten vor. Ich zählte die Haare auf ihrem Kopf. Ich vermaß die Haut zwischen ihren Fingern. Ich hörte das Geräusch, das ihre Augen machten, wenn sie sie schloss, und dann wieder, wenn sie sie aufschlug. Sie stand so lebendig vor mir, ich hätte sie zusammensetzen können, Ader für Ader, wenn die Fantasie es vermocht hätte, menschliches Leben neu zu erschaffen.

Nun wohnt die Liebe natürlich nicht nur in den Adern. Sondern sie ließ mein Herz, wenn sie nicht da war, nicht nur höherschlagen, in der Erinnerung an Marisa und wie sie sich anfühlte – ihre körperliche Präsenz –, sondern ich verweilte mit den Gedanken auch in ihrer Abwesenheit bei ihrem Stil und ihrem Mut, denn sie beging keinen gewöhnlichen ehelichen Betrug. Es verlangte Geisteskraft, Intuition und Güte – jedenfalls Güte mir gegenüber –, um ihre Zuneigung und Loyalität gleichmäßig zu verteilen. Außerordentliches Feingefühl und sichere Selbsteinschätzung waren erforderlich, Scharfsinn, breites Verständnis, Urteilsvermögen und Charakterkenntnisse, wenn sie nicht leichtfertig mit den Gefühlen von Leuten, ihre eigenen eingeschlossen, umgehen wollte.

Zu meiner Hingabe kommt also noch Bewunderung hinzu. Eine Wertschätzung für Marisa, die mit jedem neuerlichen Akt der Untreue noch wuchs, denn Untreue verkehrte sich in ihrer Person in das genaue Gegenteil: den Beweis, wie sehr, wie gut – wie intelligent – sie mich liebte.

Im Alltag beanspruchten diese aus Liebe begangenen Akte der Untreue natürlich nicht unsere gesamte Zeit. Ob Marisa sich einschränkte, ob sie mich kurzhielt, wusste ich nicht und wollte es auch nicht wissen; aber es soll nicht der Eindruck entstehen, Marisas Leben wäre eine Aneinanderreihung amouröser Abenteuer. Für Außenstehende hatte sich an dem Leben, das wir führten, nichts verändert. Wir gingen immer noch abends essen, besuchten immer noch Theater und Kinos, nahmen weiter Tanzstunden (zu denen ich wie immer hartnäckig zu spät kam), trafen uns immer noch mit unseren Freunden. Ich ging wie gewöhnlich jeden Tag zur Arbeit, Marisa las dem blinden Mann vor, preiste Bücher bei Oxfam aus, kochte Marmelade, die auf Spendenpartys verkauft wurde, führte Kunstliebhaber auf den Weg der Erkenntnis und redete freitagabends den Verzweifelten mit schönen Worten ihre Verzweiflung aus. Es konnten Monate vergehen, ohne dass eine dritte Person sich in unsere Ehe einmischte. Doch dass Marisa unkeusch war, ging mir, wie gut sie die Abstände zwischen diesen Vorfällen auch setzte, nie aus dem Kopf. Keine Sekunde, in der mir das nicht bewusst war. Also auch keine Sekunde, in der ich meiner Frau nicht hörig war.

An den Abenden, die sie einem anderen widmete, stand ich an unserem Schlafzimmerfenster und schaute ihr dabei zu, wie sie in ein Taxi stieg oder mit ihrem wunderbaren geschmeidigen Gang den Bürgersteig entlangschritt, der Rock eng an die Hüften geschmiegt, die Absätze in präziser Attacke auf die Pflastersteine knallend, die Handtasche mit Kreditkarten und Make-up scharf unter den Arm geklemmt, und bekam kaum Luft vor Sehnsucht nach ihr. Alles an ihr rührte mich und wühlte mich gleichermaßen auf – ihr schimmerndes Haar, die Kraft in ihrem Rücken und ihren Beinen, die durch die klackernden Absätze ausgelöste Vibration ihres Körpers und das Einsame ihrer Mission. Letzteres drohte immer, mich kleinzukriegen. Müsste ich nicht hinter ihr herrennen und sie zurückhalten? Müsste ich dieses ganze Theater nicht beenden? Manchmal winkte ich ihrer allmählich verschwindenden Gestalt nach und fragte mich, ob es mein letztes Lebewohl sein würde – die Vorahnung einer Katastrophe, die mich ans Fenster hätte treiben sollen, an die Scheibe zu klopfen und Marisa anzuflehen, nicht zu gehen. Doch der Gedanke daran, wohin sie ging, ließ mich reglos am Fenster verharren. Das ganze Lager genoss ihren süßen Körper, das wusste ich, jeder wusste es, der sie umtriebig in der Welt sah, ohne mich, und ich war glücklich.

Wohingegen … wenn ich den Schweigebann, der uns zusammenhielt, gebrochen hätte, um zu sagen: »Marisa, meine liebe Frau, mein Schatz, es reicht, ich bin satt geworden, ich habe genug, ich kann nicht mehr, komm nach Hause«, wer sagt mir, dass sie nicht geantwortet hätte: »Mein lieber Felix, mein lieber, guter Mann: Aber das alles geht dich doch gar nichts an. Es hat nichts mit dir zu tun, und es wird nie etwas mit dir und deinen Wünschen zu tun haben. Es geht um mich und nur um mich. Jetzt geh brav ins Bett.«

Ja, wo wäre ich denn dann geblieben?

Einmal sah ich sie zusammen mit einem Liebhaber.

Ich hatte sie nicht verfolgt, das war gar nicht nötig. Berichte über Marisas verwerfliche Hingabe an andere erreichten mich auch so. Bekannte machten Andeutungen. Ich las ihr Tagebuch; gut möglich, dass es ihre Absicht war, dass ich es las. Briefe, die sie herumliegen ließ, öffnete ich; und vermutlich sollte ich auch dazu verleitet werden, denn Marisa war kein Mensch, der ohne Vorsatz handelte. Ebenso öffnete ich Briefe, die nicht einfach so herumlagen, denn Marisa versteckte Dinge ebenfalls mit Vorsatz. Und ich sah keinen Grund, warum ich Nachrichten für sie auf dem Anrufbeantworter nicht abhören sollte. Dass ich keinen handfesten Beweis für eine Affäre fand, bewies erst mal gar nichts. Sie wollte, dass ich keinen für eine Affäre fand – als unanfechtbaren Beweis, dass sie doch eine hatte. Ihr auf diese Weise nachzuspionieren, ihre Schlupfwinkel auf Papier zu betreten, das war zu unserem Liebesspiel geworden. Aber es wäre mir niemals in den Sinn gekommen, sie regelrecht zu verfolgen. Es war eine Ehrensache für mich, Marisa für ihre Heimlichkeiten den größtmöglichen geografischen Spielraum zu lassen; wenn das ganz London umfasste, würde ich eben nie aus dem Haus gehen.

Dennoch, Unfälle passieren. Dieses Zusammentreffen – denn es ging weit über bloßes Sehen hinaus – war rein zufällig; Schicksal oder Katastrophe, je nachdem wie man es sieht. Aber es verlief nicht ohne eine gewisse Verlegenheit aufseiten aller Beteiligten, vor allem meiner Sekretärin Dulcie, mit der ich zusammen in einem Restaurant zu Mittag aß, als Marisa und ihr unbekannter Freund hereinkamen, nicht gerade mit demonstrativer Vertrautheit, doch auch nicht so, als hätten sie etwas rein Geschäftliches zu besprechen.

Ich war ebenfalls nicht aus rein geschäftlichen Gründen hier. Es war kein Restaurant für Geschäftsessen. Hier kam man her, um gesehen zu werden. Hier machte man seinen Auftritt. Hier wurde man beinahe mit Beifall bedacht, wenn man zu seinem Tisch geleitet wurde. Selten schaffte man es bis zu seinem Platz ohne Begrüßungsküsschen hier und da, was auch Marisa nicht erspart blieb.

»Felix«, sagte sie. »Miles.«

»Guten Tag, Miles«, sagte ich. »Miles, das ist Dulcie.«

Sie gaben sich die Hand, als würden sie einander kennen, und als wäre es ihnen peinlich.

Marisa kannte Dulcie natürlich, die seit Jahren als Sekretärin für mich arbeitete. Sie wäre also niemals auf die Idee gekommen, es könnte sich etwas Ungebührliches dahinter verbergen, dass ich sie zum Mittagessen ausführte. Dulcie ging gerne in dieses Restaurant, aber hätte niemals ohne mich hier einen Tisch reservieren können. Ab und zu lud ich sie deswegen hierher ein, manchmal auch, wenn sie persönliche Probleme hatte, die sie sich von der Seele reden musste, so wie heute. Auch das war Marisa bekannt.

Dulcie jedoch wusste nicht, warum Marisa mit Miles aufkreuzte. Sie wurde rot, nicht nur wegen Miles, wie ich vermutete, sondern auch, weil sie sich sagen hörte: »Guten Tag, Mrs Quinn«, als ahnte sie, dass es zu Komplikationen führen könnte, wenn sie Marisa in Gegenwart von Miles, der besitzergreifend neben ihr stand, mit Mrs Soundso anredete. Urteilte sie allein nach dem Äußeren der beiden?, fragte ich mich. Waren die beiden so deutlich als Paar zu erkennen? Oder waren Marisas Seitensprünge allgemein bekannt, selbst meinen Angestellten? Wusste alle Welt Bescheid?

Wenn ich darauf mit »hoffentlich« antworte, dann möchte ich es so verstanden wissen, dass ich mich davor fürchtete und es aus ebendiesem Grund hoffte.

Aus seinem knappen »Gut'n Tag« schloss ich, dass Miles irischer Millionär sein musste, vermutlich ein Pferdezüchter. Er hatte gute Manieren und war zu gut gekleidet, so wie manche Iren, die gerne wie Absolventen amerikanischer Eliteuniversitäten auftreten, der Anzug teurer als nötig, die rosa Krawatte stramm um den schmalen Hals gebunden und die Doppelmanschette beim Handausstrecken gut sichtbar aus dem Jackettärmel ragend. Seine Finger, die zu betrachten ich für den Bruchteil einer Sekunde vor dem Handschlag innehielt, sahen aus wie versteinert und verbrüht. Nicht ein einziger Keim hatte sich auf seinen Körper verirrt. Schätzungsweise war er sieben bis acht Jahre jünger als Marisa. Das freute mich, aus Gründen, auf die näher einzugehen ich nicht nötig habe. Er vermittelte mir nicht den Eindruck, als wüsste er, wer ich war, oder als ginge ihn das irgendetwas an. Auch das freute mich, aus Gründen, die ich ganz bestimmt nicht erklären muss.

Ich ließ meinen Blick so lange auf ihm verweilen, wie es der Anstand erlaubte. Da war er also, da war *sie* also. Besagte gefürchtete Alternative.

Endlich stand ich ihr von Angesicht zu Angesicht gegenüber.

Die fleischgewordene, gefürchtete Alternative, und ich konnte damit umgehen. Mehr noch, ich wuchs mit ihr. In meinem Magen ging etwas vor, vermutlich die Verwandlung von Blut in Wasser. Aber sonst fühlte ich mich wunderbar lebendig. *Felix Felicis.*

Felix Vitrix.

Falls Marisa ihrerseits diese Begegnung unangenehm war, ließ sie es sich nicht anmerken. Sie war unvergleichlich in ihrer Staffage und ihrer Dreistigkeit. Nicht zu viel lächeln, nicht zu wenig. Keine Erwähnung des Zufalls. Keine Leugnung meiner Person, aber auch keine überschwängliche Begrüßung. »Na dann, guten Appetit«, sagte sie, ohne damit auch nur das Geringste anzudeuten, außer dem, was die Worte besagten. Dann zogen sie weiter.

Für Dulcie wenigstens, wenn schon nicht für mich, wäre es besser gewesen, man hätte Marisa und ihrem irischen Begleiter einen Tisch zugewiesen, der ein Stück von unserem entfernt war. Zwar hörten wir nicht ihr Gespräch, konnten aber, wenn wir wollten, viel von ihrer Gestik und Mimik mitbekommen. Von all dem, was ich in den ersten zehn Minuten beobachtete, faszinierte mich vor allem das gegenseitige Zuprosten. Die beiden stießen nicht zum ersten Mal an, das erkannte ich sofort. Sie suchten in diesem Akt Intimität, hoben die Gläser höher als üblich und hielten sie länger hoch, was ich als Ausdruck gegenseitigen ungeduldigen Verlangens interpretierte, fern vom Lärm und der Öffentlichkeit des Gastraums den Blick des anderen im Weinglas gespiegelt zu sehen. Genauso hatte Marisa mich durch ihr Weinglas angesehen, als ich sie Freddy ausspannte. Damals war es ein liebender und ungeduldiger Blick gewesen, und auch jetzt blickte sie liebend und ungeduldig. Wenn es keine so unappetitliche Beschreibung von zwei Menschen gewesen wäre, die ihr Mittagessen genießen, würde ich sagen, ich konnte die Ungeduld, die sie ausstrahlten, förmlich riechen. Aber Unappetitlichkeit ist Interpretationssache, und mir ist sie schon immer aufgefallen, wo weniger scharfsichtige Männer nichts erkennen können. Ich muss ein bisschen blass geworden sein, denn Dulcie fragte mich, ob es mir nicht gut gehe.

»Alles bestens, Dulcie«, sagte ich. »Und selbst?«

Keineswegs bestens, wie sich zeigte – doch das hatte nichts damit zu tun, dass sie die Frau ihres Chefs mit einem anderen Mann flirten sah, vor ihren eigenen und den Augen ihres Chefs.

Ein paar Worte zu Dulcie, denn zwischen ihrer Angst und meiner bestand eine gewisse Ähnlichkeit, wenn denn Angst überhaupt eine zutreffende Bezeichnung für meinen Zustand war.

Das für ihre Verhältnisse ungewöhnliche Fußkettchen, das Dulcie in letzter Zeit gerne anlegte, habe ich bereits erwähnt, obwohl mir angenehm auffiel, dass sie es heute zu unserem gemeinsamen Mittagessen nicht trug. Hier verkehrte kein fußkettchentragendes Publikum. Eigentlich war auch Dulcie kein fußkettchentragender Mensch, bei aller Fantasie. Vor zwanzig Jahren jedenfalls, als ich mein erstes Einstellungsgespräch mit ihr geführt hatte, hatte sie ganz bestimmt keins getragen. Auch in ihrem Charakter, ihrem Verhalten und ihrem Lebenslauf deutete nichts darauf hin. Dulcie Norrington, eine adrette, hübsche Frau mit leicht katzenhafter Erscheinung, Stupsnase, weit auseinanderstehenden Augen, die sie mit reichlich Wimperntusche schminkte, wodurch es so aussah, als kullerten sie lose in ihren Höhlen, mit elegantem, anthrazitfarbenem Haar, das sie zu einer Frisur zurechtgemacht trug, die man früher mal mit Doris Day in Verbindung gebracht hatte, war die Tochter eines Pfarrers mit Vorliebe für alte Bücher – daher ihr Wunsch, für mich zu arbeiten. Sie war die Schwester einer sehr beliebten Shakespeare-Schauspielerin, die in der bereits erwähnten *Othello*-Aufführung als Emilia auftrat, und die Frau eines Bratschisten, der in einem weitgehend unbekannten und nicht sehr erfolgreichen Streichquartett spielte. Die Ehe war eine glückliche Verbindung, aus der ein Sohn hervorgegangen war, der ein Stipendium für das Studium der Ägyptologie an der Amerikanischen Universität in Kairo bekommen hatte, und eine Tochter, die Theologie in Cambridge studierte. So wie es im Leben von Dr. Jekyll nichts gab, was einen auf Mr Hyde vorbereitet hätte, fand sich auch in Dulcies Vergangenheit oder ihrem häuslichen Alltag nichts, das auf eine Vorliebe für Fußkettchen hindeutete. Nicht das Geringste, aber man weiß ja nie, was so passiert.

Und an einem schönen Sommertag passierte es dann tatsächlich. Dulcie hatte immer noch eine gute Figur, keine Frage, und attraktive Beine, wenn auch für meinen Geschmack, für den der luftige Abstand zwischen Marisas Beinen, in den Knien leicht gebeugt, das Muster idealer Schönheit darstellte, etwas zu eng, zu dicht nebeneinanderstehend. An schönen Tagen, zu

Riemchensandalen, als Accessoire zu einem weiten ausgestellten Kleid, konnte sie ihr Fußkettchen von mir aus umbinden. Erst als sie anfing, es auch unter den Strümpfen zu tragen, was auf den ersten Blick aussah, als hätte sich ein Tausendfüßler darin verfangen, machte ich mir ernsthafte Sorgen um ihre Stilsicherheit.

Sie war die einzige Frau, die für mich arbeitete, kam also nicht in den Genuss modischer Ratschläge von Kolleginnen. Und von den anderen Angestellten durfte man nicht verlangen, dass sie ihre männliche Sicht der Dinge zum Ausdruck brachten. Das Personal kannte meine Haltung zu solch eher groben Anspielungen während der Arbeitszeit, und als verantwortungsbewusster Arbeitgeber hatte ich um Dulcie eine Art Cordon sanitaire errichtet. Zur Zeit meines Vaters war keine Sekretärin oder Putzfrau vor rüden Kommentaren oder schlechtem Benehmen sicher gewesen. Es war sogar die Regel, dass sie schlecht behandelt wurden, dafür hatte man sie angestellt. Als ich das Geschäft übernahm, hörte diese Unsitte sofort auf.

Zu den Veränderungen, die ich einführte, zum Wohle aller Angestellten, gehörte auch die Einrichtung einer Art Ruheraum, eines gemütlichen Zimmers, nicht für Kaffeepausen und Klatsch – dafür gab es auf der Straße genug Pubs und Cafés –, sondern ein Ort der Besinnung und der Stille, fast eine Klause, nur nicht ganz so abgelegen. Licht kam von einer einzigen rosa Lampe, und auf dem Boden lag ein altrosa chinesischer Teppich. Ursprünglich hatte der Raum noch eine Tür, damit mein Vater und mein Großvater sich dort, natürlich getrennt, einschließen konnten, um sich an eine Untergebene heranzumachen, die es freiwillig oder gezwungenermaßen geschehen ließ – eine Unterscheidung, wie ich leider sagen muss, die für beide Männer keine Bedeutung besaß. Ich ließ die Tür entfernen. Zog sich heute jemand in gedrückter Stimmung hierher zurück, konnte er damit rechnen, wenigstens einen mitfühlenden Blick zu ernten oder sogar eine besorgte Nachfrage, wenn er nur die Augen hob und Bedarf signalisierte.

Hier, in diesem Zimmer, kurz nachdem ich zum ersten Mal ein Fußkettchen an ihr gesehen hatte, fand ich Dulcie eines Tages auf dem Boden kauernd, wie jemand, den man in den Bauch geschossen hatte, schluchzend wie ein Kind. Der rechte Fuß war vorgestreckt, von allem Schmuck entblößt.

Ich schaute kurz ins Zimmer, vorsichtig.

»Alles in Ordnung, Dulcie?«, fragte ich.

Dieser Anstoß reichte der armen Frau, um mir ihr Herz auszuschütten.

Mir müsse doch aufgefallen sein, sagte sie unter Tränen, dass sie seit drei, vier Wochen Schmuck an den Füßen trage.

Ich senkte den Kopf. »Nein, Dulcie«, log ich. »Das ist mir nicht aufgefallen.«

»Gott sei Dank. Wenigstens das«, stellte sie fest.

Im ersten Moment dachte ich, meine Nichtbeachtung hätte sie gekränkt. Eine Frau trägt Schmuck, weil sie damit auffallen will.

Sie musste meine Gedanken gelesen haben. »Es war nicht meine Idee«, sagte sie, »dieses scheußliche Ding zu tragen.«

Wessen dann?, wäre die normale Frage gewesen, aber die zu stellen hatte ich kein Recht.

Sie sagte es mir trotzdem. Die ganze traurige Geschichte erzählte sie mir.

Ihr Mann Lionel, der Bratschist, hatte während einer Konzerttournee im Mittleren Westen der USA auf einer Party, über die er sich nur ungern im Detail ausgelassen hatte, eine Vertreterin, sogar mehrere Vertreterinnen der Gattung Frau kennengelernt, die Amerikaner als »hot wife«, als scharfe Braut, bezeichnen. Eine dieser Frauen hatte Lionel Dulcie erklärt, sei verheiratet und tue gewöhnlich mit Einwilligung der Ehemänner anderen Männern ihre sexuelle Verfügbarkeit kund, indem sie sich ein Goldkettchen um das rechte Fußgelenk band. In der Subkultur, in der diese subtile Semiologie erkannt und als Handlungsanweisung verstanden wurde, bedeutete ein Goldkettchen am rechten

Fußgelenk eine Aufforderung zu außerehelichem Geschlechtsverkehr, ohne Bedingungen – es sei denn, was häufig vorkam, mit dem Ehemann als Spanner.

»Das hört sich alles entsetzlich vulgär an«, lautete Dulcies erste Reaktion auf Lionels Geschichte mit den scharfen Bräuten. »Sind diese Leute tatsächlich in euer Konzert gekommen, um Janáček zu hören?«

»Versteh doch«, hatte Lionel geantwortet, »ansonsten sind das Leute wie du und ich.«

Dulcie schauderte und befürchtete das Schlimmste. Lionel war von einer dieser grässlichen Frauen verführt worden und hatte sich entweder verliebt oder eine Geschlechtskrankheit eingefangen oder beides. Selbst wenn nichts davon zutraf, wusste sie nicht, ob sie ihm je würde verzeihen können. Eine Frau aus Detroit mit einem Fußkettchen. Lionel, oh, Lionel, wie konntest du nur?

Doch in Wirklichkeit – und Dulcie wusste sehr genau, wann ihr Mann die Wahrheit sagte – hatte sich Lionel gar nicht verliebt. Er liebte seine Frau Dulcie genauso wie zuvor. Zum Zeichen dafür hatte er ihr ein Fußkettchen aus Amerika mitgebracht, das sie für ihn tragen sollte.

»Um damit zu signalisieren, dass ich eine scharfe Braut bin?«

»Ja, aber nur meine.«

»Nach dem, was du mir gerade erzählt hast, Lionel«, sagte Dulcie, »soll sich eine scharfe Braut doch mit anderen Männern vergnügen. Warum soll ich dir zeigen, dass ich anderen Männern zur Verfügung stehe, wenn es gar nicht stimmt?«

Diese Frage hatte ihn anscheinend überfordert. Etwas Besseres als »Die Vorstellung allein genügt mir schon« fiel ihm dazu nicht ein.

»Die Vorstellung, dass ich anderen Männern zur Verfügung stehe?«

»Ja.«

»Obwohl ich in Wirklichkeit gar nicht zur Verfügung stehe?«

»Ja.«

»Hast du schon mal daran gedacht, zu einem Psychiater zu gehen?«

Schon während sie mir das alles erzählte, hatte ich großes Mitgefühl für Lionel empfunden. Ich hatte ihn ein paar Mal getroffen, auf dem Betriebsausflug des Verbands der Bücherantiquare oder vielmehr, was der dafür hielt, und gelegentlich bei den Konzerten, die sein Quartett in der Wigmore Hall gab, oder bei anderen Veranstaltungen, die zu besuchen wir meiner Ansicht nach Dulcie schuldeten. Ich kann nicht sagen, dass ich ihn mochte. Er war mir ein bisschen zu männlich mit seinem tiefen Bass und seiner Bodenständigkeit und zugleich ein bisschen zu weibisch mit seinem organisatorischen Gewese, wenn er unnötig anrief, um Termine zu bestätigen, oder in Restaurants Listen mit den Bestellungen machte – vor allem in chinesischen Restaurants, wo er gern nach Nummern bestellte, angeblich um die Kellner nicht zu verwirren, obwohl seine Geschäftigkeit sie unweigerlich noch konfuser machte. Er hatte ein langes, schmales Gründervätergesicht, gekennzeichnet durch einen gewissen wölfischen Puritanismus, den er noch mit Gesichtshaaren unterstrich, die man nicht als Bart bezeichnen konnte, eher als Bartschatten, zu inselhaften Flecken auf seinen Wangen und unterhalb der Ohren zurechtgestutzt. Auch hatte er eine Art, seinen Mund zu bewegen, die ich nicht mochte, als wäre jedes Sprechen eine Qual für seine Zähne. Und dauernd fasste er sich an seine Haare. Selbst auf der Bühne, wenn er gerade nicht spielte, schien ihn sein Haar zu plagen. Ich hätte auf eine Perücke getippt, bloß hätte niemand für so einen verschimmelten Fetzen Geld ausgegeben. Aber man braucht einen Mann nicht zu mögen, um Mitgefühl für seine Zwangslage als Ehemann zu empfinden. Er war zu lange verheiratet, glücklich und spießig verheiratet. Nichts gegen Dulcie. Wenn man in alle Ewigkeit glücklich und spießig verheiratet sein wollte, war Dulcie wahrscheinlich die ideale Partnerin. Doch hatten die Strapazen, immer auf dem rechten und geraden Weg zu bleiben, angefangen Spuren zu hinterlassen, wie sie schließlich bei jedem Spuren hinterlassen. Es ist verheerend, wie unsere Gesellschaft das Ideal der glückseligen ehelichen Normalität hochhält. Für Menschen, die etwas eigener sind, ist nicht genug Platz. Und am Ende lässt sich nur durch Eigenheit ein gewisses Maß an Glück erreichen.

Die meisten Leute, die Marisa anriefen, wenn sie nicht mehr weiterwussten, wussten nicht deswegen nicht mehr weiter, weil sie eigen waren. Die Eigenartigen sind viel zu sehr mit ihrer Eigenheit beschäftigt, um bei der Telefonseelsorge anzurufen. Nicht abwegiger Sex treibt die Leute dazu, aus dem Fenster zu springen, sondern der Mangel an Sex. Wir sterben an den Ausgeburten der Einsamkeit, nicht an denen der Perversion. Perversion ist belebend. Der Perverse mag an sich zweifeln, aber er spürt, dass er lebendig ist.

Diese Weisheit habe ich von Marisa. Das heißt, ich habe es mir aus dem wenigen, das Marisa mir erzählt hat, zusammengereimt. Und jetzt traktierte ich Dulcie mit der Essenz von Marisas Weisheit. »Und was, meinen Sie«, fragte ich sie, »soll ein Psychiater bei Lionel bewirken, was Sie nicht auch bewirken können, wenn Sie ihm mit seinem Wunsch nach einem Fußkettchen entgegenkommen?«

»Er soll ihn wieder gesund machen. Lionel ist nicht ganz richtig im Kopf.«

»Dulcie«, sagte ich, »es gibt kein Richtig und kein Falsch.«

»Sie fänden es also nicht falsch, wenn ich ihn in seiner Fantasie bestärke, ich sei eine scharfe Braut?«

»Ich glaube, es wäre falsch, wenn Sie es nicht täten …, solange es nicht dazu führt, dass Sie etwas tun müssen, was Sie eigentlich lieber nicht tun würden.«

»Das Kettchen würde ich eigentlich lieber nicht tragen!«

»Tja dann«, sagte ich und zeigte mich mit geöffneten Händen von ihrer Zirkellogik geschlagen.

»Würden Sie das auch von Ihrer Frau verlangen?«, fragte sie plötzlich.

Ich sah zu Boden. »Ein Fußkettchen zu tragen? Nein«, sagte ich. »Aber das ist eine rein ästhetische Frage. Ihre Fußgelenke sind viel schlanker als Marisas.«

»Dann verraten Sie mir«, sagte sie, »warum ein Mann so etwas wollen kann. Lionel sagt, es sei weit verbreitet. Er sagt, überall in Amerika. Im Internet. Wenn es so weit verbreitet ist, dann erklären Sie mir, warum. Was ist los mit unserer Gesellschaft? Die Frau hat die Aufgabe, dem Mann treu zu sein. So wurde ich erzogen. Es gab mal eine Zeit, da ist Lionel abends ins Bett gegangen und hat wochenlang nicht mit mir geredet, wenn ich einen anderen Mann auch nur angeguckt hatte. Und jetzt soll ich eine scharfe Braut sein?«

»Das eine ist nur die Kehrseite des anderen«, sagte ich. »Wenn Lionel die Qualen der Eifersucht nicht erlitten hätte, würde er sie nicht in anderer Form wieder durchleben wollen. Niemand, der nicht von Natur aus eifersüchtig ist, hat Interesse daran, eine solche Braut zur Frau zu haben.«

Dulcie schüttelte den Kopf. Sie sind traurig anzuschauen, diese wohlerzogenen Frauen mit Katzengesicht, wenn sie ihre Tränen zurückhalten. In dem rosa Licht des Ruheraums bot sie einen besonders blassen und melancholischen Anblick.

»Glauben Sie nicht«, fragte sie, »dass er mich nur deswegen zu einem ›hot wife‹ machen will, damit er es mir als ›hot husband‹ heimzahlen kann?«

So ein Tier müsse wohl erst noch erfunden werden, tröstete ich sie, obgleich ich Zweifel hatte, wenn ich an Lionels weibliche Seite dachte.

»Warum lassen Sie ihm nicht seinen Willen und tragen das Kettchen?«, sagte ich. »Unter der Bedingung, dass die scharfe Braut eine Fantasie bleibt. Er will Sie ja damit nicht kränken, dass er Sie attraktiv findet und dass ihm die Idee gefällt, andere Männer könnten Sie ebenfalls attraktiv finden.«

»Habe ich doch. Ich habe ihm ja seinen Willen gelassen. Habe das Kettchen getragen. Gott sei Dank ist es Ihnen nicht aufgefallen, aber ich habe es ja sogar bei der Arbeit getragen. Aber das reicht ihm jetzt nicht mehr. Jetzt will er Fotos von mir machen und sie ins Internet stellen. Ich habe Kinder, Mr Quinn. Was werden sie sagen, wenn sie ihren Computer einschalten, und auf dem Schirm lächelt ihnen ihre Mutter entgegen, mit Fußkettchen.«

»Es ist höchst unwahrscheinlich, dass sie auf solche Seiten geraten«, sagte ich.

»Sie kennen solche Seiten?« Im ersten Moment dachte ich, sie würde sich gleich die Haare raufen. »Sie sind mein Arbeitgeber. Was würden Sie sagen, wenn ich Ihnen aus dem Computer entgegenlachte? Mit einem Fußkettchen bekleidet, und wenn es nach Lionel ginge, sonst herzlich wenig anderes am Leib. Was ist, wenn mich Geschäftskunden so sehen? Was sollen sie von *Felix Quinn: Antiquarische Buchhandlung* denken?«

Darüber konnten wir beide lachen.

»Dann haben Sie also Nein gesagt.«

»Ich habe Nein gesagt und das Kettchen abgenommen. Ob es ihm passt oder nicht.«

»Und wenn es ihm nicht passt?«

Worauf sie sich wieder an meiner Brust ausgeheult hatte.

Jetzt, sechs Monate später, aßen wir hier zusammen zu Mittag, besprachen die neuesten Entwicklungen, und drei Tische weiter saß meine Frau, die Dulcie nun vermutlich für meine scharfe Braut hielt. Gerade hatte Dulcie mir mitgeteilt, dass sich alles zum Schlimmeren wendete, als Marisa und ihr irischer Pferdezüchter aufgekreuzt waren. Danach dauerte es erst eine Weile, bis sie den roten Faden wieder aufgenommen hatte, so sehr lenkte sie der irische Pferdezüchter ab. Da sie nicht wagte, darauf anzuspielen, legte sie zum zweiten Mal ihre Hand auf meine und fragte mich, ob ich nicht lieber gehen wolle.

»Nein, Dulcie«, sagte ich. »Warum?«

Sie senkte den Kopf und trank einen Schluck Wasser. »Eine komische Welt ist das«, sagte sie.

Ich wartete die nächste Gelegenheit ab und bat den Kellner noch um etwas Brot.

»Kürzlich habe ich mit meiner Tochter gesprochen«, sagte sie. »Sie meint, sie sei vielleicht lesbisch.«

»Ist das ein Problem für Sie?«

»Für sie ist es eins. Sie studiert Theologie.«

»Theologie ist heute auch nicht mehr das, was es mal war«, sagte ich.

»Meine Familie bricht auseinander.«

»Wegen Ihrer Tochter?«

»Nein. Aber die Familie bricht auseinander. Meine Tochter ist nur ein Teil dieses Prozesses. Wenn die eigene Mutter mit Fußkettchen herumläuft, muss man doch lesbisch werden, oder?«

Ich beschloss, mich lieber nicht nach ihrem Sohn zu erkundigen. »Dann haben Sie das also noch nicht geklärt?«, fragte ich sie.

»Doch, doch, das haben wir geklärt. Das Fußkettchen habe ich in den Mülleimer geworfen. Aber unsere Ehe ist auch im Eimer. Lionel hat einen Verehrer für mich gefunden. Einen Elektriker.«

»Wie meinen Sie das, er hat einen Verehrer für Sie gefunden?«, fragte ich.

»So wie ich es gesagt habe. Wahrscheinlich hat er ihn auf der Straße aufgelesen. Ein Mann in Overall. Hätte er nicht wenigstens einen Cellisten für mich aufgabeln können?«

»Sie hätten sich trotzdem nicht mit der Idee angefreundet, Dulcie, selbst wenn er Pablo Casals für Sie angeschleppt hätte.«

Sie hatte eine drollige Art, ihre Verzweiflung zu demonstrieren, indem sie den Kopf zurückwarf und die Hände, die Handteller nach außen gekehrt, hob wie ein Priester. »Ein Elektriker«, wiederholte sie. »Lionel sagt, er bringt einen Freund zum Abendessen mit, und bittet mich, was Bequemes und Schickes anzuziehen. Müsste er nicht mal langsam mitgekriegt haben, dass es für Frauen kein Kleidungsstück gibt, das beides ist, bequem und schick, und in dem sie auch noch für ihren Mann und seinen Elektrikerfreund kochen soll? Dann zeigt er mir noch eine Frank-Sinatra-CD, für später, zum Tanzen, wie er sagt. Wir haben noch nie nach dem Abendessen zu Hause getanzt, nie. Lionel tanzt nicht. Aber wenn ich ihn daran erinnere, weiß ich, was kommt. ›Ich bin ja auch nicht derjenige, der nachher tanzen soll.‹ Das ist doch krank, Mr Quinn. Finden Sie nicht? Ich bin mit einem kranken Mann verheiratet.«

»Ach, krank«, sagte ich und tat es mit einer Handbewegung ab.

»Was soll das heißen, ach, krank?«

»Die Kranken sind die wahren Gesunden.«

»Das hört sich klüger an, als es ist. Was soll daran gesund sein, wenn man Pädophiler oder Vergewaltiger ist, oder von mir aus auch eine scharfe Braut?«

»Oder lesbisch?«

»Wenn ich so darüber nachdenke, macht es mir eigentlich nicht mehr so viel aus, dass Phoebe lesbisch ist. Es wäre schön gewesen, wenn sie Kinder bekommen hätte, weil ich glaube, dass sie eine gute Mutter geworden wäre. Aber Hauptsache, sie ist glücklich. Lesbisch zu sein, würde ich nicht als krank bezeichnen.«

»Früher haben die Menschen so gedacht. Die Zeit nagt an unserem Verständnis von Krankheit. In hundert Jahren gilt der Mann, der seine Frau bittet, Fußkettchen zu tragen, nicht mehr als krank. Das wird dann Ausdruck von Gesundheit sein. Und wenn wir Glück haben, sperren sie die Männer ein, die meinen, ihre Frauen müssten kochen und nur sie allein lieben.«

»Gott sei Dank bin ich dann tot.«

»Aber in der Zwischenzeit«, sagte ich, »können Sie der Revolution ein bisschen auf die Sprünge helfen. Tanzen Sie mit dem Elektriker. Und bedanken Sie sich bei Lionel für diese Chance.«

»Ich brauche Lionel nicht, um mir einen Elektriker zu angeln, Mr Quinn. Das kann ich auch alleine, wenn ich will.«

»Das bezweifele ich nicht, Dulcie. Ich meinte, bedanken Sie sich bei Lionel dafür, dass er Sie beide vom Sex als Besitztrieb erlöst. Eigentlich verlangt er etwas durchaus Zivilisiertes von Ihnen. Und von sich selbst.«

»Zivilisiert?«

Sie rief es so laut aus, dass das halbe Restaurant sich nach uns umdrehte, außer Marisa und ihrem Liebhaber, die viel zu sehr von ihrer eigenen Zivilisiertheit in Anspruch genommen waren.

»Ja. Zivilisiert in dem Sinn, dass es für Lionel einen Riesenschritt nach vorn bedeutet, aus seiner Eifersucht, von der Sie mir erzählt haben, herauszukommen. Sie sollten sich darüber freuen, dass er sich nicht mehr jedes Mal, wenn Sie einen anderen Mann nur angucken, ins Bett verkriecht.«

»Würde ich ja auch, wenn es nicht bedeutete, dass *ich* mich mit dem anderen Mann ins Bett verkriechen soll.«

»Nichts auf der Welt ist vollkommen. Aber wenigstens haben Sie jetzt einen postphallischen Ehemann. Die Feministin in Ihnen sollte zufrieden sein. Denken Sie daran, dass Sie den Patriarchen in ihm erschlagen haben, Dulcie.«

»Und mit dem Elektriker soll ich tanzen? Vielen Dank. Da ist mir der Patriarch lieber, Mr Quinn. Den kenne ich wenigstens.«

»Vielleicht ist der Elektriker ja ganz nett.«

»Und wenn ich es gar nicht herausfinden will?«

»Ah«, sagte ich. Das altbekannte Argument. Wie oft schon ist die Moderne an dieser Klippe zerschellt.

Sie musste erkennen, dass ich darauf keine Antwort wusste. Man kann die Schranken gehemmter Sexualität nicht gemeinsam überwinden, wenn sich die Menschen mit Händen und Füßen dagegen sträuben. Dennoch war deutlich, dass Dulcie genau darauf gehofft hatte: Ich sollte ihr zeigen, warum es falsch war, sich nicht wenigstens dem Versuch einer Überwindung zu stellen. War das nicht der Grund, warum wir gemeinsam zu Mittag aßen?

Ich unternahm einen letzten Anlauf. »Es ist nämlich so«, sagte ich. »Wenn ein Mann seine ganze sexuelle Neugier darauf richtet, ob seine Frau zu Fehltritten fähig ist, dann versteht es sich von allein, dass er keine Zeit und keine Lust zu eigenen sexuellen Fehltritten hat. Von Männern, die mit solchen Frauen verheiratet sind, heißt es, dass sie ihnen so treu ergeben sind wie Labradorhunde.«

Mit einem ihrer gewagtesten Augenaufschläge unterzog sie mich einer eingehenden Prüfung. »Und das ist verbürgtes Wissen, Mr Quinn?«

»Zu dem Schluss bin ich gekommen. Und ich habe es auch selbst hier und da erlebt.«

»Und Sie glauben, eine Frau will so etwas?«

»Einen treuen Mann? Warum denn nicht?«

»Keinen treuen Mann. Ich meine, einen Labrador.«

»Mögen Sie keine Labradorhunde?«

»Labradorhunde sabbern.«

Ich seufzte. Noch ein altbekanntes Argument: Wer will schon einen sabbernden Labradorhund zum Mann?

Auch Dulcie seufzte. Mir war nicht entgangen, dass sie zunehmend beunruhigte Blicke zu dem Liebhaber meiner Frau hinüberwarf. »Ich muss schon die ganze Zeit immer hingucken, aber erst jetzt fällt mir ein, wer dieser Mann ist«, sagte sie schließlich und sah mich kurz fragend an, ob ich auch nichts dagegen hatte, dass sie ihn überhaupt erwähnte.

»Wer ist es denn, Dulcie?«

»Mein Zahnarzt. Ich habe ihn immer nur in einem weißen Kittel gesehen.«

»Ihr Zahnarzt? Ganz sicher?«

»Ganz sicher.«

»Dann ist er vielleicht auch Marisas Zahnarzt«, sagte ich, gleichermaßen im eigenen wie Dulcies Interesse.

Traurig ruhten ihre graugrünen Augen auf mir. Sie standen so weit auseinander, dass man den Eindruck haben konnte, zwei unterschiedliche Personen würden einen anschauen, die beide das Gleiche für mich empfanden. Mit einem schweifenden Blick, der die eifrige Geschwätzigkeit und den Glitzer des Restaurants erfasste, sagte sie schließlich: »Wo soll das bloß alles enden, Mr Quinn?«

»Wo es immer endet, Dulcie«, sagte ich. Was Besseres fiel mir nicht ein.

*

Mein Mittagessen mit Dulcie hätte ein entscheidendes Ereignis sein müssen, wie Quirins idiotischer trunkener Sturz unsere Treppe hinunter. Vernünftig sein, so wie unsere Gesellschaft Vernunft versteht, heißt, eine Lektion erkennen, wo sie sich anbietet. Aber wenn ich ein lernwilliger Mensch gewesen wäre, hätte ich mir schon vor Langem meinen Vater angesehen und fortan darauf verzichtet, ein Mann zu sein.

Ich habe nie versucht, meinen Snobismus zu verbergen, es wird daher niemanden verwundern, dass ich vor dem Vergleich meiner Ehe mit der von Lionel zurückschreckte. Gab es zwischen diesem zahnlosen, unschönen, Bestelllisten schreibenden, weibisch hinterhältigen Bratschisten und mir ein Band der erotischen Bedürfnisse?

Ich weiß, hier liegt ein Widerspruch vor. Einerseits bin ich fest davon überzeugt, dass das, was ich empfinde, alle Männer empfinden, mit dem einzigen Unterschied, dass sich die anderen Männer ihre Empfindung nicht eingestehen. Andererseits kommen mir, kaum entdecke ich Hinweise auf die Allgemeingültigkeit eines bestimmten sexuellen Impulses, Selbstzweifel. Wenn diese armen Wesen, die zwischen Himmel und Erde kriechen, das Gleiche wollen wie ich, wäre ich dann unter den willenlosen Toten nicht besser aufgehoben? Am Ende läuft es darauf hinaus, dass man, um einen läppischen Dichter zu zitieren, »sein Brot mit anderen teilen muss« und weiter seine Krümel am Tisch der bescheidenen Gemüter zusammenkratzen. Man muss etwas zu beißen haben, so wie jeder andere Mensch auch, und muss daher das begehren, was auch andere Männer begehren. Doch bei Fußkettchen und scharfen Bräuten fällt es mir mehr als schwer, die Vorstellung einer libidinösen Demokratie zu akzeptieren.

Gab es zwischen Lionels munteren billigen Fantasien für Dulcie und der strengen Marisa-Religion, die ich praktizierte, wirklich eine Verwandtschaft? Dulcies Abneigung gegen die »amerikanisch« anmutenden Vorschläge ihres Mannes konnte ich gut nachvollziehen. Es war nicht der Sex, der ihr verhasst war, es war die Disneyfizierung des Sex. Mit scharfen Bräuten kannte ich mich aus. Ich war mal in Minneapolis in Sachen Büchern unterwegs gewesen, in Milwaukee hatte ich auf einer Konferenz antiquarischer Buchhändler im Anschluss an ein Dinner sogar eine Rede gehalten, und auch wenn ich auf diesen Reisen keine Frauen kennengelernt hatte, die ich als Braut bezeichnen würde, spürte ich doch ihre Gegenwart, in den Shopping-Malls und in den Gängen zwischen den Regalen bei Wal-Mart. In Amerika existiert eine ausgeprägte Subkultur der Frauenverehrung, die nicht selten, wie von Dulcie befürchtet, opportunistisch wirkt, wenn sie lediglich als Vorwand dient, seine alte Frau gegen eine neue zu tauschen. Meist jedoch ist sie von der klassisch devoten Ausprägung, bei der sich der Ehemann – ich referiere das nicht ohne Scham – idealerweise wünscht, von der Frau entmannt zu werden, indem er mit einem gut bestückten Schwarzen paktiert, der sie an seine Freunde verkuppelt und dessen Kind sie sogar in extremen Fällen austrägt. Vielleicht liegt es an der kraftlosen, kastrierenden Zeit, in der wir leben, dass die zeitgenössische Pornografie mehr als jede andere Devianz offenes Fremdgehen thematisiert und Fremdgehen mit einer anderen Rasse, jedenfalls für Amerikaner, die beliebteste Fantasievorstellung überhaupt ist. Die Literatur war mir nicht unbekannt, und mir graute vor ihr: Männer, die keine Männer sein wollen; Ehemänner, die sich Versager und Weichlinge nennen; Männer, die nur Glück empfinden, wenn ihre Frauen über die Untauglichkeit ihrer Genitalien lachen; Männer, die davon träumen, den Samen des schwarzen Mannes aus der Vagina ihrer Frau zu schlürfen. Konnte ich mich irgendwo auf diesem Kontinuum der Kastration verorten? War mein Traum von Verstümmelung nur die Metapher eines verlogenen Mannes für genau dieses Verlangen, nämlich gar kein Mann zu sein?

Nein, lautet meine Antwort. Es gibt kein Kontinuum der Anomalie, außer in dem Sinn, dass jeder sexuelle Akt ein Scheideweg ist, der zu allen anderen führt. Wenn wir den Mut hätten weiterzugehen, würden wir schließlich alle in sexueller Ekstase untergehen. »Im Äußersten«, sagt Bataille, »sind wir entschlossen zu bejahen, was unser Leben in Gefahr bringt.« Ansonsten, nein – ich passte nicht in Lionels Kitschbild des Cuckold. In erotischer Hinsicht war ich Franzose, nicht Amerikaner, der nach dem größten Preis der Sinnlichkeit strebt – Auslöschung. Keiner hätte weiter entfernt sein können von dem seichten Disneyland des Partnertauschs, der Cocktailnüsse und Fußkettchen. Keiner.

Dennoch behielt ich ein wachsames Auge auf diese fernen Verwandten meiner Perversion, so wie ein Adliger, der sich selbst vollkommener Gesundheit erfreut, mit Besorgnis die ersten Anzeichen einer Rachitis in den ärmeren Zweigen seiner Familie beobachtet. Obwohl Lionel und Dulcie nicht zur Familie gehörten, hatten sie mich mit dem Gebrechen doch stärker in Berührung gebracht, als mir lieb war. Während unserer Unterhaltung kam mir sogar der Gedanke, dass Marisa und ihr Liebhaber exakt das gleiche Gespräch führten – über mich. »Er ist krank, Miles. Er braucht Hilfe.« Wobei Miles sich nicht für mich einsetzen würde, so wie ich mich, wenn auch vergeblich, für Lionel eingesetzt hatte, als einen Pionier der Männlichkeit, der das Gelände jenseits der phallischen Schranken erkundete. Zahnärzte denken da anders.

Genug. Insofern es in meiner Macht stand, Marisa aus der Bräute-Kategorie und mich aus der des samenschlürfenden weibischen Mannes zu befreien, hätte ich handeln sollen. Genug. Wir waren weit genug gegangen. Doch kaum traf ich die Entscheidung, mit Marisa zu sprechen und ihr darzulegen, dass wir in großer Gefahr schwebten, das zu praktizieren, was wir eigentlich verachteten, dass wir zwar moralisch abgeklärt und heldenhaft waren, ästhetisch aber gesündigt hatten, und daher, meine liebe Marisa, genug – da spürte ich just im Moment der Entschlossenheit, wie urplötzlich alle Lebendigkeit aus meinem Körper wich. Der Psychoanalytiker Theodor Reik beschreibt, was den masochistischen »Patienten« überkommt, wenn sich so etwas wie Genesung für ihn abzeichnet. »Er bemerkt, dass das Leben an Fülle, Reiz und Farbigkeit einbüßt. Das Leben wird als öde empfunden, der Alltag als banal, das Leben scheint seine Substanz verloren zu haben. Es wird dumpf und bedeutungslos.«

Genauso fühlte sich Genesung für mich an, wenn ich sie mir ausmalte. *Genug?* Ich konnte das Wort nicht aussprechen.

Genug – banalisierte den Alltag.

Genug – machte das Leben dumpf, öde und bedeutungslos.

Genug – versprach weder Fülle, Reiz noch Farbigkeit.

Es gab kein *Genug*.

Noch etwas anderes ereignete sich während dieses Mittagessens, das mich in die eine Richtung hätte lenken sollen, wenn ich ein gesunder Mensch gewesen wäre, und mich, da ich kein gesunder Mensch war, endgültig in die andere Richtung lenkte.

Dieses andere war ein Blick, den Marisa mir von ihrem Tisch aus zuwarf, ein Blick, vorbei an ihrem ehemals irischen Millionär, nunmehr Zahnarzt, und vorbei an Dulcie, der wie der Strahl einer Taschenlampe in einem leeren Raum auf mir ruhte. Nur zwei Menschen, die die Stimmungen der Seele des jeweils anderen kannten und wussten, an welches Mitgefühl sie appellieren konnten, waren in der Lage mitzuteilen, was Marisa und ich uns mit diesem einen Blick sagten. Ich las die Bedeutung aus ihren Augen, doch es war der Ausdruck des ganzen Gesichts, das zu mir sprach. Sie riss die Augen weit auf, sodass die tiefen Schatten darunter deutlich hervortraten, die ich immer als den Ort alles Philosophischen in ihrem Wesen betrachtet hatte. Ein ernstes und nachdenkliches Gesicht, dennoch freundlich und in den weiten perlmuttschattierten Bögen über den Augenlidern sogar heiter. »Wie kommst du mit Dulcie zurecht?«, fragte ihre Miene. »Sie sieht aus, als würde sie aus irgendeinem Grund Schreckliches durchmachen. Ich hoffe, du gehst sanft mit ihr um. Du kannst ironisch und ungeduldig sein, Felix, also bitte, halt dich zurück. Ich glaube, dafür ist Dulcie nicht stark genug. Das sind nur wenige. Du unterschätzt die Macht deiner Persönlichkeit und deines Willens. Das ist nicht als Vorwurf gemeint. Du weißt, was du willst, und ich weiß, was ich tue. Du übst keine Tyrannei über mich aus. Vielleicht versuchst du es, und insofern ich mich ihr unterwerfe, habe ich dafür meine Gründe, die nicht unbedingt meinen eigenen Wünschen entsprechen. Manchmal, glaube ich, verwechselst du die beiden, aber sie sind nicht dasselbe. Der Grund für eine Handlung muss nicht immer auf einem Wunsch beruhen. Mehr will ich dazu nicht sagen. Ich lege mir die Wirklichkeit gerne zurecht wie du, und ich weiß, dass die Wahrheit viel verderben kann. Übrigens macht es sich sehr hübsch, wie du da sitzt. Es bereitet mir immense Freude, dich am anderen Ende eines Raums zu sehen. So eine Gelegenheit bietet sich mir nicht oft. Und wenn ich dich so beobachte, wie gut du ausschaust, dann möchte ich am Tisch mit dir sitzen, zu zweit, und wir unterhalten uns. Wir haben uns immer gut unterhalten. Schade, dass es nicht geht. Oder zumindest nicht gleich jetzt und hier …«

Der Rückweg. Da war er wieder – der Rückzug ins Normale.

Wie immer in solchen Momenten versammelten sich die Gespenster der geordneten Welt, um mich zu meinem knappen Entrinnen zu beglückwünschen. »Bedank dich bei deinem guten Stern«, schnatterten sie, »dass du nicht bekommen hast, worauf du aus warst. Jetzt kannst du so leben wie die Gesunden. Und achte zukünftig darauf, auf was du dich einlässt.« Und ebenso zuverlässig beschrie die andere Stimme – die Stimme meiner Sucht – die Unmöglichkeit, sich der Vernunft geschlagen zu geben, weil es mit keinem meiner Wünsche vereinbar war. Ich konnte sie förmlich auf der Zunge schmecken: die Fadheit, so zu leben wie die Gesunden.

*

Marisa machte sich nichts aus dem irischen Lover. Wenn sie es mir auch nicht sagte, sah ich es doch mit eigenen Augen. Während der Unterhaltung mit Dulcie hatte ich Marisa und ihren Begleiter immer im Blick gehabt. Nein, sie verbissen sich nicht ineinander und begrapschten sich nicht unterm Tisch. Ich beobachtete genau, wer seine Hand wohin legte. Nein, nichts dergleichen. Klingt vielleicht unfein, aber es musste sein. Ich horchte hin, ob sie heimlich miteinander flüsterten, beim harmlosen Gespräch über das Essen, ich wollte sehen, ob sie Wange an Wange legten, die Nasen aneinander rieben oder sich mit geöffneten Lippen küssten. Nein, auch das nicht. In vieler Hinsicht wirkten sie kaum anders als Dulcie und ich. Was ich glaubte bemerkt zu haben, als sie sich zuprosteten, war wahrscheinlich nur Einbildung. Vielleicht war Miles ihr Liebhaber, vielleicht war er nur ihr Zahnarzt, der sie ausführte, um ihre Bissfestigkeit zu prüfen, vielleicht war er beides – es hatte nichts zu bedeuten, so oder so. In einem Punkt war ich mir sicher: Marisa war nicht scharf auf ihn. Sehr wahrscheinlich mochte sie ihn ganz gerne – ganz bestimmt schätzte sie seine maßgeschneiderte Kleidung und seine geschmeidigen, tadellos geschrubbten Finger –, aber sie sehnte sich nicht danach, mit ihm zusammen zu sein, beschwor nicht seinen Körper oder seine Gesichtszüge herauf, wenn er nicht da war, zählte nicht die Stunden, bis sie wieder mit ihm zusammen sein konnte, und trug keine Locke seines

Haars in einem Medaillon um den Hals. Und ganz gewiss tanzte sie nicht Tango mit ihm wie eine heiße Stute.

Entschuldigen Sie die drastische Sprache, aber so ist die Eifersucht eben. Wer sich weigert, mit Othello in den Jauchepfuhl hinabzusteigen oder sich mit Leo Bloom im komischen Bordell zu wälzen und am Schlüsselloch über das eigene Betrogensein zu lachen – *Zeig's ihr! Rein! Zeig's ihr! Pflüg sie durch! Mehr! Schuss!* –, dem bleibt nur der Groschenroman oder das Pornoheftchen. Dagegen war kein Kraut gewachsen. Wenn ich mir Marisa auf freier Wildbahn vorstellte, sah ich sie immer in den Armen eines Highwaypolizisten in engen Kniebundhosen oder nackt ausgezogen und durchgefickt bis zur Gehirnblutung. Für solche Bilder übernehme ich keine persönliche Verantwortung. Die raffinierteste Fantasie von der gröbsten trennt nur ein schmales Niemandsland, wenn es darum geht, Sex in Worte zu fassen. Bei Literatur und Liebesromanen ist es dasselbe – die Grenze zwischen ihnen ist unsichtbar und unbewacht. Ist *Jane Eyre* ein ernsthafter Roman mit einer Botschaft oder doch nur eine Übung in sentimentaler Pornografie? Und wenn Anna Karenina über den Verlust ihrer Ehre an Wronskij weint, befinden wir uns dann in einer Tragödie oder einem Schundroman? In beidem, lautet die Antwort. Denn es ist das Begehren selbst, das den schmalen Streifen jenes herrenlosen Territoriums zwischen Sakrament und Schund bewohnt.

Stellen Sie sich folgende Szene vor. Ein Junge, krank vor Liebe zu einer unerreichbaren Frau, reitet mit seinem Vater aus. Als sie »an einen hohen Holzhaufen« kommen, steigt der Vater ab und sagt dem Jungen, er solle hier warten. Da der Vater nicht zurückkehrt, macht sich der Junge schließlich auf die Suche nach ihm. Er findet ihn, am Fenster eines kleinen Holzhauses stehend, im Gespräch mit einer schönen Frau. Die Frau ist natürlich das Objekt der unerwiderten Liebe des Jungen. Etwas, das »stärker ist als Neugier, Eifersucht und Angst«, hält ihn davon ab wegzulaufen. (Wir wissen, worum es sich bei diesem Etwas handelt: die schwärmerische Erwartung eines orakelhaften Beweises.) Dann geschieht vor seinen Augen »etwas Unbegreifliches«. Der Vater hebt die Reitgerte und versetzt der jungen Frau einen scharfen Hieb auf den Arm, der bis zu den Ellbogen unbedeckt ist. Sie erbebt, sieht stumm ihren Peiniger an, hebt dann langsam den Arm zum Mund und küsst »den sich rötenden Streifen«.

Phallische Holzscheite, Söhne, die neidisch auf den Sex ihrer Väter sind, Reitgerten, puterrote Narben, geistvolle Frauen, die sich ducken und erbeben – welches Machwerk monumentalen, melodramatischen Quarks findet in dieser Szene seinen Höhepunkt? Iwan Turgenjews *Erste Liebe*. Ein Meisterwerk.

Große Erwartungen, Dickens' Roman, von dem mein Vater mal eine Ausgabe verkauft hat, die mit einer Widmung des Autors an seine Mätresse versehen war, fesselt uns mit einem ganz ähnlichen Schauermärchen. In beiden Romanen entrückt ein Junge eine Frau aus ihrer materiellen Existenz ins Vergeistigte. In beiden Fällen muss er den Anblick ertragen, wie ein anderer Mann oder andere Männer sie mit Gewalt zurückholen.

Grand Guignol, geschenkt. Aber das ist nun mal die Temperatur erotischer Männerfantasien. Kranker Fantasien, werden Sie vielleicht sagen. Dem Einwand will ich nicht widersprechen. Doch bedauern können Sie uns auch so, die wir zwischen den Extremen pendeln, dem Glauben, eine Frau sei über die grobe vergiftende Berührung des Mannes erhaben, und der Befürchtung, die ungestüme Bestätigung durch den Mann, zu der wir nicht fähig sind, sei gerade das, was eine Frau suche.

Doch wo fand sich in Marisas Leben die ungestüme Bestätigung durch den Mann? An ihrem Tisch saß sie jedenfalls nicht – das konnte jeder sehen. Was immer sonst für Miles sprechen mochte, meine Frau hatte er nicht bezwungen, nicht so wie Bezwingung in den Werken von Turgenjew und in den Groschenromanen aussieht. Dazu fehlte ihm der Mumm. Dazu fehlte ihm der dreckige Blick. Dazu fehlte ihm das, was Henry James, der traurige Voyeur des Urverrats, den »heiligen Schrecken« nannte. Gut. Für diese Erleichterung vielibus Dankibus. Wieder eine Hürde im Hindernislauf der Angst genommen.

Doch nach der Erleichterung – die Enttäuschung: Wenn Miles keine Bedrohung für mich darstellte, wer dann? Was, wenn Marisas Liebhaber alle so waren wie er, wenn alle genauso unfähig waren, die Reitgerte zu schwingen, wie ich? Schlimmer noch, wenn Miles Marisas einziger Liebhaber war? Mein Kathedralenbett der Eifersuchtsqual wäre in dem Fall eine Täuschung. Es gab niemanden, auf den ich quälend eifersüchtig hätte sein können.

Vielleicht las ich auch das in dem Blick, den Marisa mir in dem Restaurant zuwarf – dass sie das Gefühl hatte, mich zu enttäuschen. Dass sie ihr Möglichstes für uns beide getan hatte, doch hiermit die Grenze ihrer Lasterhaftigkeit erreicht war. Die Wirklichkeit hatte die Illusion hinweggefegt, und jetzt war das Spiel aus.

Was ich zu Dulcie über die verlässliche Treue eines Mannes zu seiner Frau gesagt hatte, der seine Erfüllung in ihrer Untreue ihm gegenüber sieht, war ernst gemeint. Als ich Marisa kennengelernt hatte, hörte ich nicht auf, anderen Frauen hinterherzuschauen. Sie hatte mich, allein kraft ihrer Schönheit und Anwesenheit, nicht vom Feld des promisken Begehrens verdrängt. Doch von dem Moment an, als ich die Hände des kubanischen Arztes auf ihr sah und mir Marisas Untreue vorstellbar erschien, gehörte ich nur noch ihr. Keine andere Frau interessierte mich auch nur im Entferntesten. Ich sah anderen Frauen nicht mehr hinterher, und ich dachte auch nicht mehr an andere Frauen. Nicht ein einziges Mal. Was hätten sie mir geben können, was auch nur annähernd so fesselnd gewesen wäre – fesselnd in jeder Hinsicht – wie das hier? Indem sie mich hinterging, schloss Marisa ihr gesamtes Geschlecht für mich aus. Ich lebte, nur um ihr treu zu sein.

Doch diese Art von Treue – erotisierte Treue, die sich im Vergleich zu dem lästigen Schwanken des Libertins wie Wein zu Schleimsuppe verhält – fordert einen hohen Preis. Es erregte mich, ihr treu zu sein, unter der Bedingung, dass sie es nicht war. Ich will nicht behaupten, dass ich Marisa nicht weiter treu geblieben wäre, wenn sie mir nicht weiter untreu geblieben wäre, doch der Moment der Erregung lag in der Unausgewogenheit. Damit ich für Marisa brannte, musste Marisa für jemand anderen brennen. Ich konnte nicht wie versteinert im Subspace liegen, mir vorstellen, wie sich Marisa draußen in der einsamen Nacht herumtrieb, wenn sie lediglich eine gepflegte Unterhaltung mit jemandem führte, bei dessen Anblick sie nicht gleich in Flammen stand. Wenn ich mich als Mann auslöschen sollte, dann um einer höheren Sache willen als dieser. Marisa musste mich durch weit größere Verwegenheit – des Herzens und des Körpers – und durch einen Rivalen, der noch viel zerstörerischer für meinen Seelenfrieden und viel bedrohlicher für ihre exotische Selbstbeherrschung war als Miles, ängstigen.

Jemanden, der uns beide in die Knie zwingen würde.

Auftritt, dank dem Zuhälter Schicksal, Marius.

Ist es ein Wunder, dass ich ihn mir schnappte? Eine unbestimmte, beunruhigende Erscheinung, als ich noch keine Verwendung für ihn hatte, eine Gestalt in der Ferne, die meine Männlichkeit ankratzte, und auf einmal tauchte er auf, gestört und gefährlich, ein enthaltsamer Immoralist, ein Sadist, der mit seiner Weisheit am Ende war, stand er vor meiner Tür. Genau der Richtige, um meine Ehe zu retten.

3 Marius und Marisa

»Liebe sie, liebe sie, liebe sie! Wenn sie nett zu dir ist, liebe sie. Wenn sie dich verletzt, liebe sie. Wenn sie dein Herz in Stücke reißt … liebe sie, liebe sie, liebe sie.«

Charles Dickens, *Große Erwartungen*

Von allen Schönen der großen Gesellschaft, deren Porträts in der Wallace Collection hängen, ist das von Margaret, Countess of Blessington, gemalt von Sir Thomas Lawrence, das betörendste. Das Bild hängt, wie es der Dame gebührt, an prominenter Stelle in einem puffroten, mit Damast und Samt ausgeschlagenen Raum gleich rechts neben dem Eingang der Galerie. Mit ihr bekannt gemacht hat mich mein Vater, der der Meinung war, sein Sohn solle eine künstlerische Erziehung genießen, schon deswegen, weil es gleich um die Ecke von unserem Haus so eine großartige Sammlung gab. Nach dem Motto, man braucht nur die Hand danach auszustrecken …

Zugegeben, seine Vorstellung davon, was einen ästhetischen Diskurs ausmachte, war recht eindeutig. »Also das«, sagte er und blieb vor Lady Blessington stehen, »nenne ich einen Busen.« Doch manche Väter kommen nicht mal so weit mit der Erziehung ihrer Söhne.

Lady Blessington stand Marisa in der Zeit, als sie Marius in dem Käsegeschäft zum ersten Mal gegenübergestanden hatte, gerade besonders nah, weil sie sich bereit erklärt hatte, in ihrer Eigenschaft als ehrenamtliche Kunstführerin und Dozentin, einen kurzen Vortrag über das Porträt zu halten; und mir wiederum stand Lady Blessington nah, weil ich in meiner Eigenschaft als Kuppler meiner Frau der Ansicht war, es könnte ein Gewinn für Marius sein, sich Marisas Vortrag anzuhören.

Es sollte keine aufwändige PowerPoint-Präsentation in einem der großen Vortragssäle des Museums werden, nur eine unterhaltsame Abhandlung vor dem Gemälde selbst, Folge einer Serie, *Lernen Sie die Ladys der Sammlung kennen,* die das Museum veranstaltete. Das Wort »Ladys« im Titel bezog sich einerseits auf die aristokratische Thematik der Porträts – Madame de Pompadour, Madame du Barry, Lady Hamilton etc. –, implizit aber auch, obwohl Frauen nicht mehr als Ladys bezeichnet werden, auf Marisa und ihre ehrenamtlichen Mitstreiterinnen. Auf dem Prospekt der Galerie, der für diese Serie warb, waren sie zu sehen: die sechs Museumsführerinnen vor dem jeweiligen Porträt der Ladys – offenbar gab sich jemand in der Museumsverwaltung der Hoffnung hin, es würde eine Fernsehserie daraus.

Es war nicht gerade Marisas Lieblingsbild, vielleicht deswegen, weil die Countess of Blessington nicht ihr Lieblingsthema war. Marisa war, wie Sie sich erinnern werden, kein vollbusiger Typ, während die Countess in ganz Europa berühmt für ihren tiefen üppigen Ausschnitt war. Dennoch bewunderte sie Thomas Lawrences Ausführung des Porträts.

Ich dagegen, obwohl ebenfalls kein vollbusiger Typ, lasse nichts auf die Lady kommen. Dass sie – in einem Kleid, das ihren Busen noch stützt und betont, und in einer Pose, als wollte sie zeigen, wie wenig er den Gesetzen der Schwerkraft unterliegt, so als würde alles Fleisch in ihr zu Luft – ihren berühmt-berüchtigten Brustkorb zur bestmöglichen Geltung bringt (bewundert, neben meinem Vater, von Charles Lamb und William Hazlitt), ist für mich kein Grund zum Spott, selbst wenn sie nicht von geringer Herkunft und von daher gezwungen gewesen wäre, aus dem, womit die Natur sie ausgestattet hatte, das meiste zu machen. Als das hässliche Entlein einer relativ unbedeutenden irischen Grundbesitzerfamilie wurde sie im zarten Alter von fünfzehn Jahren an einen Armeeoffizier verheiratet, einen Trunkenbold, der sie schlug und einsperrte. Nach drei Monaten Ehehölle gelang es ihr zu entkommen. Ich halte nichts davon, Frauen zu schlagen, aber ich betrachte diese Erfahrung als wichtig für die Entwicklung, die diese Frau später nahm: kinderlos, produktiv in ihrem literarischen Ausstoß (kein guter Autor, der nicht geschlagen oder in anderer Weise misshandelt wurde) und ein wenig kühl, um nicht zu sagen herrisch in ihren Liebschaften.

Sie war noch immer keine zwanzig, als ein weiterer Offizier sie, wie man so sagt, unter seine Fittiche nahm, indem er sie von Tipperary nach Hampshire brachte. Dort las sie viel, lernte fleißig und erfüllte, wie wir annehmen dürfen, privat und öffentlich, alle Erwartungen, die an eine Mätresse gestellt wurden, denn schon sehr bald wurde sie Gegenstand einer weiteren Transaktion, aus den Händen des Captains entlassen und für die Summe von zehntausend Pfund – nach den Maßstäben von 1815 mehr als stattlich – an Lord Mountjoy, den späteren Earl of Blessington, weitergereicht.

Man müsse das unverkrampft sehen, hatte ich, wie ich mich erinnere, Marisa im Verlauf einer Auseinandersetzung über Lady Blessington geraten. Wir verschachern Frauen heute nicht mehr, aber früher war das üblich. Ich kann nur sagen: Wenn eine Lady mit solch offensichtlichen Qualitäten es zulässt, dass sie wie ein Objekt behandelt wird, das man kaufen und verkaufen kann, darf man getrost annehmen, dass sie dabei die Vorteile des Geschäfts durchaus im Blick hat, als da wären: die Bewunderung eines einflussreichen Mannes; so viel Schmuck, wie sie tragen kann; ein Titel, den sie ihr Eigen nennen darf; Zugang zu der gebildeten Gesellschaft; die Gelegenheit, gehört und gelesen zu werden; und nicht zuletzt die Freiheit, sich selbst auf den Markt der sexuellen Dienstleistungen zu begeben, diesmal als Käuferin statt als Anbieterin.

Wie immer man die Kompromisse beurteilt, zu denen sie gezwungen war, am Ende wurde aus Margaret, Countess of Blessington, nachdem sie mehrmals Mätresse gewesen war, ein Master, anders kann man es nicht nennen. Ihrer Stärken gänzlich bewusst, ließ sie sich mit einem um dreizehn Jahre jüngeren, dandyhaften französischen Comte ein, vor aller Öffentlichkeit und noch während sie mit dem Earl of Blessington verheiratet war, der nach allem, was man hört, keine Einwände dagegen hatte. Für mich ist klar, dass der Earl, ein für seine Großzügigkeit bekannter Mann, nicht nur »keine Einwände« hatte, sondern den Comte auch aktiv zu diesem Schritt ermunterte. Der Earl liebte seine Frau, und selbstverständlich ließ seine Liebe nicht nach, wenn auch andere Männer seine Frau liebten und seine Frau deren Liebe erwiderte. Ich bin mir sicher, dass er zugegen war, wenn die Countess den kleinen Franzosen übers Knie legte und mit ihm anstellte, was vorher allzu oft mit ihr angestellt worden war.

»Reines Wunschdenken!«, sagte Marisa.

Es war kein Wunsch von mir. Was für den Earl of Blessington galt, hätte niemals für mich gegolten. Ich spürte keinerlei Erregung bei dem Gedanken, dass Marisa mit einem parfümierten Dandy auf der Tanzfläche Händchen hielt. Ich hatte sie bereits im Restaurant beim Lunch mit einem parfümierten Dandy Händchen halten gesehen, und ich hatte es überlebt. Heute gäbe ich mich erst geschlagen, wenn kein Geringerer als der Teufel herkäme und sie nähme.

Man kann es sehen, wie man will, jedenfalls setzte die »großartige Lady Blessington«, bewehrt mit Ehemann und effeminiertem Liebhaber, die Welt der Literatur und Mode weiter in Verzückung. »Sie sah umwerfend aus«, schrieb der Maler Benjamin Robert Haydon 1855 über sie, als sie nach den damaligen Maßstäben eine Frau mittleren Alters zu nennen war. »Ihr herrlicher Teint, vergoldet durch das schwelgerische Licht einer verliebten verschlafenen Lampe; ihr ganzes Auftreten sinnlich, üppig, geistreich und überwältigend.«

Meiner Meinung nach lässt sich ein umfassenderes Kompliment an eine Frau kaum vorstellen, ganz gleich welchen Alters, schon gar nicht an eine Fünfundvierzigjährige, oder, nach Marius' Maßstab gerechnet, eine, die sich rasant auf vier Uhr zubewegt, deren Tag also noch nicht vorbei, deren Triebwerk des Abends gerade erst angelaufen wäre. Sie starb an einem Herzinfarkt, mit neunundfünfzig Jahren, einem Alter, das Marius sich bei der Frau, die er einmal heftig geliebt hatte, nicht vorstellen konnte. Der Comte dagegen war untröstlich. Demnach schrecken also nicht alle jungen oder jüngeren Männer vor einer Falte zurück, als wäre sie die Pest.

Mochten wir über Lady Blessington auch verschiedener Meinung sein, so hatte ich keine Zweifel, dass Marisa über das Porträt einen wunderbaren Vortrag halten würde, der einerseits diese außergewöhnliche Frau lebendig werden ließ, andererseits einen Zusammenhang zu anderen Bildern der Salonmalerei aus der Sammlung herstellte. Zum Beispiel hatte ich sie schon über Henry Bones' Lady Hamilton als Bacchantin sprechen hören, einer Emailminiatur an der Wand gegenüber. Diese Miniatur war nach einem Original von Vigée-Lebrun angefertigt worden, was besser unterblieben wäre, wie Marisa meinte. »Was war das noch mal, was dir daran nicht gefällt?«, fragte ich sie gelegentlich, aus purer Lust, sie sagen zu hören: »Zunächst mal, sie ist mollig, schwammig und dumm und üppig behaart. Und was das hauchdünne Nachthemd betrifft, das genauso wenig von ihrem plumpen Körper der Fantasie überlässt, wie es gewiss Lord Nelsons Wunsch entsprach, so kann ich mir nicht vorstellen, wo sie es erstanden hat, da Ann Summers 1803 schließlich noch nicht ihren Laden eröffnet hatte.«

Für den erotischen Appeal von Plumpheit bei einer Adligen konnte man von Marisa, als Frau, kein Verständnis erwarten. Eine Gesellschaftsdame, die als Bacchantin grandios versagt, findet ihren Weg in das private Erregungssystem eines Mannes, wo verkehrte sexuelle Neigung sich in richtige verwandelt. Damit ist nicht gesagt, dass man sich mit einer Lady Hamilton in diesem Gewand lange vergnügen möchte. Letztlich – und in dieser Hinsicht war Marius mit mir d'accord – bietet die Intelligenz in den Augen einer Frau mehr Anreiz als alles andere an ihr, und wäre das Maß an Bekleidung an ihr noch so gering. Eine Frau kann nicht verführerisch sein, wenn sie nicht auch klug ist – diese Ansicht, in dem Punkt war ich mir sicher, teilten wir beide.

Je eher Marius also Marisa zu hören bekäme, wenn sie ästhetisch in voller Fahrt war, desto besser.

*

Ich wandte mich an Andrew, Marius' ehemaligen Kommilitonen vom College, und bat ihn, Marius zu überreden, zu Marisas Vortrag zu kommen. Die beiden Männer gingen gelegentlich einen trinken, wie ich wusste, wobei Marius allerdings selten länger als eine halbe Stunde blieb und verschwand, ohne sich zu verabschieden, sobald Andrew mal auf die Toilette musste oder ihm eine andere Gelegenheit zu fliehen bot. Ich erfand irgendeine Geschichte, dass ich mir Sorgen machte, es könnten sich nicht genügend Leute zu Marisas Vortrag einfinden. Andrew hatte mir mal von Marius' Leidenschaft für Baudelaire erzählt, und weil Baudelaire über das Künstliche in der Kunst geschrieben hatte, über die Allüren der Frauen und über Dandys, interessierte ihn vielleicht, was Marisa zu diesen Themen zu sagen hatte, da alle drei auch im Leben von Lady Blessington eine Rolle spielten. Ob Andrew ihn auf den Vortrag hinweisen könne. Ohne zu sagen, wer Marisa sei. Ich wolle nicht so verstanden werden, als ob ich ein Publikum für meine Frau erbettelte. Nur ein diskreter Hinweis. Nichts Wichtiges. Aber ich wäre ihm dankbar. Und bitte, kein Wort zu Marisa, wenn er sie das nächste Mal sähe.

Ich gab ihm den Prospekt für die Vortragsreihe, auf dem auch ein Foto von Marisa war. Wenn Marius sich dazu herabließ, genauer hinzugucken, würde er ihr Gesicht bestimmt wiedererkennen, und das wäre es dann gewesen.

Vielleicht tat Andrew mir den Gefallen, vielleicht auch nicht. Ich glaube, mein Interesse an Marius kränkte ihn ein bisschen. Man kann nie wissen, wo plötzlich Eifersucht erwächst. Vielleicht bekam Marius den Prospekt zu sehen, vielleicht auch nicht. Was ihn letztlich ins Museum führte, war wohl eher Fügung als freier Wille: ein Tableau der unvermeidlichen Verknüpfung – Marius, der am Manchester Square herumlungert und überlegt, ob er, nach Elspeth, schon wieder bereit ist, sich Gemälde anzuschauen, der sieht, wie Marisa in der Galerie ein und aus geht, eine schärfere Nummer als die übliche Galeriebesucherin, alles an ihr ambivalent, streng und zugleich verführerisch, die kleine Lederaktentasche unter den Arm geklemmt, weil sie das Damenhafte von Handtaschen nicht mag, die Ohrringe Gegenteiliges signalisierend, die Absätze auf den Bürgersteig einstechend, als wäre er Eis unter ihren Füßen, oder als rächte sie sich mit dieser Verletzung am Asphalt, wütend – muss er sich gedacht haben –, so wütend, wie auch er in der Umgebung von Kunst ist, eine Frau, die ein Bild in etwa so betrachtet wie er, widerwillig, nicht schwärmerisch, ganz gleich, welches Vergnügen es ihr bereitet, wie jemand, der aus einer angenehmen Träumerei aufgescheucht wird, der den Maler oder die Malfarbe ablehnt, weil diese so hartnäckig an eine Tür in seinem Herzen pocht, die er lieber verschlossen halten möchte … Marius, der in diesem Moment, so wie es auch mir ergangen war, sein Schicksal erkennt. Er erinnerte sich an Marisa aus dem Käsegeschäft – eine Frau, die man von oben bis unten gemustert hat, so wie Marius sie gemustert hat, vergisst man nicht – und musste sich gefragt haben, in welcher Angelegenheit sie so häufig die Wallace Collection aufsuchte. Das gab den Anstoß, die Galerie zu betreten, sich wieder einmal Bilder anzusehen und dabei zu entdecken, wer sie ist und was sie hier zu tun hat. Sodass er sich hinten, am Rand des Publikums, einfand und begierig ihren Worten lauschte.

Auch ich stand hinten, wechselte jedoch meine Position, als ich ihn durch den Eingang kommen sah. Es kam mir vor wie eine Wachablösung. Er trat näher, ich trat zurück. Eine Frau vor mir drehte sich um, um nach der Ursache der Unruhe zu schauen, so laut pochte mein Herz.

Marisas Vortrag war ein Erfolg. Ihre charakteristische Art, nicht absolut präsent zu sein, kam gut an, wenn sie vor Publikum sprach. Sie gab sich keine Mühe zu gefallen. Sie vermittelte den Eindruck, als habe sie sich gründlich in ein Thema vertieft, das mit im Raum und zugleich nicht im Raum war. Genau die richtige Methode, sich Kunst zuzuwenden, wie ich immer fand, als etwas, das sowohl von dieser Zeit als auch nicht von dieser Zeit ist.

Nach dem Vortrag kamen einige Leute auf sie zu, um sie noch dieses oder jenes zu fragen. Ich hielt mich wie üblich im Hintergrund. Der Mann sollte sich in die öffentlichen Triumphe seiner Frau nicht einmischen. Diesmal jedoch gab es noch einen anderen Grund, mich zurückzuhalten, denn auch Marius wartete darauf, mit ihr zu sprechen. Er ließ anderen den Vortritt. Ich erkannte die Taktik, er wollte als Letzter dran sein. Als er sie schließlich ganz für sich allein hatte, wagte er eine Bemerkung, die Marisa, wie er hoffte, nicht allzu persönlich auffassen würde.

»Ein sehr beeindruckender Akt der Verschleierung«, sagte er und strich sich nervös über seinen Schnurrbart.

Sie fragte, was er damit meine.

»Ich hatte den Eindruck, jemandem zuzuhören, der wohlwollend über einen Feind spricht und nicht über einen Freund«, führte er aus.

»Ich sehe Lady Blessington nicht als Feind. Warum sollte ich? Lady Blessington kann niemandem mehr schaden.«

Er verzog seinen Mund langsam zu einem traurigen, wissenden Lächeln. »Auch ein Toter im Grab kann einem schaden«, sagte er.

Sie sah zu ihm auf. Sie war es nicht gewohnt, zu Männern aufzuschauen. »Und welchen Schaden, noch aus dem Grab, scheine ich Ihrer Meinung nach zu befürchten? Doch wohl hoffentlich nicht den Schaden durch einen Vergleich mit ihr. Ich stehe nicht in Konkurrenz mit ihr, weder mit ihrem Schicksal noch mit ihrem Aussehen.«

Sein Blick wanderte von ihr zu dem Gemälde und wieder zurück. Seine Miene legte nahe, dass sie bei einem Vergleich nichts zu befürchten hätte. »Im Gegenteil«, sagte er. »Ich finde, Sie haben eine auffallende Ähnlichkeit mit ihr oder umgekehrt, sie mit Ihnen, wenn Ihnen das lieber ist.«

Sie lachte. »Na ja, gegen ihre Figur hätte ich nichts einzuwenden.« Wie man flirtete, hatte ich Marisa nie beizubringen gebraucht.

Sie errötete leicht, er ebenfalls.

»Ich frage mich«, sagte er, »ob diese Ähnlichkeit nicht gerade der Grund Ihrer Feindseligkeit gegen sie ist, wenn das nicht zu stark ausgedrückt ist. In ihren Augen liegt etwas, in dem Sie sich vielleicht wiedererkennen könnten. Etwas ganz Direktes und doch wieder nicht. Nichts Flehentliches, aber eine gewisse Traurigkeit und gleichzeitig die Hoffnung auf Mitgefühl, ohne dass sie weiß, ob sie es verdient hat oder nicht.«

Statt Marius anzusehen, dessen Auslassungen allmählich an Unverschämtheit grenzten, sah Marisa sich das Porträt an. Marius hatte recht. Lady Blessington beugt sich auf ihrem samtroten Stuhl etwas vor, hält die Hände locker ineinander verschränkt, eine Geste gewisser Unsicherheit, nicht restlos erlangter Gemütsruhe. Es stimmte, ihr gefiel diese äußere Erscheinung nicht. Nur war ihr bisher nicht bewusst gewesen, dass es ihr deswegen nicht gefiel, weil sie sich in ihr wiedererkannte.

Sie wandte sich erneut Marius zu. »Für jemanden, mit dem ich noch nie ein Wort gewechselt habe, wissen Sie ganz schön viel über mich.«

Er murmelte etwas in seinen Schnurrbart, das man als Entschuldigung deuten konnte. »Mich hat Ihr Vortrag beeindruckt, und dafür möchte ich mich bedanken«, sagte er. »Ich habe genau zugehört. Mehr nicht. Ich hatte nur den Eindruck, dass Sie mit einigen Ihrer Gedanken hinterm Berg gehalten haben.«

»In meinen Intellekt haben Sie also auch noch Einblick genommen. Offenbar können Sie in mir lesen wie in einem offenen

Buch. Sie verpassen weder die Worte, die ich nicht sage, noch die Traurigkeit, die ich nicht empfinde.«

Er musterte sie scharf; ihm fielen die Schatten unter den Augen auf, Tränensäcke wie Teebeutel, deren Haut von Ocker in Gelb und schließlich in Braun übergehen würde. Doch noch standen ihr die Tränensäcke gut, als deuteten sie auf ihr Spiel mit der Ernsthaftigkeit, auf ihre Fähigkeit zum philosophischen Vergnügen, die ungetrübt von Leichtfertigkeit war. In dieser Hinsicht war er wie ich, er verabscheute Belanglosigkeit, jedenfalls in Marisas Gegenwart. Keine verstellten Stimmen oder alberne Mundarten in ihrer Gegenwart. Ein Mann, der nur bei Frauen ganz er selbst sein konnte. Vielmehr bei Frauen, bei denen er sich vorstellen konnte, sich in sie zu verlieben. »Mir wäre es lieber«, sagte er, den Blick schließlich senkend, »Sie würden mir die Gelegenheit geben zu erfahren, was Sie wirklich empfinden.«

Sie schüttelte den Kopf, ein Scheppern von Rasierklingen. »Das wird nicht möglich sein«, sagte sie. »Ich habe nur diesen einen Vortrag in dieser Reihe, und den habe ich gerade gehalten.«

Er wollte schon antworten, so habe er es nicht gemeint, besann sich aber gerade noch rechtzeitig auf seine Raffinesse. Er hatte sich zu lange in Shropshire herumgetrieben, zu viel mit Minderjährigen und allzu Volljährigen verkehrt.

»Dann könnten wir uns vielleicht bei dem nächsten Vortrag dieser Reihe wiedertreffen.«

»Interessiert Sie Bouchers Porträt der Madame de Pompadour?«

»Wenn es Sie auch interessiert.«

»Nein.«

»Dann könnten wir uns vielleicht treffen, damit Sie mir sagen können, warum nicht.«

»Ja, vielleicht«, sagte sie. Und damit wandte sie sich ab und ihre Aufmerksamkeit anderen Dingen zu.

*

War das nun ein Rendezvous oder war es keins?

Marius war sich unsicher. Er schlenderte zurück nach Hause, ohne jeden Schwung im Schritt, die Lippen abschätzig geschürzt. Er langweile sich, redete er sich ein. Aber nichts anderes war sexuelles Begehren, Langeweile, die sich im Schlaf umdreht. Egal, wie solche Sachen anfingen, immer gingen sie gleich aus. Sie hatte Boucher erwähnt, was ihn an seinen geliebten Baudelaire erinnerte, Trübsal blasend:

Ich bin ein altes Boudoir, gefüllt mit welken Rosen,
In dem ein Haufen ausrangierter Kleider sich schlummernd kosen,
Ein viel zu trauriges Pastell und dort ein Boucher viel zu abgebleicht
Allein den Duft noch atmen, der aus Flakons, entkorkten, weicht.

Auch Marius war ein altes Boudoir, sein Schädel ein Warenlager allzu vieler Geheimnisse, Gedichte, Liebesbriefe und blonder Locken. Aber was am schlimmsten war, es enthielt das verhängnisvolle Wissen um das, was immer als Nächstes kommt, das unvermeidliche Finale, das schon in der Ouvertüre anklingt.

Er schien mir undankbar. Er hatte kein Mitgefühl verdient. Die Unfähigkeit, sich auf ein erotisches Abenteuer einzulassen, möglicherweise sogar erotisches Glück zu erfahren, wenn es einem angeboten wird, ganz gleich, ob das Angebot einige Unwägbarkeiten mit sich bringt, ist eine besondere Form der Unhöflichkeit, die an Grausamkeit grenzt.

Aber auch ich musste mich auf das einlassen, was mir geboten wurde. Schließlich hatte ich Marius wegen seiner Grausamkeit auserkoren, wegen seiner Fähigkeit, Unruhe zu stiften. Also würde ich ihn auch nicht fallen lassen, wenn er so war, wie er war.

Hat man so einen Mann wie Marius erst mal ausfindig gemacht, lässt man ihn nicht gern wieder ziehen.

Zufällig weiß ich, dass Elspeth sich an seine Beine klammerte, nachdem er ihr eröffnet hatte, er werde sich von ihr trennen. Eine grässliche Szene. Eine Frau Mitte sechzig, der Mann noch keine vierzig; sie hätten Mutter und Sohn sein können, nur dass Mütter mit ihren Söhnen nicht so umgehen, außer in den brutal pornografischen Romanen von Georges Bataille, von denen ich eine Reihe besitze, in einwandfreiem Zustand, unverkäuflich. Obwohl Marius sie in den ersten gemeinsamen Jahren so innig geliebt hatte, dass er manchmal, wenn sie schlief, aus Angst, jeder Atemzug könne ihr letzter sein (und er der Grund dafür), und weil er sich ein Leben ohne sie nicht vorstellen konnte, über die Vergänglichkeit ihres reifen Körpers weinte, empfand er, als sie (weil sie sich ein Leben ohne *ihn* nicht vorzustellen vermochte) schluchzend seine Beine umschlang, nichts als Abscheu.

»Das Wesen der Erotik ist die Beschmutzung«, heißt es bei Bataille, und deswegen sei »nichts deprimierender als die Hässlichkeit einer Frau … weil die Hässlichkeit nicht beschmutzt werden kann.« Das Alter, mit seiner Würdelosigkeit, ebenfalls nicht. Die Eleganz der älteren Frau zu besudeln, indem er sie jedem Akt liebevoller und liebloser Animalität unterwarf, den sein überhitzter Erfindungsgeist sich ausdachte, dafür hatte Marius gelebt. Jetzt gab es nichts mehr zu besudeln und zu beschmutzen, das hatte die Zeit für ihn erledigt.

Ihre Hände waren plump geworden, die Haut an den Fingeransätzen gedunsen, grau, teigig. Ihre Handgelenke hatten sich aufgelöst, der Daumen war eine Verlängerung des Arms. Die Finger, die er früher, vor noch nicht allzu vielen Jahren, mit Gewalt, einen nach dem anderen vom Körper anderer Männer geklaubt hatte, fand er jetzt so abscheulich, dass sie von seinen eigenen Beinen zu klauben seine Kräfte überstieg.

»Es passt nicht zu dir, dich so aufzuführen, Elspeth. So etwas tut man nicht. Nicht in deinem Alter.« Hatte er das wirklich zu ihr gesagt oder nur gedacht? Eine unwichtige Unterscheidung.

Man denkt solche Worte nicht in Gegenwart eines Menschen, der einen liebt, ohne dass der Gesichtsausdruck einen verrät.

»In meinem Alter! Was erdreistest du dich!«, rief sie. »Wie oft habe ich dich angefleht: Wenn du mich verlassen willst, dann verlass mich, wenn ich noch nicht zu alt bin, damit ich wenigstens Vorsorge für mich treffen kann. Und jetzt? Sieh mich doch an.«

Sie ansehen? Es wäre das Letzte, zu dem er fähig gewesen wäre.

»Du warst nie jung genug, um Vorsorge für dich zu treffen«, hatte er vielleicht geantwortet, vielleicht auch nicht. »Nicht nach meiner Uhr!«

»Habe ich dir damals nicht gesagt: Wenn du dir nicht sicher bist, dass du mich ewig lieben wirst, verlass mich?«

»Wie hätte ich dich damals verlassen sollen? Du warst nicht glücklich.«

»Ich war glücklich genug.«

»Wärst du glücklich genug gewesen ...« Nein, das konnte er nicht sagen. Stattdessen aber: »Kein Mensch kann sich sicher sein, dass er einen anderen ewig lieben wird, Elspeth.«

»Doch. Kann er wohl. Und wenn nicht, muss er die Frau verlassen. Ich hatte mein eigenes Leben, oder nicht? Ich war versorgt. Ich war sicher. Ich hatte es nicht nötig, dass du mir über den Weg läufst und mir das hier antust.«

Ihr Mund hatte die fleischige Fülle, die er einst so anziehend gefunden hatte, eingebüßt. In ihrer Erregung klafften ihre Kiefer auseinander wie bei einem Hund, und er fragte sich, ob es ihr je gelingen würde, ihn wieder ganz zu schließen oder trocken zu halten. Auch ihre Augenbrauen, früher so herausfordernd, ansprechend in ihrem weiten ausdrucksstarken Bogen, besonders wenn sie lachte oder ein Begehren vermittelte, waren unter die Ränder der Augenhöhlen gerutscht. Das ließ sie müde erscheinen, konfus, wie ein alter Hund, der das Ende fürchtete.

Als er seine Beine ihren Klauen entzog – ja, Klauen –, fiel sie nach vorn und schlug mit dem Kopf auf. Das nun war anscheinend der Anstoß zu einer letzten verzweifelten Tat. »Ich habe mich dir zu Füßen geworfen«, schrie sie und stieß mit dem Kopf gegen die Dielen, willentlich jetzt, Schlag für Schlag, bis Blut aus dem Gesicht spritzte, als wollte sie sich das Gehirn aus dem Schädel rammen und vor ihm ausschütten.

»Elspeth!«, rief er. »Elspeth, bitte! Hör auf damit!«

Aber er konnte nicht zu ihr gehen. Konnte sie nicht anfassen. Konnte ihr nicht helfen.

Marisa wusste ebenfalls nicht, ob sie nun verabredet waren oder nicht, auch sie war leicht verwirrt. Sie hatte die Befürchtung, sie könnte sich bloßgestellt haben. Weil sie zum einen Marius zu erkennen gegeben hatte, dass ihr das Bild unter die Haut ging, und zum anderen gezeigt hatte, dass sie es sich ungern anmerken ließ. War es nicht genau das, was sie an dem Porträt der Countess of Blessington so rasend machte – dass eine wohlhabende und erfolgreiche Frau auf dem Höhepunkt ihrer Macht und ihres Einflusses unfähig war, ihre Verletzlichkeit zu verbergen? Nein, nicht unfähig, sondern unwillig. Marisa konnte gut verstehen, warum von dem Bild, in Byrons Worten, »ganz London schwärmte«. Man schwärmte, wovon bei einer Frau üblicherweise immer ganz London schwärmte: dass sich das bittende kleine Mädchen in ihr erhalten hatte. Ein empfindliches und ein wenig unehrliches Mädchen, ein erbärmliches gar, trotz Pelz und Pracht; hinter der Fassade der Selbstsicherheit ein Anflug von Unsicherheit und Schutzlosigkeit. Sollte das etwa ein unauslöschliches Kennzeichen von Frauen sein, ganz gleich, wie weit sie in die Welt der Männer vorgestoßen waren – der Wunsch, von ihnen geliebt und gerettet zu werden?

Und sie, Marisa, hatte diese Bedürftigkeit in ihrer Miene offenbart. Das war unverzeihlich. Das nächste Mal würde sie Marius ein anderes Gesicht zeigen.

Woher ich wusste, dass sie überhaupt ein nächstes Mal in Erwägung zog? Ich lebte in ihrem Kopf, daher. Wären wir siamesische Zwillinge, mein Herz wäre nicht sensibler auf ihr Herz abgestimmt. Aber das galt auch andersherum. Ich reichte ihr meine Ängste über ihre Blutbahn weiter, wo sie sie schließlich mit der Zeit in ihre eigenen Wünsche umwandelte.

Zum Vortrag über Madame de Pompadour in der nächsten Woche erschien sie nicht. Eine neuerliche Blöße wollte sie sich ersparen. Doch in der Woche darauf traf sie sich zu einem späten Mittagessen mit Flops im Café Bagatelle im Skulpturengarten des Museums – zwei Stunden bei einem Teller Rucolasalat mit geriebenem Parmesan und noch mal eine halbe Stunde, versunken in intensiver Betrachtung der Urnen, wie es keine Urne je verdient hätte – und kehrte anschließend Punkt vier Uhr in den Raum zurück, in dem der nächste Vortrag der Reihe gehalten wurde.

Marius war nicht da.

Sie war etwas enttäuscht. Sie sah gut aus, fand sie, in ihrem Tulpenrock und dem breiten Ledergürtel, den hochhackigen Stöckelsandalen, in denen man ihre lackierten Zehennägel sah, den großen metallisch schillernden Ohrringen und natürlich einer weißen Bluse, die bei jeder Bewegung leise raschelte. Sie musste blendend aussehen, fand sie. Doch er war nicht da, um sich blenden zu lassen. Sie war eher überrascht als gekränkt. Normalerweise trog ihr Instinkt sie in dieser Hinsicht nicht. Wenn sie damit rechnete, einen Mann zu treffen, dann traf sie ihn auch. »Ich zaubere sie herbei«, witzelte sie in ihrem Tagebuch, das sie liegen gelassen hatte, in der Absicht, vermutlich, dass ich es las. »Andere verbiegen Löffel. Ich zaubere Männer herbei.«

Es war keine großspurige Angeberei, eher ein Kommentar zur Grausamkeit der Umstände. Herbeizaubern von Männern war ihr Gebrechen.

In diesem Fall jedoch versagten ihre Zauberkünste. Marius blieb aus.

Sie versuchte, ihn aus dem Gedächtnis zu tilgen. So wichtig war er ihr nicht. Sie konnte ihn nehmen oder ziehen lassen, je nachdem.

Den nächsten Vortrag der Reihe ließ sie ausfallen. Rührmichnichtan braucht zwei zum Mitspielen.

Erst den letzten Vortrag besuchte sie wieder und Marius, bedingt durch die wundervolle Gleichzeitigkeit abseitigen Verlangens, ebenso.

Ich verpasste ihr Wiedersehen. Ich trieb mich absichtlich – Marisas Absicht – am Manchester Square herum. »Mach heute früher Schluss im Laden«, hatte sie zu mir gesagt. »Warte auf mich. Ich weiß nicht, wie lange es dauert.«

Sie müssen sich ganz gut verstanden haben, denn anschließend schlenderten sie gemeinsam durch das Museum, Marius, der sich ihrem Sachverstand fügte, und Marisa, die dachte, er möge sich vielleicht gerne die neue Hängung von Fragonards *Die Schaukel* in dem wieder eingerichteten Oval Room ansehen. Meiner Einschätzung nach haben die beiden mehr Zeit mit der Betrachtung dieses Bildes verbracht, als es einem Mann und einer Frau, die offiziell nicht verlobt sind, erlaubt sein dürfte. Was zwischen ihnen vorgefallen sein muss, das stellt sich – bedenkt man die Szene auf dem Bild, die Hitze ihres Gesprächs – in meiner möglicherweise überreizten Interpretation so dar: In aller Öffentlichkeit und auf Grundlage einer gegenseitigen Bekanntschaft von gerade mal einer Viertelstunde, den an der Käsetheke gewechselten Blick mitgerechnet, erwählten sie Marisas Vagina als Thema ihrer Unterhaltung. Selbst wenn Marius sich vor Marisa hingekniet hätte, den Reißverschluss ihrer Nadelstreifenhose geöffnet, ihr die Unterwäsche heruntergezogen und zur Befriedigung seiner Neugier ihre Genitalien entblößt hätte, er hätte nicht schlimmer gegen den Anstand verstoßen können. Ich werte nicht. Ich beschreibe nur, was vorgefallen ist.

Schade, dass ich das verpasst habe.

Dass sie sich dies überhaupt erlauben konnten, ohne einen Skandal zu verursachen, schreibe ich der Bildung zu. Gebildeten Menschen, besonders den in Literatur und Kunst bewanderten, stehen mehr Möglichkeiten zur Verfügung, sich über die

Scheide der Frau zu unterhalten, als denjenigen, die mit fünfzehn die Schule verlassen haben. Obwohl sie im Alltag sicher einen anderen Ausdruck dafür benutzen, werden Letztere sagen, eine Vagina sei eben eine Vagina, mehr nicht, und darüber zu reden sei sowieso nicht ihre Sache. So entgeht ihnen zweierlei: erstens, die Aneignung von Wissen, zweitens, Sex in seiner kultiviertesten Form, nämlich das Reden darüber, als unerlässliches Vorspiel zum eigentlichen Akt, will man ihn mit Anmut bestehen. Wobei leider den Ungebildeten Anmut nicht als Wert an sich vermittelt wird.

Ich bin mir nicht sicher, wie viel Marius über die Umstände der Entstehung von Fragonards *Die Schaukel,* das ursprünglich *Les Hazards Heureux de l'Escarpolette* hieß, bekannt war, doch alle Wissenslücken, die Marisa bei ihm entdeckte, wusste sie zu füllen.

Eigentlich weiß jeder, der im allgemeinen Kunstblabla mithalten kann, wie Fragonard zu dem Auftrag für diese wohl schlüpfrigste Ikone rokokohafter Oberflächlichkeit kam, von Kunstliebhabern so einfältig bewundert, dass sie tausendfach auf Geschirrtüchern und Telleruntersetzern abgedruckt ist. Dabei geht es um die weibliche Scham, um nichts anderes. Ich habe nicht die Absicht, mich an dem Kunstgeschwätz zu beteiligen. Für die Vergesslichen unter uns reicht es, daran zu erinnern, dass man zunächst einen unbedeutenderen Maler als Fragonard gebeten hatte, den Entwurf auszuführen, dieser jedoch mit der Begründung abgelehnt hatte, das Bild sei anstößig. Der Auftraggeber des Gemäldes, ein Gentleman des französischen Hofes, verlangte nach einem Bild seiner Mätresse in einer Gartenlaube, schaukelnd, hoch fliegend und ungehemmt wie ein Vogel. Anstoßen sollte die Schaukel ein Bischof und der Dame unter die Röcke blicken der Gentleman. Warum ein Bischof – niemand weiß es. Wie Marisa sich ausgedrückt hätte: »Die schmutzige religiöse Fantasie der Franzosen ist unergründlich.«

Möglich, dass die Idee, einen Bischof mit ins Bild zu nehmen, für den Künstler, der zu seiner Zeit als religiöser Allegorienmaler einige Erfolg in Paris feierte, der Tropfen war, der das Fass zum Überlaufen brachte. Ebenso möglich, wie Marius umgekehrt Marisa gegenüber mutmaßte, als sie zusammen das Bild betrachteten: »Dass die Aufforderung, die Dame solle die Beine so hoch werfen, wie es die Komposition oder seine Fantasie erlaube, für ihn inakzeptabel war, Bischof hin oder her.«

Fragonard, weniger empfindlich, mit einer schnelleren intuitiven Auffassungsgabe und einem gewissen Verständnis dafür gesegnet, warum ein Mann die Geschlechtsteile der Frau, die er liebt, den Blicken so vieler Menschen wie möglich preisgeben möchte, zierte sich nicht und übernahm den Auftrag, fügte einen jungen Voyeur ins Bild – vielleicht um die Erregung des Höflings zu steigern – und malte, was Marisa als den wohl waldigsten Vorwand für die Darstellung einer Vagina bezeichnete.

So wurde der Koitus zwischen ihnen vollzogen, als Akt rein intellektueller Anstößigkeit, in einem Raum voller Kunstliebhaber, von denen nicht ein einziger merkte, dass etwas Unschickliches geschehen war.

Außer mir, und ich war nicht einmal dabei.

*

Sie tranken Tee – wie ich erfahren, schlussfolgern oder mir später anderweitig zusammenreimen konnte – in dem überdachten Hof, wo Marisa vierzehn Tage zuvor auf ihn gewartet oder auch nicht gewartet hatte. Marius fragte, ob sie ihm, da ihr gemeinsamer Nachmittag so lehrreich gewesen sei, an einem Abend ihrer Wahl Gesellschaft beim Essen leisten würde, damit er noch mehr von ihr lernen könne. Sie sagte, sie sei eine verheiratete Frau. Er fragte, welche Küche sie bevorzuge. Sie sagte, die italienische. Er sagte, seine Lieblingsküche sei die französische. Sie fragte ihn, ob er öfter in Frankreich sei. Er sagte, er reise nur im Kopf. Sie fragte, was dagegen spreche, leibhaftig dorthin zu reisen. Er sagte, er sei eher ein Kopfmensch, so wie er auch eher in der Vergangenheit als in der Gegenwart lebe. »Je suis un vieux boudoir plein de roses fanées«, sagte er. »Baudelaire«, ergänzte er. »Habe ich mir gedacht«, sagte sie. Deswegen, fuhr er fort, sei es ihm ein Vergnügen – er hielt ihr die ausgestreckten Hände hin, damit Marisa seine Fingerspitzen berührte, worauf sie nicht einging, weil sie verheiratet war –, mit einem lebendigen Menschen in der Gegenwart zu sprechen. Es gäbe zu viele verwelkte Rosen und unter den lebenden zu wenig schöne. Sie lachte ihn aus. Er wurde rot. Sie entschuldigte sich.

»Blumenmetaphorik habe ich noch nie ernst nehmen können«, sagte sie. »Die Nonnen haben mich geschlagen, wenn ich über Wordsworths *Drei Jahre wuchs sie heran bei Sonne und Regen* gelacht habe – dabei habe ich mich tief über das Pult gebeugt, als ich mir das kleine Mädchen vorstellte, wie es drei Jahre im Regen stand.«

»Nonnen? Waren Sie Novizin?«

»Nicht doch. Aber ich bin mal ein Jahr lang auf eine Klosterschule gegangen. Meine Mutter meinte, ich brauchte eine religiöse Erziehung. Eigentlich hätte sie die religiöse Erziehung nötig gehabt. Sie überließ mich den Händen der Nonnen, damit ich für ihre Sünden büße.«

»Und? Haben Sie gebüßt?«

»Nein. Deswegen büße ich noch heute für sie.«

»Wirklich? Ich dachte, Sie wollten mit mir zu Abend essen.«

Sie legte ihre Finger zu einer Pyramide zusammen. »Sie sind ein anmaßender Mensch«, sagte sie.

»Für jemanden, mit dem ich noch nie ein Wort gewechselt habe«, sagte er, ihre Worte von neulich wiederholend, »wissen Sie ganz schön viel über mich.«

Sie lachte und errötete wohl auch etwas darüber, in dieser Weise an seinen Frontalangriff nach ihrem Vortrag über Lady Blessington erinnert zu werden.

»Wissen Sie, was«, sagte sie. »Da Sie sich neulich ganz sicher waren, viel über mich zu wissen, und sich jetzt ganz sicher sind, ich würde Ihre Gesellschaft genießen, nehme ich Ihre Einladung an. Unter einer Bedingung …«

»Und die wäre?«

Sie stand vom Tisch auf, nicht kokett, eher geistesabwesend. Marius bezahlte den Tee, warf Geld in die Spendenbüchse am Ausgang des Museums, geleitete Marisa hinaus in die gewittrige Feuchtigkeit des Nachmittags, wo ich, unsichtbar und bedeutungslos wie ein Busch, die beiden bereits erwartete. Über ihnen ein Wasserfarbenhimmel, große graue Wolkenfetzen, die sich auflösten, kaum hatten sie sich gebildet, die Vergänglichkeit der Dinge als Tuschmalerei am Firmament, Zeichen, die sie durchaus hätten entziffern können, so kalligrafisch wirkten sie. Ein fantasiebegabterer Mensch als Marius hätte Marisa bedeutet, nach oben zu blicken, damit sie ihrer beider Namen sähe, in blutiger schwarzer Tinte verschlungen – *Marius und Marisa* oder vielleicht *Marius liebt Marisa* –, doch auch Marisa wäre nicht fantasiebegabt genug, ihm bei diesem Spiel entgegenzukommen. »Ich kann nichts erkennen«, hätte sie geantwortet, es sei denn, die Zeichen wären überdeutlich gewesen, aber so weit würde ich nicht gehen.

»Unter welcher Bedingung?«, wiederholte Marius seine Frage.

Aufgerüttelt durch das Wort Bedingung, spitzte ich die Ohren. Wenn bereits von Bedingungen die Rede war, machten sie Fortschritte.

»Dass Sie einen Tisch in einem Restaurant meiner Wahl reservieren, egal wann, außer freitags, und mich dann anrufen und mir sagen, dass Sie ihn reserviert haben.«

»Keine sehr harte Bedingung. Betrachten Sie sie als erledigt. Sagen Sie mir nur den Namen des Restaurants und geben Sie mir Ihre Telefonnummer.«

»Das müssen Sie beides selbst herausfinden. Das ist ja gerade die Bedingung.«

»Und wie soll ich das schaffen?«

»Ich werde sie verstecken.«

Ach, Marisa – versteckte sich jetzt für einen anderen!

»Verstecken? Wo?«

»Im Museum.«

»Im Museum? Was soll das heißen? Am Informationsschalter? Oder am Schwarzen Brett?«

»Nein. Im Museum heißt: in der Kunst.«

»Soll heißen, in einem Gemälde?«

»Kann sein, muss aber nicht. Die Wallace Collection verfügt über eine erlesene Sammlung europäischer Möbel und Skulpturen.«

»Muss ich für die Information, die ich brauche, irgendeinen Code knacken? Muss ich eine schriftliche Äußerung interpretieren, oder muss ich nach einem realen Objekt suchen, zum Beispiel in einer Schublade?«

Sie überlegte. »Ich habe mich noch nicht entschieden«, sagte sie. »Vielleicht eine Kombination von allem. Eins weiß ich schon, es wird ein Gegenstand sein. Aber ich werde Ihnen nicht verraten, wo Sie suchen sollen. Das dürfen Sie nicht von mir verlangen.«

»Ein Gegenstand?«

»Für einen Mann mit einer wachen Intelligenz stellen Sie zu viele Fragen. Machen Sie Ihre Augen auf, und Sie werden ihn finden.«

»Wollen Sie mir nicht noch andere Hinweise geben?«

»Nein.«

»Und wann kann ich mit der Suche beginnen?«

»Heute in einer Woche.«

»Brauchen Sie so lange, um das Ding zu verstecken?«

»Ich habe noch anderes zu tun, als mich um Ihr Amüsement zu kümmern.«

»Amüsement – kein Wort, das meinen Zustand korrekt beschreibt.«

Und meinen auch nicht, muss ich sagen, nicht an diesem Nachmittag der Worte und Versteckspiele. Doppelt falsch, wie ich fand, die Idee, dass Marisa etwas vor Marius versteckte, einem Mann, mit dem sie sich vor mir versteckte.

Der Verkäufer einer Obdachlosenzeitung sprach die beiden an, bevor sie sich verabschieden konnten.

»Sie tragen ja gar nicht Ihren Ausweis«, provozierte Marius ihn.

»Den haben sie mir geklaut«, antwortete der Verkäufer. »Auf offener Straße wird man heute beklaut.«

Marius schob eine Hand in seine Gesäßtasche und zog ein Bündel Geldscheine hervor – eine protzige Straßenhändlergeste, die ich schon in dem Käsegeschäft an ihm beobachtet hatte. »Ich glaube dir kein Wort, alter Gauner«, sagte er, lehnte die Zeitung ab und gab dem Mann trotzdem einen Fünfpfundschein.

»Das wird ja ein teurer Tag für Sie«, lachte Marisa.

»Wie sagt der Dichter«, erwiderte Marius, »es gibt kein süßeres Vergnügen, als einen Menschen dadurch zu überraschen, dass man ihm mehr gibt, als er erhofft hat.«

»Baudelaire, nehme ich an.«

»Ach, entschuldigen Sie. Ich bin also schon berechenbar.«

Ich fand, ja, doch Marisa, wie ich sah, nicht.

Von meinem Posten aus konnte ich unmöglich jedes einzelne Wort ihrer Unterhaltung verstehen, doch was ich nicht selbst hörte, las ich von ihren Lippen ab, erriet es intuitiv oder ersetzte es durch das, was meine überbordende Neugier mir eingab. Ich legte es als gutes Omen aus, dass Marisa mich gebeten hatte, auf sie zu warten, sollte sie Marius zufällig über den Weg laufen. Es zeigte mir, was sie von ihm hielt, dass sie so unverschämt in meiner Anwesenheit mit ihm flirten konnte – wenn man mich denn als anwesend bezeichnen konnte (für Marius war ich jedenfalls nicht anwesend) –, ohne mich zu beachten, anders als etwa an dem Nachmittag, als ich sie mit Dulcies Zahnarzt zusammen getroffen hatte.

Erregte sie das? Wollte sie mich damit erregen? Konnte sie mich in Gesellschaft von Marius so erfolgreich aus ihrem Bewusstsein verbannen, wie es ihr offenbar gelang, mich aus ihrer Nähe zu verbannen?

Ich habe sie nie danach gefragt. Ich kannte meinen Platz, und den Namen Marius wagten wir voreinander nicht einmal flüsternd auszusprechen. Wir trugen ihn vor uns her wie ein unausgewogen beladenes Tablett; ein einziges unangebrachtes Wort, und wir würden vor Schreck alles verschütten. Er war unser kostbares Geheimnis, ihres vor mir, meins vor ihr, uneingestanden und unaussprechlich, selbst als ich, eine Geistergestalt, in meinem selbst erwählten Versteck auf der Lauer lag und ihn dabei beobachtete, wie er sich in meine Frau verliebte. Und sie sich – wenn mein Glück mir treu blieb – in ihn.

Er entschuldigte sich noch mal für das Baudelaire-Zitat, das sie, wie sie ihm jetzt verriet, nicht erkannt hatte. Ich schon. Es stammte aus einem der Prosagedichte des Franzosen, *La Fausse Monnaie*. Doch konnte ich meine Kenntnis nicht anbringen. Geistergestalten haben keine Gesichter und keine Zungen.

»Die Person in der Erzählung, die etwas spendet«, erklärte Marius, »gibt in Wahrheit Falschgeld – vollzieht also nur scheinbar einen Akt der Nächstenliebe. Gleichzeitig macht sie ein gutes Geschäft, gewinnt vierzig Sous und die Liebe Gottes dazu. Eine berechnende Tat, die Baudelaire verachtet.«

»Und Sie haben eben nicht auch Falschgeld gegeben, oder?«, fragte Marisa.

»Nicht wissentlich.«

Sie sahen sich in die Augen.

»Nicht wissentlich«, wiederholte Marisa.

»Nicht wissentlich«, wiederholte Marius Marisas Wiederholung.

Sagte ich, ich sei unsichtbar wie ein Busch gewesen? Wie ein brennender Busch.

War ich jetzt endlich zufrieden?

Nein. Gieriger als das Meer, das ihn durchschüttelt; ein Gehörnter, der Land in Sicht hat. Marius und Marisa waren an einem einzigen Nachmittag weiter gegangen, als ich mir je hätte träumen lassen. Was sie getan, was sie einander versprochen hatten, es hätte gereicht, um tausend menschenscheue Cuckolds den schlimmsten Qualen auszusetzen. Doch ich konnte nur nach vorne blicken, nicht zurück, und jeder Akt der Obszönität war mit seinem Vollzug vergessen und ließ mich ungeduldig auf den nächsten warten.

Bedenklich stimmte mich auch, dass Marisa gesagt hatte, es hätte keinen Sinn, vor Ablauf mindestens einer Woche mit der Suche anzufangen. Eine Woche! In der Politik eine lange Zeit, in der Liebe eine Ewigkeit, besonders dann, wenn einer der beiden Liebenden ein Mensch ist, der sich leicht begeistern lässt und sich dann ebenso rasch wieder abwendet wie Marius.

Eines ließ Marius Elspeth gegenüber nach dem Tod ihres Mannes unerwähnt. Er hatte auf der Beerdigung eine andere Frau kennengelernt und danach etwas Zeit in ihrer Gesellschaft verbracht. Eigentlich waren es sogar zwei Frauen, und er hatte viel Zeit in ihrer Gesellschaft verbracht. Streng genommen waren es auch keine Frauen, sondern Mädchen. Schwestern, wie ich vermutet hatte. Fünfzehn die eine, wie sie behauptete; die andere sechzehn, wie auch sie behauptete. Die eine trug schwarzen Lippenstift, die andere einen Nasenring. Marius wird sich kaum die Mühe gemacht haben, sich zu merken, wer die eine und wer die andere war.

Aber ich hatte mich anscheinend geirrt, damals, an dem Vormittag, als ich ihn in dem Gemeindezentrum in Shropshire beobachtet hatte und ihn für einen Mann hielt, der eher Verführungen anbahnte als vollzog. Seine Verabredung um vier Uhr hielt er tatsächlich ein. Das war nicht die einzige Überraschung. Die Verabredung galt für denselben Tag und für einen Ort, nur wenige Schritte von dem Ort entfernt, wo er sie getroffen hatte. »Wir treffen uns zwischen den Grabsteinen, Mädchen«, muss er zu ihnen gesagt haben, »um ... vier ... Uhr.«

Ich weiß nicht, warum ich mich darüber hätte wundern sollen. Warum nicht gleich zur Sache kommen? Von dem Respekt dem soeben Verstorbenen gegenüber mal abgesehen, bin ich vermutlich deswegen nicht darauf gekommen, weil mir die sofortige Befriedigung von Bedürfnissen fremd ist. Warum einen Genuss rasch hinter sich bringen, wenn man ihn in die Länge ziehen kann?

Das heißt, falls Marius überhaupt so weit gekommen ist. Er hat sich mit den Mädchen getroffen, das ja, in dem Punkt hatte ich falschgelegen. Aber wer sagt, wie viel von sich selbst er eingebracht hat? Es gibt mehr als nur eine Möglichkeit, die Vollziehung des Aktes auszusetzen.

Was er mit ihnen getrieben hat, wenn er es mit ihnen getrieben hat, erst mit der einen, dann mit der anderen, oder mit beiden gleichzeitig; ob sie ein trockenes Plätzchen gefunden haben, wenn so was in Shropshire überhaupt möglich ist, oder ob sie sich auf kalten Friedhofsmarmor gelegt und im Regen gewartet haben – ich weiß es nicht. Als er Jahre später davon erzählte, sparte er solche Details aus; wenn nicht die Person, die wiederum mir davon erzählte, sie ihm zu Gefallen ausließ. Beim Thema Sex sagt niemand die ganze Wahrheit. Immer wird etwas hinzugefügt oder weggelassen.

Was mich – mir die Vollziehung selbst versagend, im Bett liegend, Marisa zuhörend, die mir im Zwielicht davon erzählte – beim zweiten Mal interessierte, war nicht das Wie, sondern das

Wo, schließlich ist ein Friedhof als Liebesnest nicht unbedingt jedermanns Sache. Jeder, der sich ernsthaft für männliche und weibliche Erotik interessiert, hat schon mal von Taphophilie gehört, jener morbiden Vorliebe für das Bestattungswesen und den Verfall, deren Gegenstück die Taphophobie ist und deren direkte, wenn auch weich gespülte Ableger heute der Vampirismus und Gothic sind. Dass der Todestrieb in Marius stark ausgeprägt war, wusste ich bereits nach allem, was ich in Shropshire gesehen und aus seinem eigenen Mund erfahren hatte. Aber man kann sich auch in die Poesie des Erlöschens versenken – besonders des eigenen –, ohne ein ausgesprochenes Faible für Efeu und Sarkophage zu haben oder sie gar als Kulisse der eigenen Lust zu nutzen. In Wahrheit war Marius nicht nur geradezu verliebt in den Tod, der Tod belebte ihn und verlieh ihm Potenz. Hatten die Schwestern Lehm von dem Friedhof an den Füßen, als er sie umarmte oder nicht umarmte? Klammerten sie sich mit den Fingern an Knochen? Schmeckte ihre Jugend pervers nach Verfall?

»Es gilt für Atem und Blut, so rot«, heißt es bei Housman, dem beherrschenden Geist auf diesem Friedhof, »sie machen dem Mann Geschmack auf den Tod.« Marius funktionierte nach dem umgekehrten Prinzip, der Tod machte ihm Geschmack auf Atem und Blut.

»Ich kann nicht sagen, dass es die Heftigkeit meines Genusses oder meinen wiederentdeckten Geschmack am Leben geschmälert hätte«, sollte er später zu Marisa sagen, »dass die beiden Elspeths Nichten waren.«

Er sparte also doch nicht alle Details aus.

Marisa schwieg eine Weile. »Auch nicht, dass sie zu jung waren, um dich abzuweisen?«, fragte sie schließlich nach.

»Auch das nicht«, sagte er.

Was, fragte ich mich später, versprach sich Marius davon, Marisa gegenüber mit diesen Vergehen zu prahlen? »Letztlich war es nicht ihre glühende Jugend in diesem Garten des

Todes, die mich so reizte«, sagte er, »genauso wenig wie ihre Blutsverwandtschaft mit Elspeth oder sonst wem. Es waren ihre geschundenen, ordinären Münder.«

Warum erzählte er Marisa das?

Noch eine andere Frage tut sich auf: Waren die Münder geschunden, bevor die beiden Mädchen sich mit Marius trafen oder danach?

Und noch eine: Falls sie erst danach geschunden waren – war das dann alles, was die beiden von dieser Begegnung davontrugen?

Von alldem wusste ich nichts – wenn mit Wissen gemeint ist, Worte dafür zu haben –, als ich mich darüber ärgerte, dass Marisa ihm eine Woche Zeit gegeben hatte. Eine ganze Woche, in der man kalte Füße kriegen konnte, den Schwanz einziehen oder sich auf der Marylebone High Street ein paar Schulmädchen angeln konnte, die auf Gothic standen und vielleicht zufällig Lust hatten, sich über einen Friedhof führen zu lassen. Doch instinktiv wusste ich es und fürchtete mich. Ich wusste um ihn und fürchtete ihn. Die Angst saß mir in den Knochen. Man könnte es meine Spielart der Taphophobie nennen.

Die Woche ging vorüber, und am ersten Tag der zweiten Woche, in der Minute als das Museum seine Tore öffnete und Marius anfangen durfte zu suchen, fand ich mich auf dem Manchester Square ein, genoss die frühen Sonnenstrahlen zwischen den kahlen Bäumen und zog mir die Mütze tiefer ins Gesicht. Von Marius keine Spur. Auch am nächsten Tag und am übernächsten nicht. Wie war das möglich? Ein Mann, der sich für eine Frau interessierte, der wusste, dass sie etwas versteckt hatte, das nur für seine Augen bestimmt war – ein erotischer Köder, ein Anreiz für Gott weiß was –, und der trotzdem nicht in fiebriger Ungeduld darauf brannte, das Versteck zu entdecken? Das verwunderte mich. Ich an seiner Stelle hätte in der Sekunde, in der ich von Marisa die Erlaubnis zur Suche bekommen hätte, an die Pforten des Museums gehämmert.

Aber ich hatte ja auch kein Problem damit zuzugeben, dass ich von den Launen einer Frau abhängig war. Ich wusste, was für ein Vergnügen es sein konnte, an der Nase herumgeführt zu werden.

Ich beschloss, nicht länger auf Marius zu warten, was immer ihn abhalten mochte. Was Marisa für Marius versteckt hatte, hatte sie auch für mich versteckt, schlussfolgerte ich. Wir haben es nie ausgesprochen, aber Verstecken gehörte zu unserer Ehe. Verschweigen war die Sprache unserer Liebe geworden. Nach dieser Logik galt die Probe, auf die sie Marius stellte, in gleichem Maß auch mir. Und für mich war es zwingend erforderlich herauszufinden, was sie hinterlegt hatte und wo, auch wenn das für Marius nicht so sein mochte.

Ich betrat das Museum nicht als Marius' Rivale, ich ging als sein Alter Ego, in gewisser Hinsicht auch als Marisas Alter Ego. Ich suchte nach dem Gegenstand, den sie versteckt hatte, um zum Kern ihrer heimlichen Affäre vorzustoßen, aber mehr noch, um zu sehen, wie sich der Betrug an mir, während er sich vollzog, für die andere Seite darstellte. Ich wollte mich in Marisas Untreue suhlen, die sie als Spur im Museum ausgelegt hatte, Raum für Raum; ich wollte auf meiner Zunge Marius' trockenen Mund schmecken, seine Aufregung, wenn ihm allmählich, Kunstwerk für Kunstwerk, die Erkenntnis dämmerte, dass Marisa, obwohl sie ihm gesagt hatte, sie sei verheiratet, schon sehr bald seine Mätresse sein würde.

Ich war selbst schon mal in dieser Position gewesen, als Freddy sich eingestehen musste, dass Marisa ihn betrog, mit mir. Aber was bedeutete Betrug schon für Freddy, verglichen mit dem, was er für mich bedeutete!

Da wenig Aussicht bestand, dass Marius und ich die Schatzsuche in der Wallace Collection gemeinsam betreiben würden – emeritierter Ehemann und künftiger Liebhaber –, gab ich mich damit zufrieden, ihn quasi im Geist mitzunehmen. Am ersten Tag waren wir nervös, wussten nicht, wo anfangen, schlenderten planlos von Raum zu Raum, entdeckten Hinweise in Gemälden, Botschaften in Möbeln, die wahrscheinlich gar nicht drinsteckten, und vermieden es, irgendetwas näher zu betrachten, aus Angst, einen Alarm auszulösen. Bestimmt saß irgendwo jemand in einer Kabine und verfolgte jeden unserer Schritte.

Ich ließ Marius den Vortritt. Ich folgte ihm gerne. Es befriedigte mein brennendes Verlangen, erniedrigt zu werden, als letztes Glied einer obszönen Suchkette – Marisa, die den Duftstoff verbreitete, Marius, der Witterung aufnahm, und ich, der hinter beiden hertrottete wie ein verwundeter Hund.

Eigentlich schade, dachte ich, dass Marius körperlich nicht so präsent war, dass ich mit ihm hätte kommunizieren können. »Wie venezianischer Karneval, finden Sie nicht?«, hätte ich zu ihm gesagt. »Dass wir zusammen nach etwas suchen, aber nicht wissen, wonach? Etwas, das ich nur vor meinem geistigen Auge sehe, und Sie sicher auch. Es ähnelt einem Pergament oder einer Schriftrolle, einem mit Siegeln versehenen Dekret, einer Aufforderung zu einem karnevalesken Rendezvous, in die Polster eines Rokokomöbels gesteckt. Und sollten wir es nicht finden, bliebe es womöglich jahrhundertelang dort vergraben, bis der nächste Liebhaber auf den Fersen seiner ihn hinhaltenden Mätresse daherkäme und glaubte, es sei für ihn. Glauben Sie, dass Marisa noch dreihundert Jahre nach ihrem Ableben einen Mann verführen könnte? Wenn ich bedenke, wie Sie sich in der Umgebung des Todes verhalten, müsste Sie diese Vorstellung doch noch viel mehr begeistern als mich.«

Ich will es kurz machen, denn unsere Suche dauerte mehrere Tage. Am Ende kannte niemand das Beutegut in diesem ordinären Tempel des Luxus besser als wir. Kiefern- und Walnussholz-Tintenfässer aus dem achtzehnten Jahrhundert mit Boulle-Intarsien, französische Vitrinen mit halb nackten Mohren als Stützen, Eichen- und Ebenholzschreibtische, Schreibpulte mit Seiden- und Purpurholz furniert, Konsoltischchen, Kommoden mit Griotte-Marmorplatten, Garderoben, Rollbureaus, Truhen auf Gestellen, Bücherschränke aus Birnenholz, Sekretäre – alles, was eine Schublade hatte, ob sichtbar oder versteckt, ein Fach, das sich öffnen ließ oder auf Druck nachgab, einen Sims, eine geheime Nische, alles, was man mit etwas Findigkeit als Aufbewahrungsort des Gegenstands verwenden konnte, nach dem wir suchten. Wir öffneten sie alle, erst er, dann ich. Vergeblich.

Wohin wir auch blickten, die klassische Mythologie war bereits vor uns da gewesen und präsentierte uns ihre beispielhafte Sinnlichkeit, als wollte sie uns an die historische Anstößigkeit unseres Auftrags erinnern. Dekorative Satyrn vergewaltigten Frauen und schleppten ihre Beute davon, bacchantische Kaminböcke verdrehten die Augen, tiefe Vulva-Tintenfässer forderten uns auf, ihre blauschwarze Finsternis mit unseren Fingern zu erkunden, erst ihn, dann mich, Venus verfolgte Amor, eine gleichmütig barbusige Goldbronze-Diana streichelte einem knurrenden Hund den Kopf, während zu ihren Füßen zwei nicht ganz so friedfertige Köter einem Reh die Kehle zerrissen. Lange blieb Marius vor der Diana stehen und betrachtete sie ausführlich. Es war hingerissen von ihrer ungerührten Blutgier. Sollte ihm hier etwas mitgeteilt werden?, fragte er sich. Was immer er suchte, Marisa musste es in oder neben einem Kunstwerk verborgen haben, das beredt darüber Auskunft gab, was sie für ihn empfand. Wollte sie ihn hiermit also warnen, sich vor ihrer dianahaften Keuschheit zu hüten? Sollte er in dem verwundeten Reh sein Spiegelbild erkennen?

Von mir aus hätte er eine Ewigkeit so stehen bleiben können, damit ich weiter auf sein Herz das Klopfen übertragen konnte, das mein eigenes erschütterte. Als ich ihn endlich dazu bewegen konnte weiterzugehen, sah ich mich kurz um, ob wir vielleicht beobachtet wurden, und probierte dann die Schubladen des Kabinetts, auf dem Diana und ihre Hunde standen, leider vergeblich. In zwei Schränken befanden sich Kataloge der Wallace-Möbelsammlung – Werke, zu denen ich mittlerweile einen sachkundigen Beitrag hätte beisteuern können –, aber auch die, wenngleich ein perfektes Versteck, waren verschlossen.

Und so zogen wir weiter, vorbei an Wänden unberührbarer Psychen und Ariadnes mit rosa Brustwarzen, gemalt von dem brustbeseelten Greuze, durch vollgestellte Räume mit Armierungen und Ormulu und wieder hinaus zu den harmlosen Frivolitäten eines Boucher. Nie blieb ich weit hinter Marius zurück, heftete mich dicht an seine Fersen, damit ich seine Abwärme einatmen konnte; ich stellte mir die Fragen, die er sich stellte, und war in doppelter Hinsicht gespannt, denn ich verfolgte nicht nur Marisa, ich verfolgte auch, wie Marius sie verfolgte.

Schließlich und endlich, denn es konnte ja nicht ewig so weitergehen, sosehr ich es mir auch wünschte, wurden wir – wie zu unserem Schicksal – zu dem von Marisa ausgewählten Versteck geführt. Doch zuerst geschah noch etwas Seltsames. Ich machte mich von Marius frei. Es war der dritte Tag, und ich wollte nicht mehr, dass er ständig in meinem Kopf herumspukte. Plötzlich wurde ich egoistisch. Ich wollte den Moment ganz für mich allein genießen. Man könnte es ehelichen Impuls nennen. Als ich mich dem eindeutigen Beweis für die ehebrecherischen Absichten meiner Frau näherte, wollte ich, dass sie dies nur mit mir allein teilte.

*

In einer mit Milton-Kacheln ausgelegten Nische am fernen Ende des ehemaligen Rauchsalons zieht seit Jahren ein milchigweißer Amor aus sizilianischem Marmor die Aufmerksamkeit aller Besucher der Wallace Collection auf sich, ganz gleich weshalb sie das Museum besuchen. Amor ist ein Knabe mit ausgestellten Flügeln, der einen Pfeil aus seinem Köcher zieht. *Sieg der Liebe* heißt das Kunstwerk, obwohl mir ein flatterhafter Amor noch nie als angemessenes Sinnbild für die Liebe erschienen war, die einen in die Unterwerfung zwingt. Um den Sockel der Skulptur verläuft ein Spruchband, eine Hymne auf den Würgegriff der Liebe, alles andere als flatterhaft, aus der Feder Voltaires:

Qui que tu sois voici ton maître
Il l'est, le fut, ou le doit être.
(Wer du auch seist, sieh den Gebieter dein.
Er ist es, er war es oder muss es sein.)

Sieh den Gebieter dein – doch die Statue war nicht der gesuchte Ort, denn sie bot keinen erkennbaren Platz für ein Versteck, in dem sich eine Botschaft aus Marisas Hand hätte befinden können. Unmittelbar neben der Statue war eine Treppe, wohl privat, wenigstens schien sie selten benutzt zu werden. Mir jedenfalls war sie bei all meinen Besuchen in dem Museum nie aufgefallen. Sofort erschnüffelte ich Marisas Gegenwart. Sie war unverkennbar. Sie überwältigte mich wie der Duft eines Parfüms. Männer, die von einer Frau beherrscht werden, können mit Bestimmtheit sagen, ob sich diese Frau in einem Raum aufgehalten hat oder nicht. Für sie wirkt ihr Eindruck noch lange nach wie Atemhauch an einem Spiegel oder die Erinnerung an einen Traum, der sich bei Tag nicht abschütteln lässt. Obsession gebiert Geister, und Marisas Geist, in seiner ganzen Rastlosigkeit, war hier. Nicht allein das Geisterhafte ihrer Person, sondern auch des fatalen Spiels, das sie spielte. Ich konnte es riechen, es war durchdringender als mein eigener Angstschweiß. Nicht nur ihre Kleidung, ihr Haar und ihr Atem, nein, auch der abseitige Zweck, der sie hergeführt hatte. Sie war die Treppe hochgegangen, in den schwach erleuchteten Raum, Stufe für Stufe, ihr Vorhaben fest im Auge, wissend, was sie hinterlegen wollte, wo sie es hinterlegen wollte und was folgen würde, sollte es entdeckt werden.

Ich kämpfte gegen meine eigene Ungeduld an. Es wurde spät. Ich wollte nicht, dass ausgerechnet in dem Moment, wenn ich meine Hand auf den Gegenstand legte, der nicht für mich bestimmt war, der Gong ertönte, mit dem die Schließung des Museums angezeigt wurde. Doch auch wenn der Nachmittag noch nicht so weit fortgeschritten gewesen wäre, hätte ich genauso gehandelt, hätte der kleineren Versuchung um der größeren willen widerstanden. Denn die größere Versuchung war, noch eine Nacht im Ungewissen zu verbringen.

Der Subspace lockte mich – diese nirwanagleiche Stille der vollständigen Unterwerfung, die ich bislang nur in Marisas Abwesenheit praktiziert hatte, doch in die ich heute Abend mit ihr an meiner Seite eintreten würde. Darin lag eine gewisse Blasphemie, aber es war Blasphemie im Namen einer höheren Form der Verehrung.

Am Tag darauf, obwohl ich kaum geschlafen hatte (wie gesagt, Subspace ist nichts zum Schlafen), war ich am Museum, noch bevor es öffnete. Mit einem Herz, das so klopfte, dass es für zehn Menschen gereicht hätte, nahm ich Witterung auf, folgte Marisas verwegenen Füßen auf all ihren Wegen und atmete, als wäre es ein Gift, das zu nehmen mir beschieden war, den Ruch ihrer Schamlosigkeit ein.

*

Zwischen belanglosem Zeug, das nicht der Rede wert ist, blicken sich von gegenüberliegenden Wänden über der Treppe zwei kleine Bilder an, die den Betrachter aufgrund des Kontrastes sofort fesseln. Die Werke sind zu unbedeutend, um strenge Sicherheitsvorkehrungen zu rechtfertigen, und beide Bilder bieten genügend Platz hinter ihren Rahmen, um eine Karte zu verstecken, einen Brief, sogar ein Päckchen. Das eine Bild, *Bibellektüre,* von dem französischen Maler Hugues Merle aus dem neunzehnten Jahrhundert, zeigt zwei junge Mädchen mit einer Art Quäker-Haube auf dem Kopf, denen eine dritte Person aus der Bibel vorliest. Zwei Minderjährige, wenn man so will, also auch in dieser Hinsicht fesselnd. Das Bild bietet sonst nicht viel Aufregendes, wenn man es nicht in Zusammenhang mit dem Gemälde an der gegenüberliegenden Wand bringen würde und wenn man nicht wüsste, dass Marisa als junges Mädchen viel in der Bibel gelesen hat.

Gegenüber der Dichter Horaz, so wie der akademische Maler Thomas Couture, ein Zeitgenosse Merles, ihn sieht: sich mit seiner Mätresse Lydia vergnügend. *Ein römisches Festmahl*. Der Dichter, auf einem Sofa liegend, hält einem Diener seinen Pokal zum Nachfüllen hin. Lydia, splitterfasernackt, schmiegt sich an ihren Geliebten, einen Arm um seinen Hals geschlungen, den Busen gegen seine Brust gepresst, die Flanken in kurvenreich geschwungener Üppigkeit unserem prüfenden Blick zugewandt. Die Fülle ihrer Hüften ist ungeheuerlich. Obwohl Horaz in seinen Oden Lydia als unerschrocken und untreu schildert, verbirgt sie auf Coutures Gemälde ihr Gesicht, peinlich berührt durch die Nähe des Wasserträgers ihres Geliebten. In Anwesenheit von zwei Männern ist eine Frau notwendigerweise immer nackter, als sie je bei einem einzelnen Mann sein kann.

Ich will mich klar ausdrücken: Für einen, der nicht näher vertraut gewesen wäre mit meiner Frau, hätte Lydias Pose der saftigen Schamlosigkeit nichts an sich gehabt, das den Gedanken an Marisa nahegelegt hätte. Doch andersherum gedacht, würde jeder, der Marisa nur in bekleidetem Zustand kannte und sie sich ohne Kleider vorstellte, genau dieses Bild von ihr vor Augen haben: eine fließende Lüsternheit, die kaum auszuhalten war.

Ein Bild allein, ohne das Gegenstück, hätte einen Mann auf der Jagd nach einem Liebespfand wohl kaum zum Innehalten gezwungen. Manchester Square ist gespickt mit erotischen Verführungen. Doch zusammengenommen, sich von gegenüberliegenden Wänden des Treppenaufgangs gegenseitig ins Auge fassend, waren die beiden Darstellungen unwiderstehlich und beredt.

Mir stockte der Atem, als ich mich zwischen ihnen wiederfand. Ich hatte nicht den geringsten Zweifel, dies war der Ort – vor den

Blicken aller anderen Besucher versteckt –, wo Marius' Suche, hätte er sich aus seinem Bau bequemt, ihr Ende gefunden hätte.

Dennoch war mir beklommen zumute. Beklommen Marius' wegen und folglich auch meiner selbst, hing doch mein zukünftiges Glück ausschließlich von seinem ab. Eine Wahl stand an, zwischen einer keuschen Jungfrau, die im Sinne Gottes erzogen, und einer unersättlichen Mätresse, die vor den Augen anderer Männer ausgezogen werden sollte. Wo meine Präferenz lag, wusste ich; aber es war wichtig, dass Marius, wenn seine Zeit gekommen war, nicht das Gefühl haben durfte, er hätte schlecht gewählt.

Was ich folglich tat, tat ich in bester Absicht. Es war keine Einmischung in fremde Angelegenheiten, es war Güte. Ihnen zuliebe durfte ich nichts dem Zufall überlassen. Sie gehörten nicht zu den Menschen, die sich auf den Zufall als Hilfe verlassen konnten. Beide ließen sich viel zu leicht aus der Bahn werfen.

Ich glitt mit der Hand hinter das *Römische Festmahl*. Ein Alarm schrillte nicht los, aber es fand sich auch nichts von Marisa, nur ein Spinngewebe. Ich wandte mich der *Bibellektüre* zu und tat das Gleiche. Immer noch kein Alarm, aber diesmal zog meine Hand ein gefaltetes unliniertes A4-Blatt hervor, demonstrativ unpersönlich, auf dem Marisa den Namen ihres Lieblingsrestaurants, ihre Handynummer und eine kurze Nachricht notiert hatte. Wäre das Bild mit einer Alarmanlage gesichert gewesen, nicht meine Hand hätte sie ausgelöst, sondern mein Herzschlag. Die Nachricht lautete: »Es gibt kein süßeres Vergnügen, als einen Menschen dadurch zu überraschen, dass man ihm mehr gibt, als er erhofft hat.«

Ich will nicht so tun, als hätten mich diese Worte nicht verletzt. Wie gesagt, Eifersucht ist in seiner Wildheit und seinen Gedankengängen unkalkulierbar. Obwohl ich mir die beiden schon tausendmal eng umschlungen vorgestellt hatte, entsetzte und empörte mich der Gedanke, dass sie sich durch Baudelaire miteinander verbanden, zutiefst. Musste sie mich auch noch literarisch betrügen? Diese Worterotikerin! Ich atmete schwer, war grün vor Neid, wie es jeder andere auch gewesen wäre. Doch hielt Eifersucht nie lange bei mir vor. Bald konnte ich mir in meiner Fantasie ausmalen, wie sie sich, eng umschlungen, gegenseitig Baudelaire vorlasen, und in der Magengrube wieder den Gram spüren, den durch Alchemie in Genuss zu verwandeln ich gelernt hatte.

Es leuchtete mir ein, warum Marisa sich dagegen entschieden hatte, ihr Angebot, »mehr, als er erhofft hat«, hinter die römische Orgie zu stecken. Es wäre allzu unverfroren gewesen. Der zweifellos gelungenere Witz und auf ihre Art die laszivere Einladung zu verbotenem Tun war es, Marius ins Gedächtnis zu rufen, dass sie mal eine Klosterschülerin in Schuluniform gewesen war. Doch wusste ich etwas, das Marisa nicht wusste. Sie wusste nicht, dass Marius eine Neigung, wenn auch auf Begräbnisse beschränkte Neigung zu Minderjährigen hatte. Wer sagte, dass ihn die, wenn auch unbeabsichtigte, Anspielung nicht zu einem Rückzug bewogen hätte? Mit beidem war ein Risiko verbunden. Wenn Marius eingeladen wurde, sich an einer unbekleideten Lydia gütlich zu tun, konnte er womöglich auch prüde reagieren. Wie alle Sadisten fürchtete er sich vor Frauen, die die Initiative ergreifen. Von den beiden Bildern jedenfalls waren die Quäker-Mädchen das bedenklichere. Doch vielleicht war das nur eine Rationalisierung meiner eigenen Vorliebe. Ich konnte mich nicht von der Vorstellung lösen, dass Marisa ihm ihre – splitterfasernackte – Gesellschaft an seinem Tisch versprach.

Was immer dahinterstand, das, was ich tat, war eigentlich nichts Schlimmes. War es etwa ein Verbrechen, den Zettel mit dem ohnehin unverschämten Lockangebot von einer Stelle an eine andere zu verlegen, nur eine Armeslänge entfernt, damit Marisa Marius mit der Aussicht, nicht auf Bibelunterricht, sondern ein Gelage heiß machte? Ein Gelage obendrein – schließlich hatte ich nicht die Absicht, Marius etwas vorzuenthalten –, das die Aussicht auf den Bibelunterricht nicht aufhob, nur aufschob.

Wie enttäuschend war es, wieder an die frische Luft der Wirklichkeit zu treten und zu entdecken, dass sich in Wahrheit nichts verändert hatte. In dem Museum hatte ich das Gift ihres Ehebruchs eingeatmet, hatte es in mich aufgenommen und überlebt, doch draußen auf der Straße waren Marius und Marisa noch weit voneinander entfernt, Orgiasten erst in einer Zukunft, die ich soeben manipuliert hatte.

Wenn es für ihn nicht gut gewesen war, die Sache eine ganze Woche schleifen zu lassen, dann galt das Gleiche umgekehrt für sie. Marisa hatte Spaß am Spiel und verlor ihn wieder. Ein Mann war heiß und dann nicht mehr so. Die beiden großen Lektionen ihrer Kindheit. Was nicht heißen soll, es hätte sie nicht gewurmt, dass er nicht gleich anrief, als er ihre Nummer kannte. Zunächst wird sie die Vorstellung amüsiert haben, dass sich die Suche für ihn als schwierig erwies und er gleichsam auf allen vieren durch die Museumsräume kroch, ihrer Raffiniertheit hoffnungslos unterlegen, er, der geglaubt hatte, er wüsste, wie sie tickt. Doch als eine weitere Woche verging und dann noch eine, musste sie sich eingestehen, dass er ihre Telefonnummer möglicherweise nicht hatte, weil er sich gar nicht erst die Mühe gemacht hatte, nach ihrer versteckten Botschaft zu suchen.

Sie tat mir leid. Wie gesagt, ich bin ein Connaisseur der subtilen Kränkung. »Mir hat es jedenfalls Spaß gemacht, sie zu suchen«, hätte ich sie gerne getröstet. Aber auch ich war ein Gefangener unserer List.

Das Warten bekam ihr nicht. Sie mochte genauso wenig Opfer eines Spiels sein wie Marius. Ich blühe auf, wenn man mir die kalte Schulter zeigt, sie wurde blass. Ich glühe, sie wirkte kränklich. Sie ging aus, vergaß, was sie sich vorgenommen hatte, kehrte zurück und ging sofort wieder aus dem Haus. Sie ließ sich die Nägel lackieren, plötzlich gefiel ihr die Farbe nicht mehr, und noch am selben Nachmittag ließ sie sich die Nägel erneut lackieren. Sie kaufte sich Schuhe, die sie nicht brauchte, sie schrieb Briefe an Freunde, mit denen sie seit Jahren nicht mehr verkehrte.

Ernsthafte Sorgen machte ich mir um sie, als ein Mitarbeiter beiläufig erwähnte, er habe sie eine Kirche betreten sehen. Es stellte sich heraus, dass sie nur ein Orgelkonzert besucht hatte. Ich sage, nur, aber die Tatsache, dass sie dort war, bot trotzdem Anlass zur Sorge. Marisa hasste Orgelmusik.

Schließlich gewann ihre natürliche Ungeduld gegenüber Schwärmereien die Oberhand, und sie ging wieder tanzen, durchmaß die Straßen wieder im Stechschritt und las noch einen Vormittag pro Woche zusätzlich dem alten Mann aus einem Buch vor.

Ich hatte ein Fantasiebild für Marisa und diesen blinden Mann. Ich glaubte, sie war nackt, wenn sie ihm vorlas, war schon nackt unterm Mantel, wenn sie ankam. Er half ihr aus dem Mantel, wobei kein Wort gewechselt wurde. Er wusste, dass sie nackt war. Blinde riechen so etwas. Ich spreche nicht von den natürlichen Ausdünstungen oder Absonderungen des Körpers, auch nicht von Marisas Parfüm, der Blinde roch ihre Nacktheit an sich. In der Dunkelheit – in seiner eigenen Dunkelheit, aber auch in der Dunkelheit des Zimmers, denn die Räume der Blinden stellen wir uns auch immer als düster und sichtlos vor – roch er die abstrakte Idee von Nacktheit. Aber er berührte Marisa nie. Dann las sie ihm vor. Und sanft, unter dem Teppich ihrer Worte, spürte sie das Ein und Aus seines Atems auf ihrer nackten Haut. »Und ihr Schwellgewebe?« Sie stellen zu viele Fragen, Leser.

Eine Stunde später half der Blinde Marisa wieder in den Mantel, wobei er es peinlich vermied, sie zu berühren. Sie ging nach Hause, und sie vergaß. Marius? Wer war Marius?

Sehr viel interessanter war die Frage – jedenfalls was mich betraf: *Wo* war Marius? Tagelang verließ er seine Wohnung nicht, zumindest nicht in der Zeit, in der ich auf meinem Posten war. In dem Käsegeschäft wurde er ebenfalls nicht gesichtet, und keine Spur von ihm bei den wenigen Malen, die ich mich seit unserer Schatzsuche ins Museum verirrte. Ich fragte Andrew, ob er etwas gesehen oder gehört habe, doch auch er konnte nichts Neues berichten. Sie seien, erinnerte er mich, keine Busenfreunde. Marius hatte keine Busenfreunde.

Eines Morgens hielt ein Taxi vor seinem Haus, als ich gerade die Straße entlangschlenderte. Vermutlich sollte es ihn zum Kunstflohmarkt im Hyde Park bringen. Marius kam mit Pappkartons voll gerahmter Gemälde die Treppe herunter, sah sich das Wetter an, erschnupperte anscheinend den sich ankündigenden Regen und schickte das Taxi wieder fort. Später – der Regen hatte sich verzogen, die Sonne schien, und eine frische Brise wehte durch Marylebone – sah ich ihn beim Kaffeetrinken in der High Street. Es war vier Uhr, Marius' Vampirstunde. Sein Gesicht sah aus wie abgeriegelt von allem menschlichen Treiben. Gut möglich, dass der Taxifahrer der einzige Mensch war, mit dem er gesprochen hatte, seit Marisas Herausforderung an ihn ergangen war.

Tod und Begehren waren die Themen gewesen, über die wir bei unserer ersten und bisher einzigen Begegnung gesprochen hatten. Und da ich auch heute an ihm den Geruch des Todes wahrnahm, scheute ich mich nicht, mich an seinen Tisch zu setzen und uns auf Begehren zu lenken. Als Gesprächsthemen, meine ich, und nicht etwa das körperliche Verlangen einer Art, die wohl keiner von uns beiden für den anderen hegte.

(Ein paar Worte hierzu. Ich muss mich fragen – wenn ich es nicht tue, tut es bestimmt jemand anders –, ob nicht ich derjenige bin, der nach Marius lechzte, unterschwellig und vielleicht sogar nicht einmal unterschwellig, stellvertretend für meine Frau; oder der sich wenigstens danach sehnte, Puppe genannt zu werden, so wie Marius die Käseverkäuferin genannt hatte. Immerhin habe ich es registriert und thematisiert. Doch alles in allem, selbst eingeräumt, dass ich in mancher Hinsicht passiver bin, als ein Mann sein soll, muss ich sagen: Ich bezweifle das. Ich konnte in mir keinerlei Ambition entdecken, mit Marius das Bett zu teilen, oder Puppe von ihm gerufen zu werden – keine Ambition, eine Puppe zu haben, wie eine Puppe auszusehen oder jemandes Puppe zu sein. Ich bin kein Mann, den man mit dem Begriff Puppe in Verbindung bringt. Aber da meiner Form devianten Verhaltens häufig homoerotische Gefühle als zugrunde liegende Motive untergeschoben werden, möchte ich hiermit zeigen, dass ich diese Diagnose angemessen zu würdigen weiß. Könnte also sein – ist aber nicht so; auch wenn natürlich jede Devianz den Kern aller anderen in sich birgt.

Dass ich für die in Marius' Wortschatz verborgenen Kränkungen und Zärtlichkeiten sozusagen substituzionell empfänglicher war, als mir guttat – geschenkt. Würde Marius den Ausdruck Puppe in Gegenwart von Marisa verwenden, ich müsste gestehen, es wäre, als würde jemand mit langen Fingernägeln in meinem Magen herumtasten. Nichts, was man sich je gewünscht hätte, bis es schließlich passiert. Und dann beginnt man zu überlegen, ob man es sich vielleicht noch mal wünscht. Aber es war ein rein hypothetisches Gefühl. Marisa hätte niemals zugelassen, dass er sie so anredet.

Leider.)

Diesmal versuchte ich mein Glück mit der Frage: »Und welchen fernen Ort der Sinne bewohnen Sie heute?«

Wenn Blicke töten können, wäre ich heute nicht mehr am Leben. »Ich glaube, Sie verwechseln mich mit jemand anderem«, sagte er. »Sie scheinen eine Unterhaltung weiterzuspinnen, die wir beide nie geführt haben.«

»Es ist schon lange her«, sagte ich. »Damals haben Sie mir von Thanatos erzählt.«

Er schüttelte den Kopf. »Thanatos? Näh. Ich doch nicht, Chef.«

Ich war versucht, ihm zu sagen, mit meiner Frau würde er nicht so dämlich sprechen, aber das hätte meiner Sache geschadet. Interessant nur, unter dem eben diskutierten Aspekt der Homoerotik, dass er sich seine Ernsthaftigkeit für Frauen aufhob. Es sei denn, er hätte mich extra ausgeguckt, um so albern zu reden, und verhielt sich allen anderen Männern gegenüber völlig normal. War in dem Fall also sein Umgangston etwas, das ich provozierte? Wollte ich, dass er mich nicht ernst nahm?

»Und Eros? Erinnern Sie sich daran?«, fragte ich beharrlich weiter.

»Wieder daneben, der Herr. Im West End war ich seit Jahren nicht mehr.«

»Jeder Mensch«, sagte ich heuchlerisch, da mir sein Gestichel nur wenige Möglichkeiten für echte Konversation ließ, »weiß etwas von Liebe und Tod.«

»Bevor Sie weiterreden – wenn Sie jemanden suchen, mit dem sie über Ihre Ehe oder Ihre Liebesaffären sprechen möchten, dann bin ich nicht der Richtige. Ich lebe allein.«

»Aber habe ich Sie nicht schon in Begleitung von Frauen gesehen?«

Er wandte sich mir zu, das Gesicht angespannt. »Wollen Sie eins aufs Maul haben?«

Ich lachte, das irre Lachen der Erniedrigten und Beleidigten in den Romanen Dostojewskis. Das Lachen, das besagte: Sie können mich schlagen, Sie können mich verletzen, Sie können mich demütigen, aber Sie werden niemals mein Lachen aus mir herausprügeln. Wahrscheinlich hatte ich Pawel Pawlowitsch vor Augen, den ewigen Gatten in der gleichnamigen Erzählung.

»Ich wollte mich nur nett mit Ihnen unterhalten«, sagte ich. »Sie sehen so aus, als liebten Sie schöne Frauen. Auch ich liebe schöne Frauen, auf meine Art. Ich hatte Lust auf ein Gespräch.«

»Sprechen Sie mit Ihren Freunden. Obwohl, es würde mich nicht wundern, wenn Sie mir sagten, Sie hätten keine.«

»Ich habe keine Freunde.«

»Schätzen Sie sich glücklich. Freunde lassen einen immer nur im Stich. Frauen auch … Reicht Ihnen das als Gespräch?«

»Da habe ich andere Erfahrungen gemacht. Mich hat noch nie eine Frau im Stich gelassen.«

Er lehnte sich zurück, streckte die Beine aus und prustete – anders konnte man es nicht bezeichnen – in seinen Schnurrbart. Marius' Prusten war irritierend, da unvereinbar mit der restlichen Person, als würde ein verrücktes halb aquatisches Säugetier in einem Zoo den Besucher urplötzlich anschnaufen, ein Seelöwe, der infolge des langen Eingesperrtseins durchdreht, ein Walross mit Gespür für das Lächerliche.

»Ich hoffe, Sie erwarten jetzt nicht von mir, dass ich mich nach dem Geheimnis Ihres Glücks erkundige«, sagte er.

»Sich selbst immer ins Unrecht setzen. Wenn man im Unrecht ist, kann einem kein Unrecht mehr geschehen.«

»Dann könnte man genauso gut alle Hoffnung auf ein glückliches Leben aufgeben.«

»Das ist nicht dasselbe. Ich bin glücklich.«

»Warum lauern Sie mir dann auf?«

»Wer sagt, dass ich Ihnen auflauere? Ich habe nur gesagt, dass ich Sie in Begleitung einer schönen Frau gesehen habe, mehr nicht.«

»Und was geht Sie das an? Sind Sie Privatdetektiv?«

»Nein. Aber wenn Sie wirklich wissen wollen, was ich tue, würde ich sagen, ich bin das, was man einen Perversen nennt.«

»Und Sie meinen, wenn Sie mir das erzählen, werde ich lieber mit Ihnen reden? Was würden Sie tun, wenn ich Ihnen sage, Sie sollen verschwinden?«

»Wenn ich den Eindruck hätte, dass Sie es ernst meinen, würde ich verschwinden.«

»Wenn Sie den Eindruck hätten, ich würde es ernst meinen! Machen Perverse das so? Schmeißen sich an Leute ran, die ihnen sagen,

sie sollen verschwinden, und überlegen dann, ob sie es ernst meinen oder nicht? Warum sagen Sie nicht gleich, dass Sie Masochist sind, der sich seine Strafe abholen will, und die Sache ist erledigt.«

»Masochist, ja. Aber ich bin nicht auf Strafe aus. Eher auf Spannung.«

»Welche Spannung? Die, wenn man am Seil baumelt, mit einer Schlinge um den Hals? Oder die, wenn man nicht weiß, ob einer vorbeikommt, um einen abzuschneiden?«

»In der Literatur wird nicht immer zwischen den beiden unterschieden«, erklärte ich. »Aber wie bei aller Kunst sind das Grübeln und die Tagträumerei von entscheidender Bedeutung.«

»Kunst? Ich habe Sie wohl nicht richtig verstanden. Ich dachte, Sie sind ein Perverser, kein Maler.«

Ich zuckte die Achseln. »Haben Sie schon mal von einer Perversion gehört, die ohne Hang zur Kunst auskommt? Nur Sadismus ist antiästhetisch.«

Belustigt schlug er mit der flachen Hand auf den Metalltisch, sodass sein Kaffee auf meine Schuhe spritzte. »Antiästhetisch? Reden Sie mit jedem Fremden in Straßencafés so? Sie sind nicht nur aufgeblasen, Hombre, Sie reden auch Unsinn. Was glauben Sie, was Kunst ist – hübsche Bildchen? Lassen Sie sich gesagt sein – jeder Künstler ist ein Sadist. Er erschafft Leben, um es zu zerstören, wenn ihm danach ist. So wie mir im Moment danach ist, Ihres zu zerstören.«

»Aha!«, sagte ich und wagte es, mit dem Finger auf ihn zu zeigen. »Ihre heftige Reaktion zeigt nur, dass ich recht habe. Sie sind selber ein Mensch mit dem Temperament eines Künstlers – so etwas erkenne ich –, doch bei Ihrer auffälligen Ungeduld darf man bezweifeln, dass sie lange genug stillhalten können, um Kunst hervorzubringen. Zerstörung ist keine Kunst, Zerstörung ist das Gegenteil von Kunst. Was Sie Kunst nennen, nenne ich Blutvergießen.«

»Und warum erschreckt Sie das so? ›Von allem Geschriebenen liebe ich nur Das, was Einer mit seinem Blute schreibt.‹ Das hat Nietzsche gesagt.«

»Und hat Nietzsche auch gesagt, mit wessen Blut? Der Künstler, über den Sie sprechen, schreibt mit dem Blut anderer Menschen. Der richtige Künstler schreibt mit seinem eigenen Blut. Hat ein Schläger jemals eine gute Geschichte zu erzählen gehabt? Hat ein Schläger jemals lange genug stillgehalten, um die Welt um sich herum wahrzunehmen? Die Geschichten, die wir lieben, sind immer von Geschlagenen oder vom Standpunkt eines Geschlagenen aus geschrieben – von uns, die wir warten und staunen, immer gespannt, die wir beobachten, Fragen stellen, die wir unendlich viel Zeit haben und immer und immer wieder die Geschichte unserer Schande erzählen.«

»Und wo ist Ihre Kunst, Mister Perverskünstler, um das zu beweisen?«

»Hier«, sagte ich und breitete die Arme aus, als wollte ich den Tag, den Himmel, die Zeit, die Straße, den Tisch, uns beide umarmen. »Hier, in der Großmütigkeit meiner Gefühle für Sie, in der Spannung unserer Erzählung, in der Unkenntnis, wo unsere Geschichte endet.«

»Uns beide verbindet keine Geschichte.«

»Oh, da wäre ich mir nicht so sicher.«

»Was Sie da beschreiben, ist keine Kunst, sondern Fantasie.«

Ich zuckte mit den Schultern. »Und Ihre Kunst?«, fragte ich. »Die Kunst, zu der Ihr Temperament neigt? Wo ist sie?«

Zum ersten Mal trafen sich unsere Blicke. Das also sahen Frauen in ihm! Eine zornige, kalte Traurigkeit, wie die eines Eisbären. Ein Gebrechen, das die Frauen, wenn sie furchtlos waren, wenn sie sich nahe genug herantrauten, vielleicht sogar lindern konnten.

Was er in meinen Augen sah, gefiel ihm offensichtlich auch nicht, obwohl sie sich für mich, von innen her, sanftmütig anfühlten wie die eines Labradorhundes.

»Meine Kunst«, fing er schließlich an, »besteht darin, Sie nicht länger in Spannung zu halten! Verschwinden Sie! Stehen Sie auf, verlassen Sie meinen Tisch und gehen Sie einfach weiter. Ich zahle Ihr Getränk, und Sie belästigen mich nicht weiter. Wie wäre es damit als Ende unserer Geschichte?«

Ich stand auf. »Gehen Sie endlich in das Scheißmuseum!«, hätte ich am liebsten geantwortet. »Sie brauchen nur die kleine Treppe hochzusteigen, und Sie werden sehen, was Sie dort erwartet. Sie werden Ihr Glück kaum fassen.« Aber das konnte ich nicht sagen.

»Verschwinden Sie!«, wiederholte er.

Und diesmal erwies ich ihm die Ehre zu glauben, dass er es auch so meinte.

*

Das Schicksal ist mit den Mutigen. Am nächsten Tag konnte man Marius den Manchester Square überqueren sehen, vermutlich – denn ich saß in einem Taxi und konnte nicht anhalten, um mich zu vergewissern – auf dem Weg zu dem Scheißmuseum.

Ich kann nicht beweisen, dass es unser Gespräch war, welches ihn umgestimmt hatte. Logisch betrachtet, hätte er genauso gut seine Koffer packen und die Gegend für immer verlassen können. Wer wollte mir schon zufällig auf der High Street über den Weg laufen? Doch selbst wenn es ihn in dieser Hinsicht nicht beeinflusst hätte, sprach nichts dagegen, dass es ihn in anderer Hinsicht beeinflusst hatte. Vielleicht war er auch einfach nur mit dem falschen Bein aufgestanden. Oder er hatte aus seinem kleinen Fenster über dem Knopfgeschäft geguckt und Marisa gesehen, beim Einkaufen in einer der Boutiquen gegenüber oder nackt unter ihrem Mantel auf dem Weg zur Vorlesestunde bei dem blinden Mann. Allein ihr Anblick hätte ihn an sein fast schon vergessenes Vorhaben gemahnt, so wie der Geist des Vaters den Hamlet.

Doch möchte ich gerne glauben, dass ich ihn veranlasst habe, an den Schreibtisch zurückzukehren. »Und Ihre Kunst, Marius?

Wo ist Ihre Kunst?« Und ihn natürlich auch an die Existenz einer schönen Frau erinnert habe.

Wo war seine Kunst? Zweifellos hatte er gedacht, er wollte eine Antwort auf die Frage finden – und wenn nur für sich allein –, auf seine Art, auf die einzige Weise, die einem Künstler zur Verfügung stand. Indem er ein Kunstwerk schuf. Aber dann hatte er nichts hervorgebracht. Jedenfalls war das meine Vermutung. Für einige Männer heißt es, Kunst oder Frauen, und Marius war auf jeden Fall ein Mann dieses Typs. Tod, Frauen, Kunst. Kunst, Frauen, Tod. Kunst, Tod, Frauen. Ganz egal, wie er jonglierte, immer kompensierte eins das andere. Das Thema Tod hatte er abgehakt. Blieben die anderen beiden. Und wer wollte schon gerne Sätze bauen, wenn die Sätze ihm nicht aus der Feder flossen und draußen in der Welt eine reich gesegnete Frau wartete – schnell, provozierend, spitz, unsentimental und mit einem anderen Mann verheiratet –, die er sich nur zu nehmen brauchte?

Der Tag, an dem Marius verspätet Marisas Herausforderung annahm, war auch für mich der Beginn eines neuen Abenteuers. Ich saß hinten in einem Taxi und konnte kaum einen klaren Gedanken fassen, so laut war das geile Geplapper in meinem Kopf. »Wie die wilden Tiere!« Ich musste laut gesprochen haben.

»Ich dachte, Sie wollten nach Paddington«, sagte der Fahrer.

Ich sagte, ich hätte es mir anders überlegt. Eigentlich hatte ich vor, einen pensionierten Schuldirektor in Gloucester zu besuchen und seine Bibliothek zu begutachten. Aber jetzt konnte ich mich unmöglich auf alte Bücher konzentrieren. »Zurück nach Marylebone«, sagte ich. Ich wollte in der Nähe sein.

Er las ihren Zettel, oder würde ihn bald lesen. Ich las ihn auch noch mal, zusammen mit ihm. Was für eine Einladung. Mehr, als er erhofft hatte, allerdings. Auch mehr, als ich erhofft hatte.

Marisa schmiegte sich an die Brust des Dichters, splitterfasernackt. Und der Wasserträger grinste.

Du lieber Gott!

Er war in sie eingedrungen, so gut wie.

*

Er führte sie in ihr Lieblingsrestaurant (bis dahin *unser* Lieblingsrestaurant), und dort saßen sie zu zweit, wie miteinander verschmolzen. Sie merkten nicht, was sie aßen. Anschließend schlenderten sie nach draußen, durch den Abend, in der Luft tiefes Donnergrollen, zuerst Arm in Arm, dann Hand in Hand und schließlich, nur eine Straße von dem Haus entfernt, in dem wir wohnten – Marisa und ich –, küssten sie sich auf den Mund – Marisa und er –, hielten inne, um die Freude aneinander voll und ganz auszukosten, unter einer Straßenlampe, die sie anstrahlte, und es war, als glühten ihre Herzen.

Er war ansehnlicher als sonst, nahezu wohlgelaunt, in einem tweedähnlichen Anzug, in dem er aussah wie ein Rechtsanwalt vom Land. Der Typ Mann, der in den Herzen von Farmerfrauen und -töchtern romantische Gefühle entfachte, und natürlich bei Gattinnen von Professoren an unbedeutenden Universitäten. Auch bei Großstadtfrauen kommt sie gut an, diese Anmutung windzerzauster provinzieller Unbarmherzigkeit. Als gäbe es im Landleben grausame Gewissheiten, zu denen weichere Männer, die in internationalen Banken oder städtischen Antiquariaten arbeiten, nicht fähig sind.

Auch Marisa wirkte wie neu beseelt. Gespräche taten ihr gut. Für Gespräche trug sie ihre höchsten Absätze.

Sie gingen wieder essen, in dasselbe Restaurant, setzten sich an denselben Tisch – *unseren* Tisch natürlich –, bis es für sie genauso zu einer Tradition wurde wie zuvor für uns. Schließlich, doch ich greife vor, lud sie ihn nach Hause ein, in das Haus, das wir beide gemeinsam bewohnten, und danach in ihr Bett. Nicht *unser* Bett, Verwicklungen dieser Art duldete sie nicht, obwohl sie gewusst haben muss, dass ich keine Einwände gehabt hätte. Es war tagsüber, und ich war im Geschäft. Ich hatte die Arbeit zugunsten von Marius vernachlässigt und war froh, wieder zurückkehren zu können. Manchmal schlenderte ich durch die Straßen, gern auf den Wegen, die sie beide zuvor auch gegangen waren.

Es hat etwas höchst Romantisches, immer wieder den Ort aufzusuchen, von dem man verbannt wurde. Als lebte man ein Leben zwischen Nebelschleiern und Spiegeln. An manchen Tagen fiel mir das Atmen schwer, aber das führte ich auf meine Verzückung zurück. Noch war ich nicht am Ziel, aber ich war auf dem besten Weg dahin. Jetzt waren die beiden am Zug. Ich hatte meine Schuldigkeit getan, jetzt mussten sie ihre Schuldigkeit tun.

Ich verlangte nicht viel. Nur dass sie einander liebten.

4 Die Ehefrau, der Liebhaber

»… es tanzt mein Herz, doch nicht aus Freude,
Freude nicht.«

William Shakespeare, *Wintermärchen*

Vier Uhr – l'après-midi d'un faune – war uns allen recht, dem Faun, der Nymphe, dem Gehörnten.

Ich sah es gerne, wenn er zu uns ins Haus kam. Es gibt Männer, die würden aus geringerem Anlass töten. Sie haben auf Abwehr geschaltet. Ihr Problem. Sie wissen nicht, was ihnen entgeht.

Natürlich war Marius nicht klar, in wessen Haus er den Faun gab, außer dass es zur Hälfte Marisa gehörte. Ich kann ihm also nicht vorwerfen, er hätte einen persönlichen Sieg über mich errungen. Allerdings war ich mir sicher, dass es zu seinem Spaß beitrug, dass es das Haus eines anderen war. Es gab dem Nachmittag seine Würze. Aussehen und Eigenschaften einer Frau genügten, um ihn zu erregen, aber die Erregung wurde gesteigert, wenn er die Frau obendrein einem anderen Mann wegnahm. Ob der andere Mann auch älter sein musste als er selbst, weiß ich nicht, aber es hätte mich nicht gewundert, seine Erfolgsbilanz legt das nahe. Und wer sagt, dass wir nicht alle aus demselben Holz geschnitzt sind? Wir ducken uns vor unseren virilen Vätern, so wie der Junge in Turgenjews Erzählung, oder – der gleiche Impuls, nur umgekehrt – wir enthaupten sie. Marius war ein Enthaupter.

Auf der Beerdigung des Mannes, dem er die Frau weggenommen hatte, hatte er keine Träne vergossen, sondern stattdessen zwei minderjährige Mädchen abgeschleppt.

Ganz gleich, wie alt und wie geschunden, Mädchen waren sein Verderben. Es ist mir nicht gelungen, den wahren Grund in Erfahrung zu bringen, warum er die Universität, an der er als Juniorprofessor lehrte, verließ, kurz nachdem er mit Elspeth durchgebrannt war. Der Ruch irgendeines Skandals lag in der Luft, aber es war unwahrscheinlich, dass Elspeths Mann etwas damit zu tun hatte. Für Groll von solcher Art war er zu ehrenwert und zu vertrottelt. Sehr wahrscheinlich sogar hatte er Marius die Stelle überhaupt erst verschafft. Professoren bringen ihre Studenten gerne unter, ob sie nun mit ihren Frauen durchgebrannt sind oder nicht. Es befriedigt einen gewissen Hang zum Dynastischen. Aus welchem Grund auch immer, jedenfalls war Marius weg, noch bevor er bleibende Spuren wenigstens im Antlitz der Universität hinterlassen hatte. Anders verhielt es sich mit den Spuren, die er bei seinen Studentinnen hinterließ. Die Mädchen vergötterten ihn, jedenfalls einige von ihnen. Als Lehrer war er so, wie er schon als Student gewesen war: anregend, brillant, allzu vertraulich, mit der Neigung, andere erst zu idealisieren und dann zu verachten. Wenn er meinte, wirkliches Talent entdeckt zu haben, förderte er es. Es reizte ihn, unsichere Kantonisten zur Kultur zu bekehren. Wenn ihn der Größenwahn packte, glaubte er, pygmaliongleich, er könne das Leblose animieren und der halben Menschheit – der weiblichen Hälfte, versteht sich – Baudelaire und Céline nahebringen, wenn man ihn nur ließe. Bestimmt gab er den minderjährigen Schulmädchen, die er sich auf dem Friedhof zu Willen gemacht hatte, Lektürelisten mit auf den Weg, bevor er das Kleingeld für die Busfahrkarte für sie zusammenkratzte und sie nach Hause zu ihren Eltern schickte.

Pech, und das speziell für Elspeth, war, dass er es nicht dabei beließ, die Mädchen zur Kultur zu bekehren. Er musste sie auch zum Glauben an sich bekehren. Es gibt Grund zu der Annahme, dass er durch üble Nachrede seitens der Feministinnen auf dem Campus aus seinem Job vertrieben wurde. Ich entdeckte einige Artikel über ihn in der Studentenzeitung, die aus der Zeit datierten, als er den Dienst quittierte. Sie legen den Schluss nahe (ohne deutlich zu werden, aus Angst vor Klagen), dass er nicht nur eines der sexgierigsten Mitglieder eines sexgierigen Fachbereichs war (Literatur: Es liegt in der Natur des Gegenstands), sondern dass auch unter den Frauen und Studienanfängerinnen Briefe kursierten, in denen vor ihm gewarnt wurde, er sei ein Lehrer der schlimmsten Sorte: ein Herzensbrecher und Gunstverteiler, einer, der Seminararbeiten nicht danach beurteile, was auf der Seite stand, sondern wie die Verfasserin im Bett war. Das bezweifle ich. Er hatte sich viel zu sehr im Griff, um diese beiden Bereiche durcheinanderzubringen. Wenn schon, dann hätte er die Arbeit jeder Studentin, mit der er geschlafen hatte, schlechtgemacht, nur um seine intellektuelle Unvoreingenommenheit zu demonstrieren. Und natürlich, um zu beweisen, dass Leidenschaft ihm wenig anhaben konnte. Ich werte das als hysterische Verleumdung von der Art, wie sie damals häufig auf dem Universitätscampus grassierte. Aber ein Schuft ist und bleibt ein Schuft, wie immer sich die Einzelheiten auch darstellen; deswegen vermute ich, dass er durch Erpressung gezwungen wurde, seine Lehrtätigkeit aufzugeben.

Hätte er die Sache ausgestanden und die Feministinnen agieren lassen, wie sie wollten – wenn Elspeth nicht gewesen wäre? Möglich. Den Lord Rochester einer der West-Midlands-Universitäten zu geben, damit hätte er leben können. Ein schlechter Ruf, besonders in dieser Hinsicht, hat einem Junggesellen noch nie geschadet, und wenn noch so viele Warnbriefe kursieren. Für Elspeth dagegen, die mal den Status einer Professorengattin eingenommen und auf Studenten wie auf Waisen- oder Findelkinder gerührt herabblickte, war das demütigend. Deswegen brachen sie ihre Zelte dort ab und zogen weg, was er ihr – aber das ist nur meine Theorie – nie hatte verzeihen können.

Und sie ihm ebenfalls nicht. Ihren Freunden gegenüber, denen, die ihr noch verblieben waren, bezeichnete sie ihn als den finsteren Lord Morgoth. Als Kind hatte sie auf Tolkiens Schoß gesessen, hatte ihn später in Gesellschaft ihres Mannes wiedergetroffen, der vor Ehrfurcht zitterte, als er ihn ihr vorstellte, und im Nachhinein alles von ihm las. Es ist also möglich, dass die Wahl des Spitznamens Morgoth durch ihre Vorliebe für Tolkiens Werk etwas gemildert wurde; wie Morgoth war auch Marius gefallen, von luftigen Höhen in die finsterste Tiefe, und trotzdem liebte sie ihn noch. Doch nannte sie ihn auch weiterhin Morgoth, obwohl sie wusste, wie sehr er sie dafür verachtete, dass sie Tolkien mit Literatur verwechselte; und das wiederum legt nahe, dass ihr Zorn auf ihn echt war.

Unentwegt gerieten sie aneinander, Elspeth temperamentvoll und selbstentblößend, wie ihre rüschigen Kleider, Marius eisig und reserviert, wie Wasser aus einem kalten Quell.

»Wenn ich gewusst hätte, dass es so kommen würde«, sagte sie zu ihm, brachte den Satz aber nicht zu Ende; und aus ihrem mädchenhaften Puffärmel schaute zu viel schlaffe Haut hervor.

»Was hast du denn gedacht, Elspeth?«, fragte er, sie kränkend, indem er ihren Namen aussprach und Gift und Galle dabei spuckte.

»Ich dachte, es würde schön werden. Ist das zu viel verlangt?«

»Schön? Wir haben uns zerfleischt. War das vielleicht schön?«

»Wir haben uns geliebt, Marius. Wir haben uns Versprechungen gegeben.«

»Das war in einem anderen Land«, sagte er und überließ es ihr, das Zitat zu vervollständigen.

Es war ein Zeichen dafür, wie schlecht es zwischen ihnen stand. Beide konnten Angefangenes nicht beenden.

Sie verließ ihn nicht, mochten seine Gefühle für sie auch noch so erkaltet sein. Sie hatte schon mal einen Mann verlassen und sah keine Zukunft für sich darin, jetzt den nächsten zu verlassen. Vermutlich wollte sie auch einfach nicht wahrhaben, dass es ihr, nachdem sie Marius einmal wahnsinnig vor Verlangen nach ihr gemacht hatte – Marius hatte recht, er hatte sie gleichsam zerfleischt –, nicht noch einmal gelingen würde, seine Liebe zu gewinnen. Marius' Veränderung, seine Schäbigkeit, wo er einst ausschweifend gewesen war, nützte ihm bei seinen Beziehungen zu Frauen insofern, als sie sich schwer von ihm lossagen konnten, solange das Ausschweifende nicht zurückkehrte. Es gehört zu den grausamsten Gesetzen der Erotik, dass Geiz im Verhältnis der Geschlechter zueinander seine Wirkung nie verfehlt – vorausgesetzt, es besteht auch nur die leiseste Hoffnung, Großzügigkeit werde sich wieder einstellen. Wir alle ducken uns in würdeloser Dankbarkeit wie abgerichtete Hunde und warten auf den Brocken Liebe, den man uns hinwirft.

Selbst meine Mutter, die genau wusste, wo sich mein Vater herumgetrieben hatte, begrüßte ihn herzlich, wenn er nach seiner Grand Tour der Bordelle in Frankreich, Deutschland und den Niederlanden wieder heimkehrte – sofern er ihr nur belgische Pralinen mitbrachte.

Ich bin genauso.

Marius und Elspeth boten auf ihren Wanderungen durch die Welsh Marches, auf der Suche nach einer Beschäftigung für Marius, das Bild ehelichen Unglücks – wenngleich eines Unglücks, das Elspeth durchdrang und sie als ein sexuelles Wesen wachsam, aufmerksam, ja übermütig machte, obwohl ihr besser angestanden hätte, anzuerkennen, dass sie rasch alterte und sich in Kleidung und ihren Erwartungen angepasst hätte. »Er ist ›der große Feind‹, aber er tut mir gut«, sagte sie sich. Sie meinte, gut im erotischen Sinn. Marius war ein Mann, der tief in Frauen eindrang, als suchte er nach etwas in ihrem Innern, was sich an der Oberfläche nicht fand, sich vielleicht niemals finden ließ. Bei Elspeth, falls er sich überhaupt mit ihr abgab, drang er tief ein, im verwundenden wie im forschenden Sinn. Ohne Job, ohne Geld, ging er auf Distanz zu ihr, sah alle und jeden an, nur nicht sie, doch wenn er Arbeit fand, bei einer Lokalzeitung in Ludlow, als Fahrer eines Schulbusses von Stourport nach Shrewsbury oder in Church Stretton, wo sie sich schließlich niederließen, als Verputzer von Cottages – Arbeit, die nicht der Ironie entbehrte, ein Witz, wie er es empfand, gegen ihn persönlich gerichtet, gegen seine vielversprechenden früheren Aussichten, ein lächerliches Leben in einem lächerlichen Teil des Landes –, kehrte er mit ungestümer Rachsucht zu ihr zurück, rief sich ins Gedächtnis, wie sehr es ihn in der Anfangsphase ihrer Beziehung erregt hatte, ihre perfekte Schöner-Wohnen-Miene zu einer Fratze verzerrt zu sehen, der Professorengattinmund wie zu einem Schrei geschürzt. Und jedes Mal glaubte Elspeth natürlich, alles wäre wieder in Ordnung zwischen ihnen und würde so bleiben, bis ihr Schiff endlich die Gestade des Äußersten Westens erreichte, den Wohnort der Lords und der Queens der Valar.

*

Marius wurde nicht gleich, nachdem er den Preis von Marisa gefordert hatte – oder, um es drastischer auszudrücken, Marisa *als* Preis –, in mein Haus eingeführt. Dazwischen lagen mehrere Monate, während deren sie sich gegenseitig den Hof machten. Ein Interregnum, in dem wir alle drei uns auf die neue Situation umstellen mussten.

Ich halte mich abartig lange bei dieser Phase auf, obwohl ich gleichzeitig Marius nicht schnell genug in Marisas Bett kriegen kann. Wären meine Instinkte sadistisch, hätte ich die beiden längst »chez moi« unter eine Decke gesteckt, denn der Sadist sucht rasch den Ort des Schmerzes. Als Masochist befolge ich eine komplexere und exquisitere Chronologie. Für den Masochisten geht es immer zu schnell, ganz egal, wie lange es bislang gedauert hat. Im Vorfeld der Qual gibt es immer noch mehr zu erleiden, bis sie endlich in ihrer ganzen Fülle genossen werden kann.

Es gibt also noch weitere Details aus diesem Interregnum zu berichten, bevor Marius mich voll und ganz zum Cuckold machen kann.

Es kam, wie es kommen musste. Marisa führte ihn zum Essen in unser Lieblingsrestaurant aus und setzte sich mit ihm an unseren Tisch. Es geht mir hier nicht um einfache Symmetrie. Marisa machte aus unserem Stammlokal *ihr* Stammlokal, ließ sich dort in *seiner* Gesellschaft blicken – demonstrativ und unentschuldbar *mit* ihm – und bewies damit, dass sie eine Frau war, die bewusst auf die Bedürfnisse ihres Mannes einging. »Demütige mich«, hatte ich sie stumm angefleht, seit der kubanische Arzt sich meiner Rolle bemächtigt hatte, und sie hätte mich nicht mehr demütigen können, hätte sie mich an einem öffentlichen Ort geschlagen.

Vico's, ein traditioneller italienischer Familienbetrieb, mit Bildern des Vesuvs und der Fontana di Trevi an den Wänden, mit Madeirasoße über allen Gerichten und karamellisierten Apfelsinen zum Nachtisch, war seit Jahren mein zweites Zuhause, zuerst in meiner Junggesellenzeit, aber auch später, als ich Marisa dorthin ausführte, die gesprächshungrige Frau eines Mannes, dem ich alte Bücher verkaufte. Auch wenn wir das Lokal nach unserer Heirat seltener aufsuchten – man ging entweder alleine hin, oder man ging hin, schien mir, wenn man nichts Gutes im Schild führte –, blieb ich mit dem ganzen Personal aufs Freundschaftlichste verbunden, besonders mit Rafaele, dem Oberkellner, einem Polen, der sich als Italiener ausgab und bei dem vertrauliches Wissen aufgehoben war wie in einem Sieb. Marisa wusste, dass sie dort nicht mit einem Mann hingehen konnte, ohne dass mir diese Tatsache das nächste Mal, wenn Rafaele mich sah, zugetragen wurde. Immer wenn ich dort alleine aß – und der Mann einer untreuen Frau isst häufig alleine –, verdrehte er die Augen in den Höhlen seines kahlen Schädels und teilte mir, wenn nicht mit Worten, dann mit Blicken mit, was für ein Zufall, gerade erst gestern Abend oder gestern Nachmittag habe er sie bedient … keine Ahnung, wer ihr Begleiter gewesen war … er vermute, was sollte er sonst vermuten, ein Bruder oder irgendein anderes Mitglied der Familie, so intim sei ihre Unterhaltung gewesen … Eine schöne Frau, Ihre Gattin, Signore. Simpatica.

Sie traute sich ganz schön viel, meine schöne Signora simpatica. Ein Mann darf sich wünschen, dass seine Frau ihm untreu wird – aber musste gleich die ganze Welt davon erfahren? Bei Dostojewski war das anders; um bei Dostojewski als echter gehörnter Ehemann zu gelten, muss er die ganze Gesellschaft auffordern, Zeuge seiner Schmach zu werden; aber Marisa und ich wohnten in Marylebone, nicht in Sankt Petersburg. Dass Marisa sich Vico's Restaurant angeeignet hatte, war ein Zeichen ihres Selbstvertrauens, aber es zeigte auch, dass sie sich meiner absolut gewiss war. Ich war wie ein Boxer, der in den Seilen hing und wehrlos jeden Schlag einsteckte. Ohne die geringste Befürchtung, selbst verletzt zu werden, konnte sie mich umkreisen und mich so tief und so oft schlagen, wie sie wollte. Ich würde zusammensacken, aber nicht zu Boden gehen.

Wie seinerzeit beim »Kampf im Dschungel« jedoch kann diese Taktik für denjenigen, der die Schläge austeilt, nach hinten losgehen. Ich habe nie daran gezweifelt, dass es für Marisa härter war als für mich. Ein Ehemann, der in den Seilen hängt, ist nicht gerade der Traummann einer jeden Frau, ganz gleich, was die gängige Literatur über Cuckolds sagt. In dieser Beziehung hatten die nach gehörnten Männern geradezu verrückten Elisabethaner unrecht – eine Frau, die ihren Mann vor aller Welt lächerlich macht, findet sich nicht so leicht, denn mit einem lächerlichen Mann zum Gatten ist man auch selbst lächerlich. Indem Marisa die Sache öffentlich durchstand, bewies sie, dass sie eine Frau unter Tausenden war.

Aber auch ich war ein Ehemann unter Tausenden, ganz unabhängig davon, ob sich Tausende auch in meine Lage begeben hätten, wenn sie Manns genug gewesen wären.

Freitag, wenn Marisa abends ihren Dienst bei der Telefonseelsorge versah, war der Tag, an dem ich wieder anfing, alleine bei Vico's zu essen. An keinem anderen Tag in diesen ersten Monaten, in denen sie zusammen ausgingen, konnte ich sicher sein, ihnen hier nicht in die Arme zu laufen.

Da freitags immer Hochbetrieb herrschte, war der Abend nicht die beste Zeit, Rafaeles Aufmerksamkeit zu erlangen, aber wenn er an meinem Tisch vorbeihastete, sah ich im Glanz seines eilfertigen, diensteifrigen Gesichts alles, worauf ich gehofft hatte. Es war Mitleid, für das er sich entschieden hatte, sobald deutlich wurde, dass ich nicht die Absicht hatte, die italienische oder von mir aus polnische Nummer abzuziehen, um Marisas Affäre ein Ende zu bereiten oder Marisa aus dem Haus zu werfen. Noch im hintersten Winkel des Restaurants, sogar dann, wenn er noch mit anderen Gästen beschäftigt war, schüttelte er mit einer demonstrativen Geste tiefen Mitgefühls den Kopf, nicht frei von ebenso tiefer Verachtung. Als ich einmal mit kritzelnden Bewegungen in der Luft nach der Rechnung verlangte, kritzelte er eine Antwort in die Luft. Ich glaube, es sollte CUCU heißen, also Cuckold. Und wenn mich nicht alles täuschte, stand von da ab immer dann, wenn ich morgens auf dem Weg zur Arbeit auf einen schnellen Kaffee vorbeischaute, CUCU in Schokoladenschrift auf meinem Cappuccino geschrieben.

Nach einem besonders hektischen Abend setzte er sich gegen jede Etikette zu mir an meinen Tisch. Er schwitzte stark.

»Ich bin am Ende, Signor Quinn«, sagte er. »Ich verkrafte es nicht mehr.«

Was sollte ich dazu sagen? Wenn man ganz in der Abartigkeit seiner eigenen Begierden aufgeht, vergisst man, welch ungeheure Wirkung die eigenen moralischen Capricen auf andere haben können. Ich beugte mich vor und legte meine Hand auf seine. Meine war kühl und trocken, seine warm und feucht. »Es geht mir gut«, sagte ich. »Es geht mir sogar sehr gut. Es läuft alles zu meiner vollen Zufriedenheit. Hier, trinken Sie einen Brunello mit mir.«

Mit einem Zucken seiner Bärenschulter lehnte er den Wein ab, sah mich ungläubig an und beschloss dann fortzufahren, als hätte ich nichts gesagt. »Ich bin seit vierzig Jahren Laufjunge und Kellner«, sagte er. »Es reicht. Wird Zeit, dass ich in Rente gehe. Meine Beine sind müde. Nächste Woche fahre ich nach Umbrien zu meiner Familie.« Er formte seine Hände zu einer

Erdkugel, als stünde ihm das Tor zur Welt offen, aber als sei Umbrien die einzige Welt, die ihm am Herzen liege. »Sonne, Wein, Salami«, sagte er.

Polnische Wurst kam nicht vor, wie mir auffiel. Ich war schon froh, dass nicht ich der Grund war, dass er in Rente ging.

Ich schüttelte den Kopf und sagte zu Rafaele, dass er mir fehlen werde. Er wollte unbedingt, dass wir uns küssen wie Männer, und dann, als verbinde er das mit Männern, die Männer küssen, sagte er: »Signor Quinn, in meinem Land gibt es ein Sprichwort: Jestem człowiekiem i nic, co ludzkie, nie jest mi obce.«

»Hört sich in meinen Ohren nicht gerade italienisch an, Rafaele.«

»Das ist ein umbrischer Dialekt. Ich komme aus einem sehr entlegenen Dorf. Aber wissen Sie auch, was die Redewendung bedeutet? Ich bin ein Mensch, und nichts Menschliches ist mir fremd.«

»Klingt gut«, sagte ich.

»Gut, aber nicht wahr. Manches ist mir zu fremd, das kann ich nicht verstehen.«

»Jeder Mensch ist anders«, sagte ich.

»Und Sie sind nicht unglücklich, Signor Quinn?«

»Ich bin ein glücklicher Mensch, Rafaele. Ich bin quicklebendig bis in die Fingerspitzen. Hier, fühlen Sie. Ich wünsche Ihnen, dass Sie in Ihrer Heimat Umbrien auch so glücklich werden.«

Er sprang auf. »Dio ce ne scampi e liberi!«, sagte er.

»Wissen Sie, was das heißt?«

»Vielleicht, ›Wenn ich doch nur auch so glücklich wäre‹?«

Er blickte entsetzt und machte eine polnische Geste mit seinem Daumen, als setzte er sich eine Pistole an die Schläfe. »Es bedeutet: Das verhüte Gott!«

*

Ich war traurig, als er ging. Mir fehlte das Schokoladen-CUCU auf meinem Cappuccino.

Doch die Befürchtung, ich hätte meine lebendige Verbindung zu den Turteltäubchen verloren, bestätigte sich nicht. Ich bekam rasch eine bessere. Wenn die Götter der verdrehten Liebe mit dir zufrieden sind, überschütten sie dich mit Geschenken.

Nach Rafaele kam Ernesto, diesmal ein echter Italiener. Ernesto war ein Schneider, den vor Kurzem ein schweres Unglück ereilt hatte und der sich jetzt nach einem neuen Tätigkeitsfeld umsah. Ich kannte ihn seit Jahren; er betrieb eine kleine Änderungsschneiderei über einem Schuhgeschäft in der Marylebone Lane, kürzte Hosen und versetzte Knöpfe für Versace und Armani und für Laufkundschaft. Er hatte seine Frau durch einen plötzlichen Herzinfarkt verloren, mitten in der Schneiderwerkstatt, in der er seit Jahrzehnten arbeitete, und er konnte es nicht ertragen, in die Räume zurückzukehren. Er suchte keine neue berufliche Herausforderung, nur eine Beschäftigung, die ihn ablenken sollte von dem, was passiert war. Im Grunde wartete er selbst auf einen Herzinfarkt, es war also egal, was er machte.

Er war Römer, klein von Wuchs, mit vornehmen Manieren und einem milden, kummervollen Lächeln. Ich hatte ihn immer als sehr vital erlebt, muskulös, kompakt und mit einem leicht sonnengebräunten Teint. Nach dem Tod seiner Frau schien alle Kraft aus seinem Körper gewichen zu sein, er wurde blass.

All das schilderte ich dem Geschäftsführer von Vico's, ebenfalls einem alten Freund von mir. Ich hatte die Idee, Ernesto könnte durch die Tätigkeit bei ihm wieder neuen Lebensmut fassen. Er sei nicht auf das Geld angewiesen, sagte ich, er sei schon zufrieden, einfach nur an die Tische zu gehen und hier und da ein Glas San Pellegrino einzuschenken. Ich schlug ihn nicht als Ersatz für Rafaele vor, eher als Aushilfe, der bereit war, ganz unten anzufangen, während alle um ihn herum aufstiegen.

Tatsächlich kam Ernesto über den Posten des Wassereinschenkers nie hinaus, aber er war mir dankbar für den Ortswechsel.

Eine Dankbarkeit, die auszunutzen ich keine Skrupel hatte. Als eine Möglichkeit, mir den Gefallen zu erwidern, übertrug ich Ernesto die Jago-Aufgabe, mir zu berichten, was ich mit eigenen Augen nicht sehen konnte.

Ich schonte ihn nicht. Ich traf ihn, wenn er Feierabend im Restaurant machte, bestellte uns ein Taxi zu ihm nach Hause und ließ den Wagen manchmal stundenlang vor seiner Wohnung – aus der die Sachen seiner Frau jetzt weggeräumt waren – in Maida Vale warten, während ich auch noch den letzten Fetzen Information aus ihm herausquetschte. Anfangs lauteten die Antworten auf meine Fragen immer gleich, nein, er habe eigentlich gar nichts gesehen, er habe ihnen nur Wasser eingeschenkt, seine Beobachtungen seien wirklich nichts wert; schließlich aber begriff er, dass seine Ausflüchte mich stärker kränkten als seine vertraulichen Mitteilungen. Es ist gut möglich, dass er einiges erfand. Auch möglich, dass Marisa an manchen Abenden gar nicht im Restaurant war, wenn er sie Händchen haltend mit einem anderen Mann dort gesehen haben wollte. Aber das machte nichts. Es war das Atmosphärische, das in der Anfangszeit für mich zählte. Ein Empfinden dafür, wie sie als Paar wahrgenommen wurden, von einem Mann, der ihnen nahe gewesen war, der sich über sie gebeugt, der ihnen Wasser nachgeschenkt hatte und der daher einen frischen Eindruck von ihnen beiden mit sich herumtrug.

Und wenn Mephisto leibhaftig erschienen wäre und mir angeboten hätte, mich – nicht als unsichtbare Erscheinung, sondern als unerwünschte dritte Person, ein Niemand, vor dem sie sich ohne Gewissensbisse küssen konnten – an ihren Tisch zu platzieren, während sie miteinander knutschten, ich hätte ewige Verdammnis gerne in Kauf genommen. Da mir dieses Geschäft versagt blieb – und weder Marius noch Marisa würden mich aus eigenem Antrieb auffordern, ihr Essen mit ihnen zu teilen –, musste ich Ernesto zu meinem Zeugen machen, zu meinen Augen, meinen Ohren, sogar meinen Lungen.

»Nehmen Sie alles in sich auf«, bat ich ihn einmal. »Atmen Sie alles ein, und dann halten Sie die Luft an, bis Sie sie bei mir wieder ausatmen können.«

»Den ganzen Abend die Luft anhalten?«

»Wenn es sein muss.«

Er lachte sein gezwungenes, blasses Lachen, die italienische Musik darin verklungen. »Dann wird das mein letzter Atemzug sein.«

»Mit etwas Glück auch meiner«, sagte ich.

Ich spürte seinen prüfenden Blick in dem dunklen Taxi. »Ich dachte, das hier würde Ihnen gefallen.«

»Es gefällt mir ja auch. Aber jetzt erzählen Sie mir, was heute Abend war …«

Ganz gleich, wie mitteilsam er war, jedes Mal musste ich ihm die Bühne bereiten. Zwischen Restaurant und Bett, das versteht selbst der gleichgültigste Mann, gibt es Fragen, die gestellt werden müssen. Doch zwischen Glasaustrinken und Wassereinschenken, zwischen Butteraufstreichen und Brotessen, zwischen der Lektüre der Speisekarte und der Bestellung ereignet sich eine Unmenge dramatischer Details, und auf kein einziges wollten Sie verzichten, wenn Sie an meiner Stelle wären. Ja, Ernesto, aber *bevor* sie sich vorbeugte, um ihn auf den Mund zu küssen – was haben sie da zueinander gesagt, hat er sie um den Kuss gebeten, oder hat sie ihm den Kuss freiwillig gewährt, war ihre Unterhaltung bis zu diesem Moment lebhaft, und wer hat am meisten gesprochen, meine Frau oder ihr Liebhaber, saßen sie nahe beieinander, wie nahe, und konnte man daran sehen, ob sie ein Liebespaar sind, war ihnen ein Bewusstsein davon anzumerken, dass sie sich unstatthaft verhielten, würden Sie eher sagen, es war ein selbstbewusstes Hinwegsetzen über Konventionen oder völlige Gleichgültigkeit, und wer von beiden schien sich mehr darüber zu freuen, den anderen zu sehen, kamen sie zusammen, oder erst der eine, dann der andere, erst meine Frau oder erst ihr Liebhaber, und haben sie sich bei der Begrüßung geküsst, Wangenkuss oder auf den Mund, und wessen Zunge …?

Armer Ernesto. Ich hatte ihn nicht nur zu meinem Jago gemacht, sondern auch zu meinem Gyges. Ich hatte ihn dazu gebracht, jede Bewegung Marisas zu beobachten, und führte sie ihm dadurch in Wahrheit vor, präsentierte sie ihm nackter als Kandaules seine Frau, denn die Königin von Lydien hatte sich nur fürs Bett entkleidet, während Marisa von Ernesto ja auf frischer Tat ertappt werden sollte. Doch damit nicht genug. Als stets aufmerksamer Zeuge von Marisas zunehmender Untreue war er zu einem Beteiligten geworden, einem Parallel-Liebhaber geradezu, in Geheimnisse eingeweiht, über die er besser Bescheid wusste als ich. Und mehr noch, er war auch zu einem Parallel-Gehörnten geworden. Er hatte Interesse an Marisa gefunden, auf meine Veranlassung hin, sich womöglich sogar in sie verliebt, und musste nun, so wie ich, den Schmerz erdulden, neben Marius nur zweite Geige zu spielen. Als ich ihn bat, Marisas Mund zu öffnen und zu beschreiben – *lentamente,* Ernesto, *e con espressione* –, wie Marius seine Zunge hineinführte, bereitete ich ihm wahrscheinlich Qualen, die genauso unerträglich waren wie meine eigenen.

Schließlich hielt er es nicht mehr aus. Nachdem ich ihn drei, vier Wochen lang ausgefragt hatte, brach er zusammen.

»Ich kann Ihnen nicht länger geben, was Sie von mir verlangen«, sagte er, noch ehe das Taxi vor seinem Haus anhielt.

Ich bat den Taxifahrer, uns zurück nach Marylebone zu bringen. Ein erschöpfter, flehentlicher Blick trat auf Ernestos Gesicht. »Keine Angst«, sagte ich. »Ich stelle Ihnen keine Fragen mehr. Ich weiß, dass sie heute Abend sowieso nicht da waren. Kommen Sie einfach rein, trinken Sie ein Glas mit mir.«

Marisa war nicht da. Sie hatte mir gesagt, sie wolle zu Freunden aufs Land – ein Geburtstagsfest von jemandem, mit dem sie bei der Telefonseelsorge zusammengearbeitet hatte –, aber ich war überzeugt, dass es Marius' Freunde waren, auch wenn schwer vorstellbar war, dass er überhaupt welche hatte. Ich vermute, dass er mit ihr in die Welsh Marches gefahren war. Dort wollte er sie Leuten vorführen, die sich noch an ihn erinnerten, als er dort Busfahrer gewesen war. Jetzt kehrte er als Eroberer zurück, mit der Frau eines anderen Mannes am Arm.

Marisas Abwesenheit war förmlich zu spüren. Es war reine Gefühlsduselei von mir, kaum war sie gegangen, das Haus in Melancholie versinken zu lassen, das Licht zu dämpfen, keine frischen Blumen zu kaufen, nicht abzuwaschen. Es entsprach der vertikalen Spielart des Subspace, in den ich hinabstieg, wenn niemand mehr da war zum Reden, wenn niemand mehr nach Informationen ausgequetscht werden konnte, wenn nur noch Stille im Haus war, Marisa nicht da und ich auf unserem Bett lag, hörte, wie sich ihre Kleider lösten, obwohl sie vielleicht Hunderte Kilometer entfernt war, und dann das klebrig schmatzende Geräusch, für das es keine Bezeichnung gibt, der sich öffnenden Portale ihres Körpers.

Das heißt, wenn sich ihr Körper überhaupt schon für Marius geöffnet hatte.

Statt Ernesto zu verschrecken und ihn nach oben zu bitten – wer weiß, vielleicht dachte er noch, ich hätte ihn, im Geiste Victor Gowans, ins Haus gebeten, um ihm mit dem Anblick meiner obszön sich auf einem Diwan räkelnden Frau eine Freude zu machen –, bedeutete ich ihm, am Küchentisch Platz zu nehmen, und goss ihm ein Glas Wein ein. Er bat mich um Kaffee, ich kochte ihm welchen.

»Es ist schwer zu erklären«, fing ich an, aber er wehrte mit erhobener Hand ab.

»Es ist nicht schwer zu erklären«, sagte er. »Ich verstehe das. Jeder Mann kennt diese Gefühle. Wir gehen unterschiedlich damit um. Kurz nach unserer Hochzeit hatte meine Frau eine Affäre. Mit jemandem, den ich kannte. Ich wollte sie töten, und ihn auch. Aber eines Tages kam der Mann zu mir und lag mir weinend in den Armen. Ich weinte auch. Danach ging er wieder, und meine Frau tat mir leid. Manchmal wollte ich sie fragen, warum. Was sie in ihm gesehen hatte, was ich nicht auch besaß. Aber jedes Mal dachte ich dann, dass es grausam wäre, sie das zu fragen. Ihre Gefühle gehörten ihr allein. Sie hatten nichts mit mir zu tun.«

Schweigend hörte ich ihm zu. »Finden Sie, dass ich grausam zu Marisa bin?«, fragte ich ihn.

Er zuckte mit den Schultern. »Auch das geht mich nichts an. Der Mensch, zu dem Sie grausam sind, bin ich.«

»Das tut mir leid«, sagte ich.

»Es ist nicht einfach für mich. Ich bin in Trauer. Ich werde den Rest meines Lebens trauern. Sie haben eine Frau. Warum Sie ihr gestatten oder sie ermuntern, Ihnen das anzutun, verstehe ich nicht. Das ist Ihre Sache. Aber wenn sie morgen sterben sollte, wird es Ihnen leidtun, was Sie getan haben. Ich jedenfalls kann Ihnen nicht mehr weiterhelfen. Ich will diese sexuellen Gefühle nicht haben. Für Sie sind sie ein Luxus. Den kann ich mir nicht leisten.«

»Es tut mir leid«, sagte ich noch mal. »Ich werde Ihnen keine Fragen mehr stellen.«

*

Es folgte eine prekäre Phase für mich. Der Möglichkeit, Fragen zu stellen, beraubt, wurde ich unruhig. Wenn man keine Fragen stellt, bekommt man keine Antworten; welchen Sinn sollte die Geschichte mit Marius und Marisa haben – welchen Sinn für *mich* –, wenn meine Vermutungen unbestätigt blieben?

Ich wusste zu vieles nicht. Zum Beispiel, um mit dem Wesentlichen anzufangen: Hatten sie, oder hatten sie nicht? Jedes andere Paar, das so viel Zeit miteinander verbracht hatte wie die beiden, hätte einem bei der Frage lasziv ins Gesicht gelacht. Doch Marius und Marisa hatten schon eine Ewigkeit gebraucht, um überhaupt so weit zu kommen. Auf ihre Art waren sie genauso süchtig nach Spannung wie ich. Und mindestens einer von ihnen war ein geborener Bremser. Also gut möglich, dass sie noch nicht ... dass sie sich schonten, dass sie es sich noch aufhoben. Damit es sich, wenn es so weit war, wie die Kollision zweier Planeten anfühlte.

Ich wusste nichts, und das zehrte an meinen Nerven.

In der Zeit vor Marius, als Marisa mich durch den joyceschen »verwundenden Zweifel« quälte, hatte es immer bruchstückhaft verschüchterte Eingeständnisse ihrer Eskapaden gegeben, an denen ich zu kauen hatte. Dunkle Gedanken vertraute sie ihrem Tagebuch an, zweideutige, unfertige Briefe an ihre Halbschwestern ließ sie offen liegen, verriet durch ihre Miene ihre wahren Gefühle, sprach aufgeregt am Telefon mit mir unbekannten Anrufern. Jetzt hatte sie ihr Tagebuch weggeschlossen, nie erwiderte sie meine Blicke, und ihr Telefon klingelte nicht mehr. Was wahrscheinlich besagte, dass es ernst war.

Fragte sich nur: Wie ernst?

Was Marius betraf – den ich früher nie aus den Augen gelassen hatte, froh, ihn mir zu packen und ihm seinen Vier-Uhr-Termin zu verderben –, hatte ich das Gefühl, dass es besser war, ihn zu meiden, jetzt, da er meine Frau auf ihren Wegen durch Marylebone begleitete. Ich beobachtete ihn weiterhin, aber aus größerer Entfernung, stellte mich nicht mehr hinter ihm an der Käsetheke an, setzte mich nicht mehr zu ihm an einen Cafétisch in der High Street. Ich wollte weder, dass er irgendwelche Schlussfolgerungen zog, wenn er mich sah, noch, dass irgendwas passierte, wodurch Marisa den Verdacht hegen könnte, wir wären miteinander bekannt. Obgleich ich mir nichts sehnlicher wünschte, als bei Vico's mit ihnen zu essen, ohne dass sie mich bemerkten, war es zugleich absolut wichtig, dass sie nichts davon mitbekamen, wie sehr ich in Wirklichkeit mit dabei war. Paradox, aber der Maßstab meines Erfolgs war gerade die Sorge, die ich tragen musste, um beim Genuss dieses Erfolgs nicht ertappt zu werden.

So muss es sich wohl immer darstellen in einem Leben, das sich den krankhaften Vergnügungen widmet: Mit jedem Gewinn geht ein Rückschlag einher.

Bis ich schließlich die Sache forcierte. Eigentlich ist Gewalt kein Begriff, den ich mit mir in Verbindung bringe. Aber es war eindeutig: Ich übte Gewalt aus.

»Telefonseelsorge. Kann ich Ihnen helfen?«

Die Stimme war sanft, aber nicht salbungsvoll, und es war nicht Marisas Stimme.

Ich hatte gehofft, dass sie an den Apparat kam, aber nicht damit gerechnet. Man kann nicht einfach seinen persönlichen Berater bei der Telefonseelsorge verlangen. »Verbinden Sie mich bitte mit Marisa.« Das geht nicht. Man muss es drauf ankommen lassen, selbst als Stammkunde. Man muss sich mit dem begnügen, den man an die Strippe kriegt.

Darüber hatte ich mit Marisa schon vor langer Zeit mal gesprochen, nicht wissend, dass ich die Information eines Tages gebrauchen könnte.

»Was passiert, wenn jemand nur dich sprechen will und niemand anders?«, hatte ich sie gefragt.

»Das geht nicht.«

»Warum nicht?«

»Weil persönliche Beziehungen dieser Art nicht gerne gesehen werden. Es muss nicht zwangsläufig so sein, aber meistens sind diejenigen, die eine bestimmte Person verlangen, nur auf eine falsch verstandene Intimität aus.«

»Und was ist richtig verstandene Intimität?«

»Wenn man kein Stöhnen am anderen Ende hört.«

»Selbst wenn es keine Spinner oder Stöhner sind, kriegen sie also nie denselben Berater zweimal.«

»Nie, würde ich nicht sagen. Es variiert. Aber wenn man oft genug anruft, hat man irgendwann Glück.«

»Das ist ja wie beim Lotto. Dumm nur, falls man sich gerade eine Pistole in den Mund gesteckt hat.«

»Die Leute, die bei uns anrufen, stecken sich meistens keine Pistole in den Mund, Felix.«

Ich auch nicht, an dem Tag, als ich anrief. Aber es kommt immer darauf an, was man unter einer Pistole im Mund versteht.

»Das hoffe ich doch«, antwortete ich auf die unpersönliche Begrüßung. »Ich glaube, meine Frau hat eine Affäre.«

»Wie kommen Sie darauf?«, fragte die Stimme, eine Spur gelangweilt.

Ich hätte immer gleich den Hörer auflegen können, wenn nicht Marisa am Apparat war, aber das wäre kleinmütig gewesen. Andererseits wollte ich auch nicht als Spinner oder Stöhner dastehen. *Ich glaube, meine Frau hat eine Affäre – welche Farbe hat Ihr BH?* Ich gab mir also Mühe, wie ein ganz normaler Mann zu klingen, der Angst hatte, seine Frau könnte ihn betrügen, obwohl mir das gar nicht so leichtfiel. Wie klingt ein Mann, der den Verdacht hat, seine Frau könnte ihm untreu sein?

»Es sind die üblichen Zeichen«, sagte ich und dachte, ich könnte ja mal versuchen, wie Marisas erstes Opfer zu klingen – Radio-Three-Hörer, kultiviert, beleidigt, ausgegrenzt. »Sie kommt zu unregelmäßigen Zeiten nach Hause. Die Person, die ich in Verdacht habe, mein bester Freund, witzelt plötzlich nicht mehr mit mir rum. Es ist immer der beste Freund, nicht? Das ist der Dank.«

»Haben Sie schon mal mit Ihrer Frau darüber gesprochen?«

»Nein.«

»Das sollten Sie. Finden Sie nicht? Oft liegt man mit so einem Verdacht daneben.«

»Auf die Idee bin ich noch gar nicht gekommen«, sagte ich und ergriff die Möglichkeit, mich rasch aus der Affäre zu ziehen. »Ich spreche sie gleich heute Abend, wenn sie nach Hause kommt, mal darauf an. Danke für den Rat. Sie haben mir sehr geholfen.« Ich legte auf.

So ging das vier-, fünfmal, wobei die Anrufe immer kürzer wurden und ich mich schnell bedankte. Einmal, als ich dachte, ich wäre wieder bei der Person vom ersten Anruf gelandet, sagte ich: »Ich wollte nur Bescheid geben, dass sie noch nicht nach Hause gekommen ist«, und legte wieder auf.

Doch dann – genau wie Marisa gesagt hatte, man musste nur hartnäckig bleiben – hatte ich Glück.

»Telefonseelsorge. Kann ich Ihnen helfen?« Es war die tiefe When-I-am-laid-on-earth-Altstimme, mit der sie vor gerade mal fünf Jahren eingewilligt hatte, meine Frau zu werden. »Ja«, sagte sie, »ja, das will ich. Ja«, nur nicht wie Molly Bloom, *damals* nicht wie Molly Bloom.

Komischerweise war es nicht die Tatsache, dass ich sie überhaupt anrief, die mir heuchlerisch erschien, sondern, dass ich sie von zu Hause aus anrief. Eigentlich müsste ich von einer Telefonzelle aus anrufen, überlegte ich. Eine öffentliche Telefonzelle in einer Straße. Die Straße würde sie nicht erkennen, aber die Stille in unserem Haus – was war, wenn sie den Ort, von dem aus der Anruf kam, auf Anhieb erriet? Und war das nicht auch ein Verrat?

Ich stopfte mir Papiertaschentücher in die Backen, wie wir es als Schüler früher gemacht hatten, um unsere Stimme zu verstellen. »Ich habe Probleme in meiner Ehe«, sagte ich. Es hörte sich an wie Marlon Brando in *Der Pate*.

Ich konnte förmlich hören, wie sie sich anstrengte, mich zu verstehen. Viel Zeit geht mit der Überlegung drauf, hatte sie damals gesagt, als wir über ihre Arbeit sprachen, ob der Anrufer die Wahrheit sagt oder dir was vorschwindelt.

»Was für Probleme haben Sie in Ihrer Ehe?«, fragte sie nach einer angemessenen Pause.

»Es scheint gar keine Ehe mehr zu sein.«

Erneutes Abwarten. Dann sagte sie: »Wie meinen Sie das, es scheint keine mehr zu sein?«

Meine Stimme klang so alt, dass sie jetzt vermutlich erwartete, ich würde sagen: »Meine Frau ist vor sechzig Jahren gestorben.«

Ich wälzte die Papierpfropfen im Mund umher, um einige Lebensjahre abzustreifen. »Ich meine«, sagte ich schließlich, »dass mir die Leute mit ihrer Miene zu verstehen geben, dass meine Ehe keine mehr ist. Fremde sehen mich mitleidig an. Die grausameren unter ihnen lachen mich aus. Und einige Freunde erkundigen sich neuerdings, wie die Scheidung läuft, obwohl ich gar nicht wusste, dass wir uns trennen, geschweige denn scheiden lassen.«

Paranoid, hörte ich sie denken.

»Ich weiß, was Sie jetzt denken«, fuhr ich fort. »Sie denken, ich sei paranoid. Aber ich habe die Beweise schwarz auf weiß. Gestern lag ein Umschlag mit zwei Theaterkarten auf dem Garderobentisch.«

Vor drei Wochen hatte ich zwei Karten für *Don Giovanni* auf unserem Garderobentisch gefunden, außerdem einen Zahlungsbeleg mit Marisas Namen und Kreditkartennummer. Mich hatte sie nicht gefragt, ob ich sie zu der Aufführung begleiten wollte.

»Solche Karten beweisen erst mal gar nichts.«

Jetzt war ich derjenige, der genau hinhörte.

»Für mich schon«, sagte ich. »Sie sind Beweis für außerehelichen Geschlechtsverkehr, für Ehebruch, Betrug – für all diese Dinge.«

Ich rechnete damit, dass sie den Telefonhörer auf die Gabel knallte, aber es folgte nur ein langes, tiefes Schweigen. »Felix«, sagte sie schließlich. »Was soll das? Du weißt doch, dass du mich hier nicht anrufen kannst.«

»Warum nicht? Wo soll ich dich denn anrufen?«

»Felix …?«

»Ich rufe die Telefonseelsorge an, nicht dich. Ich muss mit jemandem reden. Meine Frau ist zu anspruchsvoll, um auf normalem Weg mit mir zu kommunizieren. Deswegen rede ich mit jedem, der gerade abhebt. Diesmal hat es dich getroffen, Pech gehabt.«

»Wir können das Gespräch in diesem Rahmen nicht fortsetzen, Felix.«

»Dann sag mir nur eins …« Ich war verblüfft, wie mitgenommen ich auf einmal war. Meine Hände zitterten wie die eines alten Mannes. Meine Augen waren feucht. Woher kamen meine Tränen und meine Worte?

»Nein, Felix. So nicht.«

»… hast du ihn schon gefickt?«

Diesmal, als ganz schwaches Klicken in der Leitung wahrnehmbar, wurde der Hörer aufgelegt.

*

Noch am gleichen Abend redeten wir miteinander.

Ich werde das Gespräch hier nicht wiedergeben, denn das könnte ich gar nicht. Obwohl ich sie anflehte, mir mit Worten zu erklären, was los war, sind es nicht die Worte, an die ich mich erinnere. Selbst in extremen Situationen waren wir immer viel zu geübt im Gespräch, zu gewieft, zu geschmiert, als dass unser Gerede uns weitergebracht hätte. Vielleicht können nur Menschen, die gewöhnlich nicht viel miteinander reden, mithilfe der Sprache zu Freimütigkeit vordringen. Wir nicht. Ich mag mich über das Netz der Verschwiegenheit beklagt haben, das sie um mich gesponnen hatte, doch jetzt zeigte sich, dass wir schon längst zu viel gesagt hatten. Ob wir schwiegen oder nicht, wir litten an einem Übermaß an Ausdruck und Literatur. Um zu Freimütigkeit vorzustoßen, brauchten wir keine zweite Medea, keinen zweiten Menelaos, sondern rohe Emotionen. Wir brauchten Zeit. Wir mussten zusammen weinen. Mit Sachen um uns werfen. Uns vielleicht sogar Gewalt antun.

Ich brauche nicht zu sagen, dass keiner von uns beiden die Hand hob. Nur ich – aus Gründen, die mir damals unerklärlich waren und es teilweise noch sind – vergoss Tränen.

Marisa wiegte mich wie eine Mutter. »Ruhig, Felix, ganz ruhig«, an diese Worte aus ihrem Mund erinnere ich mich. »Ganz ruhig, Felix.«

Woher kamen sie bloß, diese Gefühle? Worüber weinte ich?

Marisa war zu erfahren und zu intelligent, um mir vorzuhalten, wie unlogisch diese Tränen waren, wenn es denn ehrliche Tränen der Reue waren. Aber es war uns beiden klar, dass ich an der Wunderlampe gerieben hatte, wohl wissend, was daraus hervorkommen würde, und dass ich den ersten, vielleicht sogar den zweiten meiner drei Wünsche gewährt bekommen hatte.

»Du kannst jetzt nicht mehr zurück, Felix« – das sagte sie nicht, jedenfalls nicht so deutlich.

Trotzdem hinterließ sie bei mir den Eindruck, dass es in dieser Sache kein Zurück mehr gab. »Ich habe dich vor mir gewarnt«, sagte sie, oder irgendwas in dem Sinn.

Eigentlich gehörte Marisa nicht zu den Frauen, die als Ungeheuer sexueller Unbeständigkeit auftreten und die Männer warnen, sich vor der Unbescheidenheit ihres Herzens zu hüten. Dass sie es jetzt nachholte, beunruhigte mich. Wie sollte ich das verstehen? Dass sie liebeskrank war? Dass Marius jetzt für immer bleiben würde? Dass er für sie unverzichtbar geworden war?

»Ich bitte dich nicht, auf ihn zu verzichten.« Auch etwas, das ich nicht sagte.

Aber ich wurde wie ein Kind in den Armen gewiegt und spürte wie ein Kind all die grausamen Widersprüche des Lebens.

Ich ergriff die Gelegenheit, während ich an ihrer Brust lag, ihr endlich von dem kubanischen Arzt zu erzählen. Vielleicht würde das etwas erklären oder mir mildernde Umstände geben.

Sie lachte. »Was für ein geiler Sack«, sagte sie.

»Wer? Er oder ich?«

»Ihr beide.«

»Deine Schuld, dass du einen so schönen Busen hast.«

»Schöne Busen gibt es zuhauf, Felix.«

»Schöne vielleicht, aber deiner ist nicht nur schön. Deiner ist eloquent. Er ist wie eine Ankündigung deiner Person. Dein Busen ist dein Prolog, Marisa.«

»Ein Prolog wozu?«

»Zu dir. Zu dem Rätsel deiner Person. Deswegen ist es jedes Mal ein Schock, dich anzusehen. Eigentlich müsstest du einen Raum rückwärts betreten. Von vorne betrachtet, versprichst du zu viel. Es schmerzt mir in den Augen, dich zu sehen. Schon immer.«

»Dann mach die Augen zu.«

»Das habe ich versucht. Aber ich sehe immer nur den Kubaner vor mir, der deinen Körper ergründet. Ein toller Anblick, Marisa! Die Hände eines anderen Mannes …«

»Ruhig, Felix.«

»Nein. Ich will nicht ruhig sein. Wenn man das einmal gesehen hat, kann man nicht mehr ruhig bleiben – bis man es wieder gesehen hat.«

»Na, dann gebrauch deine Fantasie.«

Irgendwie einigten wir uns darauf, bevor wir ins Bett gingen, dass Marius ab jetzt zu uns nach Hause kommen sollte, während ich im Geschäft war. Es sollte die ungeklärte Situation, unter der wir beide litten, entspannen. Er würde zu uns kommen, und wir beide hätten unseren Frieden. Nur müsste ich auch wirklich wissen, auf was ich mich einließe.

»Auf was *ich* mich einlasse?«

»Ja, Felix, du. Auf was *du* dich einlässt.«

»Doch wohl eher du«, sagte ich. Was sie nach langer banger Pause als Ja interpretierte, ja, ich wisse, auf was ich mich einließe.

Ob Marisa damit auch so etwas wie eine elterliche Beruhigung beabsichtigte, dass ich nicht alleingelassen würde, dass ich jederzeit wissen würde, wo sie wäre, dass sie meine Frau bleiben und weiter mit mir unter einem Dach leben würde, kann ich nicht mit Gewissheit sagen. Doch ich kam mir vor wie ein Kind, dem man die Trennung schonend beibringen wollte.

Außerdem wollte sie mich – wenn auch zu ihren Bedingungen, ihren Einschränkungen unterworfen und innerhalb der von ihr gesetzten Grenzen des Erlaubten – regelmäßig, zu einer festgesetzten Zeit, mit einbeziehen und, soweit Sprache das zu leisten vermag, über die Entwicklung ihrer Gefühle Marius gegenüber und der seinen ihr gegenüber auf dem Laufenden halten. Künftig würde sie für Marius die Frau und für mich die Geschichtenerzählerin sein. Wir würden verheiratet bleiben, doch unser Ehestand würde beginnen und enden, wo ihre Erzählung begann und endete.

Wir vergossen gemeinsam noch ein paar Tränen und kehrten uns dann den Rücken zu. Ich war nicht stolz auf mich, hatte ich mich doch keineswegs wie der Revolutionär der Sexualität aufgeführt, für den ich mich hielt. Aber manchmal heiligt der Zweck die Mittel. Alles in allem, fand ich, war es so gekommen, wie ich es mir gewünscht hatte. Gespannt, aber guten Mutes schlief ich ein.

Unsere kleine Familie: Marius und Marisa, zusammen im Bett, in meinem Haus, und ich – es sei denn, ich hatte beruflich zu tun, aber ich achtete darauf, dass das möglichst selten der Fall war – draußen in den Straßen von Marylebone. Jetzt verstand ich, was Marius mit der Stunde der Unruhe meinte, der Stunde, an dem der Tag noch nicht vorbei, die Triebwerke des Abends gerade erst angelaufen sind. Um vier Uhr sahen die Menschen anders aus, wenn man erst mal wusste, wonach man in ihren Gesichtern suchte, so wie jeder mit diesem Wissen bei meinem Anblick wahrscheinlich dachte: tagsüber ein erfolgreicher antiquarischer Buchhändler, doch nachmittags ein Ehemann, dessen Frau nackt mit ihrem Liebhaber im Bett liegt.

Um vier Uhr war alles in Marylebone im Fluss. In den Geschäften, die ich regelmäßig aufsuchte, herrschte eine Unruhe, die meiner eigenen entsprach. Die Verkäufer verhielten sich anders als in den Vormittagsstunden; was sie nicht aufregte, das fürchteten sie. Ihre Herzen flimmerten. Sie hörten einem nicht zu. Sie überprüften oder zählten Kassenrollen. In dem Käsegeschäft hatten sie Angst, dass ihnen die Lebensmittel schlecht wurden. In den Konditoreien gingen ihnen die Kuchen aus. Vor den Restaurants, draußen auf der Straße, standen die Köche und Kellner und rauchten ihre letzte Zigarette, bevor das Abendgeschäft losging. Im Vorbeigehen wechselte ich verschwörerische Blicke mit ihnen, wir hatten irgendeine Heimlichkeit gemeinsam. Selbst die Taxifahrer fuhren, ohne nach Fahrgästen Ausschau zu halten, und ließen sich nur widerwillig anhalten, weil sie befürchteten, jemand könnte die falsche Zeit im Kopf haben und wollte an ein allzu fernes Ziel gebracht oder in einen gefährlichen Bezirk der

Stadt gefahren werden. Niemand wusste genau, was er wollte – nur nicht das, was jetzt war.

Wenn der Wind richtig stand, konnte man den Park riechen. Ein bitterer, modriger Geruch, wie von einem von Booten aufgewühlten See. Manchmal nahm ich mir vor, bis zum Park zu gehen, aber ich schaffte es nie. Lieber wollte ich von Häusern umschlossen sein. Wenn die Tage kurz waren, waren die Lichter ein Trost, wie ein Käfig. Ich war nie viel in Pubs gegangen, doch jetzt entschloss ich mich bewusst, mal in dem einen oder anderen – ich machte da keine großen Unterschiede – auf ein Glas Wein vorbeizuschauen. Wenn mich andere Gäste ansprachen, unterhielt ich mich mit ihnen. Aber wenn ich ihnen verriet, warum ich hier war – »an den Nachmittagen, wenn meine Frau zu Hause ihren Liebhaber empfängt, vertreibe ich mir so lange die Zeit draußen, aus Anstand« –, verspürten sie auf einmal den Drang, mich wieder mir selbst zu überlassen.

Einmal, ich hatte mich gerade an einen Tresen gesetzt, kam ich ins Gespräch mit einem Geschäftsmann aus Atlanta, der in Marylebone zu Besuch war, um seine Tochter an der American InterContinental University unterzubringen, die in der High Street einen eigenen Campus unterhielt. Wenn ich mich nicht gewehrt hätte, hätte er mir seine politische Meinung dargelegt, Bush, Irak, Guantanamo Bay. Aber ich hatte Marisa nicht zu Hause in den Armen von Marius zurückgelassen, um mit einem Fremden über die amerikanische Nahostpolitik zu diskutieren. »Sehen Sie, da drüben«, sagte ich und zeigte gegenüber auf eine Frau, die ich für eine Produzentin der BBC London hielt – sie trug, ungeachtet ihrer schlichten äußeren Erscheinung und des geringen Gespürs für Kleidung, jene unverhohlene Flirtbereitschaft zur Schau, die ich bei Mitarbeiterinnen der BBC häufig beobachtet habe. Eindringlich redete sie auf einen jungen Mann mit wilder Haarmähne, in schwarzem T-Shirt und Lederjacke ein, wahrscheinlich ein Moderator und ganz bestimmt verheiratet. Zwischendurch beugten sie sich ein Stück vor und küssten sich mit offenem Mund. »Die da«, sagte ich, »das ist meine Frau.«

Der Geschäftsmann packte mich am Arm. »Und das lassen Sie zu?«

»Ich kann es nicht verhindern.«

»Ich erledige das für Sie.« Wenn ich ihn nicht zurückgehalten hätte, wäre er von seinem Hocker aufgesprungen.

»Sie will es so«, sagte ich.

»Und Sie? Was wollen Sie?«

»Ich will das, was sie will.«

»Weiß der Kerl, dass Sie ihr Ehemann sind?«

»Das möchte ich bezweifeln. Aber eigentlich ist das egal, oder?«

»Mir wäre das nicht egal. Ich würde ihm eine verpassen.«

»Wozu ihm eine verpassen? Er hat nichts getan, was Sie und ich nicht auch tun würden. Sie ist diejenige, die den Ärger macht.«

Er sah zu ihr hinüber und schüttelte den Kopf. Gerade beugte sie sich wieder vor, ihre Brüste ruhten dabei auf der Tischplatte, und sie bot ihm ihren Mund wie ein Vogeljunges dar. »Und sie kann das machen, obwohl sie weiß, dass Sie sie beobachten?«

»Sie vergisst, dass ich da bin. Sagt sie jedenfalls.«

»Du liebe Scheiße!«

»Genau«, sagte ich und stand auf. »Manchmal fickt sie mit ihm auf dem Boden im Wohnzimmer, während ich fernsehe.«

»Mannomann!«

Ich zuckte die Achseln und reichte ihm zum Abschied die Hand. »Tut gut, mal mit jemandem zu reden«, sagte ich. »Danke für Ihre Hilfe.«

Eigentlich war es keine Hilfe, oder, anders gesagt, es wäre keine gewesen, wenn ich Hilfe gesucht hätte. Ich wusste gar nicht genau, was ich suchte. Wahrscheinlich das zusätzliche Quäntchen Demütigung. Einen weiteren Zeugen meiner Schande. Eine Person mehr, an der sich die Empörung ausprobieren ließ, die ich selbst nicht empfand. Immer noch etwas mehr und noch jemand anderen. Aber es funktionierte nicht. Die Frau mit den Brüsten auf dem Tisch war nicht Marisa, und ich konnte auch nicht so tun, als ob sie es wäre. Sie verhielt sich offensichtlich so, als wäre das ganz normal für sie. Sie musste sich nicht verstellen. Wenn ich dagegen an Marisa dachte, wie sie in den Armen von Marius lag, sah ich sie immer in ihrer besinnlichen Stimmung vor mir, ernst und distanziert, in Zwietracht mit ihrer eigenen Nacktheit, und deswegen – weil Sex immer schockierend sein musste, sonst konnte sie ihn nicht genießen – besonders verängstigt und verlassen wirkend.

Schade nur, dass ich den Mann aus Atlanta nicht zu mir nach Hause einladen konnte, um ihm das zu zeigen.

*

An drei Nachmittagen in der Woche kam er in mein Haus, der Liebhaber meiner Frau, und blieb von vier bis sieben. Drei Stunden, das passte beiden gut, emotional wie praktisch. Beide wollten die Sache nicht ausufern lassen. Von vier bis sieben, glaubte Marius, da bestünde keine Gefahr für ihn, den Verstand zu verlieren. Und Raub am helllichten Tag, diese Vorstellung sagte ihm zu. Wenn er das vor Jahren mit Elspeth genauso gemacht hätte, wäre sein Leben anders verlaufen. Wenn er zu dem Professor gegangen wäre, um sich die Benotung seines Essays abzuholen, und geblieben wäre, um sich die Frau des Professors auszuleihen. »Jetzt bin ich an der Reihe, Professor.« Was hätte es ihm für einen Spaß gemacht, das zu sagen. »Sie können Sie wiederhaben, wenn ich mit ihr fertig bin.«

Statt sie dann am Hals zu haben, während sie zu einer alten Dame wurde.

Was das Bild der Übergabe betrifft, tue ich ihm unrecht. Es stammte von mir, nicht von ihm.

Vieles, was ich Marius zuschrieb, hatte eher mit mir zu tun. Diese marodierenden Melancholiker nehmen einem die Frau weg, doch selten geben sie einem das unflätige Vokabular an die Hand, das man sich im Austausch dafür sehnlichst wünscht. Das rechtfertigte, wie ich fand, das gelegentliche Bauchreden. Einmal, als ich mir gerade den Mantel anzog, rutschte mir das Wort »Übergabe« heraus. »Pass auf«, warnte mich Marisa. »Wir spielen hier nicht. Der Plumpsack geht um, und ich bin nicht der Plumpsack.« Sie war richtig sauer. Ich versuchte, ihr begreiflich zu machen, dass schließlich ich derjenige war, der hier übergeben wurde, der aus dem Haus geworfen wurde, während sich seine Frau von einem anderen Mann begatten ließ, und der danach, wenn es nichts mehr gab, was sie sich von ihm hätte wünschen können, wieder heimkehren durfte. Aber so leicht ließ sie sich nicht beschwichtigen. Jeder geringste Verdacht, ich könnte Spielchen mit Marius treiben, machte sie wütend. Was sie jetzt tat, tat sie ganz für sich allein. »Dich zufriedenstellen«, rief sie hinter mir her, als ich aus dem Haus ging, »das ist vorbei.« Ein erschreckender Gedanke, der mein unersättliches verdrehtes Cuckold-Herz wärmte, als ich durch die Straßen spazierte.

Ansonsten fügte sich der Vier-Uhr-Termin sehr gut in Marisas andere Verpflichtungen. Ihre Stunden bei Oxfam wollte sie nicht umdisponieren, und ohne die übliche vorherige Maniküre oder Fußmassage würde sie dort nicht erscheinen. Um vier Uhr war sie frei für Marius, und um sieben, wenn er wieder ging, konnte sie sich in Ruhe überlegen, was sie jetzt noch unternehmen wollte – mit einer ihrer Halbschwestern zu Abend essen, ins Theater gehen, Telefonseelsorge, Wallace Collection, Tanzen. Oder, wenn ich Glück hatte, wenn ich nicht ihren Zorn auf mich gezogen hatte, zu meinem liederlichen Genuss und in den drastischsten Worten, zu denen sie bereit war sich hinreißen zu lassen, ihr nachmittägliches Tete-a-tete für mich rekapitulieren. Ich hing an ihren Lippen, sodass ihr Mund und mein Ohr fast eins waren.

Ich kann nicht behaupten, und Marisa würde es ebenfalls nicht behaupten, dass ihr das leicht fiel. »Ich finde es peinlich«, sagte sie. »Ich finde es grotesk. Ich finde es treulos. Und es macht mich fertig.«

»Treulos? Kannst du ja ein Lied von singen.«

»Gut gekontert, Felix.«

Fand ich auch. Aber ich wollte wirklich, dass sie mir ihr Lied sang.

»Ich an deiner Stelle hätte was dagegen, wenn man anschließend über dich sprechen würde.«

»Ich an meiner Stelle würde auch nicht dreimal die Woche zu einem anderen Mann gehen.«

»Entbindet mich das von jeglicher Verpflichtung, seine Intimsphäre zu wahren?«

»Intimsphäre? Ich verlange ja nicht von dir, dass du mir seinen Schwanz beschreibst, Marisa.«

Wir lagen im Bett, unserem Bett. Das Licht war ausgeschaltet, und wir hatten Räucherstäbchen angezündet – meine Idee. Ich hatte ihr den Rücken zugewandt, um die Peinlichkeit zu verringern, von der sie gesprochen hatte. Aber ich spürte ihren zweifelnden Blick. Diese Frage stellen sie sich immer, die Frauen, ob es nicht in Wahrheit der Schwanz sei, für den man sich interessiert. Frauen fragen es sich deswegen, weil sie Eifersucht anders erleben als Männer, weil sie es mit der Othello-Mord-Methode halten und sich nicht vorstellen können, worin der Lustgewinn besteht. Sie kommen zu dem Schluss, dass er sich aus der Art von Devianz erklärt, die sie verstehen, und nicht aus der Art, die sie nicht verstehen.

Sie beließ es dabei. »Ganz gleich, was ich dir erzähle, es ist ein Vertrauensbruch.«

Ich stimmte ihr zu. »Ja«, sagte ich. »Aber manchmal verliert ein Mensch das Recht auf Vertrauen. Wenn man über die Mauer klettert, die einem anderen gehört, geht man ein Risiko ein. Man weiß nicht, was als Nächstes passiert.«

»Ich bin nicht deine Mauer, Felix.«

»Ob Mauer, ob Gattin … Er liebt den Verstoß.«

»Du nicht?«

»Um mich geht es nicht.«

»Eigentlich doch. Was du von mir verlangst, verletzt dich auch, oder?«

Jetzt durfte ich »Gut gekontert« sagen.

»Ich meine, es beleidigt dein Ohr.«

Über mein Ohr brauche sie sich keine Gedanken zu machen, sagte ich. Das sei robust und könne einiges aushalten.

»Treib es nicht zu weit, Felix«, sagte sie. Danach lagen wir lange schweigend nebeneinander, und ich hörte, wie sie abwägte, was sie mir antun würde, falls ich es zu weit trieb.

Doch ganz allmählich, nach einigen Fehlstarts und nervösen Lachanfällen – jene Gewissensberuhigung, die wir als Gespür für das Lächerliche bezeichnen, jene Instanz, die einem Sünde, Sex und Sinnlichkeit madig machen, jene Strategie, die wir benutzen, um auf dem Teppich zu bleiben –, überwanden wir uns schließlich doch. Aber immer – anders als beim Tanzen, obwohl auch dies eine Art Tanz war – musste ich der Führende sein: *Und dann und dann, was dann ...?*

Die Frage aller Fragen, durch alle Zeiten hindurch, überall, auf der ganzen Welt, abgedroschen, abgewetzt, tragikomisch: *Und dann und dann, was dann ...?* Egal ob der Mann Metaphysiker ist oder Analphabet, die Frage bleibt immer dieselbe. *Und dann und dann, was dann ...?* Eifersucht, so wie Todesangst, verwischt die Unterschiede zwischen uns. Nur dass manche Männer in ihrer Neugier genauer sind. Sie wollen noch tiefer in der Wunde herumstochern. *Und dann und dann was dann und hast du ihn angeguckt hast du ihm in die Augen geguckt und hat er dir in die Augen geguckt und was haben ihm deine Augen gesagt und was haben dir seine Augen gesagt und hast du ihn geküsst wo hast du ihn geküsst wie hast du ihn geküsst oder hat er dich geküsst wer war der Auslöser wer hat zuerst geküsst und war dein Mund offen hast du den Mund geöffnet oder hat er seine Zunge zwischen deine Lippen geschoben hast du das zugelassen oder hast du ihn dazu aufgefordert oder hat er Zwang angewendet und was hast du dabei gedacht hast du gleichzeitig was empfunden hast du was empfunden was hast du empfunden warst du glücklich warst du ungeduldig wie ungeduldig warst du wie ungeduldig war er und was hat er dann gesagt und was hast du dann gesagt oder hast du keine Worte mehr hervorbringen können wolltest du ihm jetzt nichts mehr sagen oder er dir nichts mehr sagen wolltest du überhaupt nichts mehr hören und was dann hat seine Hand deine Brust gestreichelt hat sie deine runden Formen ertastet und hat sich deine Brustwarze versteift und hast du ihm gesagt fester drück fester und deine Hand was war mit deiner Hand und hat dein Herz schneller geschlagen und hast du Ja gesagt ja ich will ja?*

Hat Marisa zur Antwort ihre Zusammenkünfte mit Marius für mich nachgespielt? Hat sie das für mich getan, was sie für Marius getan hat?

Diese Fragenfolge ist, wir wollen ja aufrichtig sein, auch nicht besser als meine. Worin besteht der Unterschied zwischen der heftigen Erregung, in die sich der Gehörnte durch die unsicheren Fragen versetzt – *erzähl mir erzähl mir erzähl mir erzähl mir* –, und der des Lesers?

Der Wunsch zu erfahren, was als Nächstes geschieht – *und dann und dann, was dann:* Was ist er anderes als Ansporn unserer Neugier, die uns immer und immer wieder zu unseren ältesten und größten Geschichten zurückführt?

Hör zu, Menelaos – was flüstert Helena Paris zu? Welche trojanischen Versprechen wiegen sie in Schlaf, welches trojanische Lachen holte sie aus dem Bett der Schande?

Odysseus – was versprechen die Freier deiner Frau Penelope – mehr Freier als sie Ohren hat –, während du die Meere der Welt durchstreifst?

Daher kommt die Literatur, sie bedient unsere unreinen Wünsche. Und daher ist der Leser, in seinem ewigen Verlangen, erzählt zu bekommen – *was dann was dann* –, so unrein wie jeder Gehörnte.

Was Marisa für mich nachgespielt hat – das geht nur sie und mich etwas an. Es genügt, wenn ich sage, dass ich ihre Kunstfertigkeit nie so genossen habe wie in den Momenten, wenn sie in Marius' Armen dahinschmolz, während sie in meinen dahinschmolz. Und nie zuvor habe ich – ein Mensch, der schon viel gelesen hat – einem Text mit größerer Aufmerksamkeit gelauscht.

Bald erzählte Marisa mir Dinge, bei denen ich unsicher wurde, ob sie vergessen hatte, dass Marius nicht mehr da war. Hatte sie überhaupt gemerkt, dass ich jetzt neben ihr lag, und nicht Marius? In solchen Momenten bedauerte ich Marius beinahe, für das, was er versäumte.

Es war eine Geschichte, die nicht enden konnte. Tausendundeinmal Tausendundeine Nacht, und immer noch mehr zu erwarten und zu befürchten. Wie lange noch, bis Marisa ihre Finger in meinen Nacken krallen und mir ins Ohr flüstern würde wie eine züngelnde Flamme: »Lieb mich, Marius«, und dann: »Schlaf mit mir, Marius«, und dann und dann: »Ich liebe dich, Marius«?

Wie lange noch, bis mein lüsternes Leserherz vor verzehrender wahnsinniger Freude entzweibrechen würde?

Mach weiter – frag: *Wie lange wie lange wie lange …?*

*

Und Marius?

Wenn er durch den Vertrauensmissbrauch etwas verlor, dann nur in den Augen anderer. Er selbst merkte es nicht und wurde nur lässiger und attraktiver, je mehr Vier-Uhr-Treffen er für sich herausschlug.

Es wäre unbarmherzig von mir, ihm diese neue Leichtigkeit zu missgönnen. Männer haben es heutzutage schwer genug. Außer im Wunderland der Prominenz ist es Männern ja kaum noch gestattet, einfach so aus Spaß mit einer Frau zu schlafen, obwohl Sex eindeutig das Beste in ihnen hervorbringt, jedenfalls, was körperliche Gesundheit und Aussehen betrifft. Und dreimal die Woche meine Frau zu ficken – wenn ich das noch mal sagen darf, allein schon wegen der entzückenden Anstößigkeit –, dreimal die Woche meine Frau zu ficken hat auf jeden Fall das Beste in Marius hervorgebracht. Immer wenn ich ihn sah, war sein Haar feucht, entweder vom Duschen vor seinem Treffen mit Marisa oder vom Duschen danach. Dieser feuchte Look stand ihm gut. Männer wie ich steigen aus dem Wasser blind und triefend nass wie eine Ratte, die sich durch einen Müllsack genagt hat; Marius dagegen gehörte zu der Gattung amphibischer Säugetiere, die schimmernd aus dem Meer auftauchen und sich wie Neptun Silbertröpfchen von ihrem Torso abschütteln. Oder wie der einsame Wassergeist aus dem Gedicht von Matthew Arnold, nur dass Marius die einsame Erscheinung zur Gänze abgestreift hatte. Sein Schnurrbart war getrimmt, seine Augen hatten den schmerzlichen Ausdruck verloren, seine Aussprache war deutlich, und wenn mich nicht alles täuschte, hatte er sich auch neue Kleider zugelegt – ein schwarzes Cordjackett, das ich vorher noch nie an ihm gesehen hatte, einen gestreiften Anzug, der etwas unkonventionell und in dem gleichen Geist wie Marisas Kostüme mit der Kleiderordnung der City spielte, und einige weiche italienische Hemden, die hochgeschlossen waren und seinem ohnehin überheblichen Ausdruck noch mehr Arroganz verliehen.

Wie gesagt, ich habe ihn nicht mehr so häufig beobachtet wie in der Zeit, bevor er Gast in meinem Haus wurde. Es war keine reine Vorsichtsmaßnahme, es war auch logisch. Wenn er um vier Uhr nachmittags bei meiner Frau lag, dann konnte er sich nicht draußen auf der High Street aufhalten oder, frustrierter Schöpfergeist, der er war, in seiner Wohnung über dem Knopfgeschäft auf und ab gehen. Mein Interesse hatte deswegen nicht nachgelassen, jetzt, da er mein war, sozusagen. Marisas mitternächtliche vertrauliche Berichte hatten meine Neugier nicht gezähmt. Ich war auf keinen Fall davon überzeugt, dass ich alles Wissenswerte über ihn erfuhr. Doch ich musste wachsamer sein als vorher, als es noch nicht darauf ankam. Alle Beteiligten hätten zu viel verloren, wenn er mich jetzt entdeckt hätte.

Trotzdem ließ ich ihn nie ganz aus den Augen. Über das Menschengetümmel erhaben, sah er kaum, wo er langging, jetzt, da er Marisa im Kopf hatte. So konnte ich ihn ausgiebig betrachten, wenn er auf dem Sonntagsmarkt Brot einkaufte oder sich gegenüber seine *Financial Times* abholte. Einmal liefen wir aneinander vorbei, als er gerade von seinem Chiropraktiker kam; mir stockte der Atem, aus Angst vor der Konfrontation, aber er schlenderte weiter, ohne mich zu bemerken.

»Liebe sie«, flüsterte ich, als ich ihn sah. »Liebe sie, liebe sie, liebe sie.«

War das ein Zeichen, dass ich nachsichtiger ihm gegenüber geworden war? Im Verlauf unserer zurückliegenden Begegnungen hatte ich mir immer vorgestellt, ich würde »Fick sie!« zu ihm sagen. »Fick sie, fick sie, fick sie.«

War »Liebe sie, liebe sie, liebe sie« der Beweis für die Richtigkeit meiner These, dass man den Mann, der die eigene Frau fickt, lieben kann, wenn man nur im Kopf damit klarkommt?

Vielleicht war es diese neue Milde in meinen ehelichen Gefühlen, die mich einige Monate nach Beginn unseres Arrangements, als wir »zufällig« – von wegen das Schicksal ist ein Zuhälter – um vier Uhr an einem Marisa-freien Tag in einer Buchhandlung in der High Street aufeinandertrafen, dazu bewog, ein Gespräch mit ihm zu beginnen. Allerdings lässt sich auch Missgunst als Motiv bei einem gehörnten Ehemann nie ganz ausschließen. Es war mir, der alles über ihn wusste, eine Genugtuung, ihm, der nichts über mich wusste, auf diese Weise die Stirn zu bieten. Und außerdem war da der Wonneschauer, die Nachwirkungen von Marisa auf seiner Haut aus nächster Nähe zu sehen. Was für ein Gefühl ist das, den Atem des Mannes zu riechen, der deine Frau geplündert hat.

(»Was soll dieses geradezu altväterliche Gerede von ›eindringen‹?«, hatte Marisa mich im Verlauf einer der ersten Anlässe, bei denen ich sie aufgefordert hatte, mir über die Nachmittagsstunden mit ihm zu berichten, gefragt.

»Den Ausdruck habe ich von dir. ›Der Moment des Eindringens ist bildlich bestechend‹, das sind deine Worte.«

»Oh, Felix.«

»Was willst du damit sagen? Dass er doch nicht in dich eindringt?«

»Im wörtlichen Sinne vermutlich schon.«

»Vermutlich? Für mich war eindringen gut genug. Warum ist es für ihn zu wörtlich?«

»Weil es sich bei dir wie ein Einbruch anhört, aber so fühlt es sich nicht an.«

»Wie fühlt es sich denn an?«

»Nein, Felix. Bitte nicht.«

Ich biss mir auf die Lippe. Man wird in meinem Alter nicht gerne ermahnt. Dabei war meine Frage doch ganz einleuchtend. Wenn es mit ihm nicht so war wie mit mir – wie war es dann mit ihm? Aber da sie darüber keine Auskunft gab, musste ich mich mit dem Ausdruck »plündern« zufriedengeben. Ihr gefiel dieses Wort nicht, mir schon, aus verschiedenen Gründen, Onomatopöie und Selbstzerfleischung. Daher also: »meine Frau plündern«.)

Er stöberte, der Plünderer von Marisas Körper und ihrer Gefühle, in der Afrika-Abteilung der Buchhandlung, suchte jedoch anscheinend nichts Bestimmtes. Dachte er an Flucht? Wenn ja, dachte er daran, allein zu fliehen oder mit meiner Frau? Er war schon einmal durchgebrannt. Vielleicht wurde es mit jedem Mal leichter.

»Wo soll's denn hingehen?«, fragte ich.

Er wusste zuerst nicht, wer ich war. Nie wusste er das. Ich glaube nicht, dass es persönlich gemeint war. Er wusste im ersten Moment einfach nie, wer sein Gegenüber war, es sei denn, es war eine Frau oder ein Mädchen, die ihn interessierte. Gerne hätte ich diesen Affront erwidert, aber dafür war es zu spät.

»Ach Gott, Sie schon wieder«, sagte er, als er endlich mein Gesicht in seinem Gedächtnis wieder hervorgekramt hatte. »Meine Nemesis.«

Ich würde mich davor hüten, ihm zu sagen, dass er die meine war. Huldvoll lächelte ich ihn an.

»Französisch-Guayana«, sagte ich.

»Was ist damit?«

»Wie ich sehe, planen Sie eine Reise. Französisch-Guayana soll sehr schön sein.«

»Und was geht Sie das an?«

»Sehr viel, als Ihre Nemesis. Es ist wichtig, dass ich zu jeder Tages- und Nachtzeit weiß, wo Sie sind. Niemand anders darf Ihr Schicksal bestimmen.«

»Ich glaube, Sie nehmen mich ein bisschen zu wörtlich. Nemesis wie Nervtöter, so habe ich es gemeint.«

»Dieser Gebrauch des Wortes ist mir nicht geläufig«, sagte ich. »Aber als wir zum ersten Mal miteinander sprachen und Sie mir Ihre Vier-Uhr-Herzländer nannten, war Französisch-Guayana nicht darunter.«

»Und? Habe ich jetzt eben davon gesprochen? Nein. Ich bin Ihnen keinen Atlas meiner Bewegungen schuldig.«

»Natürlich nicht. Aber ich hätte Sie niemals für einen Afrika-Liebhaber gehalten.«

»Und ich hätte Sie niemals um Ihre Meinung gebeten.«

»Ich habe gar keine. Ich wollte Ihnen nur weiterführende Lektüre empfehlen. Robbe-Grillet – haben Sie den gelesen? Ich vermute mal, der wäre so Ihre Kragenweite.«

Endlich sah er mich an, das heißt, er sah den Robbe-Grillet an. In der Hinsicht war er wie ich, zu einem Autor oder einem Buch konnte er nicht Nein sagen. Es würde mich nicht wundern, wenn er den Umschlag der Erstausgabe jetzt vor seinem geistigen Auge sah, jämmerliche Bücherwürmchen, die wir waren.

»Robbe-Grillet? Ob der meine Kragenweite ist, weiß ich nicht, jedenfalls teile ich seine Überzeugung, dass Gegenständen mehr Bedeutung zukommt als Menschen. Sie werden entschuldigen, wenn ich das sage – da Sie offenbar ein Gespräch von Mann zu Mann wünschen –, aber im Moment würde ich diese Rangfolge gerne übernehmen. Ich baue auf Ihr Verständnis, wenn ich Ihnen sage, dass ich mich lieber mit diesem Bücherregal unterhalten würde als mit Ihnen.«

»Da kann ich Ihnen nur folgen ...«

»Ja, Sie folgen mir, Sie verfolgen mich sogar. Bin nur ich betroffen, oder verfolgen Sie auch andere Robbe-Grillet-Leser?«

»Ach, dafür sind wir zu wenige. Wie Sie wissen, ist er gerade nicht in Mode. Aber ganz ehrlich, ich verfolge niemanden. Ich komme nur viel rum, das ist alles. Es fällt mir schwer, zu Hause zu sitzen. Draußen auf der Straße gibt es so viel zu sehen. War es nicht Barthes, der mal gesagt hat, dass mit Robbe-Grillet der Roman zur Weltaneignung des Menschen geworden ist ohne den Schutz einer Metaphysik? Tja, das bin ich. Dieser Roman bin ich.«

»Ach, Gott, ja, *Der Augenzeuge. Le Voyeur.* Wenn ich mich nicht irre, haben Sie mir schon mal von sich erzählt, aber wie kommen Sie darauf, Ihr Voyeurismus könnte mich jetzt beim zweiten Mal interessieren, wenn er mich beim ersten Mal schon kaltgelassen hat ...«

»Sie erinnern sich daran?! Ich fühle mich geschmeichelt. Aber dass ich ein Voyeur bin, habe ich nicht gesagt. Allgemein pervers, das vielleicht, aber weiterzugehen, dazu wäre ich auf Grundlage unserer kurzen Bekanntschaft wohl nicht bereit gewesen. Obwohl jetzt, da wir uns besser kennen ...«

»Nein, bitte nicht. Allgemein pervers, das reicht mir.«

»*Den Augenzeugen* habe ich sowieso nicht gelesen«, sagte ich. »Aber das werde ich jetzt nachholen, da Sie ihn mir empfohlen haben. Spielt der nicht in Französisch-Guayana? Ich war immer dieser Meinung, obwohl man es, glaube ich, als Leser gar nicht erfährt, dass *Die Jalousie oder die Eifersucht* in Französisch-Guayana spielt. *Die Jalousie* kennen Sie doch bestimmt. Das ist die Geschichte, in der die Hauptfigur – wenn man sie so nennen kann – auf einem Stuhl sitzt und die Reihen der Bananenbäume zählt, die zwischen seinem Haus und einem Nachbarhaus stehen, in dem er seine Frau verdächtigt, sich mit einem anderen Mann zu vergnügen. Der beste Roman, der je über die Banalität des Argwohns geschrieben wurde. Er ist so authentisch ermüdend in der Art, wie er die Überwachung in allen Einzelheiten wiedergibt, dass er unlesbar ist.«

»Danke, dass Sie mir die Lektüre erspart haben.«

»Andererseits«, sagte ich, als hätte es seinen Einwand nicht gegeben, »ist es nun mal so. Man zählt die Bäume, man nimmt die unterschiedlichen Höhen der Stämme wahr, man entziffert das Gewirr der Farnwedel, man misst die Unregelmäßigkeit der Baumreihen aus, und dann fängt man wieder an zu zählen, immer wieder von vorn, denn Eifersucht ist der strengste Zuchtmeister. Er verlangt von seinen Opfern eine Genauigkeit, die den durchschnittlich obsessiven Erbsenzähler verrückt machen würde.«

»Ich glaube, Sie haben mich soeben von Französisch-Guayana abgebracht.«

»Aber doch hoffentlich nicht von Robbe-Grillet.«

»Doch. Sie haben so eine Art, mich von fast allem abzubringen.«

»Auch von Eifersucht?«

»Nicht nötig. Bis dahin habe ich mich noch nie verstiegen.«

»Nie erlebt? Nie toleriert?«

»Weder noch. Sie ist eine Untugend, ausnahmslos. Jeder Mensch hat die Kraft, sich von einem anderen zu lösen.«

»Aber vielleicht will man sich ja gar nicht von ihm lösen.«

»Genau, vielleicht nicht. Das meine ich ja gerade mit Untugend. Man kann, aber man tut es nicht.«

»Sie müssen ein glücklicher Mensch sein«, sagte ich, »bei so viel Selbstdisziplin.«

»Wenn das der Auftakt zu weiterem perversem Gerede sein soll«, sagte er, »dann lasse ich Sie jetzt allein.«

»Perversionen, das war gestern. Die interessieren mich nicht mehr. Heute möchte ich nur noch über Liebe sprechen.«

»Dann lasse ich Sie jetzt sofort allein.«

»Nur noch eins, bevor Sie gehen.« Beinahe hätte ich an seinem Jackett gezerrt, um ihn zurückzuhalten, so begierig war ich, das Gespräch fortzusetzen. »Selbstverständlich geht es mich nichts an, aber könnte es sein, dass Sie keine Eifersucht kennen, weil Sie noch nie verliebt waren? Wenn es keine Person gibt, die sie nicht verlieren mögen, versteht es sich von allein, dass es Ihnen nichts ausmachen würde, sie zu verlieren. Oder ihn. Wenn man dagegen bis über beide Ohren verliebt ist ..., aber Sie sind doch ein belesener Mann, so etwas müsste Ihnen doch alles aus Büchern bekannt sein. Wünschen Sie sich das nicht manchmal? Beneiden Sie nicht manchmal diejenigen, die dank ihrer Eifersucht so lebendig werden, dass sie alles registrieren – so wie Robbe-Grillet: selbst die winzigste Schwingung jedes Gegenstandes, der als Zeuge oder Bestätigung ihres Verdachts dient; jedes Haar auf dem Kopf der geliebten Person, jeden Knopf an ihrer Jacke, ja, auch jede Banane an einem Bananenbaum, wenn man zufällig in Französisch-Guayana lebt ...«

»Nein«, sagte er und verließ ohne ein Wort des Abschieds die Buchhandlung.

Ich entschuldigte mich bei Stefan, dem Ladeninhaber. Im Buchhandel kennt man sich untereinander, man behält sich wohlwollend im Auge. »Entschuldigen Sie, Stefan«, sagte ich. »Anscheinend habe ich Ihrem Kunden ein Buch ausgeredet.«

»Und mich zu Robbe-Grillet überredet. Womit soll ich anfangen? *Die Jalousie* oder *Der Augenzeuge?*«

»Sie haben zugehört?«

»Der ganze Laden hat zugehört, Felix. Sie haben nicht zufällig Lust, das auf regelmäßiger Basis zu wiederholen, oder?«

»Was? Und jedes Mal einen Kunden zu vergraulen?«

Ich fand, das Mindeste, was ich unter diesen Umständen tun konnte, war, selbst ein Buch zu kaufen, *The Rough Guide to West Africa*.

»Soll ich es als Geschenk einpacken?«, fragte Stefan.

»Natürlich«, sagte ich, aber traute mich nicht, ihn zu bitten, es auch zu adressieren – so gern ich es getan hätte, schon um des Vergnügen willen, den Ausdruck auf seinem Gesicht zu sehen und mich an seinem Mitleid zu weiden –, »An den Liebhaber meiner Frau. Mit Dank«.

»Ich komme demnächst mal vorbei und kaufe ein Buch bei Ihnen«, sagte Stefan, ein Komiker mit seinem Pepitaanzug und der runden David-Hockney-Brille.

»Nur mit vorheriger Anmeldung«, erinnerte ich ihn.

Das Vergnügen der Buchhändler mal beiseitegelassen – welcher Teufel hatte mich geritten, mich mit Marius über Eifersucht und Bananenbäume zu unterhalten? Wollte ich vielleicht, dass er Bescheid wusste über mich? Und warum hatte ich den *Rough Guide to West Africa* für ihn gekauft? Wollte ich ihm bloß etwas schenken? Oder wollte ich, dass er anfing, die Verbindungen herzustellen, die ich bisher sorgfältig verwischt hatte? Dass er mich enttarnte? Dass er den Glorienschein des Glücks verlor, den er wie eine mittelalterliche Heiligenfigur um den Kopf trug? Sich missbraucht und betrogen fühlte? Sich scheiß noch eins aus meiner Ehe heraushielt?

Ich war nicht immer außer Haus, auch wenn Marisa und Marius das vermuteten. Das erste Mal, als ich blieb, war es ein Zufall. Ich hatte zu Hause in meinem Büro gearbeitet, was gelegentlich vorkam, auch wochentags. Ich hatte vergessen, dass es Marius' Nachmittag war. Erst als es an der Haustür klingelte – ein gebieterisches, enthemmtes Klingeln –, wurde mir klar, dass ich nicht mehr unbemerkt entwischen konnte. Heimlich schloss ich mich ein. Das war alles. Es war nicht so, dass ich etwas hätte hören können, deswegen konnte man mir schlecht vorwerfen, ich wollte lauschen.

So habe ich es zwar in Erinnerung, aber etwas daran stimmt nicht ganz. Normalerweise hätte ich nicht vergessen, dass dieser Nachmittag Marius gehörte. Der Almanach seines Kommens und Gehens hatte sich fest in meinen Körper eingeschrieben. Ich muss also davon ausgehen, dass ich mich selbst belog, damit ich in ihrer Nähe sein konnte.

Von da an machte ich es mir zur Gewohnheit; das heißt, bei einem von etwa sechs Besuchen blieb ich zu Hause, also ungefähr alle vierzehn Tage. Es lag etwas seltsam Tröstliches darin. Wer mag, könnte darin etwas Böses sehen, aber es war nicht meine Absicht, den beiden zu schaden. Ich wollte einfach nur den gleichen physischen Raum wie sie okkupieren. Sicher, ich hätte es vorgezogen, neben ihnen im Bett zu liegen, dieselbe stumme und unbeachtete Gestalt, die ich schon an ihrem Tisch abgegeben hätte, wenn sie das zugelassen hätten, doch da das nicht infrage kam, blieb mir nur mein Arbeitszimmer. Ich schloss jedes Mal die Tür ab, zog die Vorhänge zu, streckte mich dann, wenn sich Marius nach meiner Berechnung neben Marisa legte, auf dem Teppichboden aus und verharrte für die Dauer seines Besuchs in dieser Stellung.

Subspace also, nur ohne die Zeremonie der High Church. Subspace, schlicht und einfach, calvinistisch geradezu, nur ich, auf dem Boden liegend, der Welt der Lebenden entronnen, nur dank Marius und Marisa atmend, sodass, wenn sie das Atmen eingestellt hätten, ich ebenfalls aufgehört hätte zu atmen.

Wenn man schon so weit gegangen ist, können allein praktische Gründe einen davon abhalten, den nächsten Schritt zu tun. Es dauerte nicht lange, und ich stieg eine Etage höher. Auf der einen Seite ihrer Liebeslaube befand sich unser Schlafzimmer, aber mich dort zu verstecken, kurz bevor sie zu ihrem Rendezvous zusammenkamen, ohne dass Marisa etwas bemerkt hätte, war unmöglich. Auf der anderen Seite dagegen befand sich eine Rumpelkammer, voll von ausrangierten Computern, von denen ich mich nicht trennen konnte, alten Familienfotos, Koffern, Skikleidung und Schiffslampen aus den dreißiger Jahren, die ich ebenfalls meinte aufheben zu müssen. Hier, verborgen in einem Raum, den Marisa niemals betrat, wäre mir eine größere Nähe zu den Liebenden vergönnt, bekäme ich sie vielleicht sogar gelegentlich zu hören. Kurzzeitig hatte ich überlegt, einen Mitarbeiter von dem Geschäft für Alarm- und Überwachungsanlagen in der Baker Street damit zu beauftragen, Wanzen im Haus zu installieren, an einem Tag, wenn Marisa nicht da wäre. Versteckte Kameras würden sich vielleicht auch lohnen, dachte ich schon weiter, bis ich mir schließlich darüber klar wurde, dass mein Wunsch, alles genau zu wissen, im Kern mit dem Wunsch verwoben war, eben nicht alles zu wissen. Ich wollte mich zwischen Marius und Marisa einfühlen, mich in sie hineindenken. Das bedeutete eine viel aktivere Übung in Eifersucht, als nur zuzugucken und zuzuhören. Ich wollte, dass »das ganze Lager ihren süßen Körper genoss«, aber nicht auf den Bildschirmen der Überwachungsanlage.

Ich war eben kein gewöhnlicher Feld-Wald-und-Wiesen-Voyeur.

Was mir, versteckt in meiner Rumpelkammer, zu Gehör gekommen wäre, wäre nach dieser Logik aktive, nicht passive Eifersucht gewesen. Tatsächlich jedoch bekam ich kaum etwas zu hören. Marisa war noch nie besonders geräuschvoll beim Sex, und Marius brummte, wenn es hochkam, seine Lust in seinen Bart hinein. Von uns dreien war ich der Einzige, der brüllte, und ich war ja nicht hier, um meine eigene Stimme zu hören. Aber ihr Stöhnen interessierte mich sowieso nicht. Zu der Sorte Perverser gehöre ich nicht. Mein Elixier war die Sprache, Reden – allein schon der Satz »Fick mich, Marius«, die Stereofonie des Fickens an sich, dem Gehörnten ins Horn geblasen. Und wenn ich die Wörter nicht verstand, blieb mir immer noch Marisas Bericht vom Abend zuvor, an den ich mich halten konnte. Es mag entwürdigend klingen, aber ich drückte mich flach an die Wand, nicht um die beiden Verliebten zu hören, sondern um ihnen nahe zu sein, ihren Atem zu spüren, ihre Schwingungen. Dabei ging ich im Geist alles durch, was Marisa mir über ihr Liebesspiel beim letzten Treffen erzählt hatte. Obwohl es mir gelungen war, in Reichweite der beiden zu sein, schwamm ich also doch immer nur in ihrem Kielwasser – musste mich mit den anschaulich beschriebenen Küssen von gestern zufriedengeben, während mich von den echten heutigen Küssen nur wenige Zentimeter und eine Wand trennten. Wieder also bekam ich nicht ganz zu fassen, worauf ich eigentlich aus war.

»Immer fehlte mir etwas«, wie sich David Copperfield beklagt. Immer fehlt etwas, wenn man dem Diamantharten in Frauen verfallen ist. Aber für diese Erkenntnis musste David Copperfield erst zu Philip Pirrip heranreifen.

Vier Monate währte unser neues Arrangement – ich, versteckt im eigenen Haus, während Marius sich darin wie zu Hause fühlte –, dann kam Marisa mir auf die Schliche. Es war ohnehin immer eine komplizierte Logistik erforderlich: entweder vor ihr oder nach ihr das Haus betreten, daran denken, die

Alarmanlage entweder ein- oder auszuschalten, alle verräterischen Spuren, die auf meine Anwesenheit deuteten, wegräumen, sich mucksmäuschenstill verhalten, aber schließlich verpfuschte ich die Sache doch, ließ einen Mantel, den ich eigentlich auf dem Weg zur Arbeit hätte tragen sollen, über dem Treppengeländer hängen und stolperte auch noch über einen Karton mit alten Papieren in der Rumpelkammer, als ich mich anders hinlegen wollte. Marius hörte nichts. Marisa tat so, als hätte sie nichts gehört, aber die Lust war ihr für den restlichen Nachmittag vergangen. Nachdem sie Marius aus dem Haus gelassen hatte, kam sie zu mir. Sie trug ein Seidenneglige, das ich noch nie an ihr gesehen hatte, schwarz, mit sehr dünnen Trägern, dazu putzige Pantöffelchen mit hohen Absätzen. Es überraschte mich, sie – die ihre Kleider sonst mit akribischer Sorgfalt wählte – so offensichtlich im Gewand der Mätresse eines anderen Mannes zu sehen. Und es gefiel mir. Worte waren zwar mein Medium, aber gelegentlich war auch ein anschaulicher Hinweis ganz hilfreich. Wenn mich nicht alles täuschte, trug sie eine Bissnarbe, wenigstens war ein Flecken aufgerissener Haut zu sehen, direkt im Ausschnitt ihres Negligés, oberhalb der rechten Brust.

»Erklär mir das«, sagte sie.

»Erkläre mir das da«, hätte ich am liebsten geantwortet, fürchtete mich jedoch vor der Wahrheitsliebe des wirklichen Lebens. Wenn sie nun erst in das Negligé gestiegen war und sich die Narbe aufgeschminkt hatte, nachdem Marius gegangen war, um die Schrauben der Eifersucht anzuziehen? Und in dem Moment, in dem ich sie danach gefragt, die Täuschung eingestanden hätte, um die Schrauben zur Strafe wieder zu lockern?

Außerdem hatte ich nicht das geringste Recht, sie darum zu bitten, mir irgendetwas zu erklären. Ich hob die Hände hoch. »Ich ergebe mich«, sagte ich.

»Ich kann es nicht fassen, dass du dich zu so etwas herablässt, Felix.«

Ich wollte sie umarmen, aber sie wehrte ab. Schade. Ich hätte sie gerne in den Armen gehalten, noch weich und kuschelwarm von Marius.

»Ich dachte, du wüsstest mittlerweile, dass ich mich zu allem Möglichen herablasse.«

»Nimmst du uns auf Band auf?«

»Natürlich nicht.«

»Woher soll ich das wissen?«

»Du kannst mich oder die Kammer nebenan nach Mikrofonen durchsuchen. Und gefilmt habe ich euch auch nicht. Ich bin nur gerne in deiner Nähe. Ich liebe dich.«

»Du hast eine seltsame Art, das zu zeigen.«

»Wohl die seltsamste. Aber das wusstest du ja schon.«

»Ich kann das nicht zulassen, Felix. Wenn du dich nicht an unsere Abmachung hältst, dann brauche ich mich auch nicht daran zu halten.«

»Was soll das heißen?«

»Dass ich mich nicht mehr hier mit ihm treffe. Du hast gesagt, es macht dir nichts aus, dass er herkommt. Du hast gesagt, du würdest dich dann sicherer fühlen. Aber du hast auch gesagt, du wärst für die Zeit außer Haus.«

Tausend Erwiderungen gab es darauf, aber ich verwarf sie alle.

»Ich habe dir gesagt, dass ich mich ergebe. Ich tue es nicht noch mal. Es war ein Fehler. Aber es ist alles ziemlich hart für mich, Marisa. Du bist mir so nah und doch so fern.«

»Soll das ein Witz sein?«

»Ich mache rund um deinen Liebhaber keine Witze.«

»Reicht es nicht, wenn ich dir alles erzähle, was du wissen willst? Das ist auch hart für mich. Aber ich tue es trotzdem. Nur scheint es jetzt so, als reichte das nicht aus.«

»Du machst das sehr gut. Besser kann man es gar nicht machen«, sagte ich. »Ich lebe nur noch für den Moment, wenn du mir deine Schlafzimmergeheimnisse ins Ohr flüsterst. Dafür sind meine Ohren da. Mehr verlange ich nicht. Nur wünschte ich ab und zu, ich wäre mit dabei.«

»Bei mir?«

»Bei euch beiden.«

»Du bist verrückt.«

»Natürlich bin ich verrückt.«

»Mit uns? Hier?«

»Hier. Im Restaurant. Im Park. Egal wo. Wenn du willst, fahre ich mit euch übers Wochenende irgendwohin. Ans Meer von mir aus.«

»Das würde sich nicht gehören, Felix.«

»Was gehört sich schon? Unsere Hausgemeinschaft etwa? Wie sich das gehört, was ich dir vorschlage – nein, worum ich dich bitte –, liegt ganz bei dir.«

»Ich will aber nicht.«

»Dann beenden wir das Thema. Aber du brauchst ihm ja nicht zu sagen, dass ich dein Mann bin – wenn das deine Befürchtung ist. Ich könnte euch rein zufällig begegnen. Du könntest mich als einen Freund vor dir vorstellen. Ich gehe mit euch was trinken und verdrücke mich dann wieder.«

Ich konnte sehen, wie sich die Szene vor ihrem inneren Auge abspielte. Ihr schauderte. Sie schüttelte nicht den Kopf oder verdrehte die Augen, nein, ihr schauderte.

»Warum willst du das, Felix?«

»Ich bin einsam. Ich fühle mich ausgeschlossen.«

»Ich dachte, Ausgeschlossensein wäre das, was du willst.«

»Greifbares Ausgeschlossensein.«

»Was soll das sein, Felix? So etwas gibt es nicht.«

»Doch. Die Ausgeschlossenheit, die man fühlt, wenn man anwesend ist und doch nicht anwesend. Die Ausgeschlossenheit, von dir nicht wahrgenommen zu werden. Zuzulassen, dass seine Hände sich auf deine Brüste legen, dass du ihn in meiner Gegenwart hemmungslos küsst, als würdest du mich nicht zur Kenntnis nehmen.«

»Ist dir schon mal der Gedanke gekommen, dass hemmungsloses Küssen in deiner Abwesenheit vielleicht noch mehr Genuss verspricht?«

»Für dich, ja.«

»Könntest du dich nicht durch dein Ausgeschlossensein als ausgeschlossen betrachten – oder wäre das zu direkt?«

»Ich will Zeuge meiner Schmach sein. Ich will den Stachel der Missachtung spüren.«

(Ich hätte noch hinzufügen können – kam dann aber zu dem Schluss, dass es unklug wäre –, dass ich Horaz' und Lydias Wasserträger für sie sein wolle, Zeuge ihres nackten römischen Gelages, Marisa an Marius' Brust geschmiegt, splitterfasernackt.)

»Ich will, ich will, ich will.«

»Ja, ich will, ich will, ich will.«

Sie sah mich missmutig an. »Wenn du ihn unbedingt spüren willst, den Stachel der Missachtung, dann bitte schön. Ich missachte dich. Und wenn dir das nicht reicht, weiß ich nicht, was ich dir noch geben soll. Lass dich auspeitschen.«

Was ich wie befohlen tat.

*

Vorher jedoch geschahen noch ein paar seltsame Dinge, nacheinander, und keines trug dazu bei, meine Stimmung zu verbessern.

Als Erstes bekam ich eine anonyme Nachricht. Es war eine Kunstpostkarte von Edvard Munchs *Selbstbildnis, Nachtwanderer* an meine Geschäftsadresse, aber an mich persönlich gerichtet, und darauf stand: »Bringen Sie Ihr Leben in Ordnung.«

Ich saß am Schreibtisch und ging gerade die Post durch, als ich sie fand. Ich hob den Blick und sah Dulcie an, die mir in dem Moment Tee und Plätzchen brachte. Sie schüttelte den Kopf. »Ich hab damit nichts zu tun«, sagte sie. Wäre ihr die Karte vor mir in die Hände gefallen, hätte sie sie wahrscheinlich zerrissen.

Das hätte ich auch tun sollen, aber ich konnte nicht. Alle zehn Minuten unterbrach ich meine Tätigkeit und untersuchte die Karte aufs Neue, als rechnete ich damit, einen Hinweis zu finden, der mir vorher entgangen war. Die Handschrift kam mir nicht bekannt vor, aber das hatte nichts zu bedeuten. Wer bekommt heute noch die Handschrift von anderen Leuten zu sehen? Marius kam natürlich in die engere Wahl, weil er der einzige Mensch war, der mir einfiel – wenn ich an unsere letzte Begegnung dachte – und mir vielleicht übelwollte, falls die Aufforderung, ich solle mein Leben in Ordnung bringen, übler Wille war. Allerdings kannte Marius weder meinen Namen noch meine Adresse, und Marisa würde sich hüten, sie ihm zu geben. Außerdem entsprach »Bringen Sie Ihr Leben in Ordnung!« kaum seiner Ausdrucksweise. Es war viel zu verbindlich.

Wer kam sonst noch infrage? Ernesto. Warum sollte Ernesto mir sagen, ich sollte mein Leben in Ordnung bringen, wenn ich ihn erst gerade in sein eigenes entlassen hatte? Rafaele? Rafaele war in Umbrien und aß polnische Wurst. Wer wusste sonst noch, dass mein Leben in Unordnung war? Es sei denn, ganz Marylebone war Zeuge, dass man mir die Hörner aufgesetzt hatte – wogegen ich natürlich nichts haben konnte. Mir fielen sofort einige meiner kontaktfreudigeren Antiquariatskollegen ein, die nach ein paar Brandys mal ihrer Geilheit Luft gemacht hatten, weil ich sie nicht gebremst hatte. Sie hatten mir ihre Meinung gesagt, dass ich doch ein rechter Glückpilz sei, verheiratet mit einer Frau, die einen herrlichen Körper habe, unersättlich wie das Verlangen der Männer, sich seiner zu bedienen. Sie könnten damit nicht umgehen bei einer Frau – »Hätte nicht den Mumm dazu, mein Freund« –, doch wenn ich damit kein Problem hätte, »Hut ab!«. »Sie hat mich verhext«, hatte ich ihnen gestanden, und sie hatten geantwortet, ja, sie sei eine Hexe, meine Frau, und was für eine. In ihren funkelnden Augen sah ich die Hexensehnsucht, die in jedem Mann schlummert, und behauptet er noch so sehr das Gegenteil.

In dem Fall aber waren es meine Kollegen, die ihr Leben hätten in Ordnung bringen müssen, nicht ich.

Die Auswahl gerade dieser Kunstpostkarte hatte zudem etwas Unstimmiges, das mich irritierte. Der Munch in diesem Selbstporträt hätte sein Leben bestimmt gerne in Ordnung gebracht, wenn er nur gekonnt hätte, doch das Leben war an ihm vorbeigezogen. Das Bild in seinen düsteren Farben ist die einfühlsame, quälende Studie eines Gehetzten, mit dunklen Augenhöhlen, der kaum wagt, sich der Nacht zu stellen. Wer immer die Karte ausgesucht hatte, konnte unmöglich Hass gegen mich empfinden.

Marisa?

»Liebling, bring dein Leben in Ordnung, unser Leben. Mein lieber Ehemann, du sollst nicht so enden wie Herr Munch, freudlos und ohne Augen.«

Aber eine anonyme Karte, in der Handschrift eines anderen, das war nicht Marisas Stil. Und es entsprach auch nicht ihrer Stimmung, wie ich erst kürzlich festgestellt hatte. »Bring dein Leben in Ordnung« ist nicht das Gleiche wie »Lass dich auspeitschen«.

Ich hätte mich weiter darüber aufgeregt, wenn wir nicht am selben Vormittag im Geschäft unerwartet hohen Besuch bekommen hätten – aufgrund eines Fehlers in unserem elektronischen Terminplaner jedenfalls für mich unerwartet. Der bedeutendste aller James-Joyce-Biografen gab uns die Ehre, direkt aus seinem Oxford-College angereist, wo er in geistigem Glanz residierte und weniger bedeutende Joyce-Forscher empfing wie ein Kaiser seine Fürsten. Professor X, wie ich ihn nennen werde – seinen wahren Namen zu nennen wäre eine Verletzung des Berufsethos –, hatte mich vor ein paar Monaten bezüglich eines Buches mit irischen Märchen angeschrieben, signiert von W. B. Yeats (einem weiteren Themenschwerpunkt des Professors), das in unserem Katalog aufgelistet war. Ich hatte ihm den Katalog zugeschickt, weil ich wusste, dass das ein Steckenpferd von ihm war. Wenn das Buch nicht bereits verkauft sei, würde er es sich jetzt gerne ansehen.

Selbstverständlich hätten wir das Buch noch da, sagte ich und entschuldigte mich, dass ich den Termin vergessen hatte. Ich hatte mehrere Angebote ausgeschlagen, weil ich davon ausging, dass Professor X über kurz oder lang ein eigenes Gebot abgeben würde. Wem man etwas verkauft, ist in unserer Branche nicht ohne Belang. Außerdem hatte ich eine Frage, die ich ihm unbedingt stellen wollte – eigentlich im Namen meiner ganzen Familie –, sobald unser Geschäft abgewickelt war. Joyces Frau Nora – stimmte es, wie man munkelt, dass Joyce seine Frau ermuntert hat …

»… sich anderweitig umzutun?«, ergänzte der Professor.

Ich verbeugte mich, wie aus Achtung vor seiner Kennerschaft des Umgangssprachlichen, schreckte aber gleichzeitig vor meiner implizit vulgären Aufdringlichkeit zurück. Dennoch, ich sprach mit einem Biografen, und ist biografische Literatur nicht ipso facto vulgär aufdringlich?

»Als Nächstes werden Sie mich fragen«, fuhr er fort und schüttelte seinen großen Wuschelkopf wie ein Schaf, das sich weigert, über einen Graben zu springen, »ob Nora wirklich getan hat, was Joyce sich einmal in einem Brief an sie von ihr gewünscht hat – dass sie sich in einen Sessel setzte, die Beine gespreizt, mit der Krücke auf irgendein erfundenes Vergehen deutete, für das er zur Verantwortung gezogen werden wollte, ihn mit vorgetäuschter Wut zu sich heranzog, ihn kopfüber in ihren Schoß stieß, ihm die Hose herunterzog, ihre Krücke hob und …«

Ich wartete. Wenn schon vulgär, dann richtig.

»Wer weiß«, sagte er. Es war keine Frage, eher eine Feststellung, worauf wir beide in Schweigen versanken und den Worten nachlauschten, die wie Steine in einen tiefen dunklen Brunnenschacht purzelten.

Mehr hatte er offenbar nicht zu dieser Sache beizutragen, und ich war drauf und dran, ihm die Hand zu geben, um mich zu verabschieden, als er plötzlich offenbar meinte, mich nicht einfach so stehen lassen zu können, und noch eine letzte strenge Belehrung hinzufügte: »Fetischismus und Analfixierung, oder was immer Sie sonst suchen, werden Sie bei allen Schriftstellern finden, die, so wie Joyce, es sich zum Thema gemacht haben, die Liebe einer genauen Untersuchung zu unterwerfen, sie in ihre Einzelteile zu zerlegen, sie zu rekonstruieren und zu konkretisieren. Ruhelose Fantasie ist immer ein gefundenes Fressen für Gerüchte.«

Danach konnte ich nicht mehr fragen: »Und wie war das nun mit Nora?«

In Gegenwart dieses distinguierten Herrn stieß mir meine Neugier nicht nur als schlechter Stil auf, was mich persönlich betraf, sondern auch als intellektuelle Beleidigung. Wie er sein großmächtiges Naserümpfen mit seiner Profession als Sensationshai in Einklang brachte, weiß ich nicht, aber ich fand, es war richtig von ihm – besonders, da er nichts von der zwielichtigen Begegnung meines Großvaters mit Joyce und Nora im Zunfthaus zur Zimmerleuten wusste, und ich ihm diese Begebenheit jetzt ganz bestimmt nicht erzählen würde –, mich wegen einer Wissbegier zurechtzuweisen, die unästhetisch war. Das Leben ist nicht das Werk, das Werk ist nicht das Leben. Joyce, der Romanautor, ist Joyce, der Romanautor, und Bloom, der ehemalige Löschpapierverkäufer, ist Bloom, der ehemalige Löschpapierverkäufer. Andererseits brauchte Professor X die beiden auch nicht vor mir in Schutz zu nehmen. Ob im Namen der Kunst oder nicht, mir sind Männer lieb, die sich dem Dauerkrieg um Besitzstände mit anderen Männern verweigern, die totale Inanspruchnahme totaler Macht vorziehen, die ihren gebieterischen Willen aufgeben und ihren Frauen gestatten, mit ihnen zu machen, was sie wollen.

Das wirft, unbestritten, eine weitreichende Frage auf. Was ist, wenn das, was die Frau mit ihm macht, nicht so sehr ihr, sondern eher ihm gefällt? Hat er in diesem Fall seinen Willen aufgegeben, oder übt er ihn nicht vielmehr nur in anderer Form aus?

Eine Auseinandersetzung dieser Art bahnte sich offensichtlich zwischen Marisa und mir an, ganz gleich, ob sie nun diejenige war, die mir Munchs *Nachtwanderer* mit der Aufforderung, mein Leben in Ordnung zu bringen, geschickt hatte oder nicht. Es zählt zu den Allgemeinplätzen in der klinischen Literatur über Perversionen, dass der Masochist ein tyrannisches Drehbuch aufsetzt und dass immer dort, wo ein devoter auf einen dominanten Charakter trifft, der Devote bestimmt, wo es langgeht. Der Herumkommandierte ist derjenige, der kommandiert, der Sklave dominiert in Wahrheit die Mistress. Ein schönes Paradox des inversen Lebens.

Eigentlich langweilt mich das meiste hieran zu Tode. Jedem, der sich auch nur ein bisschen mit der Rolle der Partner in einer sadomasochistischen Beziehung auseinandergesetzt hat, wird das Wechselspiel in ihrem Machtaustausch auffallen. Aber mich interessiert nicht der Mensch, der sich des Themas nur kurzfristig annimmt; mich interessiert, mindestens konversationshalber, der Mensch, der sich ein Leben lang damit beschäftigt hat. Professor X wäre also eigentlich genau der Richtige für mich gewesen. Die genaue Untersuchung der Liebe, die er Joyce attestierte, erschien mir jedoch zu abstrakt und zu feige, eine Entschuldigung für das schlechte Benehmen eines Ehemanns, wenn man sich eine Feier gewünscht hätte. Wie so viele Biografen des Unkonventionellen war er zu konventionell, um diese Arbeit angemessen zu bewältigen. Zumindest zu konventionell, als dass ich gerne mit ihm geplaudert hätte.

Ein Perverser kann vieles von dem, was er weiß, gar nicht weitergeben, weil sich niemand findet, dem er es weitergeben könnte.

Und ausgerechnet mir wird gesagt, meinem Leben würde etwas fehlen!

Womit ich wieder, im Tempo des Perversen, beim Auspeitschen gelandet bin.

Als Sohn meines Vaters kannte ich mich damit aus. Alle Männer unserer Familie aus der Generation meines Vaters haben sich ganz selbstverständlich auspeitschen lassen, vornehmlich auf dem Kontinent, wo man für die Feinheiten temporärer sexueller Metamorphosen mehr Verständnis hat. Englische Prostituierte verachtete mein Vater zutiefst, zu welchem Zweck auch immer er sie engagierte. Er wurde nicht müde zu betonen, die Prostituierten stellten eine nationale Schande dar, nicht weil sie Prostituierte seien, sondern weil sie so wenig »joie de vivre« oder »élan vital« besäßen. Es war kein Zufall, dass er das, woran es ihnen mangelte, nur in französischer Sprache ausdrücken konnte. Immer wenn er in sich die Triebe aufsteigen spürte, die eine Ehe nicht befriedigen kann, schnürte er sein Handgepäck und machte sich, wie schon sein Vater vor ihm, auf nach Frankreich oder Deutschland. »Die Frau, die einem das Haus sauber hält, sucht man sich diesseits des Kanals, die Mätresse, die einem die Fantasie verdirbt, jenseits«, sagte er mir mal, als er betrunken war. Auch in dieser Hinsicht habe ich als überglücklicher Ehemann mit der Familientradition gebrochen. Ich hatte es nicht nötig, aus dem Haus zu gehen, um mir die Fantasie verderben zu lassen.

Wenn mein Vater und meine Onkel nicht verreisen konnten, gaben sie sich allerdings auch mit dem zufrieden, was sie vor ihrer eigenen Haustür fanden.

Als eine Art Übung zur Stärkung der Familienbande begleitete ich sie einmal bei ihrem Besuch eines Hauses in der Baker Street, unweit von Sherlock Holmes' ehemaliger Adresse. Es war mein einundzwanzigster Geburtstag. »Du kannst dir aussuchen, was du haben willst. Prügel oder Kuchen«, hatte mein Vater mir angeboten.

»Ich nehme den Kuchen«, sagte ich.

»Damit ist die Sache entschieden«, sagte er. »Die Prügel also.«

Sie betrachteten das als eine therapeutische Maßnahme, als gingen sie für eine Nassrasur zum Friseur oder ein Fußpeeling zur Pediküre.

Wir saßen zu viert auf einem langen Sofa mit gehäkelten Schonbezügen auf der Lehne hinterm Kopf und begutachteten die Frauen, die vor uns defilierten. Jeder hätte gedacht, wir würden Küchenmädchen, wenn auch ungewöhnlich gekleidete Küchenmädchen, zur Anstellung begutachten. Die Frauen rasselten ihre Spezialitäten herunter, je nach Herkunft oder Praktik – griechisch, französisch, marokkanisch, englisch –, die mein Vater auf die ordinärste Weise für mich entschlüsselte. »Die pisst dir in den Mund – willst du das? Soll gut für das Zahnfleisch sein.« Keines der Mädchen war außergewöhnlich hübsch, aber sie waren auch nicht unattraktiv. Jahre später erwähnte ich diesen Umstand gegenüber meinem Vater während einer seiner Tiraden gegen die Freudlosigkeit des Geschlechtsverkehrs in England. »Das meinst du nur, weil du noch nie auf der Reeperbahn warst«, sagte er.

Ich war schon mal da gewesen, aber es lohnte nicht, deswegen einen Streit vom Zaun zu brechen.

Von meinen Onkeln weiß ich es nicht, aber mein Vater hatte nicht die geringste Lust, geschlagen zu werden. Er nannte es »sich Prügel abholen«, aber selber prügeln wollte er selbstredend gerne. Die meisten »Erziehungsanstalten« bieten sowohl Devote als auch Dominas, und in dieser speziellen »Erziehungsanstalt« wusste man offenbar bereits, welche unter den Devoten mein Vater bevorzugte. Sie war ein blasses Mädchen, eine Dickens-Figur mit großen flehenden Augen. Die anderen trugen alle hochhackige Showgirl-Pumps und unterschiedliche Wicked-Witch-Schnürkorsetts, sie dagegen nur einen gelblichen Slip, ihr Haar war glatt und von zwei altjüngferlichen Spangen festgehalten, damit es ihr nicht in die Stirn fiel. An den Füßen hatte sie Schuhe, wie sie einem wahrscheinlich am ersten Tag im Waisenhaus ausgehändigt werden. Warum mein Vater für die Dienste gerade dieses Mädchens bezahlte, wenn bei uns zu Hause und im Geschäft jede Menge solcher Gestalten herumliefen, mit denen er sich auf seine Art vergnügte, begriff ich erst viel später. Es war die Tatsache, dass er sie bezahlte, die einen großen Teil der Erregung ausmachte. Sobald er sich von seinem Geld getrennt hatte, hätte er auch nach Hause gehen können.

Ich entschied mich für eine sehnige, rothaarige Domina, die mich gründlich musterte, was mich ziemlich erregte, und die mir sagte, sie studiere Psychologie und Soziologie am Queen Mary College, was mich noch mehr erregte. »Ich studiere in Oxford«, sagte ich.

»Schön«, sagte sie, legte mir ein Lederhalsband an und führte mich an der Leine auf und ab durch die Attrappe eines kleinen Dungeon. Er sah aus wie eine Kerkerkulisse bei Madame Tussaud's um die Ecke und war so abgeschmackt, dass ich laut losgelacht hätte, wenn Lachen in diesem Rahmen schicklich gewesen wäre.

»Und dein Studienfach?«, fragte sie mich.

»Altphilologie.«

»Wow. Ich unterhalte mich gerne auf hohem Niveau.«

»Ich auch«, sagte ich.

»Weißt du, was Freuds Problem war?«, sagte sie. »Er meinte, normaler Sex müsste immer auf ein Endziel hinsteuern. Alles, was sich dieses Ziel versagt, betrachtete er als Perversion. Danach wären wir beide pervers.«

»Sind wir aber nicht.«

»Genau. Das sind wir nicht. Gefällt es dir?«

»Was, das Halsband? Ja, ganz gut.«

»Möchtest du lieber am Schwanz herumgeführt werden?«

»Vielleicht.«

»Dafür musst du ein ganz braver Junge sein.«

»Und wenn nicht?«

»Dann kriegst du das hier«, sagte sie und gab mir eine Ohrfeige. Sie trug schwarze Ärmelhandschuhe, wie meine Mutter sie auf Beerdigungen anzog, was die Kränkung noch steigerte.

»Das tat weh«, sagte ich.

Sie schlug mich erneut.

»Nein. Ich meine, es tat wirklich weh. Wenn du mich noch mal schlägst, gehe ich.«

»Dann hat es also keinen Zweck, dich an den Marterpfahl zu binden.«

»Nein.«

Sie sah mich an, die Hände gefaltet. Sie hatte etwas von El Grecos *Mater Dolorosa* an sich, erschöpft und wie gestreckt in ihrer Sado-Kluft.

»In dem Fall kann ich nur vermuten, dass du ein moralischer Masochist bist.«

»Im Gegensatz zu …?«

»… einem sexuellen Masochisten.«

»Ich wusste gar nicht, dass ich überhaupt einer bin.«

»Was willst du dann hier?«

»Es war nicht meine Idee. Mein Vater hat mich hier hergeschleppt.«

»Und du tust alles, was dein Vater dir sagt.«

»Nur wenn er dafür bezahlt.«

»Er bezahlt? Weiß das deine Mutter?«

»Meine Mutter? Um Himmels willen. Nein.«

Sie legte den Kopf wissend zur Seite, wie ein großer roter, strubbeliger Papagei. »Das klingt ein bisschen verdächtig«, sagte sie. »Als würdest du deine Mutter idealisieren.«

»Ganz und gar nicht. Ich weiß bloß, dass sie nicht wollen würde, dass mein Vater mich brutalisiert.«

»Er brutalisiert dich? Interessantes Wort. Macht er das mit deiner Mutter auch?«

»Klar.«

»Und? Tut dir das weh?«

»Klar.«

»Wolltest du schon mal mit deiner Mutter schlafen?«

»Klar.«

»Hasst du deinen Vater, weil er mit deiner Mutter schlafen darf?«

»Klar. Aber auch, weil er es nicht macht.«

»Ihm gehört also nicht nur die Frau, die du begehrst, er weist sie auch noch zurück.«

»Bin ich deswegen Masochist?«

»Wenn du dich mit deiner Mutter identifizierst, ja.«

Ich dachte nach. »Ich will trotzdem nicht von dir geschlagen werden«, sagte ich schließlich.

Sie lachte. »Dann probieren wir eben etwas anderes aus.«

Mir machte nichts von dem, was wir ausprobierten, Spaß. Nicht die Reitgerte, nicht die neunschwänzige Katze, nicht die Peitsche, nicht das Rad, nicht der Käfig, nicht die Handfesseln, nicht der Karabiner, nicht der Trensenknebel, nicht der Cockring, nicht der Arschstöpsel, nicht der Separator, nicht das Spekulum, nicht die Fisting-Sling, nicht die Nippelklemmen, nicht die Hodenquetsche, nicht die Kniebank, nicht das Folterbrett, nicht das Spanking-Pferd, nicht der Oral-Stuhl, und am Ende nicht mal ihre Gesellschaft. Moralischer Masochist stimmte also wahrscheinlich, wenn das bedeutete, dass mein Verstand verletzt werden wollte, nicht mein Körper.

Mein Verstand und, auf unerklärliche Weise, mein Vater.

Ich war nie wieder in die Baker Street gegangen, um mich auspeitschen zu lassen. Die Erfahrung war nicht metaphorisch genug. Nur einmal bin ich, spontan, aus Muße – der Zeit des Teufels –, losgezogen, um die Frau aufzusuchen, die für meinen Vater die devote Rolle gespielt hat. Als ich herausfand, dass sie unbekannt verzogen war, war ich zuerst enttäuscht, doch dann schien es mir besser so. Man kann seiner Psyche nicht entkommen, aber man kann sie im Zaum halten. Eine andere devote Prostituierte, etwas hübscher und nicht so ein Fußabtreter wie die meines Vaters, war mir auch recht. Ich war ein Apfel, der weit vom Stamm fiel. Niemals hätte ich gegen sie meine Hand erheben können, genauso wenig wie ich Kinder schlagen kann. Doch damals nach meinem letzten Besuch war ich zu dem Schluss gelangt, dass es einen Grund gibt, warum es mir keinen Spaß machte, mich einer Domina zu unterwerfen: Das Geschehen ist zu vorhersehbar – was sollen Devote und Dominante sonst miteinander anfangen? –, wohingegen der Reiz des Unnatürlichen viel stärker ist, wenn sich ein Devoter einem Devoten unterwirft. Die devote Prostituierte wusste erst nicht, was sie davon halten sollte. Sie machte mir den Eindruck, dass sie es extrem seltsam fände. Prostituierte sind in der Regel sehr konventionell in ihren Ansichten. Sie wollte auch nicht dabei erwischt werden, dass sie anderen Dominas die Arbeit wegnahm. Erst als ich ihr sagte, dass ich nicht von ihr geschlagen oder ausgepeitscht werden wolle, willigte sie ein.

»Was willst du dann?«, fragte sie und führte mich an der Hand in ihr Boudoir.

»Dass du mich über deine Knie legst.«

»Das soll alles sein?«

»Alles? Reicht dir das nicht?«

»Die meisten Männer wollen mehr.«

»Für mich ist es das Größte.«

Sie legte mich über ihre kalten Knie.

Nach zehn Minuten Liegen, wobei ich mit der Nase im Teppich hing, sagte ich: »Können wir jetzt darüber reden?«

»Worüber?«

»Über das hier.«

»Was hier?«

»Ich bin devot zu einer Devoten.«

»Was gibt es da zu reden?«

»Nur die Wörter. Sag einfach nur die Wörter. Sag mir, was ich bin.«

Endlich begriff sie, was ich hören wollte. »Du bist devot zu einer Devoten.«

»Danke. Und jetzt sagst du: Jeder kann mit mir machen, was er will, aber ich kann mit dir machen, was ich will. Du bist der Missbrauchte der Missbrauchten.«

Die ersten beiden Male klappte es noch nicht richtig, doch schließlich – für den Preis von fünfzig Pfund – brachte sie die Worte in der Reihenfolge hervor, um die ich sie gebeten hatte.

Und?

Nichts und. Habe ich nicht schon gesagt, dass mein Leben in sexueller Hinsicht eine einzige Enttäuschung war – bis ich Marisa kennengelernt habe?

*

Aus diesem Grund muss von der einzigen Abkehr meiner sonst unverbrüchlichen Treue gegenüber Marisa, von dem einzigen Mal als Marisas Ehemann, da meine Lippen Kontakt mit einem Körper hatten, der nicht der ihre war, in der dritten Person erzählt werden. Ich war nicht ich selbst, als ich es tat.

Natürlich hatte Felix – weil er seine Nase in alles stecken musste, was Marisa gehörte – ihren Tagebucheintrag über ihren Besuch in dem Fetischclub in Walthamstow gelesen, in den man sie ausgeführt hatte. Das Ereignis lag lange zurück, ein Treuebruch gegenüber Freddy, nicht Felix, aber er durchlebte es, als wäre es in der Gegenwart. Er stellte sich vor, er selbst würde so einen Club aufsuchen, möglichst nicht in Walthamstow, und würde an dem Abend, an dem Marisa eigentlich Dienst bei der Telefonseelsorge hatte, sie dort in diesem Club antreffen, von Fremden begrapscht.

Sonst interessierten ihn Fetischclubs eigentlich nicht. Er verkleidete sich nicht gerne und brauchte keine öffentliche Auspeitschung. Dass Marisa mit Marius schlief, war Herzensgeißelung genug. Aber sie hatte ihn aus ihrer Nähe verbannt; hol dir deinen Kitzel woanders, hatte sie ihm gesagt. Als Trotzreaktion – um es Marisa heimzuzahlen und sich selbst noch mehr zu verletzen – würde er einer anderen Frau gestatten, das Schlimmste mit ihm anzustellen.

Er hatte keine Ahnung, wie man bei der Suche nach einem Fetischclub vorging, aber dann fiel ihm ein, dass er vor einiger Zeit, als er und Marisa mit ihrem indischen Imbiss in der Hand über den Camden Lock Market geschlendert waren, einige Läden gesehen hatte, in denen Werbung für solche Clubs aushing. Danach war alles ganz einfach. Er sammelte stapelweise Flyer von diesen Clubs ein und erkundigte sich diskret nach dem Dress Code. Er besaß keine Ledershorts und kein Kettenhemd, und es wäre ihm peinlich, welche anzuprobieren, aber gut, wenn das alles war, dann mussten eben Rüschenhemd und Abendanzug reichen, je nachdem, was er damit für ein Signal nach außen geben wollte. Rüschenhemd und Abendanzug, so erfuhr er, könne durchaus für einen Master stehen. Er wurde ein wenig rot. Bei mir bestimmt nicht, dachte er.

Er fand einen Club, der wilde Exzesse versprach, wildere, als er zu verkraften meinte, aber wenigstens lag der Club in der City und war daher vermutlich sauber und offen für alle. Während der Taxifahrt überkam ihn plötzlich der Wunsch, Marius mitzunehmen – seinem Dante ein Vergil zu sein, ihn durch eine Unterwelt zu führen, von der er nichts wusste. Schau dir das gut an, Marius, du kleiner Narziss, der mich zum Gehörnten macht. Hier kannst du mit deinen minderjährigen Schülerinnen aus Shropshire nicht landen.

Seltsam, fast kam er sich schon vor wie ein Angehöriger der Szene, obwohl er doch nur einen Flyer mitgenommen hatte.

Der Türsteher des Clubs bat ihn, den Mantel zu öffnen, damit er sich vergewissern konnte, dass er keine Straßenkleidung trug, obwohl es für Felix ganz normale Straßenkleidung war. Hinter einem mit Plastikbahnen bezogenen Klapptisch stand eine Frau mit einer Marinemütze und nackten Brüsten, drall wie Luftballons, sah ihn erstaunt an, nahm sein Eintrittsgeld und sagte, er sei der Erste.

»Der Erste? Wie?«, fragte er.

»Der erste Gast heute Abend.«

Irritiert sah er auf die Uhr. Es war doch schon elf, du liebe Güte. Jetzt merkte er auch, wie affig er in seinem Burlington-Bertie-Anzug wirken musste, und mit Staunen konstatierte er, dass eine halbe Stunde, nachdem sich in seinem Stadtteil die Theater geleert hatten, in anderen Stadtteilen das Nachtleben noch nicht einmal begonnen hatte.

»Soll ich später wiederkommen?«, fragte er.

»Wie Sie wollen«, sagte sie. »Die Bar ist geöffnet. Aber richtig voll wird es erst nach zwölf.«

»Bekomme ich eine Eintrittskarte, damit Sie mich wieder einlassen?«

»Ich erkenne Sie schon wieder«, versprach der Türsteher.

Eine Stunde spazierte er durch das Labyrinth der Straßen um die Bank of England herum – Straßen mit Namen, die man den Amerikanern zuliebe Change Alley, St. Swithin's Lane, Throgmorton Street, Austin Friars oder King's Arms Yard genannt hat – und kaufte sich dann einen Hamburger. Er hatte den Eindruck, als wären nur abstoßende Menschen unterwegs. Er wurde wütend auf Marisa und auf ihren Scheißliebhaber. Er las die Schlagzeilen der Zeitungen des nächsten Tages: »Bekannter Londoner Buchhändler ermordet – während Gattin sich mit Lustknabe vergnügte!« Eigenlob stinkt, dachte er. Wen interessierte es, dass er Buchhändler war? »Perverser Ehemann ermordet«, das kam der Wahrheit schon näher, »Perverser betrogener Ehemann ermordet« noch näher. Die öffentliche Meinung wäre wohl mehrheitlich gegen ihn. Perverse betrogene Ehemänner kriegen nur das, was sie verdienen.

Als er wieder vor dem Club stand, bat ihn der Türsteher, den Mantel zu öffnen.

»Sie haben doch gesagt, Sie würden sich an mich erinnern.«

»Ich erinnere mich auch an Sie. Ich wusste nur nicht mehr, was Sie unter dem Mantel tragen.«

»Jetzt füllt sich der Laden langsam«, begrüßte ihn die Frau mit dem Ballonbusen.

Felix schob einen zerschlissenen roten Vorhang zur Seite und wäre beinahe über einen kahlköpfigen Mann gestolpert, der nichts am Leib trug außer einem goldenen Piercing-Stecker, der wie ein verlängerter Manschettenknopf die Penisöffnung verschloss. Der Mann stieg gerade in einen Kilt; es gab eine Garderobe, aber keinen Umkleideraum, man zog sich um, wo immer gerade Platz war. Menschen verwandelten sich von Bibliothekaren und Fernmeldetechnikern in ägyptische Göttinnen und nubische Sklaven. Felix gab seinen Mantel ab, bekam eine nummerierte Eintrittskarte, strich sich die Rüschen an seinem Hemd glatt und warf sich – mit seinen Bildern von Vergil und Dante lag er gar nicht so fern – in die Hölle. Die Hölle, es gab kein anderes Wort dafür. Es war nicht als Vorwurf gemeint. Es gibt eine Hölle der Fantasie, die nichts anderes ist als ein ins Unendliche verlängertes, unzensiertes Amüsement. Doch obwohl Felix nicht der Sinn nach Amüsement stand, spürte er doch eine ferne Verwandtschaft mit diesen Leuten, eine Zuneigung zu den Mitwirkenden. Es war beides: sowohl das, was ein alter Mann für jene empfinden konnte, die ein Handwerk erlernten, in dem er selbst es zum Meister gebracht hatte, als auch die Bewunderung des schüchternen Neulings für ausgelebte Perversionen.

Allgemein gilt William Hogarth als der große Maler der Ausschweifung in England, doch nur ein Hieronymus Bosch hätte dem Anblick, der sich Felix bot, gerecht werden können – ein Garten der Lüste, in dem zwar niemand sich übergibt oder den Darm entleert, sondern sich ausnahmslos alle gesittet und höflich verhalten, aber in dem der Zirkustrubel des Fleischlichen herrscht, wie er nach unserer Vorstellung immer dem Weltuntergang vorausgeht oder nachfolgt, jener grandiose Karneval der Körperöffnungen, den darzustellen kein englischer Künstler in der Lage ist, und wenn wir noch so stolz sind auf unsere Kennerschaft des Grotesken.

Felix suchte sich einen Platz am Tresen, zwischen einer gänzlich in schwarzem Gummi gekleideten Gestalt, soweit er erkennen konnte, ohne Sehschlitz oder Atemöffnung im Anzug, und einem Mann, der außer einer Damen-Latzschürze nur einen weißen und einen schwarzem Strumpf trug. Warum?, fragte sich Felix.

Er nickte beiden zu, bestellte ein deutsches Bier und beobachtete die Szenerie. Der Club bestand im Wesentlichen aus einer großen Tanzfläche in der Mitte und mehreren Nischen an den Seiten, manche nicht größer als eine Kammer, durch Stellwände und Vorhänge voneinander getrennt. Wenn man wollte, konnte man sich zurückziehen, aber das wollte niemand. Man zeigte sich hier nicht, um sich gleich wieder zu verstecken. Regelmäßig bildete der Dungeon das Zentrum der Aufmerksamkeit, wobei das Extreme der jeweiligen Spielszene den Grad der allgemeinen Erregtheit widerspiegelte. Anfangs konnte Felix nicht einschätzen, ob er ein Recht hatte zuzuschauen, und blieb daher am Tresen sitzen. Die Tanzfläche füllte sich und leerte sich wieder. Zwei Transsexuelle, beide als Ladys aufgemacht, die im Brighton Pavillon der zwanziger Jahre Tee tranken, tanzten Arm in Arm. Ein alter Mann, Typ Schuldirektor, völlig nackt außer einem Paar robuster Sandalen und einer ledernen Gürteltasche um die Taille, tanzte für sich allein. Sein Penis, offenbar erigiert, war winzig klein. Seine Therapie, dachte Felix. Exhibitionismus lautete das Heilmittel gegen mangelndes Selbstbewusstsein, musste ihm jemand gesagt haben – vielleicht Marisa, falls er bei der Telefonseelsorge angerufen hatte –, und jetzt präsentierte er sich, unbekümmert, machte aus der Not eine Tugend und beschenkte seine Umgebung mit seiner Zwergenmännlichkeit. Niemand machte sich über ihn lustig, wie Felix auffiel, ja, Felix war der Einzige, der ihn überhaupt beachtete.

Die Musik versetzte das Publikum in Trance, das Licht war schummrig und bunt. Eine Frau in Marisas Alter mit alabasterweißem Gesicht und überheblicher Miene schmuste mit zwei Männern, einem schwarzen und einem weißen, und küsste beide abwechselnd. Sie trug ein, wie Felix zu erkennen meinte, Politessenkäppi. Warum?, fragte er sich. Nur diese Mütze und einen Stringtanga aus Mull, der die Umrisse ihrer Vagina betonte. Der weiße Mann hielt zwar eine Peitsche in der Hand, schlug aber nicht damit zu. Einmal fasste er sie am Kopf und drehte ihn dem anderen Mann zu und stieß einen Finger in ihren After. Sie krümmte sich vor Schmerz, während der Schwarze zärtlich ihr Gesicht abküsste.

Die drei beobachteten mit großem Interesse eine Person, deren Geschlecht nicht auf Anhieb zu erkennen war; sie oder er trug ein Liberty-Mieder und dazu passende knielange Damenschlüpfer, über den Kopf ein Strumpf gezogen, wie ein Bankräuber. Warum?, fragte sich Felix.

Und warum hatte sich ein anderes Paar als Robin Hood und Maid Marian verkleidet? Die Krankenschwester in Gummimontur konnte er noch verstehen. Auch den Zenturio aus der Zeit des Untergangs des Römischen Reiches in seinem Lederwams und dem Brustpanzer. Selbst den Mann mit Wäscheklammern an den Brustwarzen und einem ganzen Strauß aus Klammern, der wie Blumen aus seinem Hodensack spross. Doch dann sah er eine Person, wieder unbestimmten Geschlechts, in einem Dufflecoat, schwarzes Halstuch um Mund und Kinn wie der Westernheld Tom Mix. Warum?, fragte sich Felix. Warum hier? Tausende Orte gab es, wo sich der Sexualtrieb austoben konnte. Warum ausgerechnet hier?

Zwischendurch hatten immer wieder Frauen, die Felix für professionelle Peitschenschwinger hielt, ihre Auftritte und durchquerten den Raum. Einige sahen in ihren Schnürkorsetts und den High Heels wie die Karikatur einer Domina aus, ähnlich denen, die vor seinem Vater und seinen Onkeln in der »Erziehungsanstalt« aufmarschiert waren; die meisten jedoch, wahrscheinlich weil sie übergewichtig waren, trugen Damenreitkleidung aus der Zeit König Edwards, die ihren Körper von Kopf bis Fuß verhüllte, Gesellschaftskleidung der Belle Epoque mit Federboas, Schleier und ausladende Merry-Widow-Hüte. Wo immer eine Mistress saß, kniete ein Mann auf dem Boden vor ihr, küsste ihre Füße, leckte in einem Fall sogar die Sohlen ihrer Schnürstiefel, ein Akt, der mit solcher Konzentration ausgeführt wurde, dass man meinen konnte, der Mann wolle jeden Schmutz ablecken, in den seine Angebetete je getreten war.

Manchmal begaben sich diese Frauen auf die Tanzfläche, Männer an Lederhalsbändern hinter sich herziehend wie die rothaarige Freudianerin damals, die vergeblich versucht hatte, aus Felix einen sexuellen statt moralischen Masochisten zu machen. Wie schon damals erregte ihn die Idee mehr als die Ausführung. Eine Frau, die einen Mann wie einen Hund an der Leine führte – es hätte seinen Reiz haben können, hatte es aber nicht. Irgendetwas fehlte. Was nur? Es war die echte Reduzierung des Menschen auf ein Tier, lautete sein Fazit. Wenn die Frau weitergegangen wäre, wenn sie den Mann kastriert, ihm in einem Schlachthaus die Kehle durchgeschnitten hätte – dann ja, das hätte seinen Reiz gehabt, das hätte ihn erregt.

Er musste laut gedacht haben, denn ein Mann mit einem haarlosen, bemalten Körper und gekrümmten Nadeln in den Wangen fragte Felix, ob er ihn meine.

»Ich versuche gerade herauszufinden, wie ich das mit den Hundeleinen finden soll«, sagte Felix. Er hatte den Eindruck, dass er den Mann kannte, und tatsächlich, er kannte ihn aus Moby Dick, es war Queequeg, der Südseefetischist.

»Und, was ist mit den Hundeleinen?«

»Ich frage mich, ob sie einen anmachen können.«

»Mich jedenfalls nicht. Sie?«

»Weiß nicht.«

»Worauf stehen Sie denn so?« Der Mann hatte eine sehr sanfte Stimme und lispelte leicht; Felix führte es auf die Nadeln in seinen Wangen zurück.

»Ich kann mich nicht entscheiden«, sagte Felix. »Ich spiele gerne den Cuckold.«

»Was ist das denn?«

»Man fügt sich der Untreue seiner Frau.«

»Können Sie mir das buchstabieren?«

Felix buchstabierte ihm das Wort.

»Ist das ein Fetisch?«

»Ich weiß nicht. Wahrscheinlich.«

»Ist das da Ihre Frau?« Er zeigte auf eine Frau, die vollständig in schwarzes Gummi gehüllt war und mit dem Mann tanzte, neben dem Felix eben gestanden hatte und der ebenfalls einen Ganzkörperanzug aus Gummi trug. Die beiden küssten sich – durch welche Öffnung in *dem Anzug konnte Felix nicht erkennen – ineinander verschlungen wie ein Paar kopulierender schwarzer Schlangen.*

»Nein«, sagte Felix. »Aber wenn, hätte ich bestimmt meinen Spaß an ihr.«

Queequeg justierte eine der Nadeln in seiner Wange und kratzte sich nachdenklich am Kopf. Er konnte seinen Unmut kaum verbergen. »Das Tanzen verdirbt das Ganze«, sagte er, wie aus dem Zusammenhang gerissen. »Zu viel Pose, wenn Sie mich fragen. Die spielen doch alle nur.«

Was wäre die Alternative?, fragte sich Felix. Dann sah er, dass sich in dem Dungeon eine Gruppe zusammengefunden hatte, und diesmal entschied er mitzumachen. Eine stark geschminkte Frau, ihrer Erscheinung nach skandinavisch, ließ Wachs auf den Penis eines Mannes tropfen. Der Mann war mit Lederfesseln an einen Stuhl gebunden, wie man sie zur Sicherungsverwahrung in Irrenhäusern findet. Bei jedem heißen Tropfen stöhnte er auf, aber konnte die Hände nicht rühren, um sich zu schützen. Jedes Mal wenn sich die Frau über ihn beugte, streiften ihre Haare sein Gesicht. Sie flüsterte ihm etwas ins Ohr, vermutete Felix, fragte ihn, ob alles in Ordnung sei. Aber sie küsste ihn auch. Als alles vorbei war, umarmten sie sich. Felix war neu hier und konnte zur Einschätzung der Situation nur auf seinen Instinkt vertrauen, doch andere Gäste kannten sicher den Unterschied zwischen einer rein sexuellen Transaktion und einem echten Liebesakt. Und auch sie, so schien es, betrachteten das hier als einen Liebesakt.

Es ließen sich viele solcher Liebesakte beobachten. Ein wunderschönes, geschmeidiges Mädchen mit bernsteinfarbener Haut, auf ein Folterrad geschnallt, vor ihr ein junger Mann in einem Ledermantel, der das Rad in Schwung brachte und der offenbar große Stücke auf die Frau hielt. Die Peitschenschläge, die er ihr zufügte, entsprachen wohl eher ihrem Verlangen als seinem, wie Felix an den verkrampften Schultern des Mannes zu erkennen meinte. Es gab einige Leute, die ohne jede Hemmung drauflosschlugen, wobei ihre Körper eins wurden mit den Bewegungen der Flogger, der Peitschen. Der Freund des Mädchens mit der bernsteinfarbenen Haut dagegen musste sich überwinden, die

Schläge auszuführen, er floggte sich selbst. Mal schlug er ihr auf die Brüste, mal auf den Bauch, sogar auf ihr Schambein, und bei jedem Schlag zuckte er zusammen, das Mädchen nicht. Vielleicht wusste sie, wie schön sie aussah, wenn ihr nackter Körper in dem Licht rotierte. Vielleicht wusste sie auch nur, wie sehr der Mann sie liebte.

Felix kämpfte gegen sein empfindsames Wesen an. Nicht alles, was er sah, gefiel ihm. Ein Mann in Chaps, die Pobacken ausgespart, ging den Gästen auf die Nerven, weil er alle Frauen fragte, ob sie ihn anpinkeln wollten. Ein anderer in der gleichen Montur drängte sich Paaren auf, die in intime Handlungen verwickelt waren, und wurde schließlich, wenn auch äußerst höflich und diskret – denn wo man sich verletzlich und ausgelassen gibt, wird Benimm groß geschrieben –, des Lokals verwiesen. Häufig ließ sich auch nicht klar ausmachen, wo eine Gefühlsregung endete und Effekthascherei anfing. Ein männliches Gegenstück der Belle-Epoque-Mätressen, hochmütig und ein bisschen lachhaft in seinen engen Reithosen und dem Hemd, das sich von Felix' Rüsche gar nicht so sehr unterschied, kam einem Paar in den Sechzigern in eindeutig professioneller Funktion zu Hilfe, auch wenn Felix nicht erkennen konnte, dass Geld zwischen ihnen ausgetauscht wurde. Die Frau lag auf einer Krankenbahre, in einer Körperhaltung, als hätten gerade Wehen eingesetzt. Der Ehemann erinnerte in seiner gesammelten Konzentration an einen Medizinstudenten, der zum ersten Mal sah, wie eine Leiche seziert wurde, gemalt von einem holländischen Meister. Mit mehr Elan als nötig schob der Peiniger den Rock der Frau hoch, unter dem sie nackt war, öffnete ihre Schenkel, spreizte ihre Beine, tippte mit dem Griff seiner Reitgerte auf ihre Schamlippen und führte den Griff der Gerte, als er sah, dass die Frau bereit war, Stück für Stück in ihre Vagina ein.

Die Frau gab Töne von sich wie ein singender Vogel – kein erkennbar menschliches Geräusch, aber vielleicht das von Abertausenden Jahren der Scham, die ihrem Körper entwich.

Wäre die Welt in diesem Moment in Flammen aufgegangen, selbst dann hätte der Mann den Blick nicht von der Vagina seiner Frau wenden können, die die Gerte in sich aufsaugte.

Was sonst noch passierte, blieb Felix verborgen, denn er wollte nicht länger bleiben. Für ihn war die Welt bereits in Flammen aufgegangen. Er war nicht angewidert. Unter Perversen herrscht eine Großzügigkeit, die denen, die sich als normal betrachten, fremd ist. Befreit von der Angst vor den eigenen Begierden, schrecken sie auch vor denen anderer nicht zurück. Manche Akte sind jedoch allzu intim, ganz gleich ob man sie gutheißt oder nicht und ungeachtet der Wünsche der Teilnehmer. Das letzte Sexspiel war nicht grausam in Felix' Augen, es war nur allzu persönlich, wie der Anblick einer im Gebet versunkenen Person, deren Andacht man auch nicht stören wollte.

In dieser Stimmung beobachtete er weiter und dachte nach. Was er dann schließlich tat, tat er, weil er meinte, überhaupt etwas tun zu müssen, aus Solidarität sozusagen, aber das war es nicht allein. Auch die Langeweile, die sich allmählich seiner bemächtigte, bewog ihn dazu, etwas zu tun. Floggen kann etwas Monotones an sich haben, für den Zuschauer jedenfalls, mag der Flogger noch so exotisch sein, der Geschlagene noch so betörend. Welche Schönheit, welche Lüsternheit in der Entblößung, und dennoch, wie rasch der Lüsternheit die Möglichkeiten ausgehen, sich auszudrücken. Am Ende bleibt nicht viel, was man einem Anus oder einer Vagina antun kann, von einem Folterinstrument gedehnt, den geilen Blicken von Männern und Frauen ausgesetzt, die nichts mehr erschüttern oder schockieren kann. Der stärkste Beweggrund aber war natürlich seine Verärgerung über Marisas Weigerung, ihm diesen kleinen Gefallen zu tun, um den er sie gebeten hatte, während hier, in dieser Unterwelt der höllischen Passionen, die Liebe allen gefällig war. Er zog sein Hemd aus und probierte es zuerst mit einer Auspeitschung, nur so, aus Nostalgie, aber die Frau, an die er sich deswegen wandte, weil sie ähnlich gebaut war wie Marisa, besaß kein Gespür für die Feinheiten der Auspeitschung, so wie Felix sie verstand – wobei das Wichtigste war, dass sie ihn auspeitschte, ohne ihm wehzutun. Danach gesellte er sich zu der Riege der weibischen Devoten und wartete, dass ihm jemand seine Boots zum Ablecken hinstreckte. Er hatte Glück und fand eine Mistress mit südländischem Äußeren, die ihm erlaubte, ihre Fußknöchel zu küssen, dann ihre Beine, ihre Schen-

kel, über den Strumpfrand hinaus, bis zu einem Punkt, den er nicht passieren durfte. Sie instruierte ihn mit Bewegungen ihrer Finger – hier, hier, hier – und zog ihn am Schopf hoch, wenn seine Lippen sich der Grenzübertretung schuldig gemacht hatten.

Es machte ihm nicht die geringste Freude. Er fand dieses So-tun-als-ob anstrengend und albern. Draußen, in der wirklichen Welt, hätte er sich niemals zum Diener dieses Mädchens gemacht. Er nahm es ihr übel, dass sie ihn an den Haaren zog, ihm sagte, welche Stellen ihres Körpers für ihn tabu waren, als gäbe er auch nur das Geringste auf ihren Body. Er hasste ihre damenhafte Selbstgefälligkeit, auch wenn sie angeblich ihm zu Gefallen war. Er hasste ihren Geschmack und ihren Geruch. Und schließlich: Er hasste sie dafür, dass sie nicht Marisa war.

Als sie fertig waren, suchte er eine Toilette auf und spülte sich den Mund aus. Es war nicht gegen die Frau gerichtet, sondern gegen sich selbst. Er wollte seinen Fetisch wiederhaben, er wollte wieder das Gefühl haben, treu zu sein.

Das Letzte, was er sah, bevor er den Club verließ, war der alte Mann, Typ Schuldirektor, mit dem Bleistiftstummelpenis, der noch immer ekstatisch mit sich allein tanzte.

Nach diesem Abend in der Hölle kehrte Felix heim und war mehr als je zuvor in seine Frau verliebt.

Mag man sich der Aufrichtigkeit noch so sehr verpflichtet fühlen, manche Dinge behält man besser für sich. Ich beschloss, Marisa nicht zu sagen, wo ich gewesen war. Nachdem sie meine Tränen schon einmal zum Fließen gebracht hatte, konnte ich nicht sicher sein, dass es nicht wieder geschehen würde. Und die Schenkel einer anderen Frau zu küssen war durchaus zum Weinen, so oder so.

Wir kamen nicht mehr auf den Streit zurück, der meinen Sündenfall ausgelöst hatte. Ich bat sie nicht mehr darum, der Wasserträger bei ihrem römischen Gelage sein zu dürfen, nannte ihr überhaupt keinen meiner Wünsche mehr und achtete wieder sorgsam darauf, dass ich außer Haus war, wenn Marius kam. Im Gegenzug fragte Marisa mich nicht, warum ich erst um vier Uhr morgens heimgekehrt war, nach Rauch stinkend und im Rüschenhemd, und hielt mir auch meine Bedürftigkeit nicht mehr vor. Stattdessen taten wir das, was wir am besten konnten, das Thema wechseln.

Der Alltag kehrte wieder ein. Wir waren erneut eine glückliche Familie, alle drei.

Natürlich wurde mit der Zeit viel über uns geredet, aber so wollte ich es ja haben. Wäre unser Skandal auf der ganzen Welt in aller Mund gewesen, mehr hätte ich mir nicht wünschen können, wenn es nur mit Bewunderung für Marisa einherging. Die Leute verstanden nicht gleich, dass ich unser Arrangement guthieß, es sogar brauchte, um dem Konformismus entgegenzuwirken, der selbst eine so ungeheure Ménage wie die unsrige überwuchern kann wie Vorgartenefeu. Apropos Konformität – ich will damit nicht sagen, dass wir uns in einer Art heiterer Gelassenheit eingerichtet hatten, das ist für den Cuckold, der gespannt und aufgeregt auf jede neue Demütigung wartet, undenkbar. Doch mit jeder Woche, die ins Land zieht, schleicht sich Gewohnheit ein, bis man erst durch andere Menschen darauf gestoßen wird, was für ein seltsames Leben man eigentlich führt und was das für eine bemerkenswerte Frau ist, die dabei die Zügel in der Hand hat.

An besorgten Blicken von der Dulcie-Sorte fehlte es nicht, auch nicht an Äußerungen eines diffusen Mitgefühls, oder, von den eher unerschrockenen meiner Freunde und Geschäftspartner, die glaubten, wir würden uns trennen, an Nachfragen, ob unsere Scheidungssache Fortschritte mache. Ich bin mir sicher: Bei dem geringsten Hinweis, dass ich empfänglich für ihre Ansichten wäre, hätten mir einige gesagt, meine Ehe mit Marisa sei nicht klug gewesen, von Anfang an, und, wenn ich die Wahrheit wissen wolle, Marisa sei ihnen schon früher als Mensch erschienen, mit dem man keinen gemeinsamen Hausstand gründen könne. Andrew zählte zu denen, die mir auf subtile Weise zu verstehen gaben, dass sie Marisa eigentlich schon immer abgelehnt hatten. Möglicherweise war er auch nur eifersüchtig auf Marius, weil er sich die Frau des Chefs geschnappt hatte, so wie vorher schon die Frau des Professors. Jedenfalls kündigte Andrew, ungefähr sechs Monate nachdem unsere Ménage ihren Anfang genommen hatte. »Manchmal muss man einfach loslassen können, Mr Quinn«, sagte er, als wir auseinandergingen, ohne dass ich erkennen konnte, ob er das auf mich oder auf sich bezog.

Zustimmung war nicht so einfach zu bekommen. Eine Autorin schwärmerischer Erzählungen, die nebenan wohnte und ihre Blütezeit hinter sich hatte, früher aber mal so etwas wie eine Blaustrumpf-de Sade für junge Studentinnen gewesen war – auf dem Gipfel ihres Ruhms sogar eine eifrige Käuferin französischer pornografischer Literatur des achtzehnten Jahrhunderts bei uns –, legte ihr Gesicht regelmäßig in Falten, wenn wir uns auf der Straße begegneten.

»Ihr Haus!«, rief sie mir eines Morgens über den Gartenzaun zu, ausgerechnet.

»Was ist mit meinem Haus?«

»Das sollten Sie mir eigentlich sagen können.«

»Ich wüsste nicht, dass ich dazu verpflichtet bin. Aber da wir, erotisch gesehen, nun schon mal aus demselben Stall sind, Mariana – meinen Sie nicht, dass mein Haus beispielhaft für die Freiheit stehen könnte, die Sie in Ihren Geschichten immer für Ihr Geschlecht gefordert haben?«

»Freiheit! Freiheit nimmt man sich, sie wird nicht gewährt.«

»Ach, dann sind Sie also eingeweiht in unsere Vereinbarungen.«

Bei dem Wort »Vereinbarung« legte sie wieder die Stirn in Falten.

»›Ficken oder gefickt werden‹ – lautete so nicht Ihr Aufruf an Ihre Leserinnen? Also, meine Frau fickt. Sie sollten sich darüber freuen. Oder haben Sie Angst, sie würde dadurch den Ruf dieses anständigen Viertels ruinieren?«

»Verbessern tut sie ihn jedenfalls nicht«, sagte sie.

Die Hohepriesterin der sexuellen Mysterien, in Sorge um den Wert ihrer Immobilie.

Immobilien waren sicher nicht die Sorge des pensionierten Medienanwalts, der in Witwereinsamkeit auf der anderen Seite von uns wohnte – ein lieber Mann mit geplatzten Äderchen im Gesicht, der uns, wenn die Sonne schien, auf ein Glas Sherry, den er sich aus Portugal schicken ließ, in seinen Garten einlud. Doch auch er schien mir Marius' Kommen und Gehen zu verfolgen, ohne recht zu wissen, was er davon halten oder was er dazu sagen sollte.

»Wie geht es Marisa?«, fragte er mich manchmal. Er machte sich Sorgen um sie, das wollte er mir damit deutlich machen.

»Wissen Sie«, sagte ich eines Abends zu ihm, als wir in seinem Garten saßen und die Glocken von Marylebone sechs schlugen; wir tranken Sherry, nur er und ich, wie zwei alte Freunde; ich war ohne Marisa gekommen, die irgendwo unterwegs war. »Sie gehen falsch an die Sache heran. Stellen Sie sich vor, wir sind in Rom und unterhalten uns über Kleopatra. Ich bin Agrippa, der nie aus der Stadt herausgekommen ist, und Sie sind Enobarbus, der in der Welt herumgekommen ist und mit seinen Erzählungen über den Nil Eindruck auf mich macht. Also … *die Bark, in der sie saß …*«

Er versuchte sich hineinzudenken, aber ihm fehlte der nötige Wortschatz. »Sie ist ein bildhübsches Mädchen«, sagte er, schenkte mir nach und wurde rot, »darüber kann man nicht geteilter Meinung sein.«

Dann ließ er mich allein mit meiner Sehnsucht nach Beschreibungen, wie herausgeputzt sie war, welche asiatischen Düfte ihrem Körper entströmten, wie liebeskrank die Winde nach ihr waren.

Am Ende war es Marisas eigene Krankheit, die mir mehr und mehr Sorgen machte. Irgendetwas nagte an ihr. Es war mir erst gar nicht aufgefallen, aber plötzlich hatte sie hohle Augen. Sie ließ Essen auf dem Teller übrig, was sie in der ganzen Zeit, in der ich sie kannte, nie getan hatte. Sie drückte ihre Zigarette aus, kaum hatte sie einen Zug getan, und zündete sich gleich darauf die nächste an. Sie fing Gespräche an und verlor dann die Lust sie fortzusetzen. Sie versäumte Termine, ließ zwei Wochen hintereinander den blinden Mann sitzen und erschien sogar zu den Tanzstunden nicht, die ihr so kostbar waren, dass sie dafür, wie ich oft dachte, selbst meine Beerdigung hätte ausfallen lassen. Dass sie ihre Tanzstunden vernachlässigte, erschien mir besonders bedeutsam, denn der Sommer stand vor der Tür, und die städtischen Plätze in London bereiteten sich auf die diversen Festivitäten vor, die Marisa so liebte – Tanztees im Covent Garden, Gesellschafts- und alte Tänze vor dem National Theatre, Tango im Regent's Park.

Und sie hörte auf, mir nachts von ihren Erlebnissen mit Marius zu erzählen.

Vielleicht war ich der Grund dafür, auch wenn ich wieder den fügsamen Ehemann gab. Mein nimmersattes Ohr brachte sie in Bedrängnis, das konnte ich verstehen. Aber eigentlich glaubte ich nicht, dass es an mir lag. Vielmehr sah sie liebeskrank aus, und obgleich ich annehmen durfte, dass sie mich immer noch liebte, so war das doch keine Liebe mehr, die einem dunkle Ränder unter die Augen trieb. Also musste es Marius sein. Irgendwas stimmte nicht mit den beiden.

Ich hatte verschiedene Theorien, was ihren Kummer betraf. Hauptsächlich bezogen sie sich auf Marius' Charakter. Marius, der Abweisende; Marius, der das tat, was er am besten konnte – andere abzuweisen. Ein schonungsloser Bericht über meine Rolle in dieser Affäre würde mir sicher unterstellen, das sei von Anfang an Teil meiner Absichten gewesen. Wegen genau dieses Wesenszugs hätte ich ihn ausgesucht. Wenn Marisa litt, litt sie dann nicht genauso, wie ich es mir vorgestellt hatte, ja, wie ich es mir gewünscht hatte?

Es fällt mir schwer zu akzeptieren, dass ich Marisa hätte schaden wollen. Was hätte das für einen Sinn gehabt? Ich wollte, dass sie sich in Marius verliebte, unsterblich, denn das würde mir wehtun, nicht ihr. Aber ich sehe auch, dass ich auf irgendeiner Ebene ihre Erniedrigung ersehnt haben könnte, als Preis oder gar Bedingung meiner eigenen. In dem Fall trug ich die Schuld an allem, was Marius jetzt mit ihr machte oder eben nicht. War auch das von Anfang an Teil meiner Absichten gewesen – dass ich sie vor ihm würde retten müssen?

*

»Ich durchschaue dein Spiel«, hatte Elspeth mal zu ihm gesagt.

»Ich spiele nicht«, sagte er.

»Oh, doch, du spielst. Du gibst Frauen das Gefühl, dass es ihre Schuld ist, wenn du sie nicht begehrst.«

»Frauen?«

»Ich bin nicht blöd, Marius.«

»Meine Liebe, ich würde mir niemals herausnehmen, dir das zu unterstellen.«

»Das vielleicht nicht, aber deine Miene sagt es, du denkst es, du vermittelst es mir jedes Mal, wenn ich in deine Nähe komme.«

»Soll ich jetzt sagen: ›Dann komm nicht in meine Nähe‹, nur damit du dich bestätigt fühlst?«

»Dass du dich kennst, macht keinen liebenswürdigen, freundlichen Mann aus dir, Marius.«

»Willst du damit sagen, dass Selbsterkenntnis nicht der Weisheit letzter Schluss ist?«

»Wenn es dich betrifft, nicht.«

»Wen sollte ich dann deiner Meinung nach kennen? Nenn mir eine Person, die ich kennen darf, ohne dass du sie ablehnst.«

Die Bemerkung bezog sich auf ihren letzten Streit, bei dem sie ihm vorgeworfen hatte, ihr Patenkind verführt zu haben, ein hübsches Mädchen mit Mata-Hari-Augen, die, wie ihre Patentante, eine Schwäche für intelligente Männer hatte. Dass Marius es wagte, auf diesen Vorfall anzuspielen, wenn auch indirekt, bewies in Elspeths Augen nur, wie berechtigt ihre Kritik war. Doch gegen seine Logik kam sie nicht an.

»Dreckskerl!«, sagte sie.

Er schürzte die Lippen. »Und du wunderst dich, dass ich nicht in deine Nähe komme.«

Das Patenkind hieß Arwen, und sie war die Tochter einer ehemaligen Studentin ihres Mannes. Die Mutter verband eine enge Freundschaft mit Elspeth, die auf ihrer gemeinsamen Begeisterung für Mittelerde beruhte, und um Tolkien eine gewisse Kontinuität zu garantieren, hatte sie, sollte ihr etwas zustoßen, Elspeth gebeten, Pate für ihr Kind zu sein. Arwen hatte eine Zeit lang bei ihnen in Church Stretton gewohnt, um sich von einer unglücklichen Affäre mit einem berühmten Dichter zu erholen, den sie bei einer Signierstunde in einer Londoner Buchhandlung kennengelernt hatte. Er hatte sich bei ihr entschuldigt, weil er mit seinem Füllfederhalter die Widmung verschmiert hatte. »Es ist ganz feucht«, sagte er.

»Ich liebe es feucht«, hatte Arwen geantwortet. Am Tag darauf hatte der Dichter seine Frau verlassen.

Ein halbes Jahr später verließ er Arwen.

Bei Marius war sie vorsichtiger, und der warnte sie ganz allgemein vor Literaten und Dichtern im Besonderen.

»Trug er einen dunklen Anzug oder ein Stirnband und zwei Ohrringe?«, fragte er sie.

»Sind das die beiden einzigen Möglichkeiten, die ein Dichter hat?«

»Ja.«

»Er trug einen dunklen Anzug.«

»Habe ich mir schon gedacht. Das sind die Schlimmsten. Und sprach er mit leiser Stimme?«

»Woher weißt du das?«

»Und er kaute auf den Worten herum, um sie für dich verdaulicher zu machen, stimmt's? Aber er war kaum zu verstehen. Sodass du jedes Mal gezwungen warst, dich vorzubeugen, damit du überhaupt hören konntest, was er sagt. Wie ein Bettler, der um ein Almosen bittet.«

Sie lachte, und ihre Augen blitzten. »Woher weißt du das alles?«

»Weil er ganz genauso ist«, hatte sich Elspeth eingemischt.

Sie saßen im Garten und sahen hinüber zu dem lila gefärbten, träge sich fläzenden Hügel des Long Mynd – der Anblick auf Erden, der Marius am meisten verhasst war. Elspeth schenkte ihnen Pimm's ein. Es war vier Uhr, und Marius verspürte, der Stunde gemäß, den Reiz des Begehrens in ihm aufsteigen. Sein Blick suchte den des Mädchens. Er brauchte ihn nicht, um sich mitzuteilen. Elspeth hatte schon alles für ihn gesagt. Es war eine ihrer Selbsttäuschungen anzunehmen, sie könnte ihn als Lump bloßstellen. Damit stachelte sie nur die Neugier der Frau, die sie abschrecken wollte, noch an. Drei Tage lang hielt Marius den Blick des Mädchens gefangen und ließ Elspeth reden.

»Weißt du, er ist auch so etwas wie ein Dichter, »mon mari« Marius. Und wird zum Töpfer, wenn die Verse nicht fließen. Aber bisher habe ich noch kein Gedicht und kein Gefäß dabei herauskommen sehen, trotz seiner langen Nächte là.« Sie zeigte auf den Holzschuppen, den Marius gezimmert hatte, seine Zuflucht vor der Last, als jüngerer Mann an eine ältere Frau gefesselt zu sein, die vor Unsicherheit verzweifelt ist.

»Arbeitest du da jede Nacht?«, hatte Arwen gefragt.

»Ja, irgendwas macht er dort jede Nacht«, fuhr Elspeth fort. »Würdest du das Arbeit nennen, Marius? Oder gehst du nur hin, um dir vorzustellen, du wärst in der Finsternis mit den Füchsen allein?«

Marius hielt Arwens Blick gefangen.

Am dritten Abend schlich sich Arwen in den Garten und klopfte an die Schuppentür. Marius öffnete, sie streckte ihm die Lippen entgegen, und eine Hand krallte sich in seinen Nacken.

»Was soll das?«, fragte Marius.

»Weißt du doch. Kann ich reinkommen?«

»In der Tür gefällst du mir besser«, sagte er. »Der ewige Besucher.«

»Was soll das heißen?«

Er murmelte irgendetwas vor sich hin und drehte sie dann um, sodass sie sich mit dem Rücken an ihn lehnen konnte. Er nahm ihr Gewicht auf und atmete den Duft ihres Haars ein. Sie entspannte sich, seufzte. Er schob seine Hände unter ihren Pullover und hielt ihre Brüste. Sie bekam ein klein wenig Angst, weil er ihre Brüste so festhielt. Nicht Angst vor seiner Kraft, vielmehr vor dem, was sie als Sarkasmus empfand, wenn sich denn Sarkasmus in der Art und Weise spüren lässt, wie ein Mann die Brüste einer Frau hält.

»Riech mal, die Nacht«, sagte er. »Wenn du lange genug hinguckst, kannst du die Umrisse der Berge erkennen.«

»Wie schön«, schmachtete sie.
»Schön? Da draußen herrscht der Tod.«
Damit stieß er sie von sich in den Garten und schloss die Tür zu seinem Schuppen.

Woher ich das alles wusste? Erstens habe ich Augen im Kopf. Zweitens verlasse ich mich auf meine Intuition (ein Masochist ist nicht das Gegenteil eines Sadisten, aber er kennt ihn gut, so wie eine Fliege eine Spinne kennt). Und drittens hat Marisa es mir gesagt.

Manche werden sich fragen, warum Marisa mir im Laufe der Zeit so vieles von dem, was Marius ihr anvertraut hatte, weitererzählt hat. Meine Frage ist viel prinzipieller: Welche Absicht verfolgte Marius, indem er ihr so viel anvertraute.

Meine Antwort: ihre Destabilisierung.

Liebe geht seltsame Wege. Manche Liebespaare pissen sich gegenseitig in den Mund. Eine Frau verbrüht den Penis ihres Mannes mit heißem Wachs. Ein Mann bestellt einen Fremden in Marquis-de-Sade-Bundhosen, damit der an einem öffentlichen Ort seiner Frau eine Reitgerte in die Vagina schiebt. Es muss nicht sein, aber es ist häufig Ausdruck aufrichtiger Hingabe.

Der wahre Sadist wirkt in der Stille und bedient sich keiner der klobigen Maschinen der Grausamkeit, sein Betätigungsfeld ist der Geist, nicht der Körper.

Daher die geistige Unruhe, die ich bei Marisa ausmachte.

Doch das war alles nur Theorie. Es konnte genauso gut sein, dass Marisa unglücklich war, weil sie und Marius so verliebt waren, dass sie beide nicht mehr weiterwussten.

*

Mehrere Wochen nach Beginn ihrer Depression, falls es denn eine war, brachte ich schließlich den Mut auf, Marisa zu fragen: »Alles in Ordnung?«

Es war ein Risiko, das war mir klar. Seit unserem Streit war ich nicht mehr auf Marius zu sprechen gekommen, und es war kaum möglich zu fragen, ob alles in Ordnung sei, ohne seinen Geist in unserem Schlafzimmer heraufzubeschwören, einem Ort, aus dem er – gesprächsweise – verbannt war.

»Mir geht es gut«, sagte sie. »Frauenleiden.«

»Und da kann ich gar nichts machen?«

»Gegen Frauenleiden?« Sie schmunzelte. Ein matteres Lächeln, als mir lieb war. »Hast du jemals was gegen Frauenleiden tun können?«

»Meinen Mann stehen«, gab ich zu bedenken, und kaum hatte ich die Äußerung getan, bereute ich sie auch schon.

Sie küsste mich auf die Wange und kleidete sich weiter an, ein Vorgang, bei dem sie seit einiger Zeit lieber für sich blieb. Viele Rituale unserer Ehe wirkten jetzt seltsam oder hatten sich verändert, zu meinem Bedauern. Die Offenheit war weg, das Intime erloschen.

Wir verließen gemeinsam das Haus. Ich fragte sie nicht, wohin sie ging. Auch etwas, das sich geändert hatte. Früher wussten wir Bescheid über den Tagesablauf des anderen, als wäre er unser eigener. Ich war stolz, wenn ich montagmorgens Marisas Wochenplan herunterbeten konnte. Aus und vorbei. Jetzt wussten wir gar nichts mehr voneinander und stellten auch keine Fragen.

Sie begleitete mich zum Laden, »wegen der sportlichen Betätigung«, dann verabschiedete sie sich mit einem flüchtigen Kuss. Ich sah ihr hinterher. Hätte eine andere Frau sich so gefühlt, wie Marisa sich jetzt fühlen musste – nach meinem Eindruck jedenfalls –, es hätte sich in ihrer Kleidung niedergeschlagen. Frühere Freundinnen von mir wurden nachlässig, wenn sie deprimiert waren, als wollten sie, dass sich die Nähte und Trägerriemen und anderes an ihrer Unterwäsche abzeichnete, wie um die Welt zu ärgern. Nicht so Marisa. Sie war so schick, sie hätte auch auf dem Weg zu einer Vorstandssitzung in der City sein können. Der Schlitz in ihrem körperbetonten Rock wie ein Dolch, das Jackett gepolstert mit der Fülle ihrer Autorität, ihr kupferfarbenes Haar aufreizend lebendig. Ich musste lachen, weil mir einfiel, dass sie mich immer kritisierte, ich würde ihre Beine nie beachten. Heute waren es die Beine, die sie verrieten. Ihr Gang war nicht ihr eigener. Sie schritt nicht weit aus wie sonst, attackierte die Gehwegplatten auch nicht mit ihren Absätzen. Die Kraft ihrer Mission trieb sie an, doch ihr selbst fehlte der Antrieb.

Einen Moment blieb mir die Luft weg. Suchte sie angestrengt nach Möglichkeiten, mir beizubringen, dass sie mich verlassen wollte? Oder suchte sie sich damit abzufinden, dass Marius ihr beigebracht hatte, er werde sie verlassen?

Wie auch immer, ihr Herz war zerrissen, und ich musste erkennen, dass in unserer Beziehung kein Raum mehr für Freude war. Nur Kummer.

Wenn Marius ihr das angetan hatte ... dann ...

Was dann? Wenn Marius ihr das angetan hatte ... was dann?

Was wollte ich dann unternehmen? Was kann ein Cuckold überhaupt unternehmen?

So oder so – ständig wiederholte ich diese Phrase, als zeigte sie die einzigen Auswege auf, die beide versperrt waren. Entweder hatte Marius es geschafft, dass sie sich in ihn verliebt hatte, damit sie gemeinsam »durchbrennen« konnten und Marisa in sein Rattenloch aus enttäuschten Ambitionen über dem Knopfgeschäft einziehen konnte. Oder er hatte es geschafft, dass sie sich in ihn verliebte, damit er ihr den Rücken zuwenden konnte.

Welche Lesart auch galt – Marisa war verliebt. Und ich hatte das zuwege gebracht. *Felix Vitrix,* meine Bemühungen waren von Erfolg gekrönt. Ich hatte mich bis zur Grenze des Selbstbetrugs selbst zum betrogenen Ehemann gemacht. Spürbares Ausgeschlossensein hatte ich angestrebt, und spürbarer als jetzt konnte ich nicht ausgeschlossen sein. Ein Blitz hatte mich getroffen, und mir war, als wäre ich nie gewesen.

Das konnte man nur mit einem Wort bezeichnen, Vernichtung. Jene Vernichtung, wie sie in der unerbittlichen Sprache des Alten Testaments den Ungläubigen und Unentschlossenen prophezeit wird.

»Mit einem Mädchen wirst du dich verloben; aber ein anderer wird es sich nehmen ... Deine Söhne und deine Töchter werden einem anderen Volk gegeben werden, dass deine Augen zusehen müssen und täglich vor Verlangen nach ihnen vergehen, und in deinen Händen wird keine Kraft sein.«

Das ist eindeutig.

Ich ballte die rechte Hand zur Faust. Ein Baby hätte mehr Kraft gehabt.

Ein Masochist erstrebt Schwäche, und ich hatte sie gefunden.

Die Ehemänner von scharfen Bräuten, die darauf aus waren, sich zu erniedrigen, bis zu den tiefsten Tiefen der Erniedrigung vorzudringen und den Samen ihrer Rivalen von den Schamlippen ihrer Frauen zu schlürfen, konnten mir nicht das Wasser reichen – ich hatte nichts mehr, mit dem ich Samen hätte schlürfen können.

*

Ich versuchte an dem Tag erst gar nicht zu arbeiten. Kaum sah ich meinen Schreibtisch, da wusste ich, ich musste ihn fliehen. Eine Stunde wanderte ich durch die Straßen, ohne zu wissen, was ich von dem Ganzen halten und wie es weitergehen sollte. Wäre ich mutiger gewesen, ich hätte mich vor einen Bus geworfen.

Am Ende entschied ich dann doch, dass Arbeit mir guttun würde, denn neben Marisa hatte ich nichts außer meiner Arbeit. Ich würde in meinen Terminkalender gucken, mit meinem Buchhalter reden und überprüfen, ob der neue Katalog Fortschritte machte. Ich würde mich von meinem Elend abwenden, würde mir etwas suchen, das mich auf andere Gedanken brachte, und wenn ich das nächste Mal hinschaute, wäre das Elend ja vielleicht verschwunden. Doch nichts von dem war mir vergönnt, denn in unserem Ruheraum saß Dulcie, die offensichtlich mit mir reden wollte.

»Zwei Dinge«, sagte sie, als ich zur ihr kam. »Das heißt, eigentlich drei.«

»Und die wären?«

»Eine Freundin hat mir gesagt, dass sie auch so eine Karte bekommen hat mit dem Aufdruck: ›Bringen Sie Ihr Leben in Ordnung.‹ Wenn man genau hinguckt, erkennt man, dass sie gar nicht mit der Hand geschrieben ist. Es ist offenbar eine Werbekampagne von so einem Beratungsdienst, der gerade am Devonshire Place eröffnet hat. Ihre Sorge war also ganz umsonst.«

Ich war in letzter Zeit mit so vielen anderen Dingen beschäftigt gewesen, dass ich diese Karte ganz vergessen hatte. »Bringen Sie Ihr Leben in Ordnung!« Ein solider Ratschlag, ob er nun an mich persönlich gerichtet war oder nicht. Eigentlich wäre es mir nur lieber gewesen, Dulcie hätte mich nicht über den wahren Zweck aufgeklärt. Aber das wollte ich ihr jetzt nicht sagen.

»Ja, das stimmt«, sagte ich. »Bleibt nur die Frage, warum die Firma meint, ich könnte ihren Beratungsdienst gebrauchen. Warum zum Beispiel hat sie Ihnen nicht auch geraten, Ihr Leben in Ordnung zu bringen.«

»Weil«, sagte sie und hob ein Bein, um mir zu zeigen, dass das goldene Fußkettchen sich wieder um ihren Knöchel schmiegte, »ich es getan habe.«

»Das ist ja fantastisch, Dulcie«, log ich.

»Sie haben auch bestimmt nichts dagegen?«

»Warum sollte ich etwas dagegen haben?«

»Das Image der Firma und so ...«

»Unsere Firma hat schon schlimmere Skandale überstanden. Wenn Sie glücklich und zufrieden sind, wenn Lionel glücklich und zufrieden ist, dann ist Felix Quinn, Antiquarischer Buchhändler, auch zufrieden.«

»Und die sind nicht die Einzigen«, ergänzte sie, und ihre Stimme stockte.

»Wieso? Wer ist denn noch glücklich und zufrieden?«

»Raten Sie mal.«

Nicht mein Ratetag heute, gab ich ihr mit einem Schulterzucken zu verstehen.

»Der Elektriker.«

»Nein! Dulcie!«

»Doch.« Sie wirkte unangenehm selbstzufrieden auf mich, wie jemand, der gerade seinen ersten Marathon überstanden hatte, wenn auch nicht in Bestzeit. Eine tiefe schamhafte Röte zeichnete sich auf ihren Wangen ab und kroch hinunter bis zum Brustansatz.

»Dulcie!«, wiederholte ich.

»Ja, ich weiß«, sagte sie.

Und diesmal kroch die Röte bis hinunter zu ihrem Fußkettchen.

Ich brachte den ganzen Vormittag nichts zustande. Kunden kamen und gingen, niemand, der meine Aufmerksamkeit gebraucht hätte. Dulcie hüpfte mit ihrem klimpernden Kettchen durchs Büro, und ich saß in meinem Stuhl und trauerte wie Elektra über ihren Vater.

Ich hatte Dulcie mit gutem Zureden in die Arme ihres Elektrikers getrieben, und Marisa mit einem Trick in die von Marius. Dennoch hatte für mich als Mann das Schamgefühl bei Frauen einen hohen Wert, jedenfalls abstrakt und da, wo es mich direkt betraf. Eine Frau, die billig zu haben war, war ein Schreckgespenst für mich. Das mag widersprüchlich erscheinen, ist es aber nicht. Worin sollte der Sinn in all meinem Tun bestehen, wenn Frauen für mich Billigware wären?

Ein kubanischer Arzt hatte seine Hände auf die Brüste meiner Frau gelegt. Was war schon Großes dabei? Bestimmt gab es Länder auf dieser Erde, vielleicht sogar Kuba, wo diese Geste übliche Praxis war. Für mich jedoch war es keine übliche Praxis. Mich hat es immer zutiefst schockiert, wenn sich jemand Freiheiten gegenüber Frauen herausnahm, oder wenn Frauen ihre Geilheit zur Schau trugen.

Ich weiß nicht mehr, wie alt ich war, als mein Vater mich zu einer Aufführung von Molières *Der Menschenfeind* im Albery Theatre in der St. Martin's Lane mitnahm. Immerhin war ich so alt, dass ich besorgt und peinlich berührt war, als der Schauspieler, der den Oronte gab, seine Hände in den Ausschnitt der Schauspielerin steckte, die die Célimène spielte. Kein Wunder, dachte ich, dass der Alceste aus dem Stück sie wenig später stehen lässt. Man kann eine Frau nicht lieben, die einem anderen Mann erlaubt, seine Hand auf diese gewisse Stelle zu legen. Aber was war mit der Schauspielerin? Wie konnte sie das zulassen, und mochte es auch im Namen der Kunst sein? Wenn nun die Eltern oder ihr Mann oder gar ihre Kinder im Parkett saßen? Wie sollte sie ihnen das später erklären? Und wie rechtfertigte sie das vor sich selbst? Wie konnte sich eine Frau, zudem auf so öffentliche Weise, so weit entfernen von dem, was das weibliche Feingefühl verlangte?

Einmal, auf einer Dinnerparty meiner Eltern, entblößte die Schwägerin meiner Mutter, Agatha, die mit ihrer Ehe, so wurde gemunkelt, noch weit unzufriedener war als meine Mutter, ihre Brüste vor der versammelten Gästeschar und warf einzelnen Personen Beleidigungen an den Kopf, erst ihrem Ehemann, dann einem Onkel von mir, dann meinem Vater und schließlich sogar mir, wie ich glaubte. Wir sollten ihr beweisen, dass wir hätten, was angeblich alle Männer hätten. »Na los«, provozierte sie uns. »Zeigt doch, was ihr draufhabt, jetzt, wo ihr mal nicht bei euren Flittchen seid!« Meine Mutter packte mich rasch und drückte mich an sich, aber erst, als die Männer, in ihre Portweingläser glotzend, anfingen schallend zu lachen. Sie fanden das amüsant, eine Frau, die ihre Brüste entblößte. Ich dagegen fand es überhaupt nicht witzig. Ich konnte meiner Tante Agatha danach nie wieder in die Augen schauen, so sehr schämte ich mich für sie und für das, was ich gesehen hatte. Das Animalische ihrer

Verzweiflung hatte mich erschreckt. Es war furchtbar, Zeuge geworden zu sein, wie eine Frau sich zu einer solchen Zügellosigkeit hatte hinreißen lassen.

Dieses unbehagliche Gefühl, das mich überkam, wenn ich auch nur die geringsten Anzeichen von Promiskuität bei einer Frau entdeckte, verließ mich nie, auch nicht, als ich in das Alter kam, in dem Jungen anfangen, Frauen zu erobern. Ich gierte nicht nach den Mädchen, denen meine Freunde nachstellten. Als ich zum ersten Mal nach Faith wieder mit einem Mädchen ausging, trennte ich mich sofort von ihr, als sie über schmutzige Witze lachte. Demonstrativen Sex-Appeal konnte ich noch nie ausstehen, so wie ich es nicht ausstehen kann, wenn Frauen, egal welchen Alters, mit nacktem gepierctem Bauchnabel und Tattoos auf den Beinen durch die High Street in Marylebone schlendern. Ein Tattoo wirkt auf mich nicht verführerisch. Eine Frau soll nicht aussehen wie ein Matrose. Worin liegt das Vergnügen, einer Abenteurerin der sieben Meere mit einem Zuhälter in jedem Hafen Leidenschaft abzutrotzen? Der Sex, für den man alles opfern würde, lebt von Überraschung und Entrückung. In der Geologie bezeichnet die Verwerfungslinie den Bruch in der Maserung des Gesteins, wo bereits Bewegung stattgefunden hat und wo in Zukunft Probleme auftreten können. Auch bei Frauen finden sich Verwerfungslinien – und selbstverständlich bei Männern, aber ich mache ja keine Studie über Unstetigkeit bei Männern –, die ähnliche Aufregungen versprechen. Nur wo sich bei einer Frau Widersprüche und Ungewissheiten zeigen, regt sich mein Verlangen. Eine Marisa, die sich ihrem Liebhaber an die Brust wirft und »Fick mich, Marius« ruft, wäre nicht weiter von Interesse, wenn sie ein leichtes Mädchen wäre. Erst die Erschütterung ihrer Reserviertheit verschlug mir den Atem.

In dieser Hinsicht hatten Marius und ich vielleicht etwas gemeinsam. War es nicht genau das, was ihn in der Umgebung des Todes an Mädchen so anzog, die seine Töchter hätten sein können – das Unbefleckte an ihnen? Marius' Spur war das Brandzeichen, das seine Finger auf unverdorbenes Fleisch drückten, der Bluterguss am Auge, den er auf porzellanzarten Gesichtern vorfand oder hinterließ. Auf mich übte Jugendlichkeit keine Faszination aus, und ich hinterließ keine Spuren, und dennoch war auch ich so etwas wie ein Schänder. Der Unterschied bestand darin, dass Marius handelte, wohingegen ich nur zuschaute oder Anregungen gab.

Und nun spürte also Lionel die Verwerfungslinie in Dulcies Wesen auf.

Obwohl ich wohl kaum das Recht dazu hatte, war ich bestürzt darüber, was Dulcie mir erzählte. Dulcie wieder in Fußkettchen! Dulcie und der Elektriker! Dulcie, die »es« getan hatte!

Wieder mal waren sie und Lionel mir mit ihrem Leben unangenehm auf die Pelle gerückt.

Nun waren wir also Kameraden auch in dieser Hinsicht – Lionel, der sich nachts von Dulcie abwandte, ihr das ungeschützte Auge in Auge ersparte, aber nicht weniger hartnäckig den Pflichtbericht einer scharfen Braut aus ihr herauspresst? »Und dann was hat er dann gemacht und dann was hast du dann gemacht und was hat er dann gesagt und was hast du dann gesagt und was ist dann passiert und was für ein Gefühl war das und was hast du dann gesagt …«

Und Dulcie, die von Kopf bis Fuß errötet, in Schweiß gebadet, ohne Scham, wollüstig ruft: »Fick mich, Alec.«

Woraufhin Dulcie – meine Andacht unterbrechend – den Kopf durch die Tür steckte und mich fragte, ob sie mich noch mal sprechen könne. Aber nicht hier, lieber im Ruheraum.

»Also, was ist los?«, fragte ich, als wir uns gegenübersaßen.

»Ich habe eben gesagt, dass ich Ihnen drei Dinge mitteilen wollte«, fing sie an. »Aber in meiner Aufregung habe ich das dritte ganz vergessen.«

»Das ist lässlich, Dulcie.«

»Aber es ist nicht richtig. Eigentlich drücke ich mich immer noch darum. Ich habe Ihnen das dritte nicht gesagt, weil ich Angst hatte.«

»Wovor sollten Sie Angst haben?«

»Weil es mich nichts angeht, mir nicht zusteht ...«

»Was denn?«

»Mr Quinn, Sie werden mir das vermutlich niemals verzeihen, und ich weiß, eigentlich darf ich das gar nicht, aber ich hätte keine Ruhe, wenn ich es Ihnen nicht sagen würde.«

»Nun sagen Sie es doch schon, Dulcie.«

»Mrs Quinn und dieser Mann, das ist keine gute Beziehung.«

Jetzt wurde ich rot, von Kopf bis Fuß. Ich versuchte es mit einem Witz zu überspielen. »Sie meinen Ihren Zahnarzt.«

»Sie wissen, dass ich ihn nicht meine.«

»Woher wollen Sie wissen, dass ich weiß, wen Sie meinen?«

»Mr Quinn.« Sie musterte mich so streng, als wäre sie eine Schuldirektorin und ich der schlimmste Lügner der Schule. Wenn ich vorher nur rot geworden war, brannte ich jetzt lichterloh. »Wie lange arbeite ich jetzt schon für Sie, Mr Quinn?«

Ich senkte den Kopf. »Was haben Sie gehört, Dulcie? Was gefällt Ihnen nicht?«

»Außer dem üblichen Klatsch habe ich gar nichts gehört. Nur gesehen.«

Eben noch war mir heiß, jetzt auf einmal wurde mir kalt. Der Schweiß auf meinem Rücken gefror. Ich rechnete fest damit, dass Dulcie mir sagen würde, sie habe gesehen, wie Marius Marisa schlug.

Aber das war nur die Stimme meiner eigenen düsteren Vorahnung.

»Ich habe sie jetzt schon zweimal in der Wigmore Hall gesehen. Einmal bei einem Abendkonzert, das andere Mal am Sonntagmorgen.«

»Ich weiß, dass sie da öfter hingehen, Dulcie.«

»Es geht nicht darum, dass sie da hingehen, sondern wie sie da auftreten.«

»Wie denn?«

»Als wären sie zusammen und doch nicht zusammen. Ich würde mich nicht gerne in Gesellschaft dieses Mannes aufhalten. Er wendet sich ab, wenn sie mit ihm spricht. Er sieht anderen Frauen hinterher, und, ehrlich gesagt, Mr Quinn, in der Wigmore Hall laufen nicht viele Frauen herum, bei denen sich das Hinterhergucken lohnt. Er scheint eine ziemliche Macht über Mrs Quinn zu haben.«

»Über Marisa? Das möchte ich bezweifeln. Keiner hat Macht über Marisa. Sie wäre längst auf und davon, wenn er ihr nicht passte.«

»Als ich sie das letzte Mal sah, hat sie geweint, Mr Quinn.«

»Marisa? Geweint? Sind Sie ganz sicher?«

»Ja, sonst würde ich es Ihnen nicht sagen. Echte Tränen. Und sie hat gemerkt, dass ich sie beobachtet habe. Das weiß ich genau. Deswegen glaube ich, sie hätte aufgehört zu weinen, wenn sie gekonnt hätte. Es waren echte bittere Tränen.«

Während sie sie beschrieb, wurden ihre eigenen Augen feucht.

Und meine auch.

*

Liebe ihn, liebe ihn, liebe ihn.

Lange war das für mich das Mantra des Cuckold. Nicht sein Kind anzunehmen. Nicht ihm zu sagen, sein Schwanz sei größer als meiner. Nicht mit einem Fußkettchen für eine scharfe Braut rumzulaufen, damit es jeder sieht. Sondern ihn zu *lieben. Wenn er gut zu dir ist, liebe ihn. Wenn er dich verwundet, liebe ihn. Wenn er dein Herz bricht … liebe ihn, liebe ihn, liebe ihn!*

Warum? Ich weiß es nicht. Ich will es auch gar nicht mehr wissen. Darum eben. Weil es so war. Weil ich es getan habe. Weil weil weil.

Ich kenne die Theorie – es sei mein eigenes Herz, das ich von ihm gebrochen haben wolle. Aber für Theorien, ob richtige oder falsche, war es zu spät. Hätte er mein Herz gebrochen, ich hätte den Schmerz ertragen. Mein Herz war dafür geschaffen, gebrochen zu werden. Marisas nicht. Das soll nicht heißen, dass sie zerbrechlicher war als ich. Vielleicht sogar das Gegenteil. Dass sie für Besseres vorgesehen war. Dass sie eine Erniedrigung durch ihn erfuhr.

Die Details waren unwichtig. Ich hatte gesehen, wie er zu Werk ging. Er hatte sie fasziniert und ihr dann gezeigt, dass er selbst nicht fasziniert von ihr war. Er hatte sie oft genug gewarnt, er sei ein Mensch, der in jedem Anfang bereits das Ende heraushöre; jetzt bekam sie es zu hören. Er war zynisch ihr gegenüber geworden, wie er vorausgesagt hatte. Er hatte ihr den Rücken zugekehrt, eiskalt. Aber er hatte sie nicht verlassen. Er hielt sie sich warm, lauwarm, gerade so, dass sie an ihm dranblieb. So wie er Elspeth an der Leine gehalten hatte, dass sie unfähig war, sich zu bewegen, nicht vor und nicht zurück, während sie langsam verging.

Da bin ich, dein Vier-Uhr-Lover, musste er gesagt und auf die Uhr geguckt haben, während sie ihn ins Haus ließ, ihr düsteres Gesicht sich aufhellte bei seinem Anblick, so wie früher bei meinem – vier Uhr, die Stunde, in der die Zeit auf ihrer Achse kippelt, die Übergabestunde, weder Tag noch Nacht, vier Uhr, wenn ein Mann der Träume und des Zynismus keine andere Wahl hat, als sich an einen anderen Ort zu sehnen. Und natürlich, natürlich muss der Liebesakt himmlisch gewesen sein – traurig, hastig, final, so wie ein Schmetterling zum letzten Mal mit den Flügeln schlägt, bevor sich die Hand des Todes um ihn schließt.

Er war nicht der Einzige, der in der Ouvertüre bereits den letzten Akt heraushörte.

*

»Tanz Tango mit mir, Marisa«, sagte ich. »Tanz Tango mit mir im Park.«

»Mit dir Tango tanzen? Du hasst den Tango doch.«

»Nur weil ich ihn nicht tanzen kann. Bring ihn mir bei.«

»Was soll das?«

»Tu es, für mich.«

»Ich bin aus der Übung.«

»Und mir fehlt das Talent.«

»Wann?«

»Kommenden Sonntag.«

»Sonntag. Mein Gott, ist es schon wieder so weit?«

»Die Zeit verfliegt, wenn man im Rausch lebt.«

Sie sah mich gequält an. »Wir wollten eigentlich ausgehen.«

Wir, wir, wir.

»Sag ab. Nur dieses eine Mal. Für mich. Du tanzt doch so gerne draußen im Park. Und das Wetter verspricht schön zu werden.«

Marius war kein Tänzer, natürlich nicht, er war viel zu rational und nihilistisch für einen Tänzer. Einen Tanz kann man nicht wie einen Menschen erst verführen und ihm dann ein Auge blau schlagen. Und ein Freund von Parks war Marius schon gar nicht. Parks erinnerten ihn an die Welsh Marches und die Jahre, die er damit vergeudet hatte, Elspeth dabei zuzusehen, wie sie zu Staub zerfiel. Daher war ich ganz zuversichtlich, dass er und Marisa nicht vorhatten, im Regent's Park Tango zu tanzen.

»Können wir das später klären?«

»Nein. Verschieb einfach, was ihr euch vorgenommen hattet. Ich bitte dich selten um etwas, Marisa. Du bist nicht mehr ganz bei dir. Du musst wieder tanzen. Du brauchst das.«

»Du bist auch nicht mehr ganz bei dir«, sagte sie; freundlich, wie ich fand.

»Stimmt. Ich fühle mich wirklich ziemlich daneben. Ich muss mit dir tanzen.«

Jetzt sah sie mich lange an. Früher wären wir uns bei einem so intensiven Blick in die Arme gesunken.

»Also gut, Felix«, sagte sie.

Mir blieben noch zwei Tage, um zu klären, was zu klären war.

Mir fiel sofort Ernesto ein. Keine Fragen mehr, darauf hatten wir uns geeinigt, aber das musste ja nicht heißen, dass er mir keinen Gefallen mehr täte. Ich wollte nicht riskieren, mich bei Vico's mit ihm zu treffen, falls Marisa und Marius da waren, Marisa ihren Marius für die gebrochene Verabredung mit Hummer-Linguine tröstete, dem Gericht, das bei Vico's besser als in allen anderen Restaurants in London zubereitet wurde, und dem Champagner, den das Paar am liebsten trank (Jacquesson Extra Brut, 1996). Also fuhr ich mit dem Taxi nach Maida Vale und wartete vor seinem Haus darauf, dass er müde der U-Bahn entstieg.

Er schien nicht gerade sehr erfreut, mich zu sehen, aber bat mich einzutreten. Unsere Stimmen hallten im Haus wider. Fehlt die Frau im Haus, hallen die Räume. Auf dem Garderobentisch standen Plastikblumen, verstaubt. Auf dem Kaminsims eine Halbliterflasche Wein, nicht ganz ausgetrunken. Das Hochzeitsfoto zeigte die beiden vor einer gemalten Schiffskulisse, lachend. Auf zur großen Reise.

Zuerst sträubte er sich, mir zu helfen; er hatte Angst, ich könnte ihn wieder größerem sexuellen Stress aussetzen.

»Ich verlange ja nichts von Ihnen«, sagte ich. »Außer dass Sie morgen Vormittag zu dieser Adresse gehen – es muss vor zehn Uhr sein, dann ist er zu Hause – und dem Mann, der dort wohnt, dieses Buch geben. Keine Fragen. Kein Spionieren. Nichts. Sie klingeln einfach nur an der Tür, warten so lange, bis er die Treppe hinunterkommt, und übergeben es ihm. Er wird unweigerlich fragen, von wem es ist. Sagen Sie ihm, es sei von jemandem, der Sie bei Vico's angesprochen habe. Und dass diese Person unbedingt wünsche, dass er es auch wirklich bekomme. Nennen

Sie unter gar keinen Umständen meinen Namen, obwohl ich kaum glaube, dass er ihn kennt. Vielleicht erkennt er Sie aus dem Restaurant wieder, vielleicht nicht. Er guckt sich die Leute in seiner Umgebung nicht genau an. Wenn er Sie wiedererkennt, kein Problem. Eigentlich sogar besser. Es macht Ihre Geschichte, woher das Buch kommt, glaubwürdiger. Wenn er wissen will, woher Sie seine Adresse haben, sagen Sie, der Absender hätte sie Ihnen gegeben. Wenn er Sie in seine Wohnung bittet, lehnen Sie ab. Das soll kein Verhör werden. Ich bitte Sie nur darum, ihm das Buch persönlich zu überreichen, lassen Sie es sich nicht zurückgeben. Wenn er es Ihnen vor die Füße wirft und die Tür zuknallt, klingeln Sie wieder, so lange, bis er an die Tür geht. Und achten Sie darauf, dass der Umschlag nicht herausfällt. Der Umschlag enthält wichtiges Material.«

»Und wenn er gar nicht zu Hause ist?«

»Zu der Tageszeit ist er immer zu Hause. Er schreibt, bis mittags, oder tut zumindest so. Bisher hat er noch keine einzige Zeile veröffentlicht. Eher unwahrscheinlich, dass je ein Wort von ihm gedruckt wird, aber er schreibt trotzdem. Es ist so etwas wie eine Glaubensübung. Ich nehme an, dass Sie katholisch sind, Ernesto. Marius ist nicht katholisch, aber das ist seine Art, für seine Sünden zu büßen.«

»Und wie büßen Sie für Ihre Sünden, Mr Quinn?«

»Indem ich Bücher verschenke, Ernesto.«

Das Buch für Marius hatte ich vor einigen Monaten gekauft, ohne damals schon zu wissen, wann und aus welchem Grund ich es verschenken würde. *The Rough Guide to West Africa.* Vielleicht würde Marius den Wink verstehen und hinfahren. Das soll ein Witz sein. Noch wollte ich ihn nicht des Landes vertreiben. Ich schrieb eine Widmung hinein, da ich schon immer gerne Widmungen in Bücher geschrieben habe, aber diesmal versehen mit einem Zitat, das ich vorher noch nie verwendet hatte. Marius dagegen dürfte es aus verschiedenen Gründen kennen.

Es lautete: »Es gibt kein süßeres Vergnügen, als einen Menschen dadurch zu überraschen, dass man ihm mehr gibt, als er erhofft hat.« Unterschrieben mit Initialen, die er nicht würde entziffern können. Die Überraschung – falls das Buch als Überraschung allein nicht reichen sollte – verbarg sich in einem schmalen weißen Umschlag, den ich zwischen die Seiten gesteckt hatte. Der Umschlag enthielt einen Brief, in dem ihm mitgeteilt wurde, dass die Frau, mit der er eine intensive Bindung eingegangen sei und die, wofür alles spreche, ihm nicht minder zugeneigt sei, noch einen anderen Lover habe – sogar jetzt, in diesem Moment. Ihren Sonntagstermin habe sie deswegen so kurzfristig abgesagt, damit sie mit diesem anderen Liebhaber zusammen sein könne. Falls seine Neugier sich auch auf solche Bereiche erstrecke, könne er die beiden an diesem Sonntagnachmittag – sagen wir vier Uhr? – im Regent's Park antreffen, beim Tanzen, vor aller Welt, den Tanz der Hafenprostituierten, der Bordelle, der Spelunken und der Geilheit, den Tango.

Dieser Brief war nicht unterschrieben.

Als könnte er den geringsten Zweifel hegen, wer ihn geschickt habe.

Ich rechnete mir eine dreißigprozentige Erfolgschance aus. Zunächst musste Ernesto Marius das Buch bringen, musste es an der richtigen Adresse abliefern, zum richtigen Zeitpunkt, und alles genau so machen, wie ich es ihm erklärt hatte. Marius wiederum musste sich dazu bequemen, das Buch aufzuschlagen und nach einer Widmung zu suchen, obwohl es allen Grund zu der Annahme gab, dass er es nicht tun würde, da er sich gewiss dachte, wer der Absender war. Und dann musste er sich noch eingestehen, wenn auch nur vor sich selbst, dass er die Neugier besaß, den Inhalt des beigefügten Umschlags zu lesen. Wie viele Möglichkeiten gab es, angesichts der Wechselfälle seiner Stimmungen, dass er das Paket ungeöffnet in den Müll beförderte? Er hatte stets sorgsam jede persönliche Begegnung mit mir vermieden. Warum sollte er sich mir jetzt »in Druckform«

ausliefern, bis das Gift, das seine toxischen Qualitäten nicht verbarg, in sein System gelangt war? Und selbst wenn man Marius' Meinung über mich außer Acht ließ: Warum sollte er jemandem vertrauen, dessen Anliegen, Unfrieden zu stiften, so unübersehbar war? Der Mensch ist keine Wetterfahne im Wind. Wir sehen *Othello* und meinen, wir an seiner Stelle hätten anders gehandelt. Wir schulden denen, die wir lieben, Vertrauen. Der geringste Akt des Misstrauens ist eine Herabsetzung ihrer Person. Und unserer Person. Dabei brauchen wir gar nicht so weit zu gehen und uns falsche Bärte anzukleben und ihren Geheimnissen im Park hinterherzuschnüffeln.

Zu all diesen Überlegungen kam noch hinzu, dass Marius eben Marius war. Ein Mann, der Zurückhaltung zum moralischen Prinzip erhoben hatte. Ein Mann, der stolz darauf war, über Enttäuschungen und Überraschungen erhaben zu sein. Ein Mann, der wochenlang wissen konnte, dass Marisa zwischen den Tintenfässern und Schreibpulten der Wallace Collection etwas für ihn versteckt hatte, ohne dass er sich aufmachte, es zu finden, und der aller Wahrscheinlichkeit nie danach gesucht hätte, wenn meine Wenigkeit nicht interveniert hätte.

Welchen Grund sollte er haben, sich ködern zu lassen?

Nur diesen: Es liegt nicht im menschlichen Wesen, über Misstrauen erhaben zu sein. Ob der ehrliche oder der verlogene Jago – ganz gleich, wer in unser Ohr flüstert, wir sind dazu verdonnert zuzuhören. In unserem tiefsten Innern, an dem Ort, der nur durch das Portal unserer Ohren erreicht werden kann, liegt eine Matrix des Verrats, die geduldig der Bestätigung durch Erfahrungen harrt, sodass jedes gebrochene Versprechen, von dem wir hören, ein gebrochenes Versprechen ist, das wir bereits erwartet haben.

Daraus konnte nur eins folgen: Wenn Marius so weit ging, meinen Umschlag zu öffnen, hatte ich ihn in der Hand.

Aber warum sollte er das Risiko überhaupt erst eingehen? Das eben Gesagte gilt nur, wenn wir zulassen, dass es gilt. Die

Männer und Frauen vom Stamme Masoch können die Bestätigung, von der ich oben sprach, kaum erwarten. Man tut gut daran, bis zum Grund ihrer Ängste vorzustoßen, und dann ist die Sache erledigt. Für die Männer und Frauen vom Stamme de Sade dagegen – und wir alle, ob Dichter oder Maler, ob Autoren ungeschriebener Bücher oder auch nur Buchhändler, sind Nachfahren des einen oder des anderen – gilt dies nur in dem Sinne, dass sie wissen, dass jede Niedertracht existiert. Perfide sind wir auf allen Ebenen, sagen sie, und das bewahrt sie davor, neugierig zu sein. Tatsächlich ist ihre Grausamkeit nur eine Maske, mit der sie sich vor dem schützen, was sie sonst nicht aushalten würden. Sie sind die eigentlichen Feiglinge. Die Tapferen sind die Masochisten.

Sofern er also Marisa nicht so liebte, wie ich es mir gewünscht hatte – so wie *ich* sie liebte, mit jener eifersüchtigen Verzweiflung, nach der alles Befürchtete auch eintreten muss; und so wie ich es mir für sie gewünscht hatte, blind, mit bedingungsloser Hingabe und Ergebenheit –, würde er weder das Buch annehmen, das ich ihm geschickt hatte, noch dem Umschlag Beachtung schenken. Er würde sich einfach nur wieder ins Bett verkriechen.

Und dass er in den Regent's Park kam – diese Hoffnung war so gering wie die Möglichkeit, dass er mein Busenfreund wurde.

Zum Tango trug ich Schwarz, eine bequeme schwarze Bundfaltenhose und ein schwarzes Seidenhemd. Um den Kopf band ich mir zum Spaß ein schwarzes Tuch. Andere Männer meines Alters setzten gerne die etwas gestauchten, flachen Herrenhüte auf, nach dem Vorbild der argentinischen Zuhälter. Ich beneidete sie um das Anrüchige, aber ich wusste auch, dass es mir nicht stehen würde. Bei mir war ja schon ein Tuch kritisch, doch es war ein heißer Tag, und ein Piratentuch konnte auch als Schweißband durchgehen.

Ich gebe nicht viel auf südamerikanische Musik, doch Marisa hörte diese Musik gerne, und ich hatte mir von Anfang an vorgenommen, wenn auch mit wenig Erfolg, alles zu lieben, was Marisa liebte. In Wirklichkeit gefiel ihr von allen südamerikanischen Tänzen der Tango am wenigsten. Er passte nicht zu ihr. Marisa tanzte, um sich in der Bewegung zu verlieren, aber die Rhythmen des Tangos standen dieser Form der Selbstaufgabe, die sie beim Tanzen erleben wollte, entgegen. Sie verlangten zu viele Richtungsänderungen. Sie waren zu abrupt, zu manipulativ vielleicht, zu bewusst gesteuert für jemanden. der beim Tanzen wie Wasser fließen wollte.

Mir war die Schrittfolge einerlei. Auch ich verlor mich auf der Tanzfläche gerne in der Musik, aber ich hätte mich genauso gerne verloren, ohne meine Füße bewegen zu müssen. Wenn überhaupt, dann machte es mir der Tango mit meinem Wunsch nach Unbeweglichkeit sogar leichter. Beim Tango in seiner höchsten Vollendung wird von dem Mann viel Ausdruck verlangt, doch den Männern auf Regent's-Park-Niveau waren die Schritte viel zu kompliziert, sie schritten eher, als dass sie tanzten, die ausgefallene Beinarbeit überließen sie den Frauen. Außerdem nötigte der Tanz den Mann dazu – ich spreche hier allerdings ohne echte Kenntnis der argentinischen Kultur –, gegenüber der Frau, ohnehin nur eine gewöhnliche Hafendirne, deren Aufgabe es ist, ihren Partner aus seinem kalten Machismo zu locken, eine ordinäre Gleichgültigkeit vorzutäuschen. Es ist Teil des Rituals, dass der Mann sich nicht nur Zeit mit seiner Reaktion lässt, er muss der Frau auch noch Hindernisse in den Weg stellen, ihre Füße blockieren – eine Parada, wie dieser bösartige Schritt auch genannt wird –, sodass sie gezwungen ist, mit ihren Stöckeln herumzuwedeln und sich mit der Ferse einzuhaken, eigentlich alles halb flehentliche, halb frivole Versuche, sich von der Fuchtel des Mannes zu befreien.

Ich hatte während des Tangounterrichts in unserem kleinen Gemeindesaal nie gut aufgepasst, weil mich der Anblick der sich eng an einen anderen Mann schmiegenden Marisa viel mehr interessierte. Aus der Theorie wusste ich jedoch immerhin, dass es sich um einen Tanz handelte, der sexuelle Anzüglichkeit, ja Grausamkeit feierte; um eine choreografierte Invasion eines intimen Raums. Die Frau klammert sich an den Mann in einer Umarmung – der Abrazo –, die verzweifelt ist und die man gemeinhin nicht gern erträgt, wenn die Partnerin die eigene Frau ist und man selbst nicht der Tänzer, es sei denn, man jagte dem Schmerz hinterher so wie ich. In keiner anderen Lebenssituation, außer beim Vorspiel zum Liebesakt, schließt eine Frau die Augen, presst ihre Brust an die eines Fremden, schlingt einen Arm um seinen Hals, krallt die Finger in sein Haar und tritt vor frustrierter Begierde mit den Füßen um sich.

Nicht so Marisa, der, wie gesagt, die Voraussetzung zu diesem Tanz fehlte. Sie war zu maskulin dafür, so meine Vermutung. Sie war bereit sich zu verlieren, wenn sie konnte, aber nicht auf Geheiß irgendeines Gauchos, der ihr zum Spaß ein Bein stellte.

Dennoch war sie auf meine dringende Bitte eingegangen und spielte ihre Rolle überzeugend. Ich wurde sogar zu einer

Modenschau eingeladen, bevor wir das Haus verließen, damit ich auch das passende Kostüm für ihre Rolle aussuchen konnte. Meine Wahl war vorhersehbar – ein silbergrauer Rock im Leopardenlook aus einem eng anliegenden Material, weich gespannt über den Hüften, und an den Seiten geschlitzt, damit sie ihre Beine zeigen konnte; ein Kleidungsstück, wie nur Marisa es aus der Grabbelkiste irgendeines Ramschladens in der High Street fischen konnte, das aber, kaum war sie hineingeschlüpft, luxuriös aussah. An den Füßen metallicschwarze nuttige High Heels – die höchsten Absätze, zu denen ich sie überreden konnte – mit einem Fußriemchen, wie es der Tanz verlangte. Darüber ein weißes Hemd, in Höhe der Taille geknotet. Bei Mädchen mit Waschbrettbauch ist so ein Hemd sinnlos. Marisa dagegen war gerade füllig genug, und der Tango verlangt Fülle. Und weil es auch ein trashiger Tanz ist, legte sie ihre billigsten weißen Plastik-Ohrringe an.

Keine wahrhaft trashige Person konnte so trashig aussehen wie Marisa. Beim Trash, wie bei allem anderen, war Raffinesse ein absolutes Muss.

Während ich mit ihr tanzte, wie wir schon lange nicht mehr getanzt hatten, und sie sich ganz sinnlich gab – den Arm um *meinen* Hals geschlungen, die Brust an *meine* Brust gedrückt –, fragte ich mich unwillkürlich, warum ich sie jemals freigegeben hatte. Ich zog sie noch näher an mich, das Ruhezentrum ihrer wirbelnden Welt, und ließ ihre Füße um mich kreisen, ganz wie es ihr gefiel. Bald wusste ich nicht mehr, wer von uns beiden den anderen stützte. Ihre Augen waren geschlossen, das wusste ich, ich hatte es gehört. Ich hörte ihr Herz. Hörte ihre Herzkammern sich öffnen und schließen. Was war ich für ein Dummkopf gewesen. Nie wieder. Bring das in Ordnung, sagte ich mir, ein für alle Mal, und dann – nie wieder.

Doch dann, wie konnte es anders sein, stand wieder der kubanische Arzt vor mir, mit seinem hungrigen Pferdegesicht. Natürlich nicht er, sondern einer von seiner Sorte, erst einer, dann noch einer, einige mit gestauchten Pork-Pie-Hüten, die schief auf dem Kopf saßen, ein Paar mit Strohhüten, einer mit einem Stetson, einer mit Kopftuch, so wie ich, die halbe südamerikanische Gemeinde Londons, die zum Tangotanzen in den Park gekommen war. Ihr Tanz. Und mich an Marisa klammernd, dachte ich, wie schon Tausende Male zuvor: ihre Frau. Es gab keinen Anlass, nichts, keiner hatte irgendetwas gesagt, keiner sie irgendwie angesehen, sie selbst hatte auch niemanden angesehen, denn sie schlug ja kaum einmal die Augen auf. Doch sobald sie auch nur am Rand des Universums auftauchten, überließ ich ihnen das Begehren, überließ ihnen Marisa, überließ Marisa ihnen – unbekümmert, ja völlig unbekümmert darum, was sie begehrten – und spürte in diesem Geben und Verlieren wieder das süße Entzücken, das mir wie Honig durch die Kehle rann.

Früher wäre das der Moment gewesen, in dem ich Marisa gesagt hätte, ich sei müde und sie möge sich doch einen anderen Partner suchen. Diesmal jedoch gab ich nicht auf. Gut möglich, dass in dem Augenblick, in dem Eifersucht mein Inneres verflüssigte, meine Füße anfingen, sich nach dem Rhythmus des Tangos zu bewegen, denn plötzlich tanzten wir. Ich meine nicht, auf unserer Achse kippeln oder Molinettes oder Giros ausführen, sondern tanzen. Die Musik hatte sich geändert, auch das hatte etwas damit zu tun. Man spielte jetzt »Libertango« von Ástor Piazzolla, jenem großen argentinischen Meister, der in seiner Musik den Rhythmus und die Qual des menschlichen Herzens erst erschaffen hat; das Bandoneon – so aufgeregt wie die Atmung –, das die Zupftöne der Bassgeige umspielte, die Geige, das Klavier, die elektrische Gitarre, während irgendetwas unerträglich Rhythmisches, entweder ein weiteres Instrument oder die Gesamtheit aller Instrumente an unseren Nerven zerrte, sarkastisch und wunderschön, grausam und exquisit, belebend und dem Untergang geweiht.

Ich nutzte es aus, dass Marisa an meinem Hals hing, und küsste sie. Küsste ihre Wange, ihren Nacken, ihr Ohr. Sie hob den Kopf, die Augen noch immer geschlossen, und küsste mich auf den Mund. Die Zeit fiel von uns ab. Wir waren wieder die Alten, nicht wie vor hundert Jahren, aber wie gestern.

Nicht gerade den Umständen angemessen – auf einem Holzpodest mitten im Regent's Park, spielende Kinder um uns herum, Hunderte Tänzer, die sich auf ihre Schritte konzentrierten, mit den Zehen Figuren zeichneten, wie im Staub der Callejuelas in Argentinien –, sich so gierig zu küssen wie wir, aber wir konnten nicht aufhören, und sehr wahrscheinlich fiel es gar keinem auf, niemand störte sich daran. »Libertango« – ich bitte Sie! Wenn so eine Musik spielt, und es einem die Brust zerreißt, ist man zu allem fähig. Wir verschlangen uns gegenseitig, egal, was die anderen dachten.

Und als ich zu guter Letzt aufblickte, sah ich Marius, der uns zuschaute.

*

Nach der Stelle zu urteilen, an der er stand, als ich ihn erblickte, und vorausgesetzt, dass er seinen Platz nicht gewechselt hatte, etwa um bessere Sicht zu haben, vermute ich, dass er den Park vom St. Andrew's Gate aus betreten hatte, nachdem er die Wimpole Street entlanggegangen war, das Dröhnen im Ohr, vorbei an den Spezialisten für Rückenleiden und Hals-Nasen-Ohren und seelische Krankheiten, und sich beim Überqueren der Marylebone Street, auf der der Verkehr niemals ruhte, gefragt hatte, so wie ich mich vor wenigen Tagen gefragt hatte, ob es nicht besser wäre, hier unter die Räder zu kommen. Am St. Andrew's Gate musste er innegehalten und überlegt haben, ob er weglaufen oder seinem Untergang entgegengehen sollte. Er war nicht weggelaufen. Dann der Broad Walk, an jedem anderen Tag ein Spaziergang, doch heute wie ein Gang zum Schafott. Hatte nicht King Charles I. noch eine Runde mit seinen Lieblingshunden in einem Londoner Park drehen dürfen, bevor man ihm den Kopf abschlug? Nicht weniger feierlich, stelle ich mir vor, schritt Marius voran, Schritt um

Schritt – denn er erhöhte sein Tempo für niemanden: das elektrisierende Grün des Rasens nach dem Regen ein Schmerz für seine Augen, die unnötige Gartenmöblierung eine Beleidigung für seine strapazierten Sinne, die vollgestopften Urnen, die dreischaligen Brunnen, die Tröge und Beete grellbunter Blumen, die geranienumrankten Sockel, von fratzenschneidenden Greifen getragen, bedrückend wie eine Migräne, und die Farben alles Wachsenden immer ordinärer, groteske Lilatöne und derbe Rottöne, je näher er dem Knäuel der Tänzer kam. Zu beiden Seiten, unter den Lindenbäumen, fläzten sich Menschen auf Picknickdecken, widerwärtig, wie sie lachten, Champagner tranken. Keine Kurve im Wegverlauf, nichts, das den Anblick vor ihm abgeschirmt hätte, seine Grübelei durchbrochen, nur der unbeirrte Gang auf die spöttische Musik zu, schicksalsvoll, unerbittlich. Und dann das Schauspiel unseres Tanzes.

Ich wusste nicht, wie lange er schon da gestanden hatte, doch wenn man einen Menschen in einer Menge entdeckt, ahnt man manchmal unwillkürlich, dass er gerade erst gekommen sein muss. Als sich unsere Blicke trafen, fragte ich mich, in welcher Frühphase seines Wahrnehmungsprozesses er sich wohl gerade befand. Hatte er Marisa bereits gesehen, oder nur mich, seine Nemesis und seinen Joker, der an einem mäßig sonnigen Sonntagnachmittag, der auch noch regnerisch zu werden versprach, im Park Tango tanzte, mich, der ihn wieder mal nervte, so wie ich ihn zuvor genervt hatte, ohne Wirkung und Erfolg, mit einer Frau, die er nicht kannte und die ihm egal war? Doch in dem Moment, wenn er Marisa erkannte. Was dann? Was für furchtbare Gedanken würden ihm dann durch den Kopf gehen? Er würde nicht alles auf einen Schlag begreifen, dazu war es zu viel. Dass ich derjenige wäre, der ihm den Brief geschickt hatte, daran konnte er nicht den geringsten Zweifel haben. Dass ich ihm aus unerfindlichen Gründen übelwollte und ihn mit dem Anblick von Marisa, in den Armen eines anderen, verletzen, auch das konnte er sich zusammenreimen. Doch ich – »der andere Mann«? Niemals. Ich und Marisa? Niemals. Marisa, die ihn mit mir betrog? Niemals. Es sei denn – und wahrlich, in dem Moment des Éclaircissements hätte ich nicht in Marius' Kopf stecken wollen –, es sei denn, ich wäre derjenige, den sie ursprünglich mit ihm betrogen hatte. Ich – der Ehemann. Der Ehemann – dieser erklärte Perverse, der wie ein übler Geruch an ihm haftete. Doch wenn ich der Ehemann war, der Mann, mit dessen Frau und in dessen Haus er sich Freiheiten herausgenommen hatte, dessen Existenz für Marius nie auch nur das geringste Hindernis bedeutet hatte, auch nicht für Marisa – wenn ich der gesichtslose, stille Übergabe-Ehemann war, für den Marius ihn gehalten hatte –, warum dann diese innige Umarmung, dieser heftige, heiße Kuss im Park, während der »Libertango« unsere Herzen erschütterte?

Manchmal gerät es mir zum Vorteil, als Mann so zu leben, wie andere Männer es nicht wagen. Es gibt mir die Möglichkeit, rationale Erklärungen zu widerlegen.

Zu welcher Schlussfolgerung Marius auch gekommen sein mochte, er reagierte schnell.

Mir blieb nur Zeit für einen kurzen Moment des Bedauerns, als ich ihn sich entfernen sah, und das wegen Marisa, die fortan immer glauben würde, ich hätte diesen Kuss für ihn inszeniert. Dabei, und das ist die reine Wahrheit, hatte ich nie damit gerechnet, dass er kommt. Unter dem Einfluss von Marisas Nähe, der Liebe, die ich für sie empfand, des Bandoneons, das wie ein Mensch mit fiebrigen Lungen atmete, hatte ich Marius vergessen – beinahe jedenfalls.

Wollte ich ihm das sagen, was ich ihr nicht sagen konnte? Das galt nicht dir, Marius, das galt uns. War das der Auslöser, warum ich Marisa losließ und hinter Marius herlief, als hätte ich plötzlich meinem eigenen Tod in die Augen geschaut? Oder geschah es aus einem ganz anderen Impuls heraus?

Als ich mir endlich einen Weg durch die Schar der Tänzer und die Zuschauermenge gebahnt hatte – niemand lässt sich gerne beiseiteschubsen, wenn Musik spielt –, hatte ich ihn aus den Augen verloren. Hatte er auf dem Absatz kehrtgemacht, in der Absicht, sich nach Hause zu begeben, oder war er entschlossen, einfach in dieselbe Richtung wie vorher weiterzulaufen? War der Anblick von Marisa und mir nur eine zufällige Unterbrechung seines Ausflugs, den er jetzt ohne weiteren Halt fortsetzen würde, bis die Dunkelheit anbrach und es keinen anderen Weg mehr für ihn gab?

Ich sah nach links und rechts, fragte sogar einige Passanten, ob sie ihn gesehen hätten, einen großen, ausgemergelten Mann mit einem Walrossbart. Dann entdeckte ich ihn schließlich, aber er war zu weit weg, um ihn einfach beim Namen zu rufen. Ich rief ihn trotzdem. Dann fing ich an zu rennen. In einem Park voller Spaziergänger war ich der Einzige, der ins Schwitzen kam. Nach etwa fünfzehn Sekunden hatte ich ihn eingeholt. Er, schlaksig und von reservierter Schönheit – die Abgespanntheit stand ihm gut –, wie ein Plantagenbesitzer aus den Kolonien in seinem beigen, zerknitterten Leinenanzug; ich, schnaufend und zudringlich, wie sein entlaufener Sklave, mit einer schwarzen Kopfbinde.

»Meinen Glückwunsch«, sagte ich. »Sie sind ein Mann, der sein Wort hält. ›Jeder Mensch hat die Kraft, sich von einem anderen zu lösen‹, haben Sie neulich gesagt, und siehe da, Sie haben sich gelöst.«

Er verlangsamte sein Tempo nicht und drehte sich auch nicht nach mir um. Ich musste mich beeilen, um Schritt mit ihm zu halten.

»Andererseits«, fuhr ich fort, »ist es natürlich nicht schwer, vor Eifersucht davonzulaufen, wenn man sie gar nicht empfindet.«

Ich glaube, er stutzte für den Bruchteil einer Sekunde. Würde er mir an die Gurgel gehen? Würde er mir in die Arme sinken?

»Erstaunlich«, sagte ich, »dass Sie nicht stehen geblieben sind, um meine Frau zu begrüßen. Aber wenn ich die Uhrzeit bedenke, dann sind Sie im Geist bestimmt schon ganz woanders.

Ich richte ihr Ihre Grüße aus, und ich bestelle ihr, sie solle sich keine Sorgen machen, denn Sie sind ein Mann, dem alles gleichgültig ist, was Eifersucht ihm vorwerfen kann. Wie immer um die gleiche Zeit nächste Woche?«

Keine Ahnung, ob Marius in dem Moment innehielt, oder ob der Schlag deswegen so wirkungsvoll war, weil er aus der Bewegung heraus erfolgte. Jedenfalls ging ich plötzlich in die Knie, ohne zu wissen, wie es dazu gekommen war, und hielt mir die eine Gesichtshälfte. Eigentlich war es kein Fausthieb, nur ein Stups mit dem Ellbogen, als wollte er einen Taschendieb wegdrängen. Es war eher der Überraschungsmoment als die Wucht, die mich aus dem Gleichgewicht brachte.

Ein Mann, der mit einem Hund Fußball spielte, der kleiner war als der Ball, kam zu mir und fragte, ob alles in Ordnung sei. »Was haben Sie bloß zu ihm gesagt?«, fragte er mich.

»War nur ein Dienstbote. Danke, mir ist nichts passiert.«

Ich ging trotzdem auf seinen Vorschlag ein und setzte mich auf eine Bank.

Ich weiß nicht, wie lange es dauerte – Minuten? Stunden? Tage? –, bis Marisa kam, die Schuhe in der Hand.

»Was ist passiert?«, fragte sie. Ihre Miene verriet mir, dass sie es längst wusste. Manche Dinge träumt man im Voraus, so unvermeidlich sind sie.

»Marius«, antwortete ich, in der Annahme, das würde reichen. Da es offenbar nicht reichte, ergänzte ich: »Ich dachte, er würde uns gerne mal beim Tanzen zugucken. Eine Täuschung.«

Sie legte die Finger an die Schläfen. »Komm heute Abend nicht nach Hause, Felix«, sagte sie.

Ich nickte.

Sie wollte noch etwas sagen, aber ließ es dann bleiben. Sie war sehr blass geworden, Stirn und Wangen verliehen ihr eine gewaltige Schwere, wie einer der Demoiselles auf Picassos Bild. Im ersten Moment dachte ich, sie würde ohnmächtig, aber es war wohl doch nur die Nachwirkung der Musik, die das Blut zu schnell durch ihren Körper gepumpt hatte. Sie schien irgendwie außer sich, wie eine Frau, die gleich anfangen würde, zu kreischen oder sich die Haare auszureißen. An den Bewegungen ihres Kopfes konnte ich nicht erkennen, ob sie lediglich versuchte, die Erinnerung an diesen Tag abzuschütteln, oder ob sie nach Marius Ausschau hielt.

»Er ist da entlanggegangen«, sagte ich.

Meine Worte schienen ihr zu helfen, sich wieder zu besinnen. Ohne mich eines Blickes zu würdigen, zog sie sich ihre Schuhe an und ging in die entgegengesetzte Richtung davon.

Ich blieb ungefähr noch eine Stunde auf der Bank sitzen, trotz des Nieselregens, der eingesetzt hatte. Aus dem Baum über mir hüpfte ein Vogel hervor. Eine Elster – was sollte es anderes sein? »Guten Tag, Herr Elster«, sagte ich. »Wie geht es Frau Elster?«

Das hätte mir den Rest gegeben, wenn nicht genau in diesem Moment der Mann mit dem fußballspielenden Hund zurückgekehrt wäre. Ich lachte den Hund an. Nichts geht über einen Hund, den man anlachen kann, wenn man keine Frau hat. Es war ein Dackel oder etwas Ähnliches. Obwohl er keine langen Beine hatte, behielt er den Ball perfekt unter Kontrolle. Bestimmt dachte er, er würde einen Dachs kicken.

»Ihr Hund kann aber gut dribbeln«, sagte ich zu dem Besitzer.

»Das finden Sie gut? Sie sollten ihn erst mal im Tor sehen.«

Ich lachte, bis mir die Tränen über die Wangen liefen.

5 Der Ehemann

»Ich bin die Wunde, bin der Stahl,
Ich bin der Streich und bin die Wange,
Ich bin das Glied und bin die Zange,
Und bin der Quäler und die Qual.«

Charles Baudelaire, *Die Blumen des Bösen*

Und nun die wohlverdiente Strafe …

So hat es doch zu sein, oder? Nach dem Vergehen folgt die Vergeltung. Anna Karenina muss sich vor einen Zug werfen. Don Giovanni wird von der Erde verschlungen. Die Rache ist mein, spricht der Herr, obwohl dem Herrn das völlig egal ist. Was wir der moralischen Gerechtigkeit zuschreiben, ist lediglich das schlechte Gewissen des Lesers, des Zuschauers, des Beobachters, des ewigen Voyeurs der Kunst, der entschädigt werden will, um die Gelüste, die seine Neugier aufrechterhalten haben, vor sich selbst zu rechtfertigen. In Wirklichkeit ist die Strafe, wenn sie überhaupt folgt, meist viel prosaischer. Anna Karenina wird sehr wahrscheinlich einen anderen Ehemann im Staatsdienst finden, der sie nicht minder glücklich machen wird als der erste; und Don Giovanni, mittlerweile kahl und ohne Zähne, wird am längsten Tag des Jahres in seinem Adressbuch blättern und feststellen, dass von denen, die noch leben, keine mehr mit ihm spielen will. Aber wir haben nicht in einem fort *und was dann und was dann* gefragt, nur um dann festzustellen, dass dem Sex irgendwann die Puste ausgeht. Unsittlichkeit muss ein grandioses und furchtbares Ende nehmen, nur unter dieser Voraussetzung blättern wir weiter, Pornografen bei der Lektüre der ersten Kapitel, in der Erwartung, als Puritaner die letzten zu lesen. In dieser Hinsicht besitzt der brave Bürger die gleiche Unheil verkündende dreckige Fantasie wie der Deviant – in beider Vorstellung ist Sex dermaßen verschlingend, dass nichts Unsauberes übrig bleibt.

Hier also eine Szene, die Puritanern und Pornografen gleichermaßen das Herz erwärmen wird: Ein Mann, mir sehr ähnlich, wieder auf einem Friedhof – denn seine schmutzige

Geschichte begann auf einem Friedhof –, steht an einem offenen Grab, trauert um seine Frau, die er verloren hat, und weiß, dass er sich niemals verzeihen wird. Er hat ihr nicht zugehört, als sie versuchte, ihm etwas mitzuteilen, denn er hatte nur Ohren für etwas anderes. Aber da ist noch ein Mann, der sich über das Grab beugt, auch einer, der gerne Friedhöfe heimsucht, auch einer mit einer Vorliebe für den Tod, und nun also beide in ewig stummer Reue vereint.

Hübsches Bild. Und gar nicht mal so weit von der Wahrheit entfernt, würde ich sagen. Aber es war nicht das, was passierte.

Was passierte, war schlimmer, je nachdem, wie man es sieht. Aber ich will nicht, dass jeder seine oder ihre wohlverdiente Strafe bekommt. Mögen unsere Begierden anständig oder unanständig sein, allein die Sterblichkeit kann sie vereiteln, denn unsere Körper sind schwächer als unsere Einbildungskraft.

Ich hielt mich einen Tag von zu Hause fern, wie Marisa es sich gewünscht hatte. Ich hielt mich sogar zwei Tage fern, nur um sicherzugehen. Mir war eingefallen, dass es in der Nähe des Parks in Primrose Hill ein Hotel gab. Kein vornehmes Haus, aber darauf legte ich auch keinen besonderen Wert. Nicht in meinem Gemütszustand. Und auch nicht in meiner Tangokleidung. Ich ließ mir das Essen bringen und verließ zwei Tage lang nicht das Zimmer.

Extreme Situationen haben auch etwas Tröstliches. Ich konnte an nichts denken, weil jeder Gedanke schrecklich war. Wie ein Schuljunge am Vorabend einer Prüfung fühlte ich mich. Ich hatte mich so gut es ging vorbereitet, alles Weitere war Schicksal. Solche Momente, in denen wir nichts mehr tun können, gehören zu den ruhigsten in unserem Leben. Wir bestehen oder wir fallen durch, es liegt nicht mehr in unserer Macht.

Abgesehen von den gelegentlichen intensiven Schlafphasen, aus denen ich jedes Mal erschreckt auffuhr, weil ich vergessen hatte, wo ich mich befand und wie ich hergekommen war – abgesehen von diesen schwarzen amnesischen Zwischenspielen, die höchstens zehn, fünfzehn Minuten dauerten, aber mir wie Tage vorkamen, lag ich hellwach. Nicht im Subspace. Subspace war dagegen ein Fest. Die Nächte, in denen Marisa mich wortlos verlassen hatte, manchmal vorher noch kurz bei mir vorbeigekommen war, um mir zu zeigen, was sie anhatte – einmal zu meiner Begutachtung kurz auf dem Absatz gedreht, wenn die Situation sie amüsierte, ein Lächeln, und weg war sie –, waren kostbar, ein Schwelgen in Düften und Farben, jeder Nerv in mir lebendig, empfänglich für die subtile Musik des Verlassenwerdens: die Geräusche ihrer Abwesenheit, die Geräusche ihrer Abenteuer in der Welt, die Geräusche ihrer Rückkehr; sie war dann immer voller Geschichten über ihre Reisen, und ich wartete sehnlichst auf sie, staunend wie Adam im Moment vor der Erschaffung Evas. Die Wachstunden in der Absteige von Primrose Hill waren eine grausame Parodie darauf – nüchtern, geruchsfrei und öde.

Der schlimmste Moment war, als mir während der Taxifahrt nach Hause, nun da sich meine Gedanken wieder in Gang setzten, aufging, dass Marisa annehmen musste, ich hätte alles für sie so eingefädelt und hätte auf diese Weise jedes bisschen Gefühl, das wir noch füreinander hatten, missbraucht, um an Marius heranzukommen. Schlimmer war nur noch der Gedanke, dass es mir niemals gelingen würde, sie vom Gegenteil zu überzeugen, sollten wir uns je wieder zusammenraufen und eine normale Ehe führen, glücklich bis ans Ende unserer Tage.

Marisa war nicht da, als ich nach Hause kam. Das überraschte mich nicht. Ich ging zu ihrem Kleiderschrank, um nachzugucken, ob sie ihre Sachen mitgenommen hatte. Nein, sie waren noch da. Aber ein großer Teil ihrer Schminkutensilien aus dem Badezimmer fehlte. Hatte sie eine Reisetasche oder einen Koffer gepackt? Sie hatte einen Koffer gepackt.

Nirgendwo ein Zettel, keine Nachricht auf meinem Anrufbeantworter. Ich fuhr zur Arbeit, nicht weil ich Kraft hatte zu arbeiten, sondern weil ich an dem Ort sein wollte, an dem mich Marisa erreichen konnte. Auch hier keine Nachricht von ihr. Ich ließ noch einmal vierundzwanzig Stunden verstreichen, in denen ich keinen Versuch unternahm, Kontakt mit ihr aufzunehmen. Vielleicht war das falsch, vielleicht nicht. Ich hielt auch nicht Ausschau nach ihrem Umriss im Fenster über dem Knopfgeschäft. Das jedenfalls war eine richtige Entscheidung. Doch ich musste Bescheid wissen, wenigstens, ob es ihr gut ging. Ich rief ihr Handy an, aber sie nahm nicht ab. Ich schickte ihr eine knappe, unverfängliche Nachricht: *Akla?* Alles klar? Die für mich untypische Schreibweise – sie wusste, dass mir solche Abkürzungen zuwider waren – deutete eine Dringlichkeit an, ohne sie jedoch zu einem Gespräch verleiten zu wollen, zu dem sie nicht aufgelegt wäre; und wer weiß, vielleicht ließ es auch auf eine geläuterte Person schließen?

Spätabends erhielt ich Antwort. *Ja.* Na gut, immerhin. Trotzdem enttäuschend. Ich hatte gehofft, sie würde mir sagen, wo sie sei, und sich vielleicht sogar dafür bedanken, dass ich nicht weiter insistierte. *Alles klar* – daraus sprach ein eigenes erlesenes Taktgefühl. Ein Ehemann, der vergessen hatte, Distanz zu wahren, und sich jetzt dazu ermahnte. Dann kam mir der tröstliche Gedanke, dass ihre Antwort genauso taktvoll war. Sie machte mir keine Vorwürfe für das, was ich getan hatte. Sie sagte zum Beispiel nicht, ich könne ihr gestohlen bleiben. Erst nachdem ich lange in der Dunkelheit darüber gegrübelt hatte, wurde mir allerdings auch bewusst, dass sie meine Sorge nicht durch die Gegenfrage, *bei dir auch?,* erwidert hatte.

War das also ihre Art, es mir heimzuzahlen? Indem sie dem Mann, der zu viele Fragen stellte, selbst keine Fragen stellte?

Am nächsten Abend klingelte es gegen sieben Uhr an der Tür. Ich saß in meinem Arbeitszimmer, trank blutroten Wein und hörte eine CD mit Liedern von Schubert. Die Klingel schreckte mich auf. Um diese Zeit klingelte bei uns sonst keiner an der Tür. Für Geschäftskunden oder Postsendungen war es zu spät, und Freunde besuchen einen in London nur, wenn sie sich vierzehn Tage vorher angekündigt haben. Also war es entweder eine gute Nachricht oder eine schlechte. Mein erster Gedanke war Marisa, die lieber schellte, als ihren Haustürschlüssel zu benutzen, um damit zu signalisieren, dass sie nicht mehr hier wohnte. Ich guckte nicht in den Spiegel, bevor ich aufmachte. Sollte sie ruhig sehen, dass es mir dreckig ging, egal, ob das Mitleid oder Schadenfreude in ihr hervorrief. Sollte sie ruhig sehen.

Aber es war nicht Marisa. Es war Marius.

*

»Nicht Ihre übliche Zeit«, sagte ich.

Er strich sich mit den Fingern über seinen Schnauzbart. »Ich weiß.«

»Marisa ist nicht hier«, sagte ich.

»Das weiß ich auch.«

Woher wusste er das? Wusste er es, weil sie bei ihm war?

Er las meine Gedanken. »Sie ist nicht bei mir«, ergänzte er.

Trotzdem, man konnte daraus schließen, dass er Kontakt mit ihr hatte und dass er wusste, wo sie sich aufhielt. Dennoch würde ich ihn nicht danach fragen.

»Was kann ich für Sie tun?«, fragte ich.

Er sah mich von oben bis unten an. »Sie sind also der Buchhändler«, sagte er. »Sie erwähnten irgendwas von Künstler oder Perverser. Von Buchhändler war nicht die Rede. Ich hätte zwei und zwei zusammenzählen müssen.«

»Wenn es um Bücher geht – unsere Öffnungszeiten sind von zehn bis sechs. Wo unsere Buchhandlung sich befindet, dürfte Ihnen bekannt sein. Aber ich möchte Sie darauf aufmerksam machen, dass Sie vorher einen Termin ausmachen müssen.«

»Es geht nicht um Bücher. Kann ich hereinkommen?«

Ich lachte. »Soll ich Ihnen den Weg zeigen, oder finden Sie sich alleine zurecht? Ich nehme an, Sie kennen sich hier aus.«

»Ich weiß nicht, warum Sie den gekränkten Ehemann spielen«, sagte er.

»Vielleicht, weil ich einer bin.«

»Sie haben kein Recht, den gekränkten Ehemann zu spielen, nicht mehr als ich den gekränkten Liebhaber. In Wahrheit sogar weniger.«

Unverbesserlich, dieses Organ, das ich mein Herz nenne. Selbst unter diesen Umständen brauchte ich nur zu hören, wie Marius sich als Liebhaber bezeichnete, Liebhaber meiner Frau, und ich stand unter Strom. Wenn er sie als seine Geliebte bezeichnet hätte, ich wäre explodiert.

Ich sah von der obersten Stufe auf ihn herab, Auge in Auge. Wollte ich sehen, was Marisa in ihm sah? Er erwiderte meinen Blick, Auge in Auge. Wollte er das Gleiche sehen? Aus dieser Nähe erkennt man natürlich gar nichts im Auge seines Gegenübers, außer wie tief man selbst blickt. Einige Sekunden befanden wir uns wie Schuljungen in einem Wettstreit, wer dem Blick am längsten standhielt. Doch schon rein instinktiv wollte ich ihn gewinnen lassen. »Kommen Sie herein«, erlöste ich ihn. »Wir gehen in mein Arbeitszimmer.«

Er war so taktvoll, die Tatsache, dass sich die Einrichtung in meinem Arbeitszimmer vom Rest des Hauses unterschied, nicht weiter zu kommentieren. Außer ihn mit Technik vollzustopfen, hatte ich den Raum kaum verändert, seit er meinem Vater als Arbeitszimmer gedient hatte, und dieser hatte ihn schon nach dem Tod seines Vaters unverändert übernommen. Wir legen Wert auf ein bisschen Kontinuität in unserer Familie, aber den Liebhaber seiner Frau hatte bisher wohl noch kaum ein Quinn hier empfangen. Wenn es doch nur einer getan hätte – ich glaube, den Frauen in unserer Familie wäre es besser ergangen.

Ich goss ihm ein Glas Wein ein, das er mit zittriger Hand entgegennahm. Was immer seine Absicht war, ich glaube, er war nicht hergekommen, um sich vor mir wichtig zu machen.

Sein Blick ruhte jetzt auf einer Fotografie auf meinem Schreibtisch. Sie zeigte einen älteren Herrn auf einem Sofa, der die Beine einer Frau mit einer Intensität ins Visier nahm, die der Fotograf offenbar komisch und gleichzeitig rührend gefunden haben musste. Und wohl auch kühn, wie ich dachte, aufgrund der Obsessivität, die mich zum Kauf veranlasst hatte. Wenn es sich hierbei um ein erotisches Bild handelte, dann teils trotz und teils gerade wegen der häuslichen Atmosphäre: ein bürgerliches Wohnzimmer, der Mann in Schlafanzug und Bademantel; und die Frau, nicht mehr in der Blüte ihrer Jugend und von leicht männlicher Erscheinung, gekleidet wie eine Sekretärin (man denke an Dulcie, ohne Fußkettchen, obwohl ein Fußkettchen auch nicht geschadet hätte), die mit der Gekonntheit einer geübten Schreibkraft ihren schwarzen Rock minimal hebt, bis zum Ansatz des Knies, höher nicht, was bei dem richtigen Typ Mann schon ausreicht, um ihn zu betören. Ob seine Aufmerksamkeit dem Knie gilt oder der Geste des Rockhochziehens, ist unmöglich auszumachen, und wahrscheinlich ist die Frage auch sinnlos. Das Foto preist die Leidenschaft, die eine Ehe entfachen kann, selbst eine langjährige Ehe, wenn der Ehemann treu ergeben ist, bis zur Selbstaufgabe, und die Frau ihn verwöhnt.

»So erkennt ein treu Ergebener den anderen, meinen Sie nicht auch?«, sagte ich.

Als Gast im Haus fügte sich Marius meinem Wissensvorsprung in der Sache. »Ich weiß nicht, was ich hier sehe«, gestand er.

»Ein Foto von Helmut Newton. Die Dargestellten sind Pierre Klossowski und seine Frau Denise. Offensichtlich sind Sie nicht vertraut mit dem Werk von Klossowski, sonst würden sie Mrs Klossowski erkennen. Sie stand ihrem Mann für viele seiner besonders obsessiven Gemälde, Zeichnungen und Skulpturen Modell, und auch für die Heldin seines philosophischen und pornografischen Romans, *Heute Abend, Roberte*. Es ist die Geschichte einer Frau, die den ältesten Gesetzen der Gastfreundschaft gehorcht, wie sie von ihrem Mann kurz skizziert werden, und die sich jedem Gast anbietet, der noch den nötigen Pep hat.«

»Ich verstehe jetzt, welche Bedeutung das Foto für Sie hat«, sagte Marius.

»Hat es für Sie keine?«

»Ich war nie verheiratet.«

»Das nicht, aber Sie sind den Reizen der Frauen gegenüber nicht unempfänglich.«

»Das stimmt, aber nur was eine ganz bestimmte Frau und meine Person betrifft.«

»Sie behalten das, was Sie gefunden haben, gerne für sich allein, oder was wollen Sie damit sagen?«

»Ja. Muss ich mich dafür rechtfertigen? So ungewöhnlich ist meine Präferenz nun auch wieder nicht.«

»Das vielleicht nicht, aber man weiß nie, was die Leute wirklich denken. Sich die Frau teilen oder Wifesharing, wie es heute heißt, ist immer noch ein Tabuthema, und das hat mit Ökonomie zu tun, mit Machismo und dem sprunghaften Wesen der Eifersucht. Doch davon mal abgesehen – in einer Hinsicht ist Ihr Fall wirklich ungewöhnlich, und das betrifft das Maß an Kooperation, das Ihnen von den Ehemännern entgegengebracht wird.«

Er antwortete nicht gleich. Vermutlich überlegte er, wie heftig seine Reaktion ausfallen sollte.

»An einem anderen Ort hätte ich Sie für die Verwendung des Wortes Kooperation angegriffen«, sagte er nach einer ganzen Weile, den Blick dabei auf den abgetretenen, aber immer noch herrlichen, ein Bestiarium darstellenden Teppich fixiert, der einst den Boden einer Kabine auf der *Queen Mary* geschmückt hatte, und von dem ich vermutete, dass mein Großvater ihn gestohlen und im Gepäck von New York nach London geschmuggelt hatte.

»Wie wäre es mit Beistand?«, schlug ich ihm vor. »Oder Hilfe beziehungsweise Beihilfe. Beihilfe klingt doch irgendwie nett.«

»Nennen Sie es, wie Sie wollen – gesucht habe ich sie nie. Aber Sie sprechen von Ehemännern, als gäbe es mehr als einen. Wer soll mir denn sonst noch seine Frau aufgedrängt haben?«

Jetzt war ich verärgert. »Aufgedrängt, so wie ich Ihren Gebrauch des Wortes verstehe, hieße unerwünscht. Eins kann ich Ihnen versichern, an Marisa war nie etwas unerwünscht.«

»Das kann man wohl sagen. Und ich bin gerne bereit, mich bei der Wahl des angemessenen Ausdrucks für eine Handlung, die mir bis vor Kurzem noch fremd war, belehren zu lassen. Aber verraten Sie mir doch mal, wer diese großmütigen Ehemänner sein sollen, von denen Sie erfahren haben wollen.«

»Ich hatte als Buchhändler mal mit einem Professor aus Shropshire zu tun«, sagte ich. »Es war Grund genug, später zu seiner Beerdigung zu gehen. Das war vor einigen Jahren, und Sie hat es in der Folge in mein Geschäft geführt. Wie Sie sehen, sind wir durch Bücher miteinander verbunden, Sie und ich.«

Wir waren wieder an unserem Ausgangspunkt angelangt, wo wir besser von Anfang an geblieben wären.

»Sie waren auf Jim Hanleys Beerdigung?«

»Ich gehe gerne auf Beerdigungen.«

»Warum? Sind sie ein gutes Jagdrevier für Sie?«

»Jagd? Worauf?«

»Was Sie eben so jagen.«

»Ich jage nicht. Ich würde eher sagen, dass ich der Gejagte bin, wenn wir schon in Ihrem Bild bleiben wollen. Mich findet man immer.«

»Sie? Ich habe Sie nicht gefunden.«

»Doch, schon. Durch Ihre Anziehungskraft. ›Ich kann's‹, hat es förmlich aus Ihnen geschrien. Ich wollte einen alten Mann betrauern, sonst nichts, deswegen war ich hingekommen, und da bin ich Ihnen begegnet, und Sie schrien mir entgegen, dass Sie es könnten.«

»Was sollte ich denn können?«

Ich lachte. Wenn ein Mann einem anderen sagt, was er »kann«, ist Lachen immer angebracht. Es sei denn, er verfolgt eher den tragischen Weg, und das hatte ich nicht vor.

»Den heiligen Schrecken erregen«, sagte ich.

»Und was soll das sein?«

»Sie kennen den heiligen Schrecken nicht? Ich muss sagen, das erstaunt mich. Aber da Sie ihn ohnehin verbreiten, brauchen Sie dafür vielleicht gar keinen Namen. Er stammt von Henry James und ist das, was sich jeder freundliche, gesittete und möglicherweise impotente Mann wünscht – das Allheilmittel, um eine Frau zum Beben zu bringen.«

»Ach, du liebe Güte!«

»Ich weiß. Klingt hochtrabend. Aber ein Ehemann wie ich muss versuchen, sich in die Perspektive der Frau hineinzuversetzen.«

»Und dabei soll Ihnen Henry James helfen?«

»Jedenfalls hat er mich nicht in die Irre geführt.«

Also, wo ist Marisa?, verspürte ich plötzlich den Wunsch zu fragen. Wo ist sie? Und schließlich konnte ich nicht mehr an mich halten, obwohl ich jeden anderen lieber gefragt hätte als Marius. »Wo ist sie?«

»Ich weiß es nicht.«

»Wirklich nicht?«

»Wirklich nicht. Aber Sie glauben doch wohl nicht, ich würde es Ihnen verraten, selbst wenn ich es wüsste.«

»Ich erwarte nur die übliche menschliche Offenheit«, sagte ich. »Ich bin es gewohnt, dass man mir immer alles sagt. Geheimnistuerei ist mir verhasst. Marisa auch.«

Schweigen zwischen uns, während ich ihm mit einer Geste anbot, ihm Wein nachzuschenken, was er ablehnte. Das Motto meines Vaters lautete: Traue nie einem Mann, der nicht so viel Wein trinkt, wie ihm angeboten wird.

Ich beobachtete ihn. Er überlegte angestrengt, wie er die nächste Frage formulieren sollte, denn es war letztlich die Frage, die ihn zu mir geführt hatte. Aber es dauerte mir zu lange. Ich musste mir einiges von der Seele reden, da er nun schon mal hier war. »Hat Marisa mir wirklich alles bis ins Kleinste erzählt – werden Sie sich fragen. Einige Fragen werden wir wohl unbeantwortet mit ins Grab nehmen. Wenn ich Ihnen sagen würde, was Marisa mir alles erzählt hat, würde ich ihr Vertrauen missbrauchen. Das würde Ihr gemeinsames Glück gefährden. Und das wünsche ich natürlich nicht – weder für Sie noch für Marisa, am wenigsten für mich. Ich hatte meinen Spaß, seitdem Sie und Marisa endlich …«

Mein mephistophelisches Grinsen umfasste den Rest. Unter unseren Füßen das Bestiarium in grellen Farben, vor meinen Augen das Bestiarium von Marius' ausgelassenen Nachmittagsstunden in meinem Haus, er und meine Frau in leidenschaftlicher Umarmung, wie Tiere ineinander verschlungen. Ich heftete meinen Blick auf ihn, damit er sie ganz in sich aufnehmen konnte, meine Aneignung ihrer Kopulation, bis er daran erstickte.

»Jetzt«, sagte er, »hätte ich doch gern noch ein Glas Wein.« Ich zögerte und fürchtete um meinen Teppich. Würde er mir den Wein ins Gesicht schütten? Nein, überlegte ich. Er hatte mich einmal geschlagen. Ein zweiter Angriff hieße für ihn, sein Verhalten vorhersehbar machen. Stattdessen prostete er mir mit erhobenem Glas zu. »Ich trinke auf Sie«, sagte er. »Ich kenne keinen Menschen, der mich so anwidert wie Sie.«

Ich prostete ihm ebenfalls zu. »Sie haben meinen Tag gerettet«, sagte ich. »Mal wieder. Von dem Moment an, als ich Sie zum ersten Mal zu Gesicht bekam, wollte ich nichts anderes – das heißt, nein, *nichts anderes* ist übertrieben, aber ich wollte Ihnen unbedingt Übelkeit verursachen. Meine einzige Sorge ist jetzt, dass ich, so wie Othello, meine Aufgabe verliere.«

Er stellte das Glas ab und fuhr sich mit den Händen übers Gesicht, als wollte er es von meinem Schmutz befreien. »Was habe ich Ihnen bloß getan, verdammt?«, wollte er wissen.

Es war eine einleuchtende Frage, und ich schenkte ihr die gebührende Beachtung. Ich bedeckte mein Gesicht mit den Händen. Vielleicht mussten wir diese Auseinandersetzung blind führen.

»Was Sie mir getan haben? Gar nichts«, sagte ich. »Aber ich wollte auch nie, dass der Eindruck entsteht, Sie hätten mir etwas getan. Um es ganz deutlich zu sagen: Ich habe nichts anderes getan, als Ihnen meine Frau zu geben. Ich weiß, ich weiß, ich kann nicht über Marisa verfügen. Ich habe kein Recht sie herzugeben. Genauso wenig wie ich das Recht hätte, sie Ihnen zu geben. Aber als Sie beide allein nicht miteinander vorankamen, habe ich mir große Mühe gegeben, Sie beide zusammenzubringen. Ohne mich würden Sie beide immer noch in der High Street stehen und über Baudelaire diskutieren. Ich brauche mich also bei Ihnen für nichts zu entschuldigen. Ich muss gestehen, es war mir eine Freude, von Mann zu Mann, etwas zu tun, was Sie zutiefst entsetzt, seelisch verletzt, Sie, einen Mann, der keine Seele hat. Ein ausgemachter Masochist ist immer ein Affront für einen Sadisten. Er entzieht dem Sadisten die ›raison d'être‹.«

»Es ist mir unverständlich, warum Sie mich für einen Sadisten halten. Es ist nicht das erste Mal, dass Sie mir eine Brutalität unterstellen, die ich in mir nicht erkennen kann.«

»Das kommt, weil Sie an der falschen Stelle suchen. Ihre Brutalität ist die Brutalität des Rationalisten. Sie haben gesagt, Sie seien kein außergewöhnlicher Mensch, und tatsächlich betrachte ich Sie mehr oder weniger als einen Menschen unserer Zeit. Sie prahlen damit, dass Sie nichts mehr überraschen und nichts mehr enttäuschen kann. Sie haben das Wesen des Menschen bis auf den Grund durchschaut. Und dann übergibt Ihnen ein anständig gekleideter Ehemann mit guten Manieren seine Frau, und Sie sind angewidert. Irgendwann führe ich Sie mal abends in einen Club, den ich kenne. Das wird Ihren Weltschmerz auf die Probe stellen. Sie wollen anscheinend nicht begreifen, dass ich Sie eigentlich ganz gern habe. Ich habe das Gefühl, dass wir einiges gemein haben. Wir versuchen beide, den Tod Gottes zu verkraften. Nur glaube ich, dass es mir besser gelingt. Ich liefere mich der Ernüchterung nicht aus. Ich sage mir, wenn es nichts mehr gibt, an das man glauben soll, dann glaube an die Erotik. Wenn Sie wirklich nicht mehr wissen, wohin, dann lassen Sie sich von ihr auf eine Reise Ihrer Wahl mitnehmen.«

»Wenn Sie von einem Wettstreit zwischen Glaubenssystemen reden, dann haben Sie den allein mit sich selbst ausgetragen. Was meine Beziehung zu Ihrer Frau betrifft, wusste ich bis gestern nichts von Ihrer Existenz.«

»Ihr Mangel an Interesse spricht nicht gerade für Sie.«

»Und Ihre obszöne Neugier nicht gerade für Sie. Ist Ihnen bei Ihrem ganzen Herumschnüffeln im Leben Ihrer Frau und dem meinen schon mal der Gedanke gekommen, dass unsere Gefühle füreinander aufrichtig sind?«

»Immerzu. Das war ganz in meinem Sinn.«

»Warum? Damit Sie sich daran aufgeilen konnten?«

»Damit ich meine Frau noch mehr lieben konnte.«

»Sie können nur eine Frau lieben, die von einem anderen geliebt wird?«

»Dieselbe Frage könnte ich Ihnen auch stellen. Ich habe ja gesagt, wir hätten viele Gemeinsamkeiten. Doch nein – ja, ich habe Marisa sehr geliebt, auch als es noch keinen anderen gab, weder Sie noch die anderen, die vor Ihnen kamen. Seit Sie aufgetaucht sind, liebe ich sie allerdings noch mehr.«

»Sie sind süchtig nach Verlust, mein Freund.«

»Und Sie sind süchtig nach Sieg. Wir wissen doch beide, dass Liebe auf Dauer stirbt, schal wird und oberflächlich, in bloße Kameradschaft abgleitet, wenn es in ihr keine Grausamkeit gibt. Ich meine nicht körperlichen Schmerz oder Gewalt, sondern Grausamkeit. Die Grausamkeit des Verlustes. Der Angst. Der Eifersucht. Therapeuten können uns ein Lied über Vertrauen singen, aber wo keine Eifersucht ist, da ist auch keine Liebe.

Auch wenn es nicht gerade modern ist, aber Othello hatte recht, als er sagte, er würde zu sehr lieben. Das bringt man nicht zum Ausdruck, indem man seine Frau erdrosselt. Das war sein Fehler. Cassio in sein Bett zu bitten wäre für alle Beteiligten die weitaus elegantere Lösung gewesen.«

»Vorausgesetzt, er konnte zuschauen.«

»Vielleicht. Er war ein einfacher Soldat. Aber es bereichert einen mehr, wenn man es erzählt bekommt, so wie Jago es beinahe gemacht hätte. Worte können viel stärkere Regungen hervorrufen als das Sehen.«

Er sah mich gleichmütig an. Unter anderen Umständen hätte ich vielleicht gesagt, mitleidig.

»Worte können täuschen«, sagte er.

»Wollen Sie damit andeuten, dass Marisa mich getäuscht hat? Vielleicht habe ich Sie ja schon genug angewidert für einen Tag, aber ich darf Ihnen sagen, dass unsere Ehe schon immer sehr wortreich war. Wenn sie mich täuscht, dann sagt sie es mir.«

»Jetzt muss ich aber mal meine philosophische Enttäuschung über Sie zum Ausdruck bringen. Sie wissen so gut wie ich, dass Worte nicht immer Botschaften der Wahrheit sind. Sie können noch so ehrlich gemeint sein, das Trügerische gehört zu ihrem Wesen. Es erstaunt mich, dass Sie nie auf die Idee gekommen sind, Marisa könnte Sie in Bezug auf ihre Täuschungen getäuscht haben.«

»Das ist mir zu spitzfindig.«

Er zuckte die Schultern. »Dann können wir uns ja darauf einigen, dass wir uns mit unseren Spitzfindigkeiten gegenseitig übertroffen haben.«

Ich musterte ihn. Das Privileg des Gastgebers – einen ungebetenen Gast lange, anmaßend und widerstandslos ansehen zu dürfen. Ein hübscher Mann, Marius, keine Frage, aber trocken. Würde man ihn ausquetschen, es käme nichts heraus, nur ein bisschen Staub. Und wenn man genauer hinsah, wirkte er abgehärmt. Waren diese dunklen Augenringe, wie Ränder einer

Mondsichel, immer schon da gewesen? Muss der Blick in diese Augen Marisa nicht traurig gestimmt haben?

»Warum sind Sie hergekommen?«, fragte ich ihn.

»Um der alten Zeiten willen.«

»Wie ich sehe, wollen Sie siegreich aus diesem Duell hervorgehen. Nun, wie Sie wissen, bin ich leicht zu bezwingen.«

»Ich verrate Ihnen ein Geheimnis. Ich fühle mich nicht als Sieger. Und ich habe mich auch nicht bei dem armen Jim Hanley als Sieger gefühlt. *Amor vincit omnia*. Die Liebe richtet uns alle zugrunde.«

»Nur, wenn wir sie lassen.«

»Man spielt mit dem Tod, und das wissen Sie.«

»Ich würde eher sagen, man tanzt mit dem Tod. Mein Motto: Genieße den Tanz.«

»Das sind Ihre verdorbenen Vorstellungen von Liebe.«

»Und Klossowskis, nicht zu vergessen«, sagte ich, da er einen abschließenden Blick auf das Foto von Newton warf. »Sie werden sogar feststellen, dass die Hälfte aller Männer eher von meiner Fraktion ist – die Hälfte, die nicht Ihrer zuzurechnen ist. Eine andere Variante gibt es nicht. Ihre oder meine. Hammer oder Amboss. Finito.«

»Und wer, würden Sie sagen, hat mehr davon?«

»Das hängt von den Wertmaßstäben ab. Wenn es um Glückseligkeit geht, würde ich sagen, der Amboss. Der Hammer führt den Schlag, der Amboss fühlt den Schlag. Der Hammer handelt, der Amboss fühlt. Hammerschwinger malen keine Bilder oder schreiben Romane.«

»Romane, wie Henry James sie schreibt?«

»Romane eben. Kunst passiert auf dem Amboss, unter dem Hammer.«

»Hören Sie«, sagte er plötzlich und schlug einen gänzlich anderen Ton an, als wollte er auf das Gesagte nicht weiter eingehen, »verzeihen Sie, dass ich mich in Ihre Ehe einmische …«

Ich hätte mich verächtlich räuspern können, aber ich tat es nicht. Meine Stimmung war plötzlich auch umgeschlagen. »Das heißt«, sagte ich, »falls ich überhaupt eine Ehe führe – und wir wollen ja offen zueinander sein.«

Für einen Moment wendete er den Blick ab. Es war kein Thema, auf das er sich einlassen wollte. Schon seltsam, dass ein Mann mit deiner Frau schlafen und trotzdem diskret sein kann bei der Frage, ob man eine Ehe führt oder nicht.

»Was ich sagen wollte«, fuhr er fort. »Mein Ruf muss Sie nicht kümmern, aber Marisas Wohlergehen sollte Sie kümmern. Sie können mir eins auf die Nase geben, wenn Sie wollen – bestimmt meinen Sie, dass Sie sich das schuldig sind –, aber ich glaube – und als Gegenstand Ihrer Gespräche habe ich ein Recht dazu –, dass Sie weniger darauf achten sollten, was Sie von ihr hören wollen, als auf das, was sie Ihnen sagen möchte.«

»Was soll das heißen?«

Er nahm meine Hand und hielt sie länger als nötig fest. Schockierend, wie ich fand. Ich hielt die Luft an. So also fühlte sich Marius an. Würde er mich als Nächstes küssen? War er in ironischer Absicht gekommen, um mir die wenigen Informationen über ihn nachzuliefern, die ich noch nicht kannte, Marisa jedoch schon? Zum Beispiel das Gefühl seiner Körperlichkeit?

Doch wenn ja, dann war das alles, was er mir nachzuliefern gedachte. Die Antwort auf meine Frage blieb er mir schuldig.

»Worte täuschen«, wiederholte er. Dann war er fort.

Ich blieb noch lange sitzen und überlegte, was er eigentlich von mir gewollt hatte.

Das nächste Mal trafen wir uns – um es mal pathetisch auszudrücken – auf einem Friedhof.

*

Am Nachmittag darauf – den Zeitpunkt schrieb ich dem Zufall zu – rief Flops aus Richmond an, sie und Rowlie seien unterwegs zu mir, um ein paar Sachen von Marisa zu holen, ob ich es so einrichten könne, dass ich dann zu Hause sei.

»Dann ist sie also bei euch«, sagte ich. »Geht es ihr gut?«

»Wir reden nachher miteinander, Felix, wenn wir uns sehen.«

»Geht es ihr denn gut?«, wiederholte ich meine Frage, als ich den beiden die Tür öffnete.

Rowlie wich meinem Blick aus, Flops dagegen starrte mich an, als könnte sie mich nicht ausstehen. »Natürlich geht es ihr nicht gut«, sagte sie.

Ich nahm das als Hinweis auf den Kummer, für den ich der Grund war und der sich ihrer Halbschwester mitgeteilt haben musste. Wenn erst mal die Familie involviert ist, kann der Wunsch nach sexueller Ekstase, in welcher Form auch immer, nicht mehr plausibel vermittelt werden. Perversion ist kein Thema für Verwandte.

»Gut, dann packe ich mal ein paar Sachen für sie zusammen«, sagte ich etwas beschämt.

»Nein, Felix. Sie hat mich darum gebeten. Bitte, mach es nicht noch schwieriger für uns alle.«

»Uns alle?«

»Sie hat mir aufgeschrieben, was sie haben will und wo die Sachen liegen. Sie sagte, du würdest nichts dagegen haben.«

»Dagegen? Natürlich habe ich nichts dagegen. Für wen haltet ihr mich?«

Sie gab keine Antwort.

Rowlie blieb mit mir in der Küche. Wir sprachen kaum miteinander. Fast hatte ich den Eindruck, er sollte auf mich aufpassen, damit ich es für sie alle nicht noch schwieriger machte. Ich bot ihm Tee an. Er schüttelte den Kopf.

»Was Stärkeres?«

»Ich muss noch fahren.«

Und dann, als hätte der Klang der eigenen Stimme ihm Mut gemacht, sagte er: »Es steht nicht gut.«

»Was steht nicht gut?«

»Um Marisa.«

»Was ist mit Marisa?«

»Sie ist krank.« Er legte eine Hand auf meine Schulter. »Es tut mir leid.«

Und so erfuhr ich, dass die Ärzte einen bösartigen Tumor in Marisas Brust entdeckt hatten.

Sie hatte es mir mal vorausgesagt, kurz nachdem ich ihr die Sache mit dem kubanischen Arzt eröffnet hatte. Wir waren beide erschöpft, nach einer Nacht, in der sie mir ihre Geschichten erzählt hatte – ich erschöpft vor Seligkeit, sie vor grauen Reuegedanken so erschöpft, dass sie nicht schlafen konnte.

»Was soll aus uns werden?«, sagte sie.

»Wir werden alt werden und uns ewig lieben.«

»Wirklich? Auch wenn mein Körper Falten wirft und meine Knie kaputt sind?«

»Ich bin nicht wie er. Der alternde Körper stößt mich nicht ab.«

»Noch nicht.«

»Niemals.«

»Woher willst du das wissen?«

»Ich bin kein Mensch, der seine Meinung wie sein Hemd wechselt.«

»Genau das macht mir Angst, Felix. Du wirst immer noch derselbe sein, im Bett liegen und darauf warten, dass ich frühmorgens nach Hause gehinkt komme, mit Geschichten über Männer, die mir zu Füßen liegen. Aber ich werde nicht mehr dieselbe sein. Die Männer werden mir nicht mehr zu Füßen liegen, Felix.«

»Sie werden dir immer zu Füßen liegen, Marisa. Du besitzt das Geheimnis ewiger Schönheit.«

»Nein!«, rief sie und richtete sich im Bett auf. »Überhaupt kein Geheimnis besitze ich.« Sie nahm ihre Brüste in die Hand, genauso wie damals meine Tante Agatha, um alle Männer zu beschämen, die den Namen Quinn trugen. »Nicht die Männer werden schwach werden, Felix, sondern meine Brüste. Schwach und schlaff. So geht das im Leben. Und wenn das alles ist, dann hast du Glück gehabt. Dem musst du ins Auge sehen. Es kann alles Mögliche passieren. Was wird dann aus uns? Wie wird dir zumute sein, wenn die Chirurgen mit mir fertig sind?«

»Sprich mir nicht von Chirurgen.«

»Wie wird dir dann zumute sein, Felix?«

»Ich werde um dich besorgt sein. Was sonst?«

Sie zitterte, als wäre ein eisiger Sturm durch sie hindurchgefegt. »Das sagt sich so leicht. Aber für deine Bedürfnisse brauchst du mich unversehrt. Das ist für mich Tyrannei, Felix. Ich werde entschädigt, das will ich gar nicht leugnen. Und irgendwas muss es ja auch in mir ansprechen, sonst hätte ich dich längst sitzen lassen. Du hast mich zu stark beeinflusst. Das haben Männer immer. Da bin ich wie meine Mutter. Es ist nicht deine Schuld, Felix. Du hättest mich auf andere Weise beeinflussen können. Dir ein anderes Bild von mir zurechtlegen können. Als Mutter Teresa zum Beispiel, in der Rolle wäre ich aufgegangen. Aber was ich tue, das mache ich gründlich. Ich beklage mich nicht. Doch es wäre verrückt, wenn ich mir keine Sorgen machen würde, wo es enden wird.«

»Jedenfalls nicht unterm Messer. Wünsch uns keine Chirurgen an den Hals.«

»Siehst du! Wünsch *uns* keine Chirurgen an den Hals, sagst du. Dabei wäre ich diejenige, die sie aufschnippeln würden, nicht du. Aber schon siehst du dich als verstümmelt.«

»Ich spreche von meinen Gefühlen für dich, Marisa.«

»Das kann ja sein. Aber du denkst dabei auch an dein Begehren.«

»Jeder Mann und jede Frau muss bedenken, was für Auswirkungen die Chirurgie auf das Begehren hat.«

»Aber dein Begehren ist nicht typisch für einen Ehemann, Felix. Du würdest damit klarkommen müssen, welche Auswirkungen die Chirurgie auch auf das Begehren aller anderen Männer nach meinem Körper hat. Ich kann nicht behaupten, dass es manchmal nicht auch schmeichelhaft ist, in deinen Augen die Mätresse der ganzen Welt zu sein. Mit dieser Täuschung kann ich leben. Aber die Folge ist, dass ich am Ende als das Hutzelweib oder die Amputierte der ganzen Welt dastehe.«

»Marisa, was soll das!? Du bist eine junge Frau. Bis dahin hat sich die Welt längst aufgelöst oder in die Luft gejagt.«

»Bis dahin, Felix? Es könnte schon morgen sein.«

Mittlerweile war ich müde geworden, wie abgefüllt von dem, was sie mir über ihren Nachmittag mit Marius berichtet hatte, ihre makellosen Gliedmaßen mit seinen verschlungen, ihre Augen kullernd wie die einer Bacchantin, ihre Brüste in kaltem quecksilbrigem Schweiß gebadet.

Und jetzt bekam ich sie aus Rowlies Mund – die verdiente Strafe. Man beachte die Symmetrie und den Hohn: der kubanische Arzt, abermals an Marisas Bett, nur wetzte er diesmal das Skalpell eines Chirurgen. Aber – das ist das Problem bei verdienten Strafen – es war auch Marisas verdiente Strafe, eigentlich sogar viel eher Marisas als meine. Und was hatte sie verbrochen, um eine so schreckliche Vergeltung auf sich zu ziehen?

Mehr konnte ich Rowlie nicht entlocken. Als Flops mit einem Haufen Taschen und Schachteln die Treppe herunterkam, würdigte sie mich keines Blickes. Ich ging hinter ihr her aus dem Haus und sah ihr zu, wie sie das Auto belud. »Was ist jetzt?«, fragte ich. »Was passiert jetzt als Nächstes?«

»Sprichst du von dir?«, sagte sie in gebückter Haltung, den Kopf im Kofferraum.

»Nein. Von Marisa. Marisa. Was passiert jetzt? Wie kann ich sie sehen?«

»Gar nicht.«

»Entschuldige bitte«, sagte ich, »sie ist meine Frau.«

Ein hämisches Lachen war die Antwort. Ich bin mir absolut sicher, dass sie im Flüsterton schimpfte: »Und von wie vielen anderen Männern noch? Dank dir!«, aber es war nicht laut genug für eine scharfe Erwiderung meinerseits.

Rowlie saß schon am Steuer. »Schick ihr eine SMS«, sagte er kumpelhaft, als wollte er uns dabei helfen durchzubrennen.

»SMS! Ich scheiß auf SMS!«

Aber ich rief es schon dem abfahrenden Auto hinterher.

Ich versuchte, Marisa über ihr Handy zu erreichen, aber es war abgeschaltet. Ich rief Flops' Nummer zu Hause an; vielleicht war Marisa da, aber sie ging nicht ran. Ich überlegte, ob ich mit einem Taxi nach Richmond fahren sollte, nahm dann aber doch davon Abstand; falls Marisa wirklich ernsthaft krank war, hätte es wenig Sinn, wenn ich ihr eine Szene machte. Also schickte ich ihr eine SMS: »Was kann ich tun, Darling?«

Ein Stunde später kam die Antwort: »Nichts, Darling.«

Es war, als wäre mit den Worten ein Vorhang gefallen, ein Vorhang aus Tränen. Ich versuchte nicht einmal, dagegen anzublinzeln. Ich erlag ihnen, als wären sie mir prophezeit gewesen, Tränen aus einem anderen Leben, die auf mich gewartet hatten. Ich legte mich auf unser Bett und schloss die Augen. Subspace im Exzess.

Als ich die Augen wieder öffnete, war es draußen dunkel. Gerne hätte ich noch mal die SMS gelesen, aber ich traute mich nicht. Sie hatte Darling zu mir gesagt, immerhin, das war doch etwas, sogar mehr als etwas; aber sie hatte mir auch gesagt, ich könne nichts tun, und das war weniger als nichts.

»Nichts, Darling.« Nichts – in dem Sinn, dass sie nichts von mir wollte? Nichts – in dem Sinn, dass *ich* nichts tun konnte, ganz gleich, ob ihr meine Hilfe recht gewesen wäre oder nicht? Oder nichts in dem Sinn, dass überhaupt niemand etwas für sie tun könne? Wie immer man es las, die Endgültigkeit war nicht auszuhalten.

*

Für mich gibt es zwei Arten von Tod. Es gibt den Tod der Männer, und es gibt den Tod der Frauen, und der Tod von Frauen ist unendlich schmerzvoller zu verkraften. Ich weinte noch um meine Mutter, als mein Vater ihren Namen längst vergessen hatte. »Reiß dich zusammen«, sagte er, als er meinen Anblick und den Anblick meiner Tränen nicht länger ertragen konnte. »Heb dir noch ein bisschen Trauer für mich auf.«

»Du bist nur ein Mann«, sagte ich.

»Ich bin dein Vater.«

»Ein Vater ist nicht die Mutter.«

»Sterben muss ich trotzdem.«

»Ja, aber ich nicht deswegen trauern.«

Ich hatte immer gewusst, dass ich den Tod meiner Mutter nicht gut verkraften würde. Zu lange schon hatte ich mich darauf vorbereitet. Solange ich denken kann, war ich wie besessen von dem Gedanken an dieses tieftraurige Ereignis – nicht nur den Tod meiner Mutter, wann immer er sich ereignete, sondern den Tod von Frauen überhaupt. Auch unter allen anderen Frauen, denen ich später im Leben begegnete, gab es keine, deren Tod ich nicht voraussah und um die ich nicht im Voraus trauerte. Noch heute laufen Frauen durch die Welt, blühend und mit frischen Wangen, die keine Ahnung haben, dass ich schon vor Jahren an ihrem Sarg zusammengebrochen bin.

Das hängt zweifellos mit meiner Konstitution zusammen. Freud beschreibt die passiv-masochistische Verfassung als eine, in welcher der Sohn den Platz der Mutter einnimmt und sich die Liebe des Vaters wünscht. Schwer zu glauben bei einem Vater wie meinem, aber so funktioniert nun mal das Unterbewusstsein. Wenn Freud recht hatte, dann trauerte ich um eine Frau, die ich bereits getötet hatte oder die zu töten ich beabsichtigte.

Aber es musste noch eine andere Bühne des Lebens geben, auf der ich von meiner Mutter abrückte, nicht indem ich sie tötete, sondern indem ich sie verunglimpfte. Trauere um sie, schick sie auf den Strich. Schick sie auf den Strich, trauere um sie. Wer sagt, was zuerst da war, und wo die Ursachen sind?

Ich weiß nur, dass Begehren bei mir immer erfüllt ist von Traurigkeit – ganz gleich, ob ich nun in die Rolle der Mutter schlüpfen oder ob ich die Mutter beschmutzen wollte. Kaum hatte ich mich in eine Frau verliebt, stellte ich mir auch schon ihren Tod vor.

In den folgenden Wochen lebte ich hinter dem Tränenvorhang, der sich mit Marisas SMS gesenkt hatte. Ich ging nicht zur Arbeit. Ich verließ kaum das Haus. Zehnmal am Tag rief ich in Richmond an, aber erwischte immer nur den Anrufbeantworter. Ich hinterließ Nachrichten, die aber nicht beantwortet wurden. Ich scheute mich, Marisas Handy anzurufen, weil ich wusste, dass ich zusammenbrechen würde, wenn ich ihre Stimme hörte. Das würde ihr auch nicht weiterhelfen. Weitere SMS zu schicken, ließ ich aus Angst bleiben; noch so eine wie die letzte, und ich wäre ein toter Mann.

Schließlich kam eine SMS von ihr. »Gehe heute ins Krankenhaus. Denke, dass ich überlebe. Alles Liebe, M.«

»Welches Krankenhaus?«, schrieb ich zurück.

»Brauchst du nicht zu wissen.«

»Ich bin dein Mann. Ich muss bei dir sein.«

»Du bist zu schwach.«

»Schwach?«

Schwach!

»Das muss ich schon selbst entscheiden.«

»Nein.«

Von mir aus hätte ich so weitermachen können. Ich hatte sogar schon »Wieso nein???« eingetippt, bevor ich es mir anders überlegte. Eine kranke Frau, die kurz vor einer Operation steht, kann nicht eine SMS nach der anderen schreiben.

Den halben Tag ließ ich in morbidem Selbstmitleid verstreichen – kramte in den Sachen von ihr, die mir noch geblieben waren, sah mir alte Fotos an, las in alten Briefen, gab mir die Schuld an allem, stellte mir ein Leben ohne sie vor, genauso wie ich mir ein Leben ohne meine Mutter vorgestellt hatte, und alle anderen Frauen, an denen mir je in meinem Leben etwas gelegen war, und verkroch mich dann wieder hinter meinen Tränenvorhang. Am Nachmittag riss ich mich endlich zusammen, durchsuchte das Telefonbuch und rief systematisch alle Krankenhäuser in London an, um herauszufinden, in welchem Marisa aufgenommen worden war. Schließlich spürte ich sie auf, in einer Privatklinik in Kingston. Mittlerweile war es fast Mitternacht. Als ich der Krankenschwester sagte, ich sei Marisa Quinns Ehemann, sagte sie mir erstaunt, die Operation sei erst für übermorgen angesetzt. »Ich bin nicht in London«, erklärte ich, was sie noch mehr erstaunte.

Ich fragte, ob ich sie sprechen könne, aber es hieß, sie schlafe gerade. Das fand ich beruhigend. Sie hätte meine Stimme jetzt bestimmt nicht hören wollen, und ich ihre bestimmt nicht ausgehalten, dazu war ich nicht Manns genug.

Am nächsten Morgen schickte ich ihr mit einem Taxi eine Ladung Blumen auf die Station. Kaum war das Taxi losgefahren, sprang ich in das nächste und sagte dem Fahrer, er solle dem ersten folgen. Als ich in Putney ankam, sah ich meinen Fehler ein und konnte den Fahrer dazu bewegen umzukehren. Was sollte ich im Krankenhaus tun, wenn Marisa mich nicht sehen wollte? Und ich wusste ja, dass sie mich nicht sehen wollte. Im Wartezimmer abhängen? Flops über den Weg laufen? Rumsitzen, den Kopf zwischen den Knien, und den Tod riechen?

Marisa hatte recht. Ich war zu schwach.

Oft genug hatten wir darüber gestritten. »Mit dir geht's mir gut, Felix, aber weiß der Himmel, wie du dich in einem Notfall verhalten würdest«, hatte sie gesagt.

»Ich würde mich hinter dich stellen«, hatte ich geantwortet.

»Genau«, hatte sie gesagt, aber nicht gelacht dabei.

Einmal hatte sie sich beim Gemüseschnippeln in den Finger geschnitten. »Ruf einen Krankenwagen«, sagte sie seelenruhig.

Als ich das Unglück sah, wurde ich ohnmächtig. Sie rief selbst den Krankenwagen.

Ich war zu schwach.

Schwach sein gehörte natürlich zu meiner Konstitution – keiner wusste das besser als ich. Wie alle Masochisten zog ich mir Schmerz zu, um ihn dann zu kontrollieren. Mein ganzes Leben war ein Protest gegen den blinden Zufall und die Böswilligkeit echter Grausamkeit, die willkürlich zuschlagen kann, wann und wo sie will. Denen, die mich der Grausamkeit gegen Marisa bezichtigen, sei gesagt: Ich habe sie damit auch vor den bitteren Eventualitäten des Lebens zu schützen versucht. Und dennoch, wenn sich diese bitteren Eventualitäten der Kunst entzogen, die ich daraus machte, dann wurde ich damit nicht fertig.

Was hatte ich nicht für Ambitionen hinsichtlich unserer Ehe gehabt! In ein grandioses Abenteuer wollte ich uns stürzen, weit weg von der Furchtsamkeit der normalen Ehe. Und dann wurde ich nicht einmal mit der gängigsten aller Eventualitäten des Lebens fertig. Vor Jahren, in einem Café in San Francisco, bei der Lektüre von Charles Bukowskis *Aufzeichnungen eines Außenseiters,* hatte mich das große tragikomische Kneipengejammer des frustrierten Mannes betroffen gemacht: »Als einzelner Mensch konnte ich den Lauf der Sexualgeschichte nicht ändern. Dazu reichte es bei mir einfach nicht.« Warum mich das so betroffen gemacht hatte? Ich weiß es nicht. Ich hatte damals nicht vorgehabt, den Lauf der Sexualgeschichte zu ändern. Diesen Ehrgeiz entwickelte ich erst, als mein Blick auf Marisa fiel, beziehungsweise auf die vielen anderen, deren Blick auf Marisa fiel. Aber der Lehrsatz des eigenen Scheiterns wurmt sich ein, wenn man spürt, wonach man sucht. Und meiner lautete: »Dazu reichte es bei mir einfach nicht.«

Nie würde ich den Lauf der Sexualgeschichte ändern, und nie würde ich Marisa bei ihren Schnittverletzungen am Finger helfen. Immer würde ich zu schwach sein.

Aber man muss stark sein, oder? Wenn die eigene Frau das hat, was Marisa hatte.

Aus einem spontanen Impuls heraus, der mich selbst überraschte und entsetzte, begab ich mich auf die Suche nach Marius. Nicht, weil ich wollte – jedenfalls nicht bewusst –, dass er das Starksein für mich übernahm, sondern weil ich fand, dass er Bescheid wissen sollte. So legte ich es mir jedenfalls zurecht.

Und wenn man es ihm längst gesagt hatte? Wenn er just in dem Moment, als meine Blumen überbracht wurden, an Marisas Bett saß? Wenn er ihr von unserem Gespräch erzählte, oder wenn sie gemeinsam überlegten, wohin sie fliehen sollten, wenn sie wieder gesund war?

Die Fragen waren mir unangenehm. Ich fand sie den Umständen nicht angemessen. Tod und Begehren mochten eng miteinander verknüpft sein bei mir, wie bei jedem Perversen, aber der Tod hatte auch ein Recht, sich einen eigenen Raum zu erobern. Manchmal muss man den Tod einfach nur in Ruhe lassen.

Marius öffnete nicht auf mein Klingeln, und als ich in dem Knopfgeschäft nach ihm fragte, hieß es, er sei weg.

»Weggegangen?«

»Nein, weggezogen. Gestern hat ein Immobilienmakler Fotos von der Wohnung gemacht.«

Mein Herzschlag setzte aus.

»Wissen Sie, wohin er gezogen ist?«, fragte ich. Wenn die Verkäuferin jetzt Richmond sagte, würde ich die Beherrschung verlieren. Aus Angst davor, die Regale mit den Knopfschachteln umzustoßen, wenn ich in Ohnmacht fiel, hielt ich mich an einem der Tische fest.

Das Mädchen, das meine Fragen beantwortete, hatte ich vorher noch nie hier gesehen. Sie war neu hier. Alle in London waren neu hier. Sie rief in die hinteren Räume des Ladens, eine Stimme erwiderte: »Ich glaube, Shropshire. Er sagte, er würde wieder dahin zurückgehen, wo er vorher gelebt hat. Ich bin mir sicher, dass es Shropshire ist. Ja, genau, Shropshire. Er hat uns eine Nachsendeadresse dagelassen, wenn Sie sie haben wollen. Sind Sie ein Freund?«

Ein Freund? Absurd. Ich kam mir vor wie die letzte Ratte auf einem sinkenden Schiff.

*

Ich wurde Eremit.

Ich schloss die Fenster, zog die Vorhänge zu und wartete auf Nachricht. Hätte ich auf Instruktionen gewartet, ich hätte mich nicht passiver verhalten können.

Jede Erinnerung an ein Begehren verblasste. Und mit der Erinnerung jede Vorfreude auf ein Begehren. Die Hinterlassenschaft des Cuckolds, der seinen Partner anderen überlässt: Danach kommt nichts mehr. Freudlos und schändlich, daran zurückzudenken, was ich auf der Höhe meines gottlosen Entzückens für Marisa empfand, als sie in gesunder Blüte stand; freudloser und noch schändlicher gar, ihr zu wünschen, sie möge wieder gesund werden, damit sie mir diese Lust erneut bereiten konnte. Und wenn nicht sie, wer dann? Wen könnte ich neben ihr begehren? Welche Form der Erotik kam der unsrigen auch nur annähernd gleich?

Ja, ich dachte zu viel an mich selbst. Aber jeder Tag begann mit dem Gedanken an Marisa. Jeden Morgen fasste ich den festen Entschluss, nach Richmond zu fahren. Ich würde über den Zaun klettern, der das Haus meiner Schwägerin umgab; oder ich würde einen Angriff vom Wasser aus unternehmen, Flops' Haus ging zur Themse hinaus; wer sollte mich daran hindern, einen Kahn oder ein Motorboot zu chartern und Marisa mit einem Megafon zu rufen? Oder die Hauswände zu erklimmen und sie mit Gewalt zu befreien? Über den Entschluss kam ich nie hinaus. Die Tatsache, dass ich mir solche absurden Übergriffe ausmalte, bewies nur, wie absurd mir jegliche Aktion vorkam.

Alle Pläne, die ich mir ausdachte, endeten in einer Farce. Ich war schon immer der Ansicht, dass alle komischen Helden der Literatur notgedrungen Anhänger von Sacher-Masoch waren. Der Figur de Sades oder dem sadistischen Impuls ist noch nie eine Komödie entsprungen. Grausame Satire, das schon, aber Satire ist nicht das Gleiche wie Komödie. War der Beweis für die Harmlosigkeit des Romans – ich spreche vom klassischen Roman, den ich besonders schätze – nicht die Bereitschaft des Autors, seinen Helden als Clown zu zeichnen? Nicht, um ihn mit seiner Clownerie zu strafen, sondern um darin zu schwelgen. Keiner der großen Clowns, der nicht im Grund seiner Seele Masochist war, und nur wenige folglich keine Cuckolds. Warum also war ich nicht bereit, die Logik meiner Natur auszuleben und eine Dummheit zu riskieren, wenn sie mir gerade in den Sinn kam? Warum kletterte ich nicht an der Dachrinne des Krankenhauses hoch und riss Marisa aus ihrem Bett? Warum entstieg ich nicht triefend nass der Themse und ließ es auf eine Keilerei mit Flops und Rowlie und möglicherweise sogar ihren Kindern auf ihrem Rasen ankommen? Damit ich vom Dach fiel, mir alle Knochen brach und selbst ins Krankenhaus eingeliefert werden musste? Damit mich Flops' Jüngstes mit einem einzigen Nierenhaken niederstreckte? Na und?

Ich war zu passiv geworden, sogar für einen Clown, deswegen blieb ich zu Hause, und deswegen blieben die Vorhänge geschlossen. Ich, der Gehörnte, hatte mich mit meiner närrischen Berufung selbst betrogen. Ich musste mich darauf beschränken, die Würde meiner Traurigkeit zu bewahren.

Dafür ist es ein bisschen zu spät, Felix, dachte ich. Aber eigentlich war es für alles ein bisschen zu spät.

Die Operation verlief so gut, wie man es von solchen Operationen erwarten kann. Marisa erholte sich in Richmond, und Rowlie war so freundlich, mich anzurufen und mir die Einzelheiten zu erläutern, aber ich begriff nichts oder wollte nichts begreifen. Ich wollte mir meine Marisa nicht anders vorstellen müssen als so, wie ich sie kannte. Unversehrt und gefährlich. Wieder also hatte sie mich durchschaut. Lange bevor Chirurgen irgendeine Rolle in ihrem Leben spielten, hatte sie mich gefragt: »Wie wird es dir gehen, wenn die Chirurgen mit mir fertig sind?« Und meine Antwort hatte gelautet: »Bestens.« Aber sie hatte recht daran getan, mir nicht zu glauben. Bestens ging es mir nur, solange ich nichts wusste.

Sie schrieb mir ein paar SMS.

»Alles halbwegs o.k.«, lautete die erste.

»Bitte nicht«, lautete die zweite. Es war die Antwort auf meine SMS an sie: »Absurd dies alles. Komme dich besuchen.«

Einmal rief sie mich an. Wir weinten beide ein bisschen. Das heißt, nein, ich weinte viel. »Wer weiß?«, das war die wesentliche Aussage. Wer weiß, wie gut es ihr ging oder wie gut es späterhin gehen würde. Aber sie sei nicht mehr dieselbe wie früher. Sie fühle sich schrecklich, und sie sehe noch schlimmer aus.

»Wetten, nicht?«, sagte ich.

»Doch. Und du? Was ist mit dir? Sorgst du gut für dich?«

»Natürlich nicht. Es gibt mich nicht, wenn du nicht da bist. Um wen soll ich mich da kümmern? Wann kommst du nach Hause?«

»So was darfst du mich nicht fragen, Felix.«

»Na gut. Wann kann ich dich besuchen kommen?«

»Das darfst du mich auch nicht fragen.«

Meine Strafe. Stell mir keine Fragen.

War das eine Prüfung? Wollte sie meine Entschlusskraft auf die Probe stellen? Setz deinen Willen durch, Felix. Setz deinen Willen gegen mich durch. Wenn das eine Prüfung sein sollte, dann fiel ich durch. Worum sie mich auch bat, ich tat es. Passiv. Mein Versagen, wie immer. Ein passiver Ehemann, wo sie einen aktiven gebraucht hätte.

Meine Strafe war das Einzige, was ich wie ein Mann auf mich nahm.

Natürlich sagte ich ihr, dass ich sie liebte und sie mir fehlte. Dass ich mir niemals verzeihen würde, nicht an ihrer Seite gewesen zu sein, als sie mich brauchte. Sie sagte, ich solle mir deswegen keine Vorwürfe machen. Es sei ihre Entscheidung. Und, ja, sie liebe mich. Aber sie sagte nicht, dass ich ihr fehle. Was ich so verstand, dass ich ihr tatsächlich nicht fehlte.

»Wie lange willst du das noch durchhalten?«, wollte ich von ihr wissen.

»Das darfst du mich nicht fragen.«

»Weil du es nicht weißt? Oder weil du meinst, ich würde die Antwort nicht ertragen?«

»Frag nicht.«

War es meine Aufgabe, ihr zu sagen, dass Marius umgezogen war, zurück nach Shropshire, an den Ort, wo er die schlimmste Zeit seines Lebens verbracht hatte? Aber ich musste wohl davon ausgehen, dass sie es bereits wusste.

»Sonst noch von jemandem gehört?«, fragte ich beiläufig.

Aber sie ließ sich nicht täuschen. Es trat Schweigen ein, und im weiteren Verlauf stellte ich mir vor, dass sie den Telefonhörer in einigem Abstand vom Ohr hielt, um die Toxine abtropfen zu lassen, dort, wo sie ihrem ohnehin schon vergifteten Körper nicht weiter schaden konnten. »Das«, sagte sie nach einiger Zeit, »ist der Grund, warum ich nicht nach Hause zurückkehren kann.«

Ich konnte mich nicht verändern – deswegen kam sie nicht zu mir zurück. Ich saß mit mir da. Wie Marius, glaubte ich, mit seiner Vier-Uhr-Manie dasaß, und ich, glaubte Marisa, mit meiner Vorstellung von Marius. Das war nicht der Fall, aber ich konnte nachvollziehen, dass es so wirken musste. Ich saß bloß mit mir da, und dieses Wesen brauchte einen Marius, das war nicht dasselbe.

Wie gerne hätte ich ihr zugerufen: »Ich werde mich ändern, Marisa«, und hätte es auch ernst gemeint. Aber ein Perverser, der seinen Ruf wert ist, weiß, dass genau darin seine Perversion liegt – nicht darin, dass er minderjährigen Schülerinnen hinterherrennt oder andere Männer auffordert, Geschlechtsverkehr mit seiner Frau zu haben und ihr Kinder zu machen, vorzugsweise schwarze, sondern in seiner Unveränderlichkeit. Nicht in der Bedrohung, die seine Obsession darstellt, sondern in ihrer Monotonie.

»Da kann ich gleich zum Eremiten werden, Marisa«, sagte ich. »Wenn ich dich schon nicht sehen darf. Oder wenigstens weiß, ab wann ich mich freuen kann, dich wiederzusehen.«

»Du hättest sowieso keine Freude an mir. Du würdest damit nicht fertigwerden. Ich kann mir auch nicht vorstellen, wie du als Eremit zurechtkommen willst. Dafür redest du viel zu gerne.«

»Dann ruf mich an und sprich mit mir.«

»Nein, Felix. Du musst versuchen, ohne mich auszukommen. Du wirst scheitern, aber du musst es wenigstens versuchen.«

»Dann werde ich dir beweisen, dass du dich irrst«, sagte ich.

Und das tat ich. Ich schloss mich ein und wechselte mit niemandem ein Wort.

*

Dulcie ausgenommen. Ein paar Mal die Woche kam sie mit der Post zu mir nach Hause.

»Ich mache mir Sorgen«, sagte sie.

»Um das Geschäft oder um mich?«

»Beides. Aber hauptsächlich um Sie.«

»Nicht nötig. Ich sitze meine Strafe ab.«

»Bis wann?«

»Fragen Sie mich nicht.«

Sie lud mich zum Abendessen ein, aber ich schlug die Einladung aus. »Ich will nicht reden müssen«, sagte ich.

Nur einmal ging ich auf einen ihrer Vorschläge ein. Eine Schubert-Matinee mit anschließendem Sherryempfang in der Wigmore Hall. Keine Lieder. Das hätte ich an einem öffentlichen Ort nicht riskiert. Nur wortlose Kammermusik. Sie hatte eine

Karte für mich. »Gehen Sie auch hin?«, fragte ich sie. Ja. »Dann sprechen Sie mich nicht an, wenn Sie mich sehen. Ich habe aufgehört, mich mit Menschen zu unterhalten.«

Ich hörte auch keine Musik mehr. Las nicht mehr. Kunst ist gut, um ein hartes Herz zu erweichen. Aber wenn man schon zu Brei geworden ist, hilft auch keine Kunst mehr. Man braucht Stille. Eine wortlose Dunkelheit …

Es war also nicht gerade klug, das Risiko einzugehen, mir Schuberts Streichquintett in C-Dur anzuhören, auch wenn es wortlos war. Für einen so geschwächten Menschen wie mich war jedes Cello zu viel. Ich vergrub das Gesicht in den Händen und weinte durch alle Sätze hindurch. Mir fiel ein, dass Dulcie in ebendiesem Raum schon Marius und Marisa gemeinsam hatte weinen sehen. Bei dem Gedanken musste ich noch mehr weinen. Ich weinte aus Eifersucht, weil die Vorstellung, dass die eigene Frau um einen anderen Mann weint, unerträglich ist, viel unerträglicher als die Vorstellung, er würde sich an jeder einzelnen Pore ihres schönen Körpers erfreuen. Aber noch mehr weinte ich aus ganz normaler Trauer. Der Trauer, die bleibt, wenn die Eifersucht keine Nahrung mehr bekommt.

Ich hatte nicht die Absicht, noch auf den anschließenden Sherryempfang zu gehen. Auf dem Weg nach draußen erblickte ich Dulcie, Lionel und, wie ich vermutete, den Elektriker, die für ihren Sherry anstanden. Gut möglich, dass ich sie nicht gesehen hätte, wenn sie nicht etwas ausgestrahlt hätten, das mir nur zu bekannt war. Euphorie – wenn das Kind einen Namen haben soll.

Jeder andere, der die drei beobachtet hätte, hätte gesagt, der Elektriker sei der Ehemann und Lionel der Freund, aber ich wusste, worauf ich achten musste. Kein »Freund« würde ständig so um die beiden herumkreisen wie Lionel. Kein Freund würde so aufmerksam die Blicke verfolgen, die das verheiratete Paar wechselte, den geringsten Körperkontakt zwischen den beiden registrieren, kein Freund könnte die Temperatur des Luftstroms bemessen, der zwischen den Gesichtern der beiden hin und her floss. Lionel hielt sich zurück und beobachtete, und ich hielt mich zurück und beobachtete Lionel. Ich konnte nicht erkennen, ob Dulcie ihr Fußkettchen angelegt hatte oder nicht, denn sie trug schwarze Boots zu ihrem langen Mantel, aber sie war jetzt tatsächlich eine scharfe Braut und nicht auf das Symbol angewiesen. Sie lachte und sah aus, als würde sie geliebt. Der Elektriker reichte ihr den Sherry, und sie hob das Glas, prostete keinem Besonderen zu, sondern der ganzen Welt.

Der Elektriker musste sie angenehm überrascht haben, als sie ihn kennenlernte, denn er hatte etwas von einem Gentleman-Farmer an sich, rotbäckig, enthusiastisch, treu wie seine eigenen Hunde. Zwischen den Männern schienen keine Spannungen zu herrschen. Lionel und er waren wie zwei Freunde, die einen Picknickausflug machten, und Dulcie war ihr Picknick. Und außer als Erster an den Fresskorb gelassen zu werden, verlangte der Elektriker kein Privileg, das nicht auch Lionel zugestanden wurde. Wenn Lionel sich zurückhielt, dann war das Lionels Sache.

Lionel umgab der milchige Schimmer der Wehrlosigkeit, den andere in der Anfangszeit, als ich noch nicht wusste, was Marisa trieb, auch an mir festgestellt hatten. Man erwartete es nicht bei so einem einfachen Menschen wie Lionel, aber er war wie verklärt, es gab kein anderes Wort dafür: Auf ihm lag ein Licht, als hätte ihn ein Engel heimgesucht. Aus einem Mann war ein Phantom geworden; befreit von seinem eigenen Willen, schwebte er um Dulcie und ihren Liebhaber herum und geleitete sie wie aus einer anderen Dimension. Ich sah ihnen zu, wie sie sich in der Menge der Musikfreunde verloren, wie selbstvergessen.

Ich glaube nicht, dass sie mich bemerkt hatten. Und wenn doch, mussten sie glauben, sie hätten ein Gespenst gesehen.

Zwei Jahre gingen ins Land. In der Zeit sah ich Marisa kein einziges Mal. Gelegentlich rief sie mich an, aber jeder Anruf war schmerzlicher als der vorherige. Nicht zuletzt, weil wir merkten, wie wir uns an unsere Entfremdung gewöhnten. Eines Tages würden wir einfach akzeptieren, dass wir uns nie wieder in die Augen sehen würden.

»Es ist lange her, dass ich dich gesehen habe«, sagte ich ihr einmal. »Weißt du, wovor ich am meisten Angst habe? Dass ich dich gar nicht wiedererkennen würde, wenn wir uns zufällig auf der Straße begegnen würden.«

»Würdest du auch nicht«, sagte sie.

»Was? Dir auf der Straße begegnen?«

»Mich wiedererkennen.«

Zweimal noch musste sie ins Krankenhaus. Ich bat sie inständig, sie besuchen zu dürfen, und sie bat mich inständig, es nicht zu tun. Ihre Bitte war stärker und gerechtfertigter als meine.

»Halbwegs o.k.«, lauteten beide Male ihre SMS. »Danke für die Blumen.«

Meine Frage, wie es ihr wirklich ging, ließ sie jedes Mal unbeantwortet, weil sie fest davon überzeugt war, dass ich es nicht verkraften würde, wenn ich es wüsste.

»Sag mir, sag mir …« Aber sie sagte mir nichts.

Ich wusste nur, dass sie müde war. Müdigkeit kann man heraushören.

Auf der Beerdigung regnete es. Ein trübsinniger, triefnasser Morgen, an dem man lieber tot als lebendig wäre. Bis heute weiß ich nicht, was leichter zu ertragen ist auf Beerdigungen, Sonne oder Regen. Für die Toten jedenfalls ist Hitze bei Weitem grausamer als Nässe, für die Trauergäste ist es egal, das heißt, je nachdem welche Hoffnungen auf ein neues Leben sie haben.

Es waren wenige Leute auf der Beerdigung, und ich erkannte nur zwei unter ihnen. Ich selbst hielt mich eigentlich ganz tapfer, fand ich, für jemanden, der seit zwei Jahren wie hinter einem Tränenschleier lebte. Andererseits hatte Marius mir auch nie besonders nahegestanden.

Er war beim Wandern in den Brecon Beacons zu Tode gekommen. Er hatte sich verlaufen und einen Herzinfarkt erlitten. So weit die offizielle Version. Anscheinend war sein Herz nie besonders robust gewesen, und Müdigkeit und Unterkühlung hatten ihm den Rest gegeben. Meiner Ansicht nach, die sich aber auf keine Beweise stützt, war er einfach losgewandert eines Tages, als es sich noch weniger als sonst lohnte weiterzuleben, mit dem festen Willen, in den Tod zu gehen. Welchen Tag er sich auch ausgesucht hatte, sicher bin ich mir nur über den Zeitpunkt, vier Uhr, das Licht des Tages noch nicht verbraucht, die Triebwerke des Abends gerade erst angelaufen. Die Stunde des Tages, an dem Männer davon träumen, an einem anderen Ort zu sein.

Ort und Zeit der Beerdigung hatte Marisa über einen Freund von Marius erfahren, von dessen Existenz sie nichts wusste, er jedoch von ihrer. Marius, hatte er ihr erklärt, habe sie sehr gerngehabt. Sie sei sein zweites, und, ergänzte er, sein letztes großes Abenteuer gewesen. Daraufhin hatte Marisa mich angerufen.

»O Gott!«, sagte ich.

»Ja.«

»Mein Gott!«

Mein Gott – weil er gestorben war, aber auch wegen allem anderen. Mein Gott – weil er auf diese Weise gestorben war; weil er Wanderer geworden war; weil sein Herz nie ganz gesund gewesen war. Mein Gott – weil er auf demselben Friedhof bestattet werden sollte, auf dem auch Elspeth und ihr Mann lagen. Wessen Idee das wohl gewesen war?, fragte ich mich. Hatte Marius ein Testament hinterlassen, mit dem ausdrücklichen Wunsch, in ihrer Nähe beerdigt zu werden? Ich hätte viele Fragen gehabt an Marisa, aber musste akzeptieren, dass ich kein Recht hatte, Fragen zu stellen. So wie ich gleichfalls akzeptierte, dass ich kein Recht hatte, sie zu fragen, wie sehr die Nachricht sie mitgenommen habe.

Wir schwiegen uns am Telefon an. »Du brauchst nicht zu kommen«, sagte sie schließlich. »Und irgendwie finde ich auch, dass du da nicht hingehörst. Andererseits …«

»Andererseits – was …?«

»Es zieht einen Schlussstrich unter ein gemeinsames Kapitel.«

»Ich dachte, wir hätten schon einen Schlussstrich unter ein gemeinsames Kapitel gezogen.«

»Dann komm nicht.«

»Doch, ich komme.«

»Gut. Nur noch eins, Felix.«

»Ich soll nicht auf dich zugehen und dich ansprechen? Nicht so tun, als würde ich dich kennen? Keine Fragen stellen?«

»Erschrick nicht über mein Aussehen.«

Wir fuhren nicht zusammen nach Shropshire, obwohl ich den Weg zu dem Friedhof kannte, sie nicht. Aber ich warnte sie vor dem stürmischen Wrekin und riet ihr, Stiefel anzuziehen.

Wenn ich sage, ich hielt mich erstaunlich tapfer, dann meinte ich damit nur meine Haltung am Grab. In dem Moment, als ich Marisa sah, bekam ich weiche Knie. Ich muss so leichenblass geworden sein wie der arme Marius.

Marisa stand neben einem Mann, der der alte Freund sein musste, den Marius nie erwähnt hatte, ein Mann mit einer außergewöhnlich roten Gesichtsfarbe, seefahrerhaft. Wen Marius so alles gekannt hatte! Marisa winkte mir zu – eine zaghafte, zerbrechliche, zitternde Geste, die ich nicht verstand, fast wie das Wedeln eines Menschen, der Mücken verscheuchen will, bloß gab es hier überhaupt keine Mücken. Ich vermochte die Bedeutung nicht zu erschließen. Bleib da? Komm her? Wir treffen uns um vier hinter den Grabsteinen? Ich winkte zurück. Sie trug einen langen schwarzen Mantel, einen schwarzen Hut, einen schwarzen Schleier. Wer trägt heute noch schwarze Schleier auf Beerdigungen? Überhaupt schwarz. Wer trägt heute noch Schwarz? Hatte Elspeth einen schwarzen Schleier auf der Beerdigung ihres Mannes getragen? Ich glaube, nicht. Aber ich erinnere mich, dass sie wie eine entehrte Frau aus einem viktorianischen Roman ausgesehen hatte, die sich eines weit zurückliegenden und nie wiedergutzumachenden Fehltritts bewusst war. Und Marisa erschien mir noch mehr wie die Mätresse, der an so einem Ort des Aberglaubens alle irgendwie die Schuld an Marius' Tod geben würden.

Als alles vorbei war, die Erde in die Grube geworfen, die letzten Worte gesprochen, gingen wir zögernd aufeinander zu.

»Verrückt, sich hier zu treffen«, sagte ich.

Was hätte ich sonst sagen sollen? Wie schwer es für sie war, konnte ich sie schlecht fragen. Ich konnte nicht meine Stimme senken und sagen: »Es tut mir ja so leid, meine Liebe.«

»Guck mich nicht an«, sagte sie.

Ich schüttelte den Kopf und lachte. »Ich bitte dich, Marisa. Du bist schön. Du bist immer schön.«

Aber ich wusste nicht, ob ich sie umarmen sollte. Ich hatte Angst, sie in die Arme zu schließen. Ich war unsicher. War noch alles an ihr dran? Wo hatte sie Schmerzen? Welche Stellen durfte ich nicht berühren? Welche Stellen durfte man überhaupt nicht berühren?

Sie hob den Schleier und hielt mir ihre Lippen hin. Sie waren kalt im Regen. In ihrem Gesicht hatte sich etwas verändert, aber ich hätte nicht genau sagen können, was. Vielleicht war es ein bisschen schmaler geworden. Das Grau unter ihren Augen vielleicht ein bisschen deutlicher, als wäre die Tragödie, die ihre Miene stets vorwegzunehmen schien, jetzt endlich eingetreten.

Das war wohl der größte Schock – dass sie jetzt ihrem Alter entsprach, nicht länger hinterherhechelte oder sich für spätere Zeiten schonte. Sie hatte ihr Leben in Besitz genommen.

Aber vielleicht hatte sie auch schon so ausgesehen, als wir uns das letzte Mal trafen, und mir war es nur nicht aufgefallen. Es war so lange her, dass ich sie zuletzt gesehen hatte.

»Komm nach Hause«, sagte ich.

Ihre Kehle machte ein knackendes Geräusch. »Du siehst gut aus«, sagte sie.

»Ich sehe aus wie ein Eremit.«

»Ja, stimmt, ein bisschen. Aber es steht dir gut.« Sie hakte sich bei mir unter. »Geh ein Stück mit mir«, sagte sie.

Ich sah auf ihre Füße. Sie hatte meinen Rat nicht befolgt und kein festes Schuhwerk angezogen, sondern stattdessen schwarze hochhackige Lacklederpumps. Wenn ich gekonnt hätte, ich hätte ihr deswegen ein Kompliment gemacht und sie gebeten, ihren Mantel zu heben, damit ich ihre Beine sehen konnte.

»Mit den Schuhen versinkst du im Matsch.« Was anderes fiel mir nicht ein.

»Dann muss ich mich an dir festhalten.« Sie drückte meinen Arm. »Schönes Gefühl, dich wieder anzufassen.«

»Wirklich?«

»Ja, sehr.«

»Dann komm nach Hause.«

»Hier irgendwo muss Elspeths Grab sein«, sagte sie.

»Willst du hin und es dir ansehen?«

»Nein, ich glaube, nicht. Er wäre gerne in ihrer Nähe begraben worden, aber es gab wohl keinen freien Platz mehr.«

Ich sagte nichts.

»Komisch, wem ihr die Treue haltet, ihr Männer«, sagte sie.

»Ja?«

»Es gibt etwas, das ich dir eigentlich immer sagen wollte, aber jetzt, finde ich, sollte ich es dir lieber doch nicht sagen.«

»Und was ist das?«

»Lieber nicht.«

»Warum nicht?«

»Es würde dir die Sache verderben.«

»Wie das?«

»Er ist nie über Elspeth hinweggekommen, das ist alles.«

»Marius ist nie über Elspeth hinweggekommen?«

»Nie.«

»Und das heißt?«

»Das heißt, dass er nicht … Ach, vergiss es.«

»Was war er nicht, Marisa?«

»Hier ist nicht der passende Ort.«

»Und wo wäre der passende Ort?«

Sie hielt inne, als müsste sie Luft schöpfen. Ich fragte mich, ob es ihr Schmerzen bereitete. »Ich habe ihn besser dargestellt, als er war, Felix.«

Ich wandte mich ihr zu. Wenn ich gekonnt hätte, ich hätte ihr die Bedeutung dieser Worte von der Seele gekratzt, und hätte es ihr noch so wehgetan.

Mir fiel wieder ein, was Marius zu mir gesagt hatte, als er mein Haus verließ. »Worte täuschen …«

»Wenn du sagst, besser …«

»Besser. Anders … Ich habe dir den Marius gezeichnet, den du haben wolltest.«

»Den *ich* haben wollte!«

»Ich habe dir doch gesagt, dass es dir die Sache verderben würde. Lass es bleiben, Felix. Lass es auf sich beruhen. Lass ihn ruhen.«

Aber *sie* hatte es nicht ruhen lassen. Was immer diese »Sache« war, es war Marisa, die sie nicht auf sich beruhen lassen wollte, unverdorben.

»Worüber reden wir hier eigentlich genau, Marisa?«, fragte ich nach. »Übertreibung oder Erfindung? Willst du damit andeuten, dass wir heute einen Mann begraben haben, der nie gelebt hat?«

»Ja, in gewissem Sinn könnte man es so ausdrücken.«

»In gewissem Sinn? Und wer war dann der Mann, der dreimal die Woche an unserer Haustür geklingelt hat? Wer hat das Bett mit dir geteilt?«

Sie schüttelte den Kopf und seufzte. »Ach, Felix, Felix. Du bist unmöglich. Ich Dumme hätte mir gar keine Sorgen zu machen brauchen. Du lässt dir die Sache einfach nicht verderben. Fast beneide ich dich um diese Fähigkeit. Es ist eine Gabe, die ich nicht habe. Oder jedenfalls im Moment nicht habe. Na komm, es wird nass. Gehen wir weiter.«

Es gibt Dinge, die muss man, jedenfalls in der Gegenwart des Todes, auf einen anderen Zeitpunkt verschieben. Mögen sie noch so verstörend oder sensationell sein, sie sind nicht für den Augenblick gedacht, sondern für später. Und vielleicht nicht einmal für dann. Also gingen wir los, und ich war froh darum.

Ich hatte es immer gemocht, wenn sie sich unterhakte. Ich spürte gern ihr Gewicht, hatte gern das männliche Gefühl, meine Frau zu stützen. Manchmal stand es im Widerspruch zu dem Vergnügen, sie aus der Ferne zu beobachten, auf mich zukommend oder sich entfernend. So hätte es mir zum Beispiel Freude gemacht zu sehen, wie ein anderer Mann ihr Gewicht spürte, das männliche Gefühl genoss, seine Frau zu stützen, wenn es möglich gewesen wäre, dass sie sich gleichzeitig bei mir einhakte. Das alte unlösbare Rätsel – wie mit ihr zusammen sein und doch wieder nicht, wie ich zu sein und zugleich ein anderer.

Und daraus war nun ein weiteres unlösbares Rätsel geworden, über das ich in den einsamen Stunden, die vor mir lagen, nachdenken konnte: Hatte es diesen anderen überhaupt je gegeben? War er je mit Marisa zusammen gewesen, in dem gewissen Sinn, auf den es mir ankam?

Es regnete jetzt stärker. Als wollte sie uns zeigen, dass es ihr nicht das Geringste ausmachte, flog eine fette glänzende Krähe aus den Bäumen auf und kreuzte unseren Weg, strotzend vor Lebensgier, den Regen ignorierend, der von ihrem Gefieder abperlte. Ich spannte einen Schirm auf, besorgt um Marisa, zog sie behutsam zu mir heran, allerdings ohne recht zu wissen, wen ich hier stützte, wie es ihr wirklich ging, sicher nur, dass ich nicht fragen durfte.

»Komm nach Hause«, sagte ich wieder, ihr Gewicht an meinem Arm genießend.

»Und dann?«

Wir gingen weiter, suchten uns einen Weg durch die Reihen vergrabener Gebeine. Gelegentlich blieben wir stehen, um Inschriften zu lesen. Ein Gedicht, ein paar Zeilen, ein Bibelspruch, ein Knittelvers – egal. Was machte das schon? Vermutlich hatte sich das auch Marius gedacht, als er sich, vielleicht sogar auf diesen Steinen, die Mädchen nahm, die Minderjährigen. *Was machte das schon?* Liebend gerne hätte ich Marisa nach ihrer Meinung gefragt, ob sie glaube, dass sich ihm diese Frage in den Beacons einmal zu oft gestellt hatte, bevor er sich auf den feuchten Boden legte und die Augen schloss – oder vorher, bevor er seine Wohnung über dem Knopfgeschäft verließ, oder gar, bevor er sie, Marisa, verließ, das heißt, wenn sie überhaupt je zusammen gewesen waren – aber ich wusste, dass ich auch das nicht fragen durfte.

»Nun?«, sagte sie.

»Nun was?«

»Du hast meine Frage nicht beantwortet. Ich soll nach Hause kommen – und dann?«

Es klingt schrecklich, aber ich konnte ihr keine Antwort darauf geben, weil ich selbst keine hatte.

btb

Richard Yates

Easter Parade

Roman. 304 Seiten

ISBN 978-3-442-73874-8

Sarah und Emily Grimes wachsen in den USA der 30er Jahre auf. Beide haben unter den Launen ihrer rastlosen, exzentrischen Mutter zu leiden, die sich nach gesellschaftlichem Aufstieg sehnt. Über die Jahre entwickeln sich die Schwestern unterschiedlich: Sarah heiratet früh und bekommt drei Söhne, Emily macht Karriere und stürzt sich von einer Affäre in die nächste. Beide scheinen das Leben zu führen, das sie immer wollten. Doch Sarahs Ehe ist nicht so glücklich, wie alle glauben, und Emily wird bewusst, was ihr im Leben fehlt …

»Ein fesselnder, psychologisch raffinierter Roman um Frauen und Männer und das Zerbrechen aneinander.« *Elke Heidenreich in »Lesen!«*

Auch als attraktive Geschenkbuchausgabe in Leinen erhältlich.

ISBN 978-3-442-74170-0